취추바이 선집

취추바이 선집 중국근현대사상총서 010

초판 1쇄 발행 2021년 5월 20일

지은이 취추바이
옮긴이 이현복
펴낸이 강수걸
편집장 권경옥
편집 윤은미 박정은 강나래 최예빈 김리연 신지은
디자인 권문경 조은비
경영지원 공여진
펴낸곳 산지니
등록 2005년 2월 7일 제333-3370000251002005000001호
주소 부산광역시 해운대구 수영강변대로140 부산문화콘텐츠콤플렉스 613호
전화 051-504-7070 | 팩스 051-507-7543
홈페이지 www.sanzinibook.com
전자우편 sanzini@sanzinibook.com
블로그 sanzinibook.tistory.com

ISBN 978-89-6545-727-5 94820
978-89-6545-329-1(세트)

* 책값은 뒤표지에 있습니다.
* 잘못된 책은 구입하신 곳에서 교환해드립니다.

중국근현대사상총서
010

취추바이 선집

『신아국유기』
『적도심사』

취추바이 지음 • 이현복 옮김

산지니

차례

신아국유기(아향기정)

적도심사

일러두기

1. 본 서는 1922년 상무인서관商務印書館에서 출판된 『新俄國遊記』, 『赤都心史』를 저본으로 번역하였다.
2. 외국어의 표기는 국립국어원 외래어표기법을 따른다.
3. 중국인 인명은 현대사와 관련이 높은 인물은 중국어 발음으로, 고근대사와 관련이 높은 인물은 한국어 발음으로 표기했다. 한자는 중국어 발음으로 표기하든 한국어 발음으로 표기하든 괄호 없이 병기하였다. 예) 량치차오梁啟超 도연명陶淵明
4. 중국 지명은 현대중국어 발음대로 표기하되 지명에 포함되는 행정단위(성, 신, 향, 진 등), 로, 강, 하, 호, 산 등은 한국어 발음으로 표기한다. 예) 다밍호大明湖 난징로南京路. 단, 漢字 두 글자인 경우 중국어 독음으로 표기한다. 예) 항저우杭州 창장長江
5. 서양의 인명과 지명 등은 원어를 병기하되, 러시아어는 영어로 표기하고, 러시아어를 표기할 필요가 있을 때는 주에 달았다. 예) 데모크라시La dèmocratie 러셀Bertand Arthur William Russell 캬흐타Kyakhta "Kudai?"[70] 70) 러시아어 кудá로 '어디 가세요?'이다.
6. 유명한 인명과 지명은 원어를 병기하지 않았다. 예) 톨스토이 베이징 볼셰비키
7. 인명, 지명, 국명, 조대명, 서명 등 고유명사는 처음만 병기하고 이후는 병기하지 않는다. 단, 혼동이 있을 수 있는 경우 반복 표기한다.
8. 취추바이瞿秋白의 원문에 괄호 처리가 된 것은 괄호를 살려두었다. 예) 자각(의식), 공기(Atmosphère). 원문에는 없더라도 설명이나 보충이 필요한 경우 괄호를 넣었다. 예) '白蘭地酒(브랜디)', 블라디보스톡Vladivostok(海參崴)
9. 표기나 서명 등 외국어를 사용한 경우 상황에 따라 그대로 표기한다. 예) '中國瞿秋白' 다섯 자를 써 주었다.
10. 본문의 각주는 모두 역주譯註이고 『적도심사』의 원주原註는 미주로 표기했다.

신아국유기

新俄國遊記(餓鄕紀程)

서언

북풍이 살을 에고 온갖 더러움과 추악함이 얽혀 있는, 음침하고 어두운 곳, 나는 그곳에서 태어난 이래 빛 한 줄기를 보지 못했다—지금까지 햇빛이란 것이 어떻게 생겨먹은 녀석인지 알지도 못한다. 나는 그런 곳에서 시각적 본능을 거의 잃고 말았다. 그곳에는 맛있는 음식도 있고, 가볍고 부드러운 이불도 있지만, 그런 것들은 고작 정신을 잃을 정도로 깊은 잠에 빠졌을 때나 좋을 뿐이고, 깨어나기라도 한다면 어둠 속에서 더듬더듬 먹고 마시며 살아가야 할 뿐이다. 고통은 이루 다 말할 수 없고, 즐거움이란 건 이제껏 느껴본 적 없지만, 미련이 남아 버리지도 떠나지도 못했다. 반드시 그럴 필요도 없었지만, 재게 발버둥도 쳐보았다. 그러나 또 어디로 간단 말인가?—미련도 없었지만 또 그렇다고 결연히 떠나지도 못했다…… 하지만, 도대체 이건 무슨 마음이란 말이냐? 이제야 알 것만도 같다! 나는 여기 살면서 감내해야 했던 것이다. 나는 그렇게 해야 했던 것이다. 나는 이해하고 있었지만, 나는 알고 있었지만, '기이하고 이상한 속마음'을 나는 결국 내뱉지 못했던 것이다. '그'는 나를 깨어나게 한다. 그는 불가사의한 수수께끼다. 그는 '그림자'가 되어 조석으로 나를 지켜준다. 나는 잠시라도 그를 버리지 못한다. 그는 잠시도 나를 버리지 못한다. 아, 그림자여! 그는 줄곧 내 눈앞에서 흔들린다—마치 내 시각을 자극하려는 듯하다. 내 눈은 이미 가물가물해졌다. 어지러워졌다. 내 언제 분명히 본 적이 있었던가. 나는 우리 어둠의 고향의 동포들을 알고 있다. 그들은 아마도 나와 같을 것이다. 그들의 눈앞에도 아마도 이와 같은 '그림자'가 있을 것이다. 나는 내 동포들에게 물었다. 나는 그들이 내게 설명해주기를 바랐다. 허나 누가 알았겠는가, 그들이 나를 거들떠도 보지 않는다는 것을, 나를 아랑곳하지 않는다는 것을. 나는 가련한 사람이다. 그렇다면 그들은?—아마도 나와 같을 것이다. 아마도 자신이 행복하다고 여기고 있을 것이다. 그저 나와 동병상련인 사람들만 남아 있을 것이다. 아, 너무도 괴롭기만 하구나!—나는 어떻게 하면 모질게 저들을 버릴 수 있을런가? 내 눈앞의 '그림자'는 내 미련을 용납지 않는데, 나는 또 어떻게 결연히 이곳을 떠나지 못하는가?

동포들, 내 사랑하는 동포들! 기다려주시오, 허둥대지 마시오. 음침하고 어두운 천지간에 한 줄기 가늘디가는 빛이 내려왔소이다. 동포들, 기다려주시오. 이것이 바로 소위 햇빛이란 것이외다—드디어 모습을 보였단 말이외다. 우리가 본 것은 그저 선 한 줄기지만, 나는 그것이 점점 퍼져 나갈 것이고, 그래서 우리의 동포들을, 우리의 형제들을 두루 비출 것이라 믿고 있소. 그러니 기다려주시오.

아! 얼마나 기다려왔던 것인데, 이 가늘디가는 빛 한 줄기만이—헛되이 우리의 눈을 어지럽히고—희미하게 흔들리고 있는 것인가? 설마 그는 오고 싶지 않은 것인가? 아니면 바로 우리가 그를 막고 있는 것인가? 오랜 시간을 그렇게 살아와 반맹이 되어버려, 빛이 있어도 누리지 못하는 것인가? 형제들이여 준비하라. 만약 너희가 오랫동안 어둠에 있어서, 그가 눈을 어지럽힐까 봐 두려워하는 것이 아니라면, 내가 가서 겹겹의 가림막을 거두어 그를 도래케 할 것이니. 형제들이여, 깨달으라. 그저 기다리는 것은 소용없으니, 스스로 움직여야만 한다는 것을. 왜 그러는가? 설마 너희는 내가 눈앞에 '그림자'가 있다 하는 말을 듣고, 이 나를, 귀신을 봤다는 미친놈 정도로 여기는 것인가—그래서 결국 나를 믿지 못하겠다는 말인가? 아! 그 '그림자'는 신통방통하게도 나를 부리고 있다. 그 '그림자'는 앞에서 나를 꾀고 있다. 그는 나를 꾀고 있다. 그런데, 그건 너희 때문이기도 하단 말이다!

한 번도 본 적이 없던, 찬란하고 장엄하며, 밝고 선연한 햇빛이 기대하지도 않았건만 모습을 보였고, 그 '그림자'는 그 빛을 따라 나를 이끌고 있다. 아, 한 줄기 광명! 한 줄기 광명은, 그 피처럼 붉은 광명은, 그 한 줄기로 온 세계를 비추고 있다. 온 세계에 흩뿌려진 붉은 꽃은 전장을 적신 피처럼 세상을 물들이고, 저녁놀과 아침안개 같은 홍광으로 세상을 산뜻하게 만들고 있다. 우주는 광대하지만, 붉은 빛으로 덮이고 말 것이다. '붉은' 색채는 사람을 몹시도 번뇌케 한다. 그러나 나는 어둠 속 '검음'보다 더 생기가 있다고 생각한다. 게다가 어둠 속에 오래 있다가 빛을 보면, 눈이 어지러워 볼 수 없게 되기 마련이다. 그러면, 자연히 먼저 홍색밖에 볼 수 없게 된다. 광명의 끝은 결코 순수한 붉은 빛은 아니리라. 그것은 필시 차차 변해서는 우리가 시각적 본능으로 볼 수 있는 색으로 돌아올 것이다—이건 아마도 미친 소리일 것이다.

세상이 미친놈을 대하는 것은, 얼마나 나쁘든지 간에, 그렇게 잔혹하다고는 할 수 없는 법. 내가 발버둥을 치면서, 내 '그림자'를 따라 어둠의 나라의 맛있는 음식과 달콤한 잠을 버린다 하면, 모두는 분명 내가 미쳤다고 할 것이다. 무슨 말이 더 필요하겠는가. 나도 안다. 어두운, 맛있는 음식과 좋은 옷이 있는 곳은 어둠의 나라이고, 붉디붉은, 아름다운 광명이 있는 곳은 미친놈의 유배지라는 것을. 그곳은 물론 얼음과 눈으로 가득하고 굶주림과 추위가 함께하는 곳이다(그러나 그렇게 잔혹한 처벌은 아니다). 나는 그곳을 굶주림의 나라, '아향餓鄕'이라 부른다. 나도 어쩔 도리가 없다. '그림자'가 나를 끌고 간다면, 가지 않을 수 없다. 너희가 나, 이 미친놈을 벌주려 한다면, 나는 받아들일 수밖에 없다. 나는 너희를 결코 잊지 않을 것이다. 나는 어쨌든 모두를 위해 광명의 길을 열고 싶다. 나는 가고자 하며, 또 나는 가지 않을 수 없다. 나는 지금 일떠섰다. 나는 아향으로 떠난다.

1920. 11. 4. 하얼빈

1.

무애無涯

몽매하구나! 인생이란 놈은.
찰나의 빛과 그림자.
새벽 찬 기운에 맺힌 이슬은,
희미한, 돋을볕에 이미 병든 듯 사그러든다.

이슬 마냥 맺혔다 사라지고 만다, 인생의 비밀이란.
오히려, 시냇물 속 무궁한 숨은 뜻은 보이지 않는데,
오히려, 대기의 소용돌이 속 입자는 보이지 않는데.
작은 틈에서라도, 그 속뜻을 깨달을 수 있겠는가?

'나'도 가없는데, '남'도 가없는데.
희노애락도 개의치 않고,
세상의 고통도 괘념치 않는다면,
고통은 언제나 풀 수가 있으랴?

아는가 모르는가? 아는가 모르는가? 고통은 해결을 기다리나니
내 고통을 푸는 것이, 남의 고통을 푸는 것이라.
처절히 깨달으려, 처절히 깨달으려, 내 아향으로 갈 것이니
아향은 가없을지니.

1920. 12. 1. 하얼빈哈爾濱

산둥山東 지난濟南의 다밍호大明湖 호숫가, 어둔 등불이 아른거린다. 오두막 속 둥그런 탁자를 둘러싸고 세 사람이 앉아 있다. 주흥은 이미 식어서, 사람들은 안주와 술에 더는 손을 대지 않고 있다. 덩그러니 놓여 있는 안주와 술이 처량하기만 하다. …… 그중 노인은 풍파에 휩쓸려 초췌해진 모습이지만, 그래도 세상 따뜻한 얼굴로 청년에게 말했다. "이번에 가면…… 어디를 가든 조심하려무나. 지금 세상은 교통이 편리해서 수만리 먼 길을 간데도, 무슨 다시 못 볼 것도 아니다…… 그저 네 할 일이 무엇인지 잊지만 말아라. 네 책임이 무겁구나! ……" 그 청년은 네, 하고는 일어났다. 그때 막 떠오른 초승달이 물안개와 어울려 서로를 비추었다. 갈대와 버들잎은 오두막 옆의 어지러운 등나무 넝쿨과 함께 바람결에 쏴쏴 울어대고 있었다. 세 사람은 모두 호숫가를 따라 걸으며 발길 닫는 대로 산책을 했다. 가을 기운이 서늘한 깊은 밤이라 약간의 한기가 드는 것은 어쩔 수 없었다. 이런 처량한 분위기에서 이별이 이제 눈앞이라, 일어나는 슬픔을 어떻게 달랠 길이 없었다.

나는 중국을 떠나기 전까지 남동생 윈雲과 징垚과 함께 베이징 춘바이純白 형의 집에서 3년째 기거하고 있었다. 나는 진즉부터 러시아로 가기

로 마음을 먹고 있었기에, 얼추 준비를 하고 있었고, 적당한 때가 되자 지난으로 가 아버지께 인사를 드렸다. 어머니가 돌아가신 후 우리 일가는 뿔뿔이 흩어진 상태였다. 우리 삼형제는 베이징에 있었고 또 다른 남동생 둘과 여동생 하나는 항저우杭州의 넷째 숙부 댁에 머물고 있었으며 부친은 산둥에 있었다. 춘바이 형은 베이징에 직장이 있었지만 수입은 쥐꼬리만 했다. 넷째 숙부는 관직에 수십 년을 있었지만 청렴결백했던 지라 오늘날 중국의 관계官界와는 더더욱 맞지가 않았다. 하지만 중국의 대가족제 아래에서는 온 집안을 건사하지 않을 수 없어 생활은 너무나도 신산했다. 나와 가깝게 지내던 친척들의 가세가 이러하니, 여전히 독립하지 못하고 있던 우리 형제들이 얼마나 궁핍한지는 상상하고도 남음이 있을 것이다. 그래서 아버지는 혼자서 산둥에 있는 친구 집에서 훈장으로 호구를 삼고 있었다. 중국과 같은 사회에서 부유한 친척도 없고 권세가에게 아부할 줄도 모르는 이가—게다가 중국 사회는 사람에게서 모든 가능성을 앗아가 버리는데—, 이제 곧 나이 오십 줄에, 근심과 병으로 걱정에 빠져 사는 이가, 사회도 그를 탓하고 있는 마당에 무슨 다할 책임이 있단 말인가? 나는 능력도 있고, 발전을 원하고 있지만, 주위의 환경도 이렇고, 여전히 아버지를 걱정해야 하는 상황이라, 처지가 너무도 복잡하다. 나는 환경을 바꾸기를 원하고, 개성을 발전시키기를 원한다. 또 '중국문제'에 있어서도 상당한 수준의 해결책을 얻을 수 있기를 원한다. 그것은 미력하나마 중국사회에 새로운 활로를 가져다줄 수 있는 그런 책임 같은 것이다. '미래' 속에 있는 생명, '생명' 속에 있는 미래 때문에 나는 '현재'의 말 못할 고통을 감내해야 하고, 눈물을 머금고 나의 구 사회와 이별해야 한다. 그래서 나는 러시아로 가보기로 마음먹은 것이다. 나는 이 때문에 내 사랑하는 아버지, 떨쳐버릴 수 없는 아버지와 이별을 하기 위해 지난으로 간 것이다.

그날 밤, 다밍호 호반의 작은 주점에서의 만찬을 마친 후, 아버지의 친구는 아버지와 나를 그의 집으로 데리고 갔다. 아버지와 나는 한 침대에 누워 밤늦게까지 이야기를 나누었다. 이튿날 아침 일찍 아버지와 헤어져 기차를 타고 베이징으로 향했다. 앞으로 언제나 다시 만날 수 있을까!

그날 지난역에는 사람이 많지 않았다. 대합실에 고작 서너 명만이 있을 뿐이었다. 대합실 바깥 플랫폼에는 반대로 상당히 많은 쿨리苦力[1]들이 숨을 쌔근거리며 일하고 있었다. 손수레를 미는 가난한 사람들, 아이를 끌고 업은 남녀들은 커다란 삼베 보따리를 짊어지고 있었는데, 해진 광주리와 상자에서는 남루하기 짝이 없는 치마나 옷가지가 삐죽이 나와 있었다. 나는 창가에 서서, 담배를 태우며 이야기를 나누고 있는 사람들을 바라보았다. 듣자니 기근을 피해 떠나는 것 같았다. 산둥은 그해 자연재해[2]의 직격탄을 맞은 지역 중 하나였다. 그중 한 사람이 말했다. 차표를 사는 데 이십 전이 부족했는데, 다행히 마음씨 좋은 나리가 오십 전을 주었지 뭐야. 그렇지 않았다면 어떻게 형과 형수를 찾으러 톈진天津에 갈 수 있었겠어. 망가진 지난 집에서 앉아서 굶어죽으라고? 여자 하나가 짜증을 부렸다. "매표소에서 사람에 치여 죽을 판이길래, 순경 나으리에게 표를 사달랬더니 되려 나한테 사십 전을 떼어가지 뭐야. 차에서 유과油果는 어떻게 사 먹으라고." "어찌 그런……." 듣고 있는데, 갑자기 누군가 기차가 곧 들어온다고 말했다. 고개를 돌려 보니 안락의자에 누워 있던 '젊은 나리' 하나가 보였다. 그는 금테 안경에, 산 지 얼마 되지 않은

1) 육체노동에 종사한 중국인, 인도인 노동자를 지칭하는 말인데, 위에서 표기한 것처럼 본래 중국어 '苦力'에서 왔다. 발음은 'kuli'로 표기하며, 국립국어원의 중국어 표기법대로라면 '쿠리'가 맞으나, 현재 한국에서는 쿨리를 표준어로 하고 있으며, 쿠리는 북한식 표현으로 지정되어 있다. 이하 모두 '쿨리'로 표기한다.

2) 1920년 여름에서 가을까지 산둥山東을 비롯해 산시山西, 산시陝西, 허난河南 일대에서 발생한 심각한 가뭄 피해를 말한다.

듯한 검은색 비단 마고자를 입고 있었다. 발에 신고 있는 비단 구두코에는 작은 구멍이 두 개 나 있었다. 마침 그는 까치발로 베이징 『순톈시보順天時報』[3]의 총통[4]의 명령을 읽고 있었다. 나는 문을 밀어 대합실을 나갔다. 저 멀리 기차가 머리 위로 뭉게뭉게 연기를 뿜어내면서, 기다란 뱀이 수풀을 헤쳐 나오듯 남쪽에서 다가오고 있었다. 때는 이른 가을의 아침이었다. 북방의 하늘은 이미 높았고, 바람은 세찼다. 온화하면서 정겨운 아침 해는 비록 웃음을 머금은 채 우리 바쁜 여행객을 위로해주었지만, 나는 오히려 찬바람에 조금 추위를 느꼈다. 난민들은 나보다 훨씬 얇게 입고 있었지만 추위를 느끼지 못하는 것 같았다. 기차가 왔다. 플랫폼 위 육교를 지날 때, '베이징학생연합회 재난조사단'이라 적힌 깃발을 보았다. 나는 그들이 재난 조사를 위해 온—이것도 사회사업의 시작이다—까닭이 어쩌면 '인민 속으로往民間去'[5] 운동에서 알고 지내던 동지가 있기 때문일 수도 있지 않을까 생각했다. 지나가면서 보니 몇몇 학생이 보였다. 어떤 이는 사진기를 짊어지고 있었고 어떤 이는 노트를 들고 있었는데, 아는 이라고는 한 명도 없었다. 기차가 떠나려고 해 인사를 건넬 새도 없이 차에 올랐다.

내가 탄 차량은 대여섯 명 정도만이 타고 있었다. 객실 가운데에 두 명이 누워 있었다. 한 명은 모양새가 영국인 엔지니어 같았고, 다른 한 명은 광둥廣東 여자였는데, 그의 아내였다. 두 사람은 보아하니 푸커우浦口-톈진 간 열차를 타고 톈진으로 가는 중인 것 같았다. 영국인과 그의 아

---

3) 일본 자본이 투자해 베이징에서 출간한 신문.

4) 당시 베이양정부北洋政府의 총통이었던 쉬스창徐世昌을 말한다.

5) 5·4신문화운동은 계몽운동이었다. 당시 이에 참여했던 지식인과 학생들은 민중 속으로 들어가 지식의 전수만이 아니라 생활문화를 개혁하려 했다. 노동과 학업이 결합된 공동체를 만들어 생활 속에서 실천하려고 했지만, 다소 이상적인 운동은 현실 속에서 좌절되었고, 이후 지식인과 학생들의 분화를 촉진하는 계기가 됐다.

내는 광둥어로 대화하고 있어 한 마디도 알아듣지 못했다. 잠시 정차했을 때, 심부름꾼이 오더니 그들에게 몇 마디를 건넸다. 말인즉, 오늘 기차가 톈진에 도착하니 심부름 삯을 조금 달라는 것이었다. 영국인은 그에게 일 원을 주었다. 심부름꾼은 적다고 받으려고 하지 않았다. 영국인은 유창한 상하이어로 화를 냈다. "외국인 속이는 게 버릇이구먼. 하지만 내가 중국에 삼십 년을 살았다는 건 몰랐을 테지. 난 모르는 게 없다고. 왜 두 사람이 너한테 이 원을 줘야 하는 건데? 필요 없으면 그럼 됐구먼, 뭐." 이상하게 들리겠지만, 이런 일은 중국과 영국 두 나라 사람들이 이야기를 시작하는 데 좋은 구실이 될 수 있었다. 그와 잡담을 나누면서, 그도 원래는 베이징으로 가서 둥청東城 산탸오후퉁三條胡同에 미국인이 세우는 병원[6)]의 위왕부豫王府 기술부로 현장감독을 하러 간다는 것을 알게 됐다. 대화를 나눠 보니 그는 베이징어도 잘했다.

혼자서 차를 타면 그렇게 외로울 수가 없다. 영국인마저 잠이 들어버려, 하릴없이 멍하니 앉아서 이 생각 저 생각을 했지만, 그 재미도 곧 사라지고 말았다. 잡히는 대로 도연명陶淵明의 시집을 꺼내 들었지만 몇 줄을 읽다가 또 덮어버리고 말았다. 무료함에 일어나 창에 기대 밖을 내다보았다. 날은 어슴푸레 개고 있었고, 연무가 피어오르는 가을 들판이 펼쳐져 있었다. 서리 맞은 초목은 이미 누렇게 변해가고 있었다. 시원하게 펼쳐진 밭에 벼와 밀은 가득이었지만, 앙상했다. 이런 모습을 보니, 강남의 풍물은 지리적으로나 문화적으로나 하늘이 내려준 큰 복이라는 생각이 들었다. 기차 바퀴소리가 생각의 흐름을 끊고 있었다. 반대로 객실은

6) 1921년 세워진 셰허병원協和醫院을 말한다. 1985년 중국셰허의과대학中國協和醫科大學로 개명하였고, 현재는 칭화대학清華大學과 협력 관계를 구축하여 칭화대학에서 예과를 운영하고 있으며, '베이징셰허의학원-칭화대학의학부北京協和醫學院-清華大學醫學部'를 명칭으로 사용한다.

조용했는데, 창밖 처량한 하늘빛을 보니 곧 비가 올 것 같았다. 구름을 이고 있는 산과 초목, 그런 '자연'이 눈앞에서 끊임없이 뒤로 물러갔다. 마음속 사념도 멈추지 않았다. 슬픔과 강개慷慨가 치올라왔다. 도대체 왜 인생은 이리도 쓸쓸한 것인지. 문득 철로 옆 작은 마을 하나가 눈에 들었다. 어렴풋이 부모자녀 한 가족이 초가집 문 앞에서 아침을 먹고 있는 모습이 보였다. 절로 나와 아버지가 이별하던 일이 생각났다. 우린 다시 만날 날도 언제인지 알 수 없다. 이런 집안 사정에 그만 나는 우리 창저우常州 시인 황경인黃景仁[7]의 명구가 떠올랐다. "신산한 사립문께서, 풍설이 이는 밤에 헤어진다. 이 순간만은 자식 있는 것이 없는 것만 못하구나慘慘柴門風雪夜, 此時有子不如無." ……

이날 밤이 돼서야 톈진에 도착했고, 이튿날 바로 베이징으로 향했다. 출발의 날이 다가오고 있었다. 그날은 마침 1920년 10월 초순이었다.

7) 청대清代 시인으로 자는 중칙仲則이다. 송대宋代 황정견黃庭堅의 후손으로 알려져 있다.

2.

삶은 여행과도 같다. 본래 청산녹수 아름다운 자연이라도 산길을 걷다 보면 완상할 겨를이 없는 법이다. 질풍과 우레, 흐린 날과 갠 날은 평범한 일상 그때그때의 마음이면서, 수많은 자연현상의 반영일 뿐이다. 게다가 자연현상은 사회현상에 비해 너무나 단순해 인생과는 거리가 있다. 사회 현상이 개성을 잡아먹는 것은 커다란 고로로 쇠를 녹여 수천수만 근의 철강을 만드는 것과 같다. 창장長江, 황허黃河가 흐르고 흘러 내려감에, 지류가 모여들고, 진흙과 모래가 쌓여들어, 비록 누군가가 용으로 변한다 해도 그 유역을 벗어날 수 없는 것과 같은 이치다. 이 '생명의 대류'는 만상을 담아내고, 자연 유전하는데, 그 가운데 각각의 물길과 지류, 심지어 파랑 하나 하나도 특별한 삶을 얻으려 노력한다. 이로 인해 각자가 서로 박투하고 다투는 속에서 만상으로 화하게 되는 것이다. 그러나 그들—개체의 분체이자 전체의 총체—은 자신을 알지도 못하고, 자신이 시간과 공간에서 유전하면서 어떤 가치를 만들어내는지도 알지 못한다. 그저 몽매하게 '움직이는' 가운데, '제3자'가 이끄는 대로 움직일수록 점점 더 멀어지고 가없이 변화해가는 것만 같다. 이러한 여정이 이미 수천수만 년간 지속되어왔다.

인간이 이러한 '생명의 대류'에서 개성의 자각(의식)을 구한다면 어찌 잠꼬대라고 하지 않을 수 있겠는가! 그러나 우주 간의 '활력', 그 '제3자'는 보편원만普遍圓滿하여 암암리에 부동부정不動不靜의 창조자가 되어, 인류 심령과 조화하고 환경에 상응함으로써, 천지간의 진리를 증명한다. 하물며 '그것'은 '활력'으로서, 유전하지 않으면서 유전하기에 자연히 드러나고, 착상著相[1]하지 않으면서 착상하기에 자연히 비추게 된다. 그는 개성의 가운데 있고 사회의 가운데에도 있으며 비개성에도 있고 비사회에도 있다. 그래서 거의 '제3자'이면서 제3자가 아닌 것이다.

'생명의 대류'의 단락段落은 볼 수 없다. 만약 볼 수 있다면 그저 세간생사生死의 망집妄執일 뿐이다. 그것은 끊임없이 유전한다. 사회현상은 서로 서로 인과가 되고 층층이 물리고 물려 있어, 우리는 그것을 분명하게 갈라 볼 수는 없다. 인생은 그 사이에 있고, 그 속에 포함되어 있으며, 의식覺의 넓고 좁음에 상관없이 늘 그의 가운데 있어, 언뜻 보면 완전히 그 안에 잠겨 있는 것 같다. 때문에 그를 인식할 수 없다. 인식하려면, 반드시 잠시 개성의 본래 자리를 버리고 제3자의 지위를 얻어야 한다. '생명의 대류' 그 자체는 단락이 없지만, 단면으로 끊어낼 수 있다. 사회현상은 인식될 수 없기에, 개성이 화답하는 것이고, 심령의 동력을 볼 수 없기에, 환경이 그 징후가 되는 것이다.

거울에 비친 그림자를 보면, 비록 진실은 아니겠으나…… 하지만 진실은 어디에 있는 것일까? ……

"인생은 모두 사회현상의 흔적이고 사회현상은 모두 인생을 반영하는

1) 불교 용어로 외형, 허상 혹은 개체의 의식에 집착하여 본질에서 벗어나는 것을 이른다.

신기루이다." 사회는 일체를 집어삼키고 일체는 사회를 따라 스스로 유전한다. 내가 만약 '삶을 특별하게 할' 것을 요구함으로써 '사회'의 성벽을 침범하고자 한다면, 그리고 사회현상의 흔적을 새기려 한다면,…… 사람들은 아마도 나를 신경과민이라고 단정할 것이다.

중국 사회 조직은 수천 년간 타성화된(역사학에서는 지체의 법칙遲緩律이라 부른다) 경제현상을 토대로 해왔다. 가족생산제 및 통치계급의 도적(황제)과 반半통치계급의 '사대부士'들이 행했던 정치와 통치는 『이십사사二十四史』[2] 한 부에 다 담겨 있다. 주변의 야만 민족이 중국 문화에 침입함으로써, 중국은 수차례 후퇴를 겪어야 했다. 농업생산제가 점진적으로 발달하고 자본유통에 점차 변화가 오면서 막 질서가 자리 잡혀갈 때면, 유목민족은 반드시 훼방꾼이 되어 나타났다. 역사의 지체의 법칙은 이로 인해 더 기승을 부렸다. 최근 1세기 동안 이미 잠들어 있던 중국은 나라 밖에서 어렴풋하게 보이는 등불에서 미력한 희망을 찾을 수 있었다. 기선의 뱃고동이 그의 깊은 잠을 깨웠고 기차의 엔진이 마음속 아픈 곳을 건드렸다. 낡은 가족생산제는 곧 붕괴할 것이다. 특히 낡은 '사대부 계급'은 파산하지 않을 수 없다. 기형적인 사회조직은 경제적 토대가 흔들리면서, 위태함과 문란함이 극에 달하고 있다.

나는 바로 이 위태하고 동요하는 사회조직 중 파산한 '사대부 계급'의 일가에서 태어났다. 이 가장 기형적인 사회적 지위는 파산 · 사멸하는 병적인 상태에 다가가 있었고, 내 마음의 '물적 요구'와는 완전히 충돌하고 있었다. 그래서 나는 태어난 이래 고통, 근심, 참담함과 늘 함께였다. 우리 집안의 사회적 지위는 뿌리에서 흔들렸고, 시대의 조류에 따라 실

---

2) 사마천司馬遷의 『사기史記』에서 『명사明史』까지 24종의 정사正史를 일컫는다. 체제는 기전체紀傳體이고 청대에 공인되었다.

제로 파산을 하고 말았다. '가난'은 우연한 것이 아니다. 비록 가족제의 끈으로 친척들이 서로 연결되어 있어 삶을 연명하고는 있었지만, 거대한 파도를 마주한 난파선과 다를 바 없었다. 그 가운데 같은 배를 탔다고 할 수 있는 이들도 그저 옆에서 울어주기나 할 뿐, 누가 누구를 구제할 처지도 못 되었다. 어머니는 이미 '가난'에 쫓기어 세상을 등진 후였고 아버지도 '가난'의 유물일 뿐이었다. 사회적 지위가 거의 유랑무산계급 즉, 룸펜 프롤레타리아와 같은 처지에서 내 심성이 어떠한 모습으로 자라날지는 나도 알 수 없었다. 그저 파멸에 이른 가족제도의 고통만이 수차례 빈사 상태에서 내 마음에 들어와 내 생활에 영향을 주었고, 사라지지 않는 그림자가 되어, 내 마음을 꿰뚫고, 내 마음을 흔들고, 깊고 깊은 목소리들을 이 공중누각 같은 도시에 쌓아 올렸다. 그러나 오래지 않아 수만 겹 의심의 그물을 뚫고 마음의 빛이 비쳐 나왔다.

내 유년 시절의 환경은 파산한 대가족 제도 그 자체였다. 대가족제는 요 근래 들어 흔들리고 있는 중으로, 앞으로는 점점 더 쇠약해지다가 사라지고 말 것이다. 나는 내가 속해 있던, 죽어가는 중국 가족제도에서 보고 경험했던 사회현상들을 얘기하는 것뿐이다. 이러한 과정이 하루하루 긴박해지기 시작했다. 좋은 것은, 사람들은 메마르고 재미없는 삶을 살아가기 마련이라는 것이다. 나쁜 것은 경제적 이익으로 충돌하게 되면서 가족의 유대—부부의 애정관계—는 느슨해지고, 사람들—가족 중의 성원, 형제, 부자, 시누올케, 사촌 등—모두 얼굴에 공교孔教[3]의 가면을 쓰

3) 공교는 두 가지 의미가 있는데, 우선 유가사상 혹은 유가철학과 같이 전통사회의 중심 이데올로기이자 체제를 말한다. 다른 하나는 캉여우웨이康有為, 량치차오梁啟超 등이 제창한 것인데, 서구의 기독교와 마찬가지로 생활윤리, 생활문화화된 종교로서 공자교孔子教를 말한다. 특히 량치차오는 서구에서 식사 시간에 기도를 올리고 식사를 하는 것과 마찬가지로 기독교가 생활문화와 생활윤리로서 자리 잡았기에 서구가 부강할 수 있었다고 판단했다. 그는 서구의 '기독'을 중국의 '공자'로 대체하고, 이와

고는 뒤에서 무슨 일이든지 질투하고 원망하고 저주하며 해를 입힌다는 것이다. '사람과 사람의 관계'는 이미 내 마음에서 절대적인 문제가 되었다. 인생의 의미는 모호하기 그지없다. 나는 마음에 화해를 실을 현은 가지고 있지만 화해의 음조를 울리지는 못하고 있다.

어린 시절 자모께서는 사랑과 정성으로 나를 키워주셨지만, 또한 강남의 아름다운 경치와 쑹장淞江의 농어, 시샹西鄕의 배추는 나를 살찌게 했지만, 콩이나 박의 지지대, 풀벌레 소리, 새벽바람과 새벽달을 읊었던 시인들의 새로운 의경은 내 성정을 기쁘게 했지만, 귀를 간지럽히는 밀어와 만남과 이별의 연애가 내 마음을 위로해주었지만, 마음을 터놓는 친구와 정 많은 친척들이 온정 어린 도움의 손길을 주었지만, 이 모두는 이제 꿈이 되었다. 이러했지만, 참혹한 사회는 엄격한 수학 교수처럼 극히 난해한 천문학적 산수를 내게 주었고, 나는 이를 풀어낼 길 없어 답답할 뿐이다. 나는 마음의 감옥에 갇혀 있다. '내면의 요구'가 나를 내몰았고—비참한 환경이 나를 냉혹하고 모진 '고독한 사람'으로 만든 것은 아니다—, 나는 모진 마음으로 늙은 아비와 형제자매, 친구를 버리고 서쪽으로 떠나게 되었던 것이다.

관련된 의례와 윤리를 생활화함으로써 중국의 부강을 촉발할 수 있을 것이라 기대했다.

3.

이른 아침, 작은 정원에 듬성듬성 핀 화초가 이슬을 머금은 채 새벽바람에 흔들리는 모습에 조금은 이별의 슬픔을 느끼게 된다. 화초가 마치 집안사람 중 누군가가 곧 그들과 이별하고 만리타향으로 떠난다는 것을 아는 것만 같다. 베이징에서의 쓸쓸한 4년의 생활 가운데 이 작은 정원은 내 방황과 행동거지를 받아주었기 때문에 기념을 남기고 싶었다. 이제 눈앞에 사람들과 이별이 다가오고 지난 삶과도 이별을 고해야 하는 마당에 이 정원의 오랜 벗들을 위로해야만 했다. 하지만…… 나는 고향을 떠나기 전에도 창저우 홍메이각紅梅閣[1]의 청죽과 야생화, 환시環溪[2]의 시냇물과 곡식에 내 기이한 생각과 끝없는 상상을 기탁했었다. 어머니께서 돌아가시고 가족이 뿔뿔이 흩어졌을 때 나는 홀로 장저江浙에서 후베이湖北로, 후베이에서 베이징으로 떠돌았다. 그때 황피黃陂의 톄샤오

1) 당말唐末 건조되었고, 이후 여러 차례 전란으로 훼손과 중건이 반복되었다. 현, 창저우시常州市의 시보호문화재이다.

2) 창저우常州 부근의 장인현江陰縣 셴좡賢莊을 둘러싸고 흐르는 내를 말한다. 이곳에 취추바이瞿秋白의 큰고모 집이 있었고, 취추바이는 어렸을 적 어머니와 자주 이곳을 방문했다고 한다.

룽탄鐵銷龍潭[3]의 푸른 파도와 하얀 달빛은 나의 마음을 붙잡았고, 베이징 난완쯔南灣子[4] 변 새로 난 버들은 가녀린 팔로 내 슬픈 시상을 몇 번이고 닦아주었다. 나는 또 어쩌다 홀로 이 작은 정원에서 조락이 머지않은 가을 꽃 앞에서 유별난 마음을 먹고 있는 것일까? '자연'은 그 자신의 '미'에 대해서 여태껏 인색한 적은 없었지만, 그렇다고 꼭 그 이상으로 나에게 뽐낼 필요도 없었다. 나는 그저 그의 '미'를 누릴 만큼 누리고 새길 만큼 새겨서, 불편하고 슬프고 씁쓸한 마음을 스스로 달래면 그뿐이다. 이별은 이별인 거니, 모든 것은 그저 '이와 같을' 뿐이다.

산둥을 떠나 베이징으로 돌아간 후에는 행장을 서둘러 정리하느라 늘 피곤에 절어 있었다. 때문에, 새벽에 일어나면 정신을 차리지 못한 채 앉아서는 이 작은 정원의 가을꽃이 얼마나 좋은지도 깨닫지 못했다. 춘純 형 가정의 화목하고 편안하며 여유로운 생활뿐 아니라, 은근히 엄격한 규율이 있는 기상, 화초에 어려 있는 한갓지고 고상한 마음에 나는 많은 것을 느끼게 되었다. 이별이 다가오면서, 나는 황혼 무렵에 귀가해 형과 형수와 함께 가정사를 가지고 한담을 나누고는 했다. 베이징에서의 4년간, 춘 형은 '가족의 구 도덕'으로 나를 키워냈지만, 나는 또한 '신시대의 자유의 신'에 감화되어, 순순히 '구' 도덕의 감옥에 머물지 못하고 그것과는 다른 생각을 품게 됐다. 춘 형은 당초 내가 러시아에 가는 것에 극렬 반대였다. 형은 내가 스스로 궁지로 가는 것이라고 생각했지만, 나는 살기 위해가 아니라 죽기 위해 가는 것이었다. 논점이 근본적으로 달랐기 때문에 굴복할 수 없었다. 이제 모든 것이 결정되자 춘 형은 더 이상 다른 말없이 러시아에 간 후에는 학문 연구에 매진해서 중도에 돌아오

---

3) 후베이湖北 황피黃陂의 명승 중 하나이다. 전설에 따르면, 우禹가 치수를 위해, 용을 열쇠처럼 이 호수 꽂아 넣었고 이것이 호수 가운데 돌기둥이 되었다고 한다.

4) 쯔진청紫禁城의 남서변과 중난하이中南海의 난하이南海 사이 지역을 말하는 듯하다.

는 일이 없도록 하라고 북돋아주었다. 형제간의 정은 평소에는 그저 그랬지만 이렇게 되자 조금은 아쉬움이 있었다. 인생을 살다 급격한 변화를 맞이하게 되면 상규에서 벗어나 다른 쪽으로 마음을 돌리기 마련이다. 나는 이 나라를 떠나기로 마음먹기 전에는 이지가 강했지만, 마음을 먹은 후에는 감정이 더 강해졌다. 이렇게 되자 미련과 슬픔이 계속해서 밀려왔던 것이다. 그러나 가기로 이미 결정이 난 상태였다. 이번 '출국'의 의미는 '출가出世'와 거의 같아서, 일체의 자질구레한 '세간世間'의 일은 부족하나마 마무리 짓고 처음부터 끝까지 그런대로 정리를 마쳤다. 형과 형수의 조언은 집안일에 있어서는 내게 적지 않은 도움이 되었다.

정리할 일들은 너무 자질구레했다. 모친이 돌아가신 후 남겨진 채무는 잠시 남에게 부탁해야 했다. 파산한 '사대부 계급'은 대부분 빚더미에 오르지 않고는 살아가지는 못하는 법인데, '체면'까지 지켜야 했다. 무뢰한이라는 소리를 들을 수는 없는 노릇이었다. 이전에 끄적여보았던 시나 문장, 사詞들은 지금 보면 쓰레기와 다를 바 없었지만, 아버지께서 기념으로 삼으려고 하셔서 정리해두어야 했다. 어린 시절의 단짝 친구는 못 본 지 이미 수년이지만, 강남에 가 있어 직접 작별 인사도 못하고 편지로 대신했다. 결국 당시 아는 것이라고는 러시아는 수만 리 떨어져 있고 교통도 막혀 있다는 것뿐이었다. 게다가 언제 돌아올지 알 길이 없어서(목숨은 중요한 것이 아니었다), 잠시가 영원한 이별인 것 같았고, '인간 세상에서의' 수속을 완전히 끝맺는 것 같았다. 그래서 요 며칠 밤을 정리하고 또 정리하느라 시간을 보냈던 것이다.

어린 시절 함께했던 이들은 모두 흩어졌으니, 누가 누구를 챙기겠는가? 하지만 편지를 쓸 때, 일찍 과부가 된 사촌누나가 생각났다. 누나는 지금은 혼자서 유복자와 함께 친정에서 외롭고 쓸쓸하게 살아가고 있었다. 고모는 며느리한테 공양 받는 게 눈치가 보이는 처지라, 과부 딸에게까지 신경을 쓸 여력이 없었다. 고모의 집은 지주집안이었다. 하지만, 생활수준은 점차 서구화되어가던 도시를 따라가지 않을 수 없었다. 농업 생산 방면에서는, 생활수준이 높아지면서 자연히 오르게 된 피고용인들의 임금을 해결하지 못하고 있었고, 변화 중에 있던 생산 자본[5), 즉 농지를 처리할 수도 없었다. 게다가, 대가족 경제는 개인경제로 바뀌고 말았다. 이런 까닭에 순식간에 파산하고 말았던 것이다. 그래서 내 사촌누나는 기생하는 이에 기생하고 있는 상황이었기 때문에, 그 정신적 고통은 이루 말할 수 없었다. 또 다른 사촌누나는 어릴 때 모친을 잃고서 나하고 함께 자랐다. 그 누나 집안 역시 파산한 '사대부 계급'이었다. 자형은 소학교 교원이었지만 아이가 너무나 많아서 쪼들릴 수밖에 없었고, 그래서 누나도 생계를 위해 나서야 했기 때문에 그 고생이 말도 못했다. 내 사촌누나는 '중국 여성의 고통'을 피부로 느끼고 있었기 때문에, 늘 삶에 비관적이었다. 누나는 언제나 돼서야 누나의 문제를 해결할 수 있을까?

밤이 깊어 고요해지면, 사람은 등불 아래서 근심에 잠기기 마련이다. 저녁 바람이 몰아온 한기가 수시로 찢어진 창호지 사이를 비집고 들어왔다. 펜을 들었다가 아무것도 쓰지 못하고 내려놓았다. 과거를 다시 말한들 무슨 소용일까? 삶은 고단하고 마음은 어지럽더라도, 친척을 위로하는 게 인정이기는 하다. 허나, 도대체 무슨 말로 시작해야 할까? 친척의 빈말이 원수의 선물보다는 좋다는 말도 있지만, 아무래도 득이 되는 것도 없는 것 같다. 하물며 내 친척이나 친구들은 자신의 계급에 맞는 인생관을 가지고 있어서, 실제로는 말을 해도 서로 맞지도 않고, 쓸데없는 짓거리가 될 공산이 크다. 중국의 사회생활은 몽롱한 새벽꿈 같아서

5) 정치경제학적 개념으로 생산수단을 지칭한다.

흐리멍덩하기 이를 데 없다. 사람들은 그저 '운수가 나쁘다'고만 생각할 뿐, 삶이라는 장막 안에서 거대한 모기 같은 거대한 독충이 사람들의 피를 빨아먹으려 서로 다투고 있다는 것은 알지 못한다. 광활한 세계의 생명에 대한 질문들은 더 말할 것도 없다. 사람 개개인 먹는 문제만 하더라도 그 뒤에 세계의 경제 현상이 반영되기 마련이다. 마치 거대한 마귀가 사람들 옆에 바짝 붙어서는 정수 옆에다 마이너스 부호를 붙이고 있는 것 같다. 사람들이 어떻게 이 도리를 알 수 있을 것이며, 나는 또 어떻게 그 하나하나를 위로해줄 수 있겠는가! …… 그래도, 이별을 고하는 편지들은 그럭저럭 다 쓰고는 말았다.

톈진을 지날 때, 친척집 한 곳을 들렀다. 집주인은 우리 집안과 여러 대 알고 지내던 사촌누나와 자형이었다. 부부는 내가 멀리 떠난다는 말을 듣고는 브랜디[6]를 내와서 밤새 술을 마셨다. 그 사촌누나는 본래 고향에서 알아주던 미인이었는데, 세상 풍파에, 가정생활에서의 고생에, 이제는 젊은 날의 아름다움은 찾아볼 수가 없었다. 그날 불콰하게 취한 우리는 다시 차를 마시면서 아편등 앞에서 이야기를 나누었다. 자형은 아편 도구를 담은 쟁반을 가리키면서 말했다. "한 달에 오륙십 위안[7]을 버는데, 이놈들이 육십 위안을 가져가 버린단 말이야. 자네라면 이거 버티겠는가?" 누이가 말했다. "자형이 이전에는 의사도 해서 꽤나 벌었는데, 게을러빠져서는 될 대로 되라는 식이니 생계가 어떻겠니? 철도국 일도 베

6) 군색한 사촌누나 살림살이를 보았을 때는 양주인 브랜디를 내왔다는 것이 어울리지는 않는다. 하지만 원문에 '白蘭地酒(브랜디)'로 적혀 있고, 자형이 한때 의사로 일하기도 했고, 철도국에서도 일하기도 했던 것으로 볼 때, 직무상 얻은 것을 가지고 있다가 먼 길 가는 동생을 위해 내온 것으로 생각돼 브랜디 그대로 번역한다.

7) 元. 중국 화폐단위이다.

이징 높은 자리에 있는 동향 사람 체면으로다가 겨우 얻어낸 것을, 하루가면 이틀 빠지고 하니 뭐 되겠니, 그냥 똑 떨어지고 말았지. 이걸 어쩌냔 말이다! ……" 그 집 딸인 펑얼丰兒이 끼어들었다. "외삼촌, 외삼촌, 저 베이징 데려가 주시면 안 돼요? 셋째 이모三姨 만나려고요. 셋째 이모가 지난번에 오셨을 때, 어머니와 이야기를 나누셨는데, 나중에는 왜 그러신지는 모르겠는데, 계속 우시기만 하시더라고요?" 차는 이미 다 마셨고 아편도 적잖이 피운 후였다. 내 취기도 점점 가셨다. …… 그날 누이 집에서 객잔으로 돌아오는 길에, 톈진의 거리가 어찌된 일인지 그리 처량할 수가 없었다.

내 기억에 당시 베이징 시청西城[8]에는 작은 사글세집들이 모여 있었는데, 담벼락은 낮았고, 창에는 창호지가 발라져 있었으며, 뜰에는 맨드라미, 봉숭아 등속이 어지럽게 피어 있었다. 그런 모습 자체가 간신히 아등바등 버텨나가는 도시의 삶을 보여주는 듯했다. 하루는 그런 사글세집에 살던 친척을 찾아갔다. 방은 깨끗이 정리되어 있었지만 몹시 좁았다. 나는 그 집에 살던 외종숙모에게 곧 러시아로 떠나게 됐다고 말씀드렸다. 외종숙모는 "잘 됐구나. 네 어머니가 일생을 가난으로 근심이더니 네가 공부해서 이리 잘 되는 것도 못 보고 갔구나, 그래." 나는 말했다. "어쩔 수 없죠, 뭐. 전 배우는 게 좋습니다. 찢어지게 가난해도 굶어죽지는 않았네요. 학업을 마치지 못하거나 마치거나 매한가지예요. 희망도 결국 제 자신에게서 찾아야 하는 법이잖아요. 처음 창저우에서 나와 공부를 시작했을 때도 숙모님께 노자를 빌렸었는데, 이번에 유학 떠나는 데도 돈을 빌리게 되었네요. 도대체 가난이 뭔지, 잠시도 벗어날 수가 없네요." 하지만 내가 출국하는 게 무슨 희망이라는 것인지는 설명할 수 없었

8) 쯔진청 서쪽 지역을 가리킨다. 현재 시청구西城區.

다. 지금 중국 사회사상은 확연히 두 세계로 나뉘어 있어서 신구가 서로 이해하는 것은 불가능하다. 외종숙모는 계속해서 물었다. "톈진에서 둘째 사촌누나는 보았나 모르겠다. 네 자형은 아직도 아편 하디?" 나는 답했다. "안 할 리가요." 외종숙모는 한숨을 쉬었다. "우리같이 쥐뿔도 없는 사람도 그렇게 해서는 될 게 아닌데, 그런 있는 집도 돈이 생기는 족족 죽어라고 써대면. 근데 개를 탓할 수도 없지. 그 아빠 되는 인간도 가르칠 게 있어야지, 아들과 똑같은 놈이니 말이야. '있을' 때도 올라갈 생각을 안 하는데, 이제 '없어지니' 어쩌겠어? 여전히 아편질이나 하고. 지금이라고 예전보다 낫겠어? …… 네 외종숙부는 어릴 때부터 공부할 돈이 있어야지. 지금 우리 둘이가 이리저리 움직여 봤자 한 달에 3, 40위안을 버니 충분하겠니? 여기저기 미관말직들은 이런 모양새인 사람이 수도 없단다. 이놈의 세상이 어떻게 되려고 이러는지! ……" 숙모님은 쉬지 않고 물었다. "셋째는 베이징에 왔니? 넌 만나 봤구?" 만났다고 말했다. "셋째는 그 결혼이 말야, 참말로…… 어릴 때 정혼에서 보내는 게 젤루다 나쁜 일이야. 요행으로 부부가 계속 금슬이라도 좋다면야 괜찮지만, 그 서방이란 놈도 공부도 못하지 또 할 줄 아는 것도 없지, 생활이…… 앞으로가 더 큰일이다. ……"

내 마음속 청순하고 순결한 사랑은 이미 끊임없는 고민과 슬픔에 단련되어 있었다. 하지만 지금은 늦가을 늘어진 버들이 서리를 맞은 마냥 무슨 생기라고는 없었다. 쓸쓸한 삶이라도, 그와 다르게 한가함이 주는 즐거움도 있었다. 바깥 세계에서 때로 어떤 느낌을 받고는 했다. 구름 한 조각이라도, 떨어지는 꽃잎 몇 개라도 내 마음을 흔들 수 있었다. 지금 내 마음은 벌써 다른 세계에 가 있지만, 여전한 것은……. 하물며 이것은 또 옛 시대의 정신과 밀접한 관련이 있었고 옛 사회생활의 유물과 같은 것이기도 해서, 내게 다른 방면에서 감동을 주었다. 이 때문에 "인간과 인간의 관계"에 대한 나의 의문은 더욱 깊어졌다. …… 하루는 셋째 여동생을 만나러 갔다. "난 막 남쪽에서 왔는데, 오빠는 또 북쪽으로 가야 하네요. …… 나 혼자 친정을 떠나 이렇게 멀리 왔는데, 여긴 다른 세계 같아요. 베이징에서 아는 이라고는 한두 사람밖에는 없고. 시청에 사시는 오빠 외종숙모가 한 번 다녀가셨어요. 근래 외종숙모 뵌 적이 있어요? 우리 고향에 있을 때 알던 분이잖아요. 난 늘 그분 오셔서 얘기나 했으면, 그렇게 기다려요. …… 조용한 게 사람을 참 미치게 하네요. 집안의 어머니, 큰언니는 어떠신지 모르겠어요. 그 사람(남편을 말한다)도 게으르고, 또 저도 편지 쓸 줄 모르니, 오빠가 제 대신 편지 써서 고모와 톈진의 둘째 언니에게 좀 부쳐주세요. …… 오빤 언제 러시아에 가요? 러시아는 중국에서 얼마나 먼가요? 어디에 있는 거예요? ……" 나는 답했다. "아마 한두 주 후에는 갈 거야. 너 시간이 나면 춘 형 집으로 와라. 내일하고 모레는 나 집에 있을 거야. …… 편지는 어려운 게 아니니, 바로 써줄 수 있다. 톈진에 있을 때, 네 둘째 언니는 봤어. 펑얼도 베이징으로 와서 너를 보고 싶어 하더라. 하아~! 세월도 참 빠르지, 펑얼이 그렇게 크다니 말이야. 우리 헤어지고서 벌써 4, 5년 아니니? 지금 또 헤어져야 하는 게, 인생이 꼭 정거장 같구나. ……" 한참을 둘은 아무 말도 없었다. 나는 별생각 없이 말했다. "매부가 관청이나 은행에서 일을 구하면 좋겠는데, 네 생각엔 어떠니?" 그녀가 말했다. "당연히 좋죠. 하지만 누구에게 부탁해야 할지 저도 모르겠어요. 저도 정말 괴로워요. 전 아직도 그저 아이일 뿐인걸요. 지금은 일마다 제 부담이니, 어떻게 해야 좋을까요?" 나는 대답했다. "괜찮다. 일이란 건 천천히 찾으면 되고. 모르는 건 뭐든지 춘 형과 형수에게 가서 물어보렴." 새색시 시절은 중국의 여성들에게는 일생일대의 중요한 시기이다. "네 시동생, 시누이도 잘 지내지?" 그녀가 말했다. "그렇죠 뭐. 우리 환시에 있던 때를 떠올려 보면, 고향 같은 동네에서는 하루 종일 놀아도 누가 뭐라지도 않고……" 그녀를 만난 날, 나는 본디 일찍 집으로 돌아오려고 했으나 어느새 황혼녘까지 머물고 말았다. 베이징의 청난城南은 본래 황량한 곳이었다. 거기서 집이 있던 둥청까지는 제법 거리가 되었다. 동생 집 대문을 나선 가을밤에 마침 룽취안사龍泉寺[9] 주변은 울창한 수풀이 드문드문 내는 가을바람 소리에 비 기운까지 있어 이별을 재촉하는 것 같았다. 하늘 가득한 먹장구름은 마치 먹으로 칠해 놓은 듯했고, 반쯤 조락한 가을 풀들은 울음소리를 내고 있었다. 거리에 인적은 이미 끊어져 있었고, 인력거의 불빛만이 보일 뿐이었다. 멀리 정양문正陽門[10] 부근의 3, 4층짜리 서양식 건물의 전등이 하얀 빛을 뿜어내고 있었다…….

과거에 대한 미련, 심리 속 자연의 상태는 인간의 개성에 적지 않은 영향을 준다. 하물며 우리 눈앞에 드러나는 옛 사회의 풍경 한 폭 한 폭은, 그 또한 우리가 해결해야 하는 사회의 문제가 된다. 개성이 급작스럽게 변한다면, 그 까닭은 반드시 사회 환경 때문이라고 할 것이다. 하지만, '과거에 대한 미련'이여, 그대는 도대체 나의 장래에 무슨 인상을 남길 것인가? 마음에서 지우지도 남기지도 못할 흔적만 남길 것인가? 나는 지금 모든 인연의 끈을 끊어 버리고 다른 누군가에게 마음을 주려 한다. 이제 손 들어 인사하고 결연히 떠나련다.

---

9) 베이징의 룽취안사龍泉寺는 하이뎬구海淀區(베이징 서북쪽)에 있다. 본문을 보았을 때, 셋째 여동생은 베이징 청난城南 즉 쯔진청 남쪽 지역에 살았던 것으로 판단된다. 아마 동명의 다른 사원이 있었던 것이 아닌가 생각된다.

10) 속칭 첸먼前門으로 불리는 베이징 내성內城의 정남문이다. 의화단 사건 이후 미군이 정양문正陽門 동쪽에 주둔하면서 지역에 관련 시설이 들어섰다. 여기서 말하는 서양식 건물은 이 시설들일 것으로 생각된다.

4.

20세기가 시작되던 때[1] 나는 태어났다. 바로 그때가 중국 역사상의 신기원이었다. 중국은 달콤하고 안일한 춘몽에서 조금씩 깨어났지만, 깨어나서 보니 해는 중천에 떠 있었다. 중국은 게으름에 전 몽롱한 두 눈으로 좀체 일어나려 하지 않고 있었다. 내가 일고여덟 살일 때부터 중국 사회는 이미 경천동지할 변화의 소용돌이에 휘말려 있었다. 하루가 달리 급격하게 일어나는 변화는 이미 당해내기 힘들 지경이었다. 내 유년은 이것에서 많은 영향을 받았다. 나는 이때 이미 완전한 중국문화의 산물이 아니었다. 더욱이 경제생활이 작동하면서, 천변만화가 그 가운데에서 뒤섞이고 있었고, 나 역시 이미 그 가운데 일부분이 되어 있었다.

이십여 년 동안 사상은 급변했고, 1911년의 혁명은 중국의 옛 사회가 파산을 맞이했음을 증명해주었다. 안타깝게도 오십여 년에 걸친 식민화로 인해 중국의 자산계급은 자신의 힘을 억눌러야 했고, 유민이 된 무산계급은 자신의 기능을 발휘해, 혁명 후 중국 사회의 기형적 변화의 한 부분을 차지했다. '자유평등'을 노래한 자산계급의 혁명은 노예와 강도가

1) 실제로는 1899년 1월 29일에 태어났다.

득시글대는 독재를 만들어냈을 뿐이었다. '자유', '평등', '민권'의 구두선은 대다수 사회사상에서 복고의 반동사조를 만들어내지는 않았지만 사람들의 혐오의 대상이 되어버렸다—한 차례 격렬하게 일어났다가 염세적 인생관으로 변하고 말았던 것이다. 혹자는 이를 핑계로 떠나서는, 정치와 과학과는 비교적 먼, 마음의 안식처를 찾기도 했고, 혹자는 시류에 순응해 선정적이고 음란한, 썩어빠진 소설에나 기탁하기도 했다. 내가 서구식 중학교육을 받을 때는 마침 강남江南[2] 문학 사상이 파산을 맞은 때여서, 소위 '유럽화'—죽은 과학교육—는 현실의 정치적 난국의 자극과 유동하는 문학사조의 타락을 당해낼 수 없었다. 장쑤제5중학교江蘇第五中學에서 친구가 되었던 양저우揚州의 런任 씨 형제[3]와 이싱宜興의 우빙원吳炳文[4]은 모두 나와 같은 처지에 있던 이들로서, 뜻하지 않게 함께 '명사화名士化'가 돼서, 처음에는 시와 고문을 연구하다가 이어서 경적經籍을 탐구했다. 사람들이 아직은 서로 '성령性靈'[5]을 중시하던 때라, 우리의 우정의 결합은 무의식중에 보조적인 교육의 역할을 하였다. 당시는 내가 사회에서 벗어나 있던 때였다. 나중에 나는 어머니의 죽음으로 가세가 기울어 사회로 나가 생계를 도모하게 되었고, 삶 속에서 끊임없이 '질문'을 던져야 했다. 좋은 벗들과도 헤어지고 말았다. 궁벽한 우시無錫에 와서 국민학교國民學校 교장 노릇을 할 때는 정신적으로는 무기수와 같았다. 그래서 당시 위안스카이袁世凱가 황제의 꿈을 꾸고 있었음에도, 결코 정

2) 江南문학사상은 고전문학 전통에 해당하여 '장난 문학'이 아닌 '강남 문학'으로 표기한다. 여기서 '江'은 창장長江, 즉 양쯔강揚子江을 말한다.

3) 인민문학출판사人民文學出版社본에 따르면 런나이너任乃訥, 런나이인任乃閶 형제를 가리킨다. 런나이너는 사곡詞曲 연구자로서 쓰촨대학四川大學, 양저우사범대학揚州師範大學 등에서 교수를 역임했다. 동생 런나이인은 요절했다.

4) 중화민국中華民國의 외교관이었다.

5) 인간의 정신, 감정, 정감 등을 지칭한다.

치사상에 마음이 흔들리지는 않았었다. 사상은 옛날로 돌아갔고, 인생관은 그저 '피세避世'에 머물러 있었다.

그러나 관념적인 염세몽에 묶여 있을 수만은 없었다. 생계 문제로 나는 양쯔강揚子江 서쪽으로 움직였다. 이전에 유람했던 과저우瓜洲[6], 악화되어만 가는 친화이秦淮[7], 긴 강가에서 맞이하는 낙조, 안후이安徽와 장시江西의 강과 나무, 반짝반짝 일렁이는 윤슬, 아련하게 가라앉는 파도소리, 이런 것들은 나의 마음에 스며들어 울적한 마음을 달래주었다. 우창武昌에서는 춘 형을 만남으로써, 다시 한 번 굶주린 지식욕을 채울 수 있다는 희망을 가질 수 있었다. 이것은 먹고사는 문제를 간접적으로나마 해결하는 방법이기도 했다. 동시에 황피에서는 사촌형 저우쥔량周均量을 만날 수 있었는데, 형을 만남으로써 시사詩詞 연구를 한층 더 심화시킬 수 있었다. 형에게서 받을 수 있는 도움은 이것만이 아니었다. 정치문제 역시 점차 우리의 이야깃거리가 되었다. 그러나 형은 한편으로는 내가 예전에 연구했던 불학에 대한 흥미를 자극했기 때문에 사회문제의 정치적 해결을 모색하겠다는 생각은 또다시 중단되고 말았다. 이 삼사 개월에 걸친 여행에서 생계문제는 조금도 해결하지 못했지만 심적으로는 점차 평온한 '상태'에 이르렀다. 이후 쥔량 형과 헤어져 베이징으로 돌아오면서 대학에 들어가 연구를 하겠다는 목표를 품게 되었다. 당시 내 가족은 이미 풍비박산이 난 상황이었지만, 그것 말고는 다른 근심거리는 없었다—그 상황은 지금까지 이어지고 있다. 그러나 눈을 가린 채 삶의 출로를 찾아 좌충우돌하느라, 내 자신이 파산한 '사대부 계급' 사회 속 사

---

6) 양저우 옛 운하와 양쯔강이 만나는 지역으로 현재 국가수리풍경구國家水利風景區 등이 자리한 관광지이다.

7) 양쯔강의 지류로 대부분이 난징시南京市에 걸쳐 있기 때문에 난징의 '어머니강母親河'이라고도 불린다.

회현상의 하나라는 사실을 깨닫지 못하고 있었다.

베이징으로 이주해 '5 · 4'운동이 일어나기까지 3년은 내 삶에서 가장 쓸쓸한 시기였다. 친구들과의 교류도 완전히 끊어진 상태였다. 베이징의 신 관료적인 '민국'의 삶은 나에게는 엄청나게 고통스러운 자극이 되었다. 이 3년간 철학을 연구하는 과정에서 염세적 철학이 깊어져만 갔다. 그러나 내 이 '염세관'은 이미 이전의 '피세관'과는 다른 것이었다. 점차 마음의 현상에 변화가 일어났다. 국고정리에 흥미를 느껴 금문학의 재생을 국고정리의 지향으로 삼았고, 불학을 연구해 인생의 문제를 해결해야겠다는 생각에 보살행을 불교인간화의 원망願望으로 삼았다. 이것은 비록 공염불이기는 했지만 당시 고독하게 살아가고 있던 나의 '이원적 인생관'을 설명해주기에는 충분했다. 생활에서 나는 일부분은 생계 자립이라는 '세간의' 책임을 다하는 데 투자했고 또 일부분은 문화로써 중국을 구하려는 노력, 즉 '출세간出世間'의 공덕에 힘을 쏟았다. 나는 러시아어 전수관俄文專修館에 들어간 동시에 철학 연구도 중단하지 않아서 하루 11시간 이상을 공부에 매진하는 각고의 시간을 보냈는데, 이것 또한 이러한 인생관의 표현이라고 할 수 있었다. 당시 모든 사회생활은 내 마음 바깥에 있었다. 러시아어를 공부하는 것은 생계를 도모하기 위함이었다. 그러나 실제 당시에 생계를 꾸리는 것은 내가 아닌 사촌형이었다. 이러한 기생 생활은 이미 여러 차례 나의 사회문제에 관한 의문—'인간과 인간의 관계에 대한 의문'—을 자극했었다.

보살행의 인생관과 무상無常의 사회관은 점차 나를 광명의 길로 이끌었다. 돌연 '5 · 4'운동이 폭발했고 나는 그 소용돌이에 휩쓸려 들어갔다. 고독한 생활은 끝이 났다. 최초의 베이징사회복무회의 동지들, 내 당숙인 취쥐눙瞿菊農, 원저우溫州의 정전둬鄭振鐸[8], 상하이 겅지즈耿濟之[9], 후저우湖州의 장자오더張昭德(뒤의 두 사람은 러시아어 전수관에서 함께 수학했다)는 모두 나와 같이 불가사의한 '열정'을 가지고 학생운동에 참여했다. 우리는 사회생활을 접하게 되면서 사회가 이름 없는 독에 중독되었다는 것만을 알았지, 그것을 어떻게 치료해야 하는지는 몰랐고—학생운동의 의의가 여기에 있었다—, 오로지 자신의 경험에만 의지해야 했기 때문에, 불안감을 숨길 수가 없었다. '변화'에 대한 요구가 갑자기 폭발했고 일시적이기는 했지만 사회를 놀라게 하였다. 크로포트킨Pyotr Alexeyevich Kropotkin[10]이 말하지 않았던가, 한 번의 폭동이 수천수만의 책이나 신문보다 낫다는 것을. 동시에 8, 9년 동안의 중국 사회의 반동적 현상을 경험하면서 『신청년新青年』[11]과 『신조新潮』[12]에서 보여주었던 사조의 변동은 학생운동 속 사회심리가 흐르는 방향을 따라 경천동지할 거대한 변화의 파도를 일으켰다. 그것은 전 중국을 뒤흔들었다. 당시 애국운동의 의미는 결코 발표된 글들만 대충 보고 알 수 있는 것이 아니었다. 중국 민족은 수십 년간 착취를 받다가 오늘날에 이르러서야 식민화라는 상황을 깨닫게 되었다. 골수까지 파고드는 제국주의로부터의 고통은 공허한 민

---

8) 작가이자 문학사가. 중국 현대문학 초기 대표적 문학단체인 문학연구회文學研究會의 발기인이다. 『삽도본중국문학사插圖本中國文學史』, 『중국속문학사中國俗文學史』 등을 남겼다.

9) 번역가로서 톨스토이, 도스토예프스키 등 러시아 작가의 문학을 번역 소개했다.

10) 무정부주의 운동가이자 철학자였다. 국내에는 『만물은 서로 돕는다Mutual Aid: A Factor of Evolution』, 『청년에게 고함An Appeal to the Young』, 『빵의 쟁취The Conquest of Bread』 등 많은 저작들이 번역 · 소개되어 있다.

11) 1915년 천두슈陳獨秀에 의해 창간되어 5 · 4운동에서 중요한 역할을 했던 잡지이다. 중국현대문학의 탄생도 이 잡지와 함께 했다.

12) 푸쓰녠傅斯年, 뤄자룬羅家倫 등이 창간한 종합 월간지로 역시 5 · 4신문화운동의 주요 잡지이다.

주주의의 악몽으로부터 사람들을 깨어나게 했다. 학생운동의 출발점이었던 산둥문제山東問題[13)]가 바로 그랬다. 산업선진국에서 현대적 문제는 자본주의이지만 식민지에서는 제국주의이다. 그래서 학생운동은 갑자기 일변하여 사회주의로 나아가게 되었던 것이다. 바로 이것이 그 원인인 것이다. 게다가 가족 단위 농업경제의 파산으로 옛 사회조직은 그 근거지를 상실하게 되었으며, 이로 인해 사회문제는 더욱 복잡하게 되었다. 공교문제孔敎問題, 여성문제에서 노동문제까지의 사회개조 문제, 문자 상의 문학문제부터 인생관과 관련된 철학문제 등은 모두 이시기에 발생하여 신시대의 중국사회사상 주위를 맴돌고 있었다.

나와 취쥐눙, 정전둬, 경지즈 등 동지들은『신사회新社會』순간旬刊[14)]을 발간하였다. 이로써 나의 사상은 처음으로 사회생활과 만나게 되었다. 게다가 학생운동에서 얻은 사회적 교훈으로 나는 더욱 분명하게 '사회'의 의미를 이해하게 되었다. 사회주의에 관한 토론은 늘 우리의 무한한 흥미를 자극했다. 그러나 1840년대의 러시아 청년사상처럼, 사회주의 유파나 사회주의의 의미는 오리무중이라 그 모습을 분명하게 볼 수 없었다. 오래 닫혀 있던 수문이 개방되어 물이 마구 흘러나오면 종적을 알 수 있을 것 같지만 물거품으로 인해 실제로는 어디로 흐를지 방향을 알 수 없는 것과 흡사했다. 그 당시 사회사상 대부분이 그랬다. 나는 오랫동안 철학을 연구하던 습관으로 당시 사회사상의 '사상적 방법'에 대해 근본

13) 제1차 세계대전 후 영국, 미국, 프랑스 등 전승국들이 파리강화회의에서 독일이 누리고 있던 산둥 지역에서의 특권을 일본에게 넘김으로써 야기된 중국 국내외의 문제를 말한다. 이것은 5·4운동의 기폭제가 되었다. 여기서 취추바이가 말한 학생운동은 좁게 보면 5·4운동을 말한다. 이 시점에서 그가 5·4운동을 어떻게 보고 있는지를 엿볼 수 있다.

14) 1919년 11월 취추바이, 정전둬鄭振鐸, 경지즈耿濟之, 쉬디산許地山, 취쥐눙瞿菊農 등이 참여한 베이징사회실진회北京社會實進會가 창간했다.

적인 물음을 갖고 있었다. 그래서 나는 이렇게 말했다. "지금 사람들은, 네 주장은 과격합네, 너는 그다지 철저하지 못합네 하지만 이런 것들은 모두 부질없는 일입니다. …… 어쨌든 모든 일들은 우리의 연구대상인 이상 분명하게 알아나가야 합니다. 주관과 객관을 혼동한다면 백 년이 흐른들 작은 일 한 가지도 해결하지 못합니다. ……" 그러나, 당시에 우리 중에는 진정한 '사회당'은 없었음에도, 중국정부, 이 다 죽어가던 수구파 사신死神들은 '외국 것外國的貨色', '사회' 이 두 말만 보면 경기를 일으켜 '과격파'니 '볼셰비키'니 '재앙신'이니 하면서 우리를 공격해댔다. 그래서 우리의 『신사회』는 경찰에 의해 폐간되고 말았다. 이것 또한 기이한 현상이자 사회사상의 변화였다. 한편에서는 너무 앞으로 나아갔던 것이고, 그 반대는 완전히 뒤로 물러나 주저앉아 버렸던 것이다.

이후 베이징의 청년 사상은 점차 변화하여 철학과 인생관에 치우쳤다. 이것은 또한 러시아 신사상운동 가운데의 번민의 시대와 같았다. "번민은 도대체 무엇인가? 알 수 없다." 그 시절 우리는 월간 『인도人道』(Humantie)[15]를 냈다. 『인도』는 『신사회』의 경향과 달리 사회문제의 관념론적 해결을 추구했다. 정전둬의 경향이 가장 분명했고, 나의 주장은 주목받지 못했다. 그 당시 우리 모두는 유물사관의 의미를 이해하지 못하고 있었다. 『인도』가 세상의 빛을 본 후 오래지 않아 나는 중국을 떠나 아향餓鄕으로 들어가려 한다. 고난을 이겨내겠다는 인생관을 움켜쥐고, 나의 '내적 요구'를 만족시키기 위해서 떠나는 것이다.

15) 1920년 8월 5일 창간되었으나, 1기만 발간되었다.

5.

중국사회사상은 오늘날 대변동의 기로에 서 있다. 도대체 왜 일반적인 청년들은 노심초사 불안해하고 있는 것인가? 이것은 사회생활의 불안정에 대한 반동일 뿐이다. 반동이 처음 일어난 때에는 뭇사람들이 일어나 함께 '옛' 사상과 학술 제도에 집중하여 용맹하게 싸워나갔다. 그러나 '옛'세력을 대표하는 세력이 싸울 힘이 없다고 선언하자, '신'사상을 주장했던 이들 사이에서는 잠복해 있던 모순—역사상 학술사상의 연원과 지리상 문화교류의 법칙—이 점차 드러나기 시작해 사조의 전개 추세가 당초와 달리 간단치 않게 되어버렸다. 정치적으로는 십 년 전의 1차 혁명[1]을 지나 괄호 안의 '민국民國'을 수립했지만 데모크라시La dèmocratie[2]라는 글자는 십 년이 지난 후에야 재발견되었다. 서구에서는 이미 재평가가 이루어진 문제가 중국에서는 여전히 신선한 문제여서, 사람들은 모두 큰 흥미를 느끼고 있었다. 이것이 그 기로의 하나이다. 그럼 다른 길은 무엇인가? 중국 역사의 무정부상태[3]에 근거한 통치 의미에 근거해서, 현존하

1) 신해혁명辛亥革命를 가리킨다.

2) 중국어 음역어로는 '德謨克拉西'이다. 발음은 'demokelaxi', '더모커라시'이다.

3) 취추바이는 전통 중국 사회의 농촌공동체와 이것에 근거한 농민문화의 특징으로 무

는 비非중앙집권적인 폭정[4)]에 대한 반동으로 또 하나의 사상이 일어났으니, 곧 '사회주의' 학설의 영향을 받게 된 것이다. 사실 그것에는 톨스토이파의 선전과 같은 무정부주의의 색채가 담겨 있었다. 혹자는 한 발 더 나아가 직간접적으로 무정부주의를 표명했다. 그래서 '데모크라시'와 '사회주의'는 때로는 서로 모순되고 때로는 서로 조화됐다. 실제로 이 두 단어의 의미는 현재 중국 학술계에서는 독특하게 해석되고 있는데, 결코 현대적 용어—구미 사상계에서 말하는 데모크라시와 사회주의—와는 일치하지 않는다. 과학 용어라는 측면에서 보았을 때, 중국의 사회사상은 분명 진보하기는 했지만 그 효과는 모호할 뿐이었다. 경제적으로 이미 서구의 물질문명과 접촉한 지 오륙 년이 지났지만 실제로는 식민지화된 경제원칙에 따라 비정상적 경제현상이 나타났다. 곧 여전히 유럽의 산업혁명에 관한 과거의 글들을 베껴서 "실업을 진흥하고 외자를 이용하자"라고 제창하고 있는 것이다. 이것은 미국 자본가들의 새로운 방식의 침략 정책에 속아서, 그리고 "중국은 당연히 실업을 진흥해야 한다"라는 러셀Bertand Arthur William Russell[5)]의 언급을 따라서 일어난 일종의 기이한

정부주의를 지칭했다. 그는 또한 제정러시아의 농촌 문화의 특징도 이와 같다고 보았다. 그는 소비에트러시아에서 체류할 때, 농촌지역으로 가 이를 직접 관찰하기도 했다. 취추바이는 이것을 중국과 러시아의 문화적 유사성의 근거로 보았다. 이것은 『적도심사赤都心史』에서 확인할 수 있다.

4) 소위 봉건군벌의 통치를 가리킨다. 취추바이가 말한 봉건封建은 유럽의 장원경제에 바탕을 둔 생산양식으로서의 봉건제 혹은 봉건주의를 말하는 것이 아니라, 한 국가가 정치적으로 분열된 상태를 말한다. 당시 중국은 통일정부를 수립하지 못한 채 군벌에 의해 분열되어 있는 상태였다. 그는 당대의 정치적 과제를 강력한 중앙집권적 통일국가의 수립이라 보았다. 볼셰비키의 혁명과 소비에트러시아의 건설은 그의 이러한 정치적 요구에 대한 답으로 보였던 것이다.

5) 영국의 수학자, 철학자, 언어학자, 역사학자, 사회비평가, 문학가이다. 사상적으로 자유주의, 사회주의, 평화주의 등 활동 분야만큼 다양한 스펙트럼을 보였다. 제1차 세계대전 당시 평화주의에 따른 반전운동으로 수감되기도 했다. 1920년에서 1921년

'사회주의'적 반동이다. 물론 사회주의가 점차 실제적인 운동으로 바뀌면서 약간의 권위를 갖게 되고 화해적인 논조가 제기되기도 했다. 즉 '독일식'의 타협적 혁명을 숭배하거나 사회정책을 주장하기도 했던 것이다. 이 또한 일종의 '사회주의'이다. 양 파는, 중국에게는 경제적으로 가장 원한이 깊은 제국주의 국가에 대해 어느 경우는 잊어버리거나 또 어느 경우는 해결책을 전혀 찾지 못해 미뤄두고 그저 경제적 문제에만 머물러 있을 뿐이다. 학술 방면에서 이십여 년간 구미문화와 접하면서, 과학은 일찍부터 국립학교의 교과서 내에 편입되었으나, 지금에 이르러서야 진지하게 '싸이 선생(賽先生, 천두슈陳獨秀가 과학을 Mr. Science[6]라 불렀다)'을 이 고루한 동방의 국가로 모셔오려는 사람들이 나타났다. 동시에 '중국적 인도문화印度文化'가 재생하여, 톨스토이 등의 동방문화를 숭배하는 학설들이 널리 퍼지게 되었다. 또 세계대전 후 구미의 사상이 파산하면서 동방에 호소하는 경향이 나타나게 되었다. 이러한 현상들은 중국인들의 자만을 자극하였다. 이리하여 '서구문화와 동방문화'는 생각지도 않게 중국의 신사조 가운데서 문제가 되었다.[7] 그래서 이러한 두 가지 모순되는 경향은 각각 모호한 위치에서 때로는 서로 충돌하기도 하고 때로는 타협하기도 했다. 논자들은 정치사조에서든 경제사조에서든 혹은 학술사조에서든 명확한 의미 파악 없이 그저 신문, 잡지, 총서 등에서 어지럽게 떠들어댈 뿐이라—그러나 한 발씩 전진한다는 것은 부정할 수는 없다—, 사상적 혼란과 동요는 가라앉지 못했고, 사람들은 거리낌 없이 제

중국을 방문했다.

6) 중국어 음역어로는 賽恩斯이다. 발음은 'sai'ensi', '싸이언쓰'이다.

7) 이것은 당시 과학과 현학 논쟁科玄論戰으로 나타난다. 전자는 5·4신문화운동에 참여했던 근대적 지식인 중심으로 서구의 과학과 합리적 이성을 중시한 이들이었고, 후자는 세계대전을 전후하여 서구에서 일어난 근대 서구 이성에 대한 비판에 자극받아 중국과 인도 등의 동양의 사상과 윤리를 복구하려는 이들이었다.

말만을 해대고 있었다.

나와 여러 동지들 역시 당시에 이러한 광란의 파도에 휩쓸려 표류하고 있었다.

나는 어떠한가? 사상을 정돈하는 방법에서 시작하여, '인아견人我見'[8]에서 '법아견法我見'[9]에 이르기까지를 정말로 버리게 되었고, 그때에 이르러서는 실사구시적 인생관과 우주관을 대략적으로나마 이해하게 되었다. 나는 내 세간의 '유물주의'를 완성하여, 결연히 모험을 택함으로써, 실제적인 결론과 일정한 범위 내에서 진실한 지식을 구하고자 했다. 이것은 나를 위함이 아니었다. 지식과 사상은 개인의 소유로 제한할 수 있는 것이 아니다. 게다가 나는 유년시절부터 사회생활을 접하였기 때문에, 생각지도 않았던 '스토아주의자'[10]가 되어 일상생활에서 검소하게 사는 것이 몸에 배었고, 의식주와 같은 모든 것들을 절제하고자 했다. 이것은 나 개인으로서는 기형적인 발전일 수도 있겠으나, 러시아로 가겠다는 바람 또한 이것에서 비롯된 것이기도 했다. 나는 중국의 재생과 시대사상의 발전이라는 책임을 짊어지려고 하는 것이다.

"사상은 이처럼 혼란한 상태에만 머물 수는 없습니다. 우리는 사회에 대해서는 책임을 질 필요가 없지만 우리 자신의 심적 요구에 대해서는 절대적인 책임을 져야 합니다. 실사구시적 이론은 인류 생활의 각 방면

---

8) 불교 용어. 자기에 대한 집착. 영원하고 불변하는 유일한 주체나 실체로서 자아가 있다고 고집하는 그릇된 견해.
http://junggaksa.or.kr/bbs/board.php?bo_table=Temple_dic&wr_id=2243&page=9

9) 불교 용어. 법아에 집착하는 견해. 대상에 대한 집착. 무아의 지혜를 얻은 후에도 모든 현상이나 사물에 실체가 있다고 생각하는 소승의 잘못된 견해.
http://junggaksa.or.kr/bbs/board.php?bo_table=Temple_dic&wr_id=1226&sca=%B9%D9&sfl=wr_subject&stx=%B9%FD%BE%C6%B0%DF&sop=and

10) 금욕적 윤리사상을 특징으로 하는 그리스·로마 철학의 유파이다.

에서 오랜 시간 토대가 구축되어왔습니다. 이것은 제가 여러분과 논쟁할 필요도 없는 당연한 사실입니다. 우리 각자는 자신의 능력의 한계에 따라, 자신의 마음의 요구에 맞추어 일체를 버리고 일을 시작해야 합니다. …… 청대 관동管同[11]은 백이伯夷와 숙제叔齊의 수양산首陽山을 아향으로 지칭했는데[12]—그들에게는 그들이 실제 마음에서 요구하는 진실의 힘實力이 그들이 즐겨먹은 '주周의 곡식周粟'보다 중했습니다—, 내게는 지금 나의 아향—소비에트러시아—이 생긴 것입니다. 러시아에 왜 먹을 것도 없고, 입을 것도 없는지,…… 사람들은 왜 굶주리고 추위에 떠는지,…… 얼마간은 그런 것에 상관하지 않을 것입니다. …… 어쨌든, 러시아는 세계에서 처음으로 사회주의혁명을 실현한 나라이자, 세계혁명의 중심이며, 동서 문화의 접점입니다. 이것은 변함없는 사실입니다. 어떻게 갈지, 그 방법의 정당성도 잠시 따지지 않겠습니다—『신보晨報』[13] 기자가 될 수 없는데도, 신문기자의 명의로 가는 것은 능력은 없지만 억지로라도 그렇게 되도록 해야 하기 때문입니다. 『신보』의 기자가 될 수 없음에도 결국은 신문기자의 책임을 감내한 것은, 확정할 수 없는 사조(『신보』) 속에서, 생각을 확정하는 것 또한 경솔하기 짝이 없는 일이기 때문입니다.—그러나 '사상은 사유私有할 수 없다'는 것을 인정한 나로서는 이미 가기로 결정했습니다. …… 지금은 이미 모든 준비가 끝났고 내일이면 떠납니다. …… 동지 여러분도 각자 힘써 전진하기를 바랍니다!" 이것은 1920

11) 자는 관이지管異之이며 청대 산문가이다.

12) 稱伯夷叔齊的首陽山為餓鄉. 본래 이 말은 청대 남정원藍鼎元의 우언 『아향기餓鄉記』의 구절이라고 한다. 『餓鄉紀程』, 『瞿秋白文集 · 文學編』第1卷, (北京: 人民文學出版社, 1998), 제5절 주8 참고.

13) 1916년 8월 15일 베이징北京에서 창간된 일간 신문이다, 량치차오, 린창민林長民 등이 주도한 보수적인 정치계파인 研究系의 기관지의 성격을 띠고 있었다. 처음에는 『경종보晨鐘報』로 발간됐다.

년 10월 15일 내가 베이징호텔北京飯店에 머물던 유린(Urin. 극동공화국遠東共和國[14] 대표)에게서 비자를 받아 돌아와, 밤 11, 12시경에 몇몇 동지들—겅지즈, 취쥐눙, 정전둬, 궈사오위郭紹虞, 궈멍량郭夢良, 궈수치郭叔奇—에게 남긴 말이다.

10월 16일 아침부터 춘 형과 친척형제 몇 명이 배웅하러 베이징 동역으로 나왔다. 또 몇몇 동지들도 마지막 인사차 왔다. 날이 좋아 바람도 상쾌했고 햇살도 밝았지만, 종잡을 수 없는 감정에, 눈에 들어오는 것이 다 낯설어 보였다. …… 악수로 인사를 나누면서 친척과 친구들은 나를 배웅했다. 하지만 그들 각자가 나에 대해 어떤 감정을 가지고 있는지는 알 수 없었다. 나는 그들 하나하나가 궁금했다. …… "셋째 누이는 별나면서도 위험한 베이징으로 시집을 왔으니, 앞으로 어떻게 될지가 걱정이다. 가장 가까우면서도, 이제 막 지기가 된 궈수치는 아직도 러시아어 전수관의 사상적 감옥에 묶여 있을까? 내가 떠난 후 저이들은 더욱 외롭지 않을까? ……" 끊어졌다 이어졌다, 생각이 꼬리에 꼬리를 물었다. 기적이 울렸고, 나는 중국사회의 수만 가지 '속세의 연'과 이별을 고했다.

톈진을 다시 경유했다. 나는 다시 둘째 사촌누나에게 들러 작별 인사를 했다. 장사오더張紹德와 장쑤제5중학교 동문인 우빙원, 장타이라이張太來[15] 세 동지들이 모두 톈진에 있어서 저녁에 모여 긴 이야기를 나눌 수

---

14) 한국에서는 극동공화국으로 표기한다. 소비에트러시아는 혁명 후 백군과 서구 제국주의 국가들과 유럽 전선에서 전쟁에 빠져들고 만다. 이러한 상황에서 소비에트러시아는 뒤통수 격인 동아시아 지역에서 일본과 직접적인 충돌을 피하기 위해 완충국으로 위성국가 극동공화국을 세웠다. 1920년 4월 16일에 수립되어 1922년 11월 19일 소비에트러시아에 병합되었다. 수도는 치타였다.

15) 원본에는 장다라이張大來로 표기되어 있는데, 장타이라이張太來의 오기로 보인다. 장타이레이張太雷이다. 중국공산당 초기의 당원이었으며, 광저우봉기廣州起義 당시 피살됐다.

있었다. 그 자리는 내 중국의 사회생활에 대한 최후의 추억이 되었다. 톈진의 '서구화된 문명', 즉 전차와 자동차의 소음, 호텔이나 여관에서 신관료들이 마작을 두는 소리 등이 중간중간 우리의 이야깃거리가 되었고, 이것들은 내게 중국의 사회생활과 관련된 마지막 인상으로 남게 되었다. ……

18일 아침 정전둬, 취쥐눙, 겅지즈가 송별의 편지와 시를 보내왔다.

취추바이, 리쭝우李宗武, 위쑹화兪頌華를 추억하며[16)]

중화민국中華民國 9년 10월 16일, 징펑京奉역에서 추바이, 쑹화, 쭝우의 러시아로의 장도를 배웅하고 돌아오는 길, 찻집에 들렀을 때 느낀 섭섭함을 여기 적어 세 형제들에게 보낸다.

지즈, 전둬

뚜우뚜우 기적은 재촉하고,
느릿느릿 바퀴는 굴러간다.

　너희 떠나는구나.
　붉은 빛으로 떠나는구나.
신세계의 삶,
너희가 누릴 것이 우리는 부럽기만 하다.

---

16)「追寄秋白宗武頌華」1920년 10월 25일자『신보晨報』에 처음으로 발표됐다.

그러나……

기적은 우리 마음을 찢어 놓았고.

우리 마음은 바퀴 따라 굴러간다.

송백은 그대로 푸르른데

가을꽃 그대로 웃음인데

서울의 모습은 어느 제야 다시 볼 수 있으려뇨.

얼음과 눈의 땅———을 지나면,

'자유'의 나라———에 이르리니.

만리를———떨어져 있는데,

이별은———언제까질런지?

잉어야! 기러기야![17)]

너희가 우리 마음을 전할 수 있으려나?

뚜우뚜우 기적은 재촉하고,

느릿느릿 바퀴는 굴러간다.

기적은 우리 마음을 찢어 놓았고.

우리 마음은 바퀴 따라 굴러간다.

중화민국 9년 10월 16일 저녁 10시

17) 魚雁. '魚'는 잉어를 가리킨다. 잉어鯉魚의 배를 가르자 편지가 들어 있었다는 고대의 전설에서 기원하며, 한대 악부樂府 등 다양한 시와 고사에서 편지의 비유어로 사용되었다. '雁'은 큰기러기鴻雁를 가리키며, 『한서 · 소무전漢書 · 蘇武傳』이 출전이다. '鯉魚'와 '鴻雁' 모두 중국어에서 편지를 비유하는 단어다.

쑹화, 쭝우 두 벗과 추바이 조카를 추억하며[18)]

쥐눙

고개 돌려 바라보면, 생활은 비참하고 사회는 암흑인데,
 — 너희 드디어 떠나는구나!
떠나니 잘 되었다, 떠나니 잘 되었다.
 그러나 너흰 몇 번을 고개를 돌려 근심만 하는구나
여기 어둡지만 달콤한 나라에서 달콤한 잠에 빠져든 동포들은 도대체 어떻게 될 것인지?

꿀벌이 되어, 꿀을 탐할 것이지
우체부가 되어 오가는 편지나 전하지는 마시게나

타고르 가로되, "변화는 생활의 본질이다"
베르그송 가로되, 우주 만물은 모두 창조적이다—언제나 창조적이다.

너희 돌아올 때,
바라노니, 너희 개변하였기를, 창조되었기를.

우리 너희와 짧은 이별을 하지만,
 나는 그저 믿을 뿐이니.

18) 「追寄頌華宗武二兄暨秋白侄」 1920년 10월 25일자 『신보』에 최초 발표됐다.

우리는 여전히 우주의 대조화 속에서,
  보편적 정신생활 속에서
조화할 것이라—합일할 것이라……

나는 무슨 걱정 없는데,
글쎄, 너흰 무슨 근심 있을런가?

나는 답신으로 시를 덧붙여 나의 자연조화의 감상을 가득 담아 보냈다—먼 훗날 돌아와 마주하는 날, 이 또한 기념이 될 것이다. 편지와 시는 다음과 같다.

'Humanite' 보시오.

우리 오늘 밤차로 펑톈奉天[19]으로 출발했습니다. 이제 이곳으로부터 멀어져갑니다. 멀어져 가는데, 눈앞에 펼쳐진 어둠에서 광명 한 줄기가 내려와 우리를 환영합니다. 저희는 환영받을 만한 자들일까요? 여러분, 우리는 그저 '자연'을 따라 앞으로 나아가기로 결심했을 뿐입니다—창조되지 않으면 스스로 창조하고 조화되지 않으면 스스로 조화하려고 합니다.

여러분이 저희에게 보낸 시는 이미 받았습니다. 감사합니다. ……

쥐눙 숙부님! "백화를 탐해 꿀을 만든다면, 그건 누구를 위한 고생이고, 누구를 위한 달콤함인 것인가요?"??

우리의 이 여정의 의미는 바로 이런 의문부호들에 있습니다.

유혈의 참극이든, 가무의 파티이든, 우리는 모두 웃음을 띤 채, 점잖

19) 지금의 선양沈陽으로 랴오닝遼寧의 성도省都이다.

은 얼굴로 가서 참여할 것입니다. 여러분은 어떠신지요? …… 시를 덧붙입니다.

추바이. 1920. 10. 18.

나라를 떠나며 '인도'에 답하다[20)]

추바이

오고 감에 근심이란 없다,
오고 감에 근심이란 없다! ……
창조는 무엇이란 말이고, 변화는 무엇이란 말인가?
그저 우체부나 될 것을.

힘겹게, 힘겹게
몇 번이고 굴러가는 기차는,
나를 몰아쳐, '우주의 의지'를 갖게 하고
나를 맞이해, '자연의 조화'를 듣게 한다.

　만약 그렇다면—
　꽃을 탐해 꿀을 만들 것이다.
벌꿀이 된다면, 백화는 시들 것이나
다시 고개를 돌려보면, 구름꽃 찬란할지니.

텐진에서 짓다

---

20) 「去國答《人道》」 1920년 10월 25일자 『신보』에 최초 발표됐다.

당일 바로 답장을 보낸 후, 저녁에 빙원, 타이라이, 사오더와 작별하고 징평으로 가는 열차를 탔다. 위쑹화, 리쭝우와 함께였다. 당시 우리는 러시아로 가는 길이 열렸는지 여부를 알지 못했다. 마침 공교롭게도 '중화민국' 주 모스크바 총영사 천광핑陳廣平이 부영사 류원劉雯, 수습영사 정옌鄭炎과 함께 '부임'을 가는 길이었다. 우리는 그들과 동행을 해야 해서 먼저 하얼빈으로 가서 상황을 다시 살피기로 했다.

그 당시 러시아로 가는 루트는 하나는 캬흐타Kyakhta를 지나는 길이고 하나는 만저우리滿洲里를 경유하는 길이었다. 캬흐타로 가려면 장쿠선張庫汽車[21]을 타야 했다. 즈완전쟁直皖戰爭[22] 후, 샤오쉬小徐[23]가 만든 철도는 이미 몇몇 세력의 전리품으로 이리저리 찢기고 말았다. 그 나머지 상업철도는 아직 개통도 되지 않았다. 만저우리 방면에는 세메노프Ataman Grigory Semenov[24]와 극동공화국 혁명군이 치열한 전투를 벌이고 있었는데, 우리는 오히려 이 사실을 모르고 있었다. 유린의 비서는 우리에게 총영사와 동행하면 전용차로 하얼빈에서 치타Chita까지 직통으로 갈 수 있다고 알려주었다. 우리는 그의 말을 믿고 영사 일행과 동행하려 했던 것이다.

톈진에서 차를 탔을 때는 이미 밤 11시, 12시가 되어 있었다. 나는 쭝

21) 장자커우張家口—울란바토르 노선을 말한다. 울란바토르는 당시 쿠룬庫倫으로 불렸다. 캬흐타까지 연장되었다.

22) 즈리파直隸派의 차오쿤曹錕, 우페이푸吳佩孚와 안후이파安徽派의 돤치루이段祺瑞 사이에서 1920년 7월 14일부터 7월 23일까지 전개된 전쟁을 말한다.

23) 안후이파 군벌인 쉬수정徐樹錚을 말한다

24) 10월 혁명 후 시베리아를 거점으로 한 백군의 수장이었다. 소비에트러시아에 패퇴한 후 일본에 투항하여 반소反蘇 활동을 이어가다, 1945년 소련군에 체포되어 처형당했다.

우와 쑹화에게 말했다. "이제 중국을 떠나, 내일 만저우萬州에 도착하면 언제나 '붉은 도시赤都(모스크바)'에 도착할지 모르겠네. …… 우리는 이제부터 잠시 중국사회와 이별하게 될 것이고 중국사상계와도 이별하게 될 것이야. 오늘 내가 쥐눙에게 보낸 시를 보았는가? 이제서야 중국사상계에 약간의 흔적을 남긴 셈이지……" 열차는 출발했고 사람들도 조금씩 잠이 들었다. 나 취추바이도 서서히 중국을 벗어나고 있었다—산하이관山海關을 나서려 하고 있었다. ……

6.

19일 아침에 일어났을 때, 기차는 막 산하이관으로 들어서고 있었다. 멀리 보이는 해안에서는 아침햇살이 백사장과 푸른 파도를 비추고 있었고, 바다 저 멀리 구름이 피어오르고 있었다. 그 모습은 마치 아시아 대륙의 기상을 뽐내는 것 같았다. 저녁이 돼서 펑톈에 도착했는데, 역이 꽤나 떠들썩했다. 짐을 차에서 꺼내와 둘러봤지만, 중국인 짐꾼은 한 명도 보이지 않았다. 건너편 다허호텔大和飯店에서는 밝은 불빛 아래에서 꽤나 많은 사람들이 나이프와 포크를 쨍그랑거리면서 식사를 하고 있었다. 한참을 지나서야 일본인 짐꾼을 찾아 겨우 짐을 역 안으로 옮길 수 있었다. 리쭝우가 화물차로 보낸 짐 하나를 그만 놔두고 와버린 통에, 그와 함께 짐을 찾으러 서둘러 바깥으로 나가야 했다. 짐을 찾은 후 아침을 먹으러 다허호텔로 돌아오니 위쑹화는 이미 식사를 마친 후였다. 시간이 늦어 나는 급히 빵 몇 조각으로 식사를 때우고 짐을 정리했다. 일본인 심부름꾼에게 우리가 타고 갈 난만철도南滿鐵道 기차표를 구하는 일을 맡겼다—기차에서 일하는 이들이 모조리 일본인이었기 때문이다. 이번 여행에서는 쑹화의 일본어 덕을 보았다. 그렇지 않았다면 계속해서 어려움을 겪었을 것이다.—열차에 올랐을 때는 이미 지칠 대로 지쳐 있어서 곧바로 곪아떨어졌다.

나는 이미 중국을 벗어나 만저우로 들어서 있었다. 중학교 지리교과서에 쓰인 대로라면 만저우 3성은 아직 중국 영토이지만, 산하이관에서 펑텐역—그 화려하고 웅장한 기상은 베이징, 톈진에 비견할 만했다—까지는 이미 다른 세계인 듯했다. 꼭 일본 국경을 넘은 것만 같은 느낌이 드는 까닭은 무엇일까? …… 아마도 펑텐이 이미 일본에 할양이 되었기 때문일 것이다! 그러나 원래부터 펑텐에 살던 그 수많은 중국 노동인민들이 일시에 죽어버린 것도 아닐 텐데, 어떻게 펑텐역에서는 중국인 짐꾼이 이렇게 눈에 띄지 않는 것일까? 원래 일본 철도역에 있는 중국인 쿨리들은 '일본으로부터' 일감을 제한받았기 때문이다. 제국주의의 사정이 원래가 그런 것이다!

20일, 눈을 뜨니 창춘長春역이었다. 역을 나서니 쓸쓸하기만 한 것이 확실히 엄동으로 접어든 것 같았다. 역전 큰 광장에서는 주위의 벌거벗은 나뭇가지들이 쓸쓸히 울고 있었고, 서리가 내려앉은 거리에서는 휘휘 불어오는 서북풍이 낙엽을 쓸어내면서 소리를 내고 있었다. 이 모든 것이 '이미 북국의 추위의 고장寒鄉에 도착했음'을 알려주고 있었다. 하늘이 어둑한 것이 곧 눈이 쏟아질 것 같았다. 역 바깥에는 러시아식 마차가 여러 대 서 있었다. 마부들 역시 러시아 사람들이라서 머리에는 기름을 잔뜩 먹인 가죽 모자를 쓰고 있었다. 바람이 모자 위의 털들을 어지럽게 훑었는데, 때로 그들의 긴 눈썹까지 날리면 러시아풍 얼굴은 더욱 슬퍼 보였다. 우리는 먼저 다허호텔로 가 밥을 먹고 역으로 돌아와 열차를 갈아타고 하얼빈으로 향했다. 창춘부터 그 이북은 중둥철도中東鐵道[1]였다—이때

1) 둥칭철로東清鐵路라고도 한다. 하얼빈을 중심으로 만저우리滿洲里, 쑤이펀하綏芬河, 다롄大連을 잇는 철도이다. 1879년에서 1903년 사이에 제정 러시아가 건설하였다. 러일전쟁 후 창춘長春 이남은 일본 관할로 들어가면서 난만철로南滿鐵路로 불렸고,

는 형식적으로는 이미 중국에 관리권이 귀속되어 있었다. 그러나 열차에서 일하는 직원의 태반은 러시아인—시베리아의 소위 중류 사회에 속한 이들이거나 진정한 '러시아의 촌놈Russky mujik'—이었다. 역은 컸지만 일본이 지은 펑톈역과 비교하면 분위기가 달랐다. 더럽고 어지러워 장쑤江蘇의 헝린橫林이나 뤄서洛社와 같은 작은 역들의 정갈함에 미치지 못했다.

우리가 역에 도착했을 때, 러시아인 하나가 표를 대리 구매해주었는데, 어찌된 일인지 웃돈을 가져가려 하였다. 한참을 실랑이를 한 후에야 표를 사서 차에 오를 수 있었다. 중둥철도의 차량은 상당히 크고 넓었지만, 3등 칸은 너무나도 초라했다. 나는 처음에는 3등 칸에 올랐다. 객실은 무척 지저분했다. 러시아인들 남녀 할 것 없이 등에 삼베 보따리를 지고 있었고, 객실 바닥은 여기저기 가득한 담배꽁초와 가래침으로 악취를 풍기고 있었다. 2등 칸—그날은 두 량만이 편성되어 있었다—에는 타고 있는 사람이 하나도 없었는데, 우리가 들어가자 러시아인 승무원이 침대칸 둘을 열어 주었다. 대충 둘러보니 원래부터 바닥 장식을 신경 쓴 단칸 침대칸이라, 2등 칸과 3등 칸은 많은 차이가 있어 보였다. 그러나 들어가서 자세히 보니 의자에 먼지가 족히 반 촌이나 쌓여 있었고 창문, 커튼, 탁자 할 것 없이 모든 것이 낡아 있었다. 열차가 움직이자 차 안이 심하게 흔들렸지만, 이틀의 여행으로 이미 지칠 대로 지쳐 있어서 자리에 눕자마자 곧바로 잠이 들었다.

하얼빈에 도착할 때쯤 경찰 한 명이 탑승했는데, 이야기를 들어보니 당시 중둥철도의 철도경찰이 드디어 중국인으로 교체되었다는 것이었다. 그러나 일본 측 철도 경비 경찰이 여전히 철도 주변에 주둔하고 있었

러시아 10월 혁명 후에 창춘 이북은 중국과 소비에트러시아가 공동 운영하면서 중둥철로中東鐵路라고 불렀다.

기 때문에 양측 간의 소소한 충돌이 종종 일어나 꽤나 시끄럽다고 했다. 그는 또 자신은 하얼빈 주둔 경찰인데 이번 출장에서 철도 노선에 있는 작은 역을 순회하면 보너스를 받을 수 있다고 말했다. 하얼빈의 생활수준이 얼마나 높은지 한 달 월급으로는 생활비도 빠듯하다고도 했다. 나는 나중에 하얼빈 역 근처에 객잔이 있는지 물었고, 그는 푸순잔福順棧이라는 객잔이 묵을 만하다고 말해주었다.

열차가 하얼빈 역에 도착했을 때는 저녁 8, 9시가 넘어 있었다. 마차를 타고 곧바로 푸순잔으로 갔다. 역을 나서니 삭풍이 우릴 맞았다. 이미 엄동의 계절이 다가와 있었다. 객잔은 뭐라 할 수 없을 정도로 낡았다. 객실은 두 종이 있었는데, 그중 하나는 다인실로 제법 많은 캉炕[2]이 열을 지어 놓여 있어 오가는 장사치들이 주로 묵었다. 그래서 객잔에 들어서자 고약한 '북방인'들의 냄새가 풍겨왔다. 다른 하나는 4인 단칸방이었는데, 3인이 묵더라도 매일 추가 숙박료가 5마오[3]였다. 방 안에는 침대 네 개와 탁자 하나가 있었고 의자凳[4]는 하나도 없었다. 창문은 열 수가 없어서 공기가 너무 나빴다. 우리가 묵는다면 방 하나를 빌려야 하는데 매일 2위안을 내야 했다. 당시 쑹화는 방이 비싸고 좋지 않다고 다른 곳으로 가자고 했다. 그러나 시간도 늦어서 묵는 수밖에 없었다. 방을 옮기는 문제는 다음 날 생각하기로 했다. 나는 그날 밤 짐을 찾으러 역으로 갔다. (하얼빈 역은 순수 러시아식이었다. 3등 대합실에는 어지럽게 짐들이 널려 있었고 바닥 곳곳이 진흙과 물로 범벅이 되어 있었다. 2등 대합실은 그리스 정교

---

2) 중국 북방에서 볼 수 있는, 온돌과 비슷한 바닥 난방기구의 일종이다. 솥자리가 없는 부뚜막처럼 생겼다.

3) 毛. 서면 표기는 '角(jiao, 자오)'로 한다. 1마오는 한국 화폐단위로는 10전錢이다. 1펀分은 1전이다.

4) 凳(deng, 덩). 등받이가 없는 의자를 말한다. 서구 가구 중 스툴과 유사하다. 이곳은 중국 객잔이라 스툴이라 표기하지 않고 '의자'라 하고 凳을 병기한다.

의 신상이 모셔져 있었다.) 밤 1시가 되어서야 모든 일들을 마무리 짓고 잠들 수 있었다. 신세가 초라하면서도 우스웠다. '문명화된' 중국인인 '우리'는 진정한 중국식 생활을 접하자 견디지 못해 했다. 그러면서도, 반 유럽화된 러시아의 문명에 놀라서 "원래 '서양인'들도 이렇지"라는 생각을 했던 것이다.

우리가 처음 하얼빈에 도착했을 때는 본래 기껏해야 일주일을 머물 생각이었다. 이 일주일 동안 우리 앞길이 어떻게 될지 이래저래 조사를 해 보려 했던 것이다. 그래서 나는 푸순잔에 5, 6일을 머무는 것도 그럭저럭 괜찮은 생각이라고 말했었다. 당시 쑹화는 계속해서 숙소를 옮기고 싶어 했다. 그러나 방을 찾을 수 없자 그만둘 수밖에 없었다. 그래서 그럭저럭 탁자의자 두 개를 마련하고 방에 있던 다른 손님에게는 다른 곳으로 옮겨줄 것을 부탁해서 우리가 그 방을 전세 내기로 했다. 어두침침한 전등, 바람이 통하지 않는 큰 창문, 탁자 하나와 의자凳 두 개, 침대 네 개—나와 쭝우, 쑹화는 각자 침대 하나씩을 차지하고 나머지 비어 있는 하나에는 짐을 올려놓았다. 그래서 탁자, 의자, 침대 할 것 없이 그 위에는 신문과 잡지, 문방구, 세숫대야, 칫솔 등이 한가득 산처럼 쌓여 있었다. 이것이 하얼빈의 우리 숙소의 풍경이었다. 매일 아침저녁으로 우리는 밖에 나가 매식을 하고 쇼핑을 했으며 소식을 탐문했다.

톈진에서 하얼빈까지 세 나라가 관할하는 철도를 지났는데, 마치 그 세 나라를 넘나든 것 같았다. 펑톈은 중국과 일본이 혼재되어 있고 창춘과 하얼빈은 중국, 러시아, 일본이 여러 겹으로 섞인 풍경이었다. 하얼빈의 생활은 정말 대부분이 러시아화되어 있었다.

7.

처음 하얼빈에 도착했을 때는 루머밖에 듣지를 못했다. 세메노프가 만저우리와 치타 사이를 막아서 기차가 다니질 못하고 전용열차만이 통과할 수 있다는 것이었다. 나는 매일 러시아 신문을 사서 보았는데, 처음에는 불분명한 뉴스만 보이더니, 시간이 지나자 세메노프 군과 치타의 민병대 간에 격렬한 전투가 오갔다는 소식이 많이 들려왔다. 치타와 만저우리 사이의 다리도 이미 파괴되었다고 했다. 매일 천광핑 영사를 만나러 갔지만 그도 느긋한 것이 떠날 마음이 없어 보였다. 보아하니 일찍 떠날 희망은 사라져버린 듯했다. 목적지에는 이르지도 못했는데, 중도에 장애물이 나타나니 계속 짜증만 났다. 우리 세 사람 사이에서는 수시로 베이징으로 돌아가자는 이야기가 나왔다. 하얼빈의 생활수준도 비정상적으로 높아서 하루 방값이 2위안에, 한 끼 식사—식사는 거지 같았다—가 1위안 몇 마오라 세 사람이 지내려면 적어도 하루 5, 6위안을 써야 했다. 날도 추워 매일매일 층층이 얼음이 언 수정궁에 있는 셈이어서—창에 맺힌 얼음은 하루하루 두꺼워지고 있어, 날이 풀려 녹기를 기대하기는 어려운 상황이었다— 무료하기 짝이 없었다. 그러나 우리는 의지를 다지면서 무슨 어려움이 있더라도 결코 돌아가지 않기로 했고, 서로 상의하면서 때를 기다려 다음 행동을 정하기로 했다.

다행히 오래지 않아 적군赤軍이 치타를 점령했다는 소식이 들려왔다. 극동공화국 임시 정부가 이미 성립되었다고 했다. 만저우리 방면의 전황도 아직 승패가 갈린 것은 아니지만 우리에게는 희망이 생긴 셈이었다. 때문에 우리 모두는 차차 마음을 정하게 되었다. 그러나 매일 소식을 알아보기는 했지만, 일이 하루하루 미뤄지고 미뤄져 순식간에 11월 중순이 되고 말았다. 우리가 하얼빈에서 이렇게 오랜 시간을 머물게 된 것—북쪽으로 움직일 수 있기까지 50여 일을 머물렀다—또한 생각지도 못한 일이었다. 그러나 하얼빈 지역의 유람은 '아향 유람'의 서막인 셈이었다. 여기에 당시의 감상을 간략히 적어보겠다.

하얼빈은 오래전부터 이미 러시아인들의 상업도시였다. 중국과 러시아의 상업지는 확연히 두 구역으로 나뉘어 있었다. 다오리道裏와 다오와이道外[1)]의 상황은 차이가 컸다. 다오와이의 주인은 중국인이었고 다오리의 주인은 러시아인들이었다. 우리가 하얼빈에 도착했을 당시 러시아의 상업도시는 이미 중국 관청이 관할하고 있었고, 다오리에도 이미 중국 경찰국이 설치되어 있었다. 그 이외의 모든 시정市政과 관련하여, 러시아는 관례에 근거해 시정회를 조직해 행정에 참여했다. 1차 세계대전 후 러시아의 상업은 하루아침에 몰락하여 시장은 거의 다오와이로 옮겨간 상황이었다. 일본인은 이틈을 노려 상업 활동에 전력투구하여 다오리 시장의 거의 절반을 차지했다. 러시아 시장은 혁명 후 신구 세력 간의 갈등으로 늘 분쟁이 발생하였으며 루블화(제정 러시아 시

1) 하얼빈의 빈저우철로濱洲鐵路를 경계로 서쪽이 다오리道裏이고 동쪽이 다오와이道外이다.

대 화폐)는 휴짓조각이 되어 일본 화폐가 러시아 시장을 장악하였다. 이전에 하얼빈의 시장은 줄곧 러시아 루블화로 거래가 이루어졌으나, 이제는 루블화가 몰락하고 일본 엔화가 이를 대체하여 중심화폐로 자리하게 된 것이었다. 다행히 중국은행(하얼빈)에서 발행한 화폐 역시 신용이 있어 예상 밖으로 중국 은화의 단위가 되었고, 하얼빈중자오은행哈爾濱中交銀行이 보조화폐[2]로 발행한 신 동원銅元[3]과 함께 모두 십진제로서 혼란 없이 안정되어 있었다. 그래서 당시 중국인의 경제력은 안정된 것으로 볼 수 있었다. 그러나 당시 중둥철도는 국제관리를 할지 중국에 귀속될지 아직 결론이 나지 않은 상황이어서 하얼빈에서는 매우 민감한 문제였다.—러시아인들은 이미 그 경제상의 권위를 상실한 상태였다. 게다가 소비에트러시아의 노농정부와 극동공화국 정부가 수차례에 걸쳐 중국에 반환하겠다는 뜻을 밝히고 있는 상황이라 사실상 러시아인들의 하얼빈에서의 경제적 권위는 이미 대부분 붕괴되어 있었다. 중둥철도의 권리가 이관된다는 것은 이를 증명한다—그러나 일본인들은 오히려 이 기회를 틈타 중둥노선의 권리를 얻으려 하였는데, 만일 일본이 이를 얻는다면 하얼빈은 단시일 내에 일본의 식민지가 될 판이었다.

우리가 펑톈에서 하얼빈에 이르는 길에 본 놀라운 광경들은 모두 일본의 침략 정책의 흔적이었다. 일본은 매년 시베리아를 공략하여 러시아 내정에 간섭하였고 훈춘琿春의 치안을 어지럽혔으며, 만저우, 몽골, 시베리아 지역의 병탄에 전력을 기울이고 있었다. 이러한 문제는 언제나 해결이 될 수 있을까? 하얼빈 사람들과 이야기하다 보면, 마적들이

2) 輔幣. 보조화폐는 '위안元' 아래의 '마오'나 '펀'을 말한다. 한국에서는 사라진 '전'이나 미국의 '센트cent'가 이것이다.

3) 청 말에서 항일 전쟁까지 통용되던 보조화폐이다.

출몰하는 곳은 거의 항상 일본인들과 관련이 있다는 말을 들을 수 있었다.

뜻밖에도 하얼빈의 시장에도 일본 경찰이 있었다. 러시아 세력이 몰락하자—제정 러시아는 이미 사라졌다—일본이 몰려왔다. 거리를 걷다 보면 중국인들이 러시아 낙오병이나 경찰을 조롱하는 소리를 종종 듣게 되는데, 그러면 일본 경찰이 곧바로 다가와 간섭을 했다. 하얼빈에는 일본 상품 전시관이 있었다. 일본 신문이나 잡지는 하얼빈의 시정에 관해 중국인이나 러시아인에 비해 더 명확한 조사 결과를 발표했다. 우리는 일본인이 운영하던 객잔에 간 적이 있었다. 쑹화가 객잔 주인과 이야기를 나누었고 나는 그 옆에서 이를 지켜보았었다. 그 객잔 주인의 주름진 얼굴에서는 무슨 제국주의의 흔적 따위를 찾을 수는 없었다. 일본인이 운영하는 기생집이나 숙박시설도 많이 있었다. 일본인은 장삿속이 밝은데다가 손님에게도 상당히 친절했다. 그런데 쑹화가 한 번은 일본 기자와 중둥철도문제를 가지고 이야기를 나누었는데, 그때 기자의 얼굴과 어투에서 교활함을 볼 수 있었다. 러시아인들은 일본인은 모두 세계 자산계급의 주구로서는 참으로 훌륭하다고 말했다. 우리는 매일 작은 식당에서 밥을 먹어서 주인과 얼굴을 트게 되었다. 나는 그에게 "왜 하얼빈은 밥값이 이렇게 비싸지요?"라고 물었다. "하~! 말하면 입만 아프죠. 하얼빈은 뭐든 비싸요. 일본 상품만 조금 싸지요. 우리가 먹는 쌀은 모두 도쿄미예요. 아! 정말 비싸요! 어떻게 우리 산둥에서 나는 것이 경쟁이 되겠어요. 댁들이 온 남방은 말할 필요도 없지요. ……" 원래 난만南滿은 중간이 막혀 있고, 중국 상품은 이 길을 통할 수밖에 없어, 자연히 운송비가 오를 수밖에 없었다. 이러한 상황에서 중국 상품이 일본 상품에 경쟁이 될 리가 없었다. 그래서 하얼빈에는 일본 상품이 넘쳐 났던 것이다. 중국인들은 구차하게 상업계 세력의 숨통을 늘려 놓기는 했지만, 생명을 유지할 수 있을지는 누구도 장담할 수 없었다. 게다가 중국인의 상업은 몇몇 제분소에만 의존하고 있었다. 현지에서 산출되는 콩, 보리, 기름 등은 러시아와의 통상관계가 단절된 후 판로가 날이 갈수록 좁아져만 갔고, 남쪽으로 판로를 넓히려 해도 일본 손아귀의 난만철도를 지나지 않을 수 없었다. 만약 중국이 서둘러 극동공화국과 통상관계를 회복해 경제 동맹을 맺지 않는다면, 중국세력은 결코 일본 제국주의에 대적할 수 없는 상황이었다.

하얼빈에서 상업 활동에 종사하는 중국인들은 태반이 펑텐, 산둥 사람들이고, 그 다수는 또 소상인들이다. 후베이 사람과 닝보寧波 사람도 있는데, 후베이 사람 중에는 이발사들이 다수를 차지하고 있었고 닝보 사람들은 양복 재봉이나 구두 제작과 같은 수공예 기술자들이었다. 현지 중국인의 생활을 보면, 상류층은 반半러시아화되어 있었다. 일부는 러시아 양행에서 매판을 해서 치부를 했는데 지금도 여전히 다층 양옥에 살고 있고, 러시아 여자와 가정을 꾸리고 있었다. 나머지는 베이징으로 가 관료가 되거나 펑텐 혹은 헤이룽장黑龍江으로 가서 군인이 되었다. 하층민은 대부분이 순수한 북방식 생활을 하고 있었다. 중국 쿨리의 대부분은 철도 노동자들이었고 노조를 가지고 있었다. 그들이 사는 곳은 산스류펑三十六棚이라고 불렀다. 그 외 노동자들은 대개 생활이 그다지 어렵지는 않았다. 현지 임금이 매우 높은 편이었기 때문이다—그 반은 러시아 노동조합 덕분이었다. 나는 우정국에 가서 조사한 적이 있는데, 매월 산둥, 즈리直隸[4] 등지로 노동자들이 부치는 돈이 일만 위안 이상이라고 했다. 노동자들은 근면한 데다가 검소해서 충분히 저축할 수 있었다. 하얼

4) 현 허베이성河北省의 옛 이름으로, 1928년에 허베이성으로 개칭되었다. 서울과 인천을 경기도가 둘러싸고 있는 것과 비슷하게, 허베이성이 베이징과 톈진天津을 둘러싸고 있다.

빈에서 남방 사람들은 거의 볼 수 없었다. 어느 날 작은 식당에서 밥을 먹고 있었는데, 갑자기 쑤저우화蘇州話가 들려왔다. 물었더니 자기 가족은 그곳에 사는 유일한 쑤저우 사람이라고 했다. 회색이었던 중국인들의 생활은 하얼빈에 와서는 흑색으로 바뀌었다. 하얼빈의 생활은 특히 소리 없이 고요했다. 전체 하얼빈에서 중국학교는 불과 서너 곳뿐이었다. 신문사는 더 한심해서, 그 가운데 『국제협보國際協報』만이 그런대로 볼만 했다. 나는 그 주필인 장푸성張復生과 대담을 나눈 적이 있었다. 주제는 하얼빈의 문화였다. 그에 따르면 하얼빈에는 식자층이 많지 않아서, 실제로 하얼빈에 있는 서점 전체에서 『장자莊子』 완질본 하나 팔기가 힘들고, 신서와 새로 나온 잡지를 찾기는 하늘의 별따기라고 했다. 상류층 인사들은 중개인이나 관료뿐이었고 러시아화된 상점이 많았다. 상류층이나 하류층이나 조계지洋涇浜[5]풍의 러시아어—하얼빈 사람들은 이를 마오쯔화毛子話라고 불렀다—를 했다. 그러나 하류사회의 변화가 없는 생활은 여전했다. 그들은 생활면에서 약간 러시아에 동화되기는 했는데, 하필 러시아 시골 사람들의 불결한 생활을 닮아 있었다. 이런 곳에 살고 있으면 답답함은 피할 수 없었다.

러시아인들이 하얼빈에서의 살게 된 시간은 짧지 않았다. 지금까지 다오리와 친자강秦家崗 일대는 거의 러시아인들의 삶의 터전이었다. 상점도 아직 많이 남아 있었다. 러시아 혁명 후 망명한 백군, 자본가, 장군들은 모두 여기에 모여들었다. 하루 종일 거리에 있다 보면 러시아인들만 보게 되는데, 이들 망명한 자산계급은 여전히 고층 건물에서 살면서 배불리 먹고 있었고, 일본인들과 함께 뒤에서 뭔가 꿍꿍이를 벌이고 있

5) 洋涇浜은 상하이의 프랑스조계와 공동조계의 경계를 일컫는 말이면서, 상하이 조계 전체를 일컫는 말이기도 하다. 여기서는 외국어와 중국어가 혼융되는 조계지 특유의 언어 스타일을 일컫는다.

었다. 러시아의 각 사회주의 당파는 하얼빈에서 중동철도 노동자당연합회中東路工黨聯合會로 연합했는데, 그 안에는 볼셰비키, 멘셰비키, 사회혁명당이 모두 같이 있었고, 그들의 뒤에는 중동철도 노동자연합회中東路工人聯合會와 하얼빈시 노동자연합회哈爾濱城市工人聯合會가 있었다. 하얼빈의 노동운동은 이 연합회가 구심점이었다. 이 연합회는 러시아 노동자, 청년, 중국 노동자에게 도움이 되는 사업—교육과 위생 등—을 펼치고 있었다. 중·러 양국 민족의 친교는 일본과 기타 유럽인들에 비해 깊이가 있었다. 중국의 쿨리의 마음에서 러시아인들은 결코 상하이 인력거꾼의 마음 속 '양놈洋鬼子'이 아니었다. 하층 인민 상호 간의 융합은 무슨 중국과 프랑스의 문화를 논한다느니, 중국과 미국의 문화를 논한다느니 하는 협회보다는 의미가 있지만—그들 모두는 '문화'라는 추상명사를 근본적으로 이해하는 것은 아니지만, 오히려 중국과 러시아 문화 융합에 있어서 실질적인 효과를 낸다—, 무슨 문명의 진보라는 의미는 결코 없었다.

하얼빈 다오리의 러시아화된 생활은 상하이나 톈진 등지의 유럽화된 풍경과 비슷할 것 같지만 실상은 결코 그렇지 않다. 러시아 자산계급은 하얼빈에서 중동철도의 요지에 자리를 잡고 있어서 이들을 몰아내기가 쉽지는 않다. 지금 만약 동요가 일어난다면 그들은 바로 공황에 빠질 것이고, 그들 사이에서는 살아남기 위한 음모와 계략이 난무할 것이다. 혁명 후 각지의 러시아 망명객들이 모두 하얼빈으로 모여들었다. 그래서 하얼빈은 러시아 신구당의 격전지가 되었다. 신당(각 사회주의 당파)은 자체 조직을 갖추고 노동운동에 힘을 쏟는 한편 중국 노동자와 연합했다. 구당 분자들도 매우 복잡한 양상을 띠었는데, 구당 기관지 『러시아의 소리Russky Golos』와 세메노프파의 기관지 『광명Sviet』[6]은 오로지 신당기관지 『전진Vperiod』[7]의 공격에만 매달려 거의 매일 필전이 벌어졌다. 우리는 『전진』의 대표인 고르타코프스키Gorthakovsky와 몇 번 만나 중둥철도문제와 노동운동에 관해서 이야기를 나누었다—이미 그해 『신보』에서 관련 소식을 보도했기 때문에 지금 다시 언급하지는 않겠다. 그는 늘 말이 진지했고, 무척 친절했다. 그는 장황하게 문제를 제기했다. "러시아 노동인민은 중국 국민에 추호도 악의를 가진 적이 없는데, 백군은 하얼빈에서 일본인들과 결탁해 신당의 당수를 암살했습니다—고르타코프스키 본인도 중둥철도 노동자당연합회의 회장으로서 두 차례 테러의 위기를 겪었습니다. 그들은 치안을 어지럽히는 것으로 끝나지 않을 것이고, 일단 득세하게 되면 전 만저우가 일본의 식민지가 될 것입니다. 우리는 모두 동방의 피억압 민족인데 어떻게 된 게 중국 정부는 과단성 있게 행동하지 못하고, 어리석게 여전히 구당을 용인하고 후환을 키우는지 모르겠습니다." 우리 자신도 이해할 수 없는 일이라, 이야기를 나누는 동안 답을 할 수 없었다. 반대로 나는 한 번은 호기심에 신문기자의 신분을 구실로 삼아 『광명』의 주필을 취재한 적이 있었다. 『광명』은 세메노프의 기관지였다. 당시 나는 세메노프와 치타의 군대가 이미 수차례 연패를 당해 만저우리에서 멀지 않은 곳으로 후퇴했다는 소식을 들었고 그와 동시에 하얼빈 주둔 일본군 총사령관이 만저우리로 갔다는 소식도 들었다. 나는 세메노프가 실제 어느 정도의 힘을 가지고 있는지, 그리고 일본의 지원이 그를 지킬 수 있는지를 알아보고 싶었다. 그래서 『광명』의 주필을 만나 분위기를 탐색해보려 했던 것이다. 그리고 간접적으로는 우리가 언

---

6) свет.

7) вперёд. 본래 부사로, 앞으로, 이후, 먼저, 우선 등의 뜻을 가지고 있다.

제 떠날 수 있는지도 알아보고 싶었다. 만약 세메노프의 군대가 확실히 만저우리로부터 퇴각을 준비하고 있다면 우리는 움직일 수 있었다. 그는 내가 '세메노프 장군'에 대해 묻자 "아! 세메노프 장군은 진정한 러시아의 민주주의자지요. 사회당과 급진당이 분란을 일으키는 것을 극도로 혐오하십니다. 일본과 세메노프의 동맹은 여전히 공고합니다. 다만 만저우리의 형세에 이상이 발생한다면…… 그들은 이미 다른 계획이 있어서, 방향을 바꾸거나 지역을 바꾸어 나아갈 것입니다. 그러나 '세메노프민주국'이 수립된 후에는, 중국이 극동문제의 중요성을 이해하고 '신러시아'와 일본과 삼국동맹을 체결하여 미국의 침략을 막을 수 있기를 희망합니다. …… 중둥철도는 '러시아', 일본, 중국이 관심을 갖고 있는 권리인데, 어찌 유럽과 미국이 개입할 수 있겠습니까……" 나는 당시 그가 말한 다른 지역이 아마도 블라디보스톡Vladivostok(海參崴)일 것이라고 생각하고는 크게 마음에 두지 않았다. '삼국동맹'을 언급했을 때 그는 교활함을 감추지 않고 히죽거렸다…… 인터뷰 자체는 매우 예의 있게 진행되어 진정 자산계급다운 모습을 볼 수 있었다. 그러나 지금 세메노프는 거의 일패도지의 길로 들어서 있었다. 그에게는 모든 것이 일장춘몽일 뿐이었다.

나는 하얼빈에서 하얼빈의 대략적인 형세에 대한 기사 여러 편을 써서 『신보』에 보냈다. 이것들은 전문 연구에 해당하는 것이었다. 내 이 글은 편한 대로 약간의 감상을 적어본 것이라 두서도 없고 정리도 되지 않았다.

하얼빈에서 출발을 기다리던 때는 무척 답답하고 초조한 시간이었다. 매일 러시아 친구들을 찾아서 러시아의 노동조직을 조사해보기도 했고, 러시아 문서와 신문을 수집해서 노농정치를 연구하는 자료로 삼기도 했다. 숙소는 지저분하기가 이루 말할 수 없어 가만있지를 못하고 늘 밖으로 산보를 나갔었다. 생활은 너무나도 불만족스러웠다. 그러나 눈앞에는 희망이 있었기 때문에 인내심을 갖고 기다릴 수 있었다. 처음으로 러시아의 정치인들을 접하면서 얻은 교훈도 적지 않았다.

8.

중국 본토인이 하얼빈에 처음 오게 되면, 신기해하다가 결국에는 의문을 품게 된다. 러시아는 이전에 시베리아에서 베이만北滿 일대까지 활발히 황무지를 개척해왔다. 그 이래로 점차 자본주의화가 이루어지고 한편으로 노동운동의 싹이 텄지만, 경제생활면에서 낙후된 민족적 특징은 계속해서 유지되어왔다. 이와 같은 '비근대적' 경제생활에서 시베리아와 하얼빈은 어떻게 과학적 사회주의의 이상 사회를 실현할 수 있었을까? 이것이 내가 가진 의문 중 하나이다. 다음으로는 경제 현상의 측면에서 보았을 때, 가장 쉽게 나타나는 생산관계는 '교역 단위'(각지의 화폐제도, 환어음 교환의 방법 등)뿐이다. 그러나 근대 자본주의적 제국주의의 식민정책으로 인해 식민지의 경제생활에는 종종 어떤 특수성이 나타나게 된다. 경제생활을 연구함에 있어서 우리는 가장 초보적인 현상을 관찰하고, 현지의 '금융자본'이 유통되는 상태(즉, 은행 경제가 시장에 미치는 영향)를 살핌으로써 일상생활에서 자본주의의 고통을 느낄 수 있다. 하물며 식민지의 특수한 경제 상황에서는 자연스럽게 제국주의의 기능이 드러나기 마련이다. 하얼빈을 향해 갔던 여행 경험에서 이런 상황을 확인할 수 있다. 톈진에서 펑톈까지는 베이징과 톈진의 중자오은행이 발행한 화폐를 사용할 수 없어, 일본이나 조선의 은행이 발행한 화폐로 바꾸어야 한다. 창춘에서 하얼빈까지는 중동中東노선이 아직 중국 관할로 귀속되기 전이라, 부득이하게 러시아 루블화로 바꾸어 차표를 사야 한다. 현재 중국 은화를 사용할 수 있기는 하지만, 톈진에서 발행한 화폐는 많이 쓰이고 있지 않아 하얼빈 발행 화폐나 일본 화폐를 쓰지 않을 수 없다. 구별이 되지 않아 거의 동일지역이라고 할 수 있는 지역 내의 경제생활에 세 '나라'가 겹쳐 있는 이런 번거로운 상황을 감수할 필요가 도대체 어디에 있단 말인가? 인류의 경제생활, 즉 생산과 소비는 각각 타당성을 갖추기만 하면 되는 것이다. 그런데 이러한 '식민지적' 착취 정책 하의 경제를 사회주의 원칙에 의거해서는 어떻게 정돈을 해야 하는 것일까? 이것이 내 두 번째 의문이다. 이 두 의문은 지금 내가 해결할 수 없다. 그러나 이것들은 내 마음에 어떤 변화를 가져왔다. 나는 사회개조는 러시아에서 실현될 것이라고 예상한다. 사실상 그들—러시아 공산당—은 틀림없이 적절한 실제 생활상의 방법을 가지고 있을 것이다—추상적인 '진', '선', '미'의 사회적 이상은 결코 하늘에서 뚝 떨어지지는 않는다. 이로 인해 나 개인의 철학 개념은 다음처럼 실례로 확장될 수 있었다. 주관적으로 보면 물질적 경제생활에서 심령상의 정신생활에 이르는 모든 진리는 '실제'에 의거하며, 객관적으로 보면 더더욱 나의 '세속적 유물주의'를 굳게 했다. 노동의 신성함, 이상적인 천국은 지식계급의 붓 끝에 있지 않으며 노동계급의 실제생활에서의 정진에 있다. 마음의 안위, 물질과 정신의 조화—우주적 리듬의 상호조화와 상호자극—는 모두 인류의 '실제 내적 동력'에 있다. '실제 내적 동력'은 경제생활의 '요구'와 '필요'에 대응할 수 있는 것으로 진실로 개인, 민족, 인류 진화의 동기라 할 수 있다.

나는 실제 삶의 메아리가 되려 한다. 나는 하얼빈에서 느낀 감정과 처한 환경을 써보려 한다. 경제학적 문제와 철학적 문제는 잠시 놓아두고,

여기에는 내 심리적 변천사 가운데 작은 흔적만을 남겨둘 것이다.

어두운 하늘, 세상을 덮은 눈, 황혼을 머금은 얇은 구름 등속이 누에의 고치가 한 겹 한 겹 벗겨지듯 물러갔고, 동이 터오면서 서서히 밝으면서도 근엄한, 차가운 빛이 다가왔다. 소곤대는, 야트막한 나무들, 그 숲을 뚫고 살을 에는 삭풍이 불어왔다. 드넓은 겨울 벌판에서 시든 풀잎 대부분은 눈 속에 숨어 있었다. 그중 몇몇만이 얼굴을 내민 채 바람에 몸을 떨면서, 스치는 눈가루에 울음을 울고 있었다. 위아래에서 서로를 비추는 얇은 구름과 수북한 눈은 속마음을 속삭이는 듯도 하고 적막한 삶을 한탄하는 듯도 했다. 하얼빈 친자강秦家崗 남쪽 편에는 러시아인들이 사는 집들이 몰려 있었는데, 떠들썩했던 시장은 이미 과거의 일이 되어버린 지 오래였다. 나는 러시아 친구와 그의 여동생 마루샤Raigorodosky Narucya[1]를 방문하러 갔다가 그곳을 들르게 되었다. 그때까지는 하얼빈과 같은 소도시에서의 번잡한 삶에 염증을 느끼고 있었는데, 그곳을 방문하고서야 다소 위안을 받을 수 있었다. "아, 어서 오세요." 그들은 서둘러 인사를 건네고 다과를 내왔다. 우리는 모두 자리에 앉아서 이야기를 나누기 시작했다. 그들은 내가 러시아로 간다는 것을 알고는 러시아문화에 관한 재미있는 일들을 내키는 대로 이야기해주었다. 서구와 다른 게 뭔지, 종교 세력이 어떻게 커졌는지—마루샤는 톨스토이파[2]이다—따위의 이야

1) 인민문학출판사본에는 Marucya로 되어 있다. 중국어 표기 '馬露西霞'로 본다면, 상무인서관본은 오기로 보인다

2) 톨스토이의 사상에 바탕을 둔 일종의 종교적, 윤리적 사회운동의 사조이다. 물질보다 정신을 중시하고, 비폭력을 주장하며. 용서와 보편적 사랑 등을 설파했다. 농민 중심의 자유롭고 평등한 공동체의 건설을 도모했다. 취추바이는 모스크바 체류 시절 톨스토이의 농장으로 가 그의 부인과 자녀를 만나고 한때는 그의 농노였으나 이제는 농촌공동체의 성원으로 살아가고 있는 농민들을 만난다. 이 만남을 통해 톨스

기였다. 소비에트정부에 대해서는 그들도 자세히 알지는 못했다. 모스크바의 생활이 어떤지는 그들도 몹시 보러 가고 싶어 했다. 그러나 소비에트러시아의 극심한 빈곤은 그들도 알고 있었다. 국적을 회복하기 위해서는 정부의 허가를 얻어야 했다. 때문에 그들이 러시아로 들어가는 것이 외국인보다 쉬운 것은 아니었다. 그가 러시아문화를 이야기해주었기 때문에 나도 생각나는 대로 질문을 던졌다. 중국에서는 얼마나 체류했는가? 중국문화에 대해 어떤 느낌을 갖고 있는가? "우리는 중국에 가본 적이 없어요. 당신들은 하얼빈이 중국이라고 생각하는 거예요? 그런데 러시아 교민의 생활은 완전히 러시아식인걸요. 중국문화를 접할 기회도 매우 적어요. 러시아상업중학교俄國商務中學에서 중국사를 공부한 적은 있어요. 유서 깊은 동방국가東方古國의 문화는 정말 재밌는 것 같아요. 베이징이나 상하이를 가보고 싶기는 해요. ……" 러시아어 수준의 한계로 러시아인 친구의 폭이 그렇게 넓지는 않았지만, 그래도 십여 명은 되었다—개중에는 (공산)당원도 있었고 비당원도 있었다. 우리가 중국음식을 대접하겠다고 하자, 그들은 매우 좋아했다. 그들은 원래 중국에 살고 있었으면서도 지금까지 중국 생활이나 중국 문화를 잘 모르고 지내왔다. 그들의 마음속에서 중국인은 쿨리나 소상인들뿐이었다. 그날 저녁 7, 8시경에 숙소로 돌아왔다. 그들의 집에서 나왔을 때 거리는 이미 한산했다. 날이 몹시 추웠는데, 한 블록을 걸어가서야 마차를 볼 수 있었다. 마부를 부르자, 돌아오는 대답이 "Kudai?"[3]였다. 러시아인 마부였던 것이다. 목적지를 말하고 차에 올랐다. 거리가 1리 반도 안 되는데 은화大洋[4] 5마

토이의 이상이 사회주의국가에서 어떠한 의미를 가질 수 있는지를 직접 확인하고 고민하는 계기가 되었다. 『적도심사』에 견학과 소회가 기록되어 있다.

3) 러시아어 кудá로 '어디 가세요?'이다.

4) 청 말에서 중화민국초기에 사용되던 은화銀元를 일컫는 말이다. 청 선통宣統 원년

오를 불렀다. 중국인 독자라면 상하이나 한커우漢口의 마차인가 할 텐데, 절대 아니다. 그렇게 다 낡아빠진 러시아식 마차가 그렇게 비싸다니. 중국인 마부라면 더 싸게 불렀을 것이다. 나는 입에서 나오는 대로 살림살이는 어떤지 물었다. 그는 하얼빈은 모든 것이 비싸기 때문에 찻삯이 비쌀 수밖에 없다고 말했다. 어떤 때는 하루에 5, 6원을 벌 수 있다고도 했다. 러시아 마부 대다수는 일본 돈만 받으려 하지, 중국의 은화는 거들떠도 보지 않았다. 나는 그와 흥정을 할 수밖에 없었다. 그도 러시아 노동조합工會이 만든 클럽이나 음악회에 갈 시간조차 없다고 했다. 가는 동안 내내 말을 하면서 가다보니 시간 가는 줄 모르고 신나서 이야기를 했다. 그러다 고개를 들어보니 쑹화강 남쪽이었다. 우리 목적지와는 반대로 간 것이다. 그 밤은 구름이 걷히고 차가운 달빛이 내리며 사위가 차가운 안개로 가득했었다. 마치 욕탕에서 나온 미인이 얇은 면 가운을 걸친 듯했다. 길 옆 한기를 머금은 나무들은 한 줄로 늘어서서 갑옷으로 무장하고 가지 끝으로 서슬 퍼런 검기를 내뿜고 있는 듯했다. 달빛과 눈에 정신이 팔려서 마부에게 말하는 것을 깜박했고, 결국은 길을 잃게 된 것이다. 우린 너무 멀리 가 있었다. 실수가 기연을 만드는 법이다. 그 덕에 자연의 아름다움을 만날 수 있었으니. 그러나 추위가 매섭게 파고들어 숨조차 어는 것 같았다. 한적한 겨울밤은 바람 한 점 없이 조용했고, 이 '천연 유리구'를 가득 채운 우주의 아름다움은 조금의 미동도 없었다. 하지만, 얼어붙은 대기에서 전해지는 '마른 추위'는 참을 수 없었다. 나는 그때서야 마부에게 차를 돌리라고 말했다. 그는 중얼중얼 불평을 해댔다. "…… 중국인…… 중국인이 오늘은 어째 하얼빈 거리의 러시아 이름도

(1909)에 주폐국鑄幣局을 설립하여 은폐銀幣를 통일 발행하였고, 중화민국 수립 후 1914년에는 『국폐조례國幣條例』를 발표하여 은 본위 화폐제도를 마련하고 '銀元'을 발행하였다. 대양大洋 일원壹圓은 7전 2푼의 백은白銀에 상당한다.

모른담? …… 헛걸음하게 말이야.” ‘네놈은 중국 땅에서 마차를 몰면서 중국 거리의 중국 이름조차도 모른단 말이냐?’ 나는 속으로만 이렇게 삭였다. 푸순잔에 돌아오니, “아, 원래 여기였군, 진작 똑똑히 말하지 않고.” 자, 그러면 난 또 뭐라 해야 할까?

하얼빈의 다오리와 친자강 두 곳은 완전히 러시아화된 거리로서 모두 러시아 이름을 가지고 있었다. 중국인은 그저 몇 번째 거리, 몇 번째 거리, 이렇게 부를 뿐이었다. 러시아인들은 그곳이 자기 집이나 되는 것처럼 살아가고 있었다. 아쉽게도 근래에는 러시아의 상업과 다오리의 시장이 번성하지 못했다. 러시아 자산계급은 오히려 일본인들과 결탁했고, 일본 상업계와 실업계는 하얼빈의 경제력을 빼앗으려 하고 있었다. 한편 노동계급은 노동운동을 조직한 이래로 점차 강해지고 있었고 치타의 신당과 비밀리에 소통하고 있었다. 하루는 『전진』사가 자리한 건물에서 나와 치다오가七道街 장쑤식당江蘇小飯館에서 밥을 먹고 러시아인들이 중국거리Kitaiskaya ulilsa[5]라고 부르는 곳을 따라 집으로 돌아가고 있었다. 시간은 이미 저녁이었다. 러시아 신문사 하나를 지나다 보니 중국인 신문팔이들이 많이 보였다. 그들은 신문을 받아서는 앞 다퉈 중국거리로 달려가 신문을 팔았다. 그들은 미끄러운 걸 무릅쓰고 앞 다퉈 뛰면서, 입으로는 연신 거친 숨을 내쉬었다. 그러다가 사람이 보이면 헐떡거리면서 외쳐댔다. “신문 사세요, 『생활일보Novoctijizni』![6] 신문 사세요, 『전진』! 신문 사세요, 『여명Zarya』![7] 『러시아의 소리』!” 모두 살기 위해 싸우고 있었다. 거리 양편으로 러시아인들은 서로 붙어서 길가 벤치에 앉아 있었다. 어떤 이

---

5) улица. 영어 표기로는 ulitsa, 우리말 외래어 표기법으로는 울리차이다. 원문의 ulilsa는 오기로 보인다.

6) новость(novosti)는 뉴스, жизнь(zhizni)는 생활로 곧 생활일보, 생활신문이라는 뜻이다.

7) заря́. 여명, 서광이라는 뜻을 가지고 있다.

들은 팔짱을 끼고 손짓발짓을 해가며 소곤거리면서 길을 갔다. 어떤 이들은 가게에서 물건을 사서 큰 바구니에 담아 나왔다. 눈처럼 밝은 가로등 빛 아래에서 남녀들은 꽃밭에서 노니는 나비처럼 거리를 오갔다. 화려하고 우아한 여인네들이 붉은 여우털 숄에, 푸른 비단 스카프를 하고 있었는데, 큰 상점에서 새나오는 불빛이 조명이 되어 서구화된 '러시아 자산계급'의 문명을 아낌없이 보여주고 있었다. 또 여러 무리의 러시아 청년학생과 소녀들이 산보를 하고 있었다. 걸으면서 보니 큰길 맞은편, 어지러운 러시아인들의 그림자 너머로, 창에 새겨진 황금색 글자들이 흘러나온 전등불에 더욱 또렷하게 보였다. '아사히朝日'를 뜻하는 러시아어가 쓰여 있었는데, 자세히 보니 창 안쪽에 일본 소녀가 있었고 창틀에는 일본 비단이 걸려 있었다. 중국거리의 끝에서 길을 돌면 일본인이 운영하는 하얼빈 일본 상품 전시관哈爾濱日本商品陳列所이 있었다. 우리가 지나갈 때는 입구에 불이 꺼진 게 이미 문을 닫은 뒤 같았다. 전시관 안의 상품들은 매우 많았던 것으로 기억한다. 농산품은 늘 부족했지만, 공업제품은 있을 건 다 있어 형식상으로는 '서양'제품들과 하등 차이가 없었다. 전시관을 지나면 숙소에서 멀지 않은 곳에 우리가 자주 가서 식사를 했던 작은 식당이 있었다. 식당 주인은 산둥 사람이었다. 그는 우리를 보자 "왜 오늘은 안 들어와요?"라고 물었고 우리는 이미 먹었다고 답을 했다. 이야기를 나누고 있는데, 뒤에서 "Milocti[8]…… Milocti(자비를 베푸십쇼)"라는 말이 들려 보니 러시아 거지가 있었다. 식당 주인은 그에게 찬밥 두 덩이를 주었고, 나도 그에게 1마오 지폐를 주었다(하얼빈에서는 동전을 구하기가 쉽지 않아 갖고 있지 않았다). 그는 성호를 그으며 주절댔다. "감사합니다, 감사합니다. 하느님이 보우하실 겁니다…… 신이시여! 중국인들은

8) милость. '자비'를 뜻한다.

러시아인들보다 훨씬 친절합니다……" 그는 중얼거리며 떠났다. 식당주인이 말했다. "쟤들한테 그렇게 주면 안 돼요. 매일매일 귀찮게만 하지. 어제도 양놈 둘이 어디서 훔쳤는지 열 자는 되는 검은색 비단을 가져와서는 우리한테 사라 하지 뭐예요. 안 봤으면 좋겠어요. …… 양놈들은 정말 내쫓기 힘들어요. 선생님들, 여기가 러시아 가난뱅이 천지인 건 아시나요? 만약 러시아 빈곤당(북방인들은 '볼셰비키'를 이렇게 속되게 부른다)이 오면 확 득세라도 할까요? ……" 나는 대답은 않고 웃으면서 가던 길을 짚어 숙소로 돌아왔다.

푸르른 하늘과 새하얀 구름이 비단을 두른 듯 세상을 감싸고 있었고 차가운 강바람은 투명한 한파를 품은 채 다가왔다. 쑹화강松花江 강변의 풍경은 미련이 남을 만큼 아름다웠다. 어느 날 나는 러시아어 전수관의 친구들과 일부러 시간을 내 놀러 나갔다. 우리는 작은 배를 빌려 다오리에서 다오와이까지 갔다. 강에서는 멀리 중둥철도의 철교가 보였고 뒤에는 4, 5층은 되는 양옥들이 늘어서 있었다. 저 멀리로는 드문드문 숲을 이루고 있는 나무들이 눈을 이고서 맑은 햇빛을 받아 '만저우'의 찬란한 검기를 발하고 있었다. 배 위에서 러시아어 전수관 동문들과 이야기를 하다 보니 하얼빈에 우리 동문들이 많다는 것을 알게 됐다. 법원, 러시아 백군 기관지, 중둥철도, 수퉁공사戍通公司 등등 그들이 없는 곳이 없었다. 하얼빈뿐 아니었다. 펑톈에서 만저우리까지 그리고 중둥철도 작은 역에도 동문들이 포진해 있었다. 그들의 교육 수준은 '이처럼' 높았지만 생활 수준은 상하이 양행에서 매판을 하고 있는 영문과 졸업생들, 심지어 베이징, 톈진에서 영어와 불어를 전공하는 '대학생'보다도 어려웠다. 그러나 만저우 3성의 교육 수준이 전반적으로 0에 가까웠기 때문에, 그들이 이 지역에서는 명망가라는 것 또한 공공연한 사실이었다. 나는 쑹화강에 간 김에 러시아어 전수관의 동문 하나를 찾아갔다. 선장이었는데, 아쉽게도 자리에 없었다. 그래서 작은 배를 탄 김에 여기저기를 돌아다니다 다오와이에서 하선했다. 중국인 거주지 경계를 따라 늘어선 초가집 사이로 난, 지저분한 좁은 길을 요리저리 돌아서 숙소로 돌아왔다. 러시아의 하얼빈, 러시아의 식민지—가련하기 그지없는 곳—는 이미 톈진이나 상하이의 대로와 달리 곳곳이 똥오줌으로 범벅이 되어 있었다. 중국인의 눈에는 여전히 휘황찬란한 큰 상점만이 보이지만, 중국 '북방'인의 삶으로 다시 눈을 돌려보면 지독한 불결함을 볼 수 있었다. 다오와이, 이 가난한 거리는 쑹화강변을 따라서 나 있었다. 그곳 초가집 몇 채에서는 사람들이 양철 목판으로 어지럽게 담을 치고는 그 안에서 돼지를 쳤다. 그것이 중국인들의 생계였다. 문화는 천부적인 것이 아니다. 그렇다면 중국인들은 어떤 노력을 해야 할 것인가? 유럽인들이 야만적이라 비웃었던 러시아인들조차 이보다는 나았다. 경제생활과 생산방법이 변하지 않으니, 문화적 요구, 나아가 개괄해서 문명이라고 할 만한 것도 가질 수 없고, 다른 한편으로는 계급적으로 각성해 문물을 재창조하는 중책을 맡을 수도 없다. 동방문화국의 문화는 어느 때에야 다시 일어설 수 있을까? 소위 '개조'의 근본적인 의의는, 통계를 종합해서 보면, 본래 '전 인류의 문화를 위해 분투'하는 것이다. 이처럼 암담한 우리 민족은 근본적으로 자본주의화할 것이 아니라 '신식'의 무산계급화로 나아가야 한다. 이는 만저우 3성에서 특히 중요하다. 게다가 종합적으로 해결해야 하는 큰 문제는 말할 것도 없고, 목하 시급한 작은 문제들도 처리해야 한다. 만저우의 문화운동에서도 서둘러 '민간으로 들어가는' 선봉대를 조직할 필요가 있다. 안타깝게도 이 지역의 지식계급은 보통은 '북방식' 관료교육의 독에 중독이 된 러시아어 전수관파들이었다. 이 지역에서는 쑹화강의 제국주의의 피로 물든 물결이 밀려오고 식민정책의 가혹한 파도가 거세게 일 뿐이고, 토비土匪와 같은 폭풍과 패잔병 같은 가혹한 눈발이 노호를 내지를 뿐이었다.

하얼빈여관에서의 생활이 일순간에 한 달을 넘어섰다. 날은 하루하루 추워져만 갔고 거리에 쌓인 눈과 나뭇가지에 서린 한기는 냉혹하기 그지없는 중국사회의 공기와 맞물려 사람들의 근심을 더욱 깊게 만들었다. 이처럼 북방의 추위가 점차 그 위엄을 드러내고 있었지만, 나는 오히려 마음에 활기찬 봄기운을 품고 있었다. 모험이 가득하고 호기심을 자극하는 여행은 억누를 수 없는 지식욕을 불러일으켰고 밝은 미래는 나의 무궁한 희망을 암시했다. 우주적 의지는 영원히 사람들을 돌진하도록 이끌고, 동적인 세계는 언제나, '안정을 구하려는' 바람을 지워버린다. 만약 '알지 못해 불안'해 한다면 자연히 '앎'으로 기울 것이다. 기온이 내려가면 대기의 밀도는 균형을 잃게 되고, 압력이 평형을 잃어 불안정해진 대기는 자연스럽게 응결된다. 사회조직은 근거지를 잃는다면 자연히 동요하게 되고, 괴물 같은 '사회의 목소리'를 빌려 평안치 못한 마음을 호소하게 된다. '알지 못함不知'에서 움직여 '앎知'으로 나아간다. 대기가 움직여 얼음이 된다. 자본주의, 제국주의가 움직여 사회주의로 나아가고, '신식의' 근대 무산계급화로 나아간다. 전 우주는 단지 '안정을 구하기 위해 움직이는' 과정일 뿐이다. 안정과 불안정의 감각은 또한 오직 전 '5식'[9] 및 제7식[10]에서 드러나는 것으로 행위의 최후의 동기로 여겨진다. 제6식(의식)의 동기는 조잡한 현상과 허위의 오류이다. 그래서 사회의 의식(사회적 제6식)은 특히 위조와 환상의 오류로 종종 빠져들고는 한다. 움직임의 과정은 '실제'를 직관하고 직감할 때라야 아집我執(제7식)의 기능을 드러낸다. 내 러시아 여행의 의의는 실로 그것이 내 직감적 반사작용

9) 前5識. 안식眼識, 이식耳識, 비식鼻識, 설식舌識, 신식身識, 의식意識, 말나식末那識, 아라야식阿賴耶識의 8식 중 앞의 5식을 전5식이라고 한다.

10) 말나식을 말하며, 제6식인 의식의 근원으로 이야기된다.

에서 비롯된 것이라는 점이다. 제6식의 분별과 승패의 판단이 행위에 미치는 영향은 미미하다.

쓸쓸한 한월寒月과 냉랭한 한풍寒風이 반짝이는 한설寒雪을 비추고 있었다. 이러한 풍경은 나의 마음을 있는 그대로 보여주고 있었다. 내 스토아주의는 그저 정신생활의 안위를 구하는 것일 뿐이었고, 심지어는 물질생활의 안정과 검소함을 구하는 것일 뿐이었다. 나 스스로 나의 내적 동력을 살펴보면 실제 모든 재능은 당시에는 사회에 도움이 되는 것이 없었고, 동시에 내 개인의 생활의 취향도 극히 불안정한 상태였다. 그래서 안녕을 얻기 위해 위험을 무릅쓰길 원했다. "모험을 한다고 할 때, 성패는 도대체 어떻게 될 것인가?" 이 질문은 결코 묻지 말아야 할 것은 아니지만, 반드시 물을 필요도 없거니와 어쩌면 정말 묻지 않아도 되는 것이었다. 의식이 만능이라는 것은 본래 미신일진대, 따지고 분별할 필요가 어딨겠는가? 극히 조악한 심리 현상으로서 '의지'는 더욱 논할 것이 없었다. 그래서 위험을 무릅쓰고 러시아로 떠나는 내 여행은 결코 무슨 '견고한 의지'를 보이기 위한 것도 아니고—사회를 위해—이해를 따져서 하는 행위도 아니다. 그저 내 호기심에서 시작된 것으로, 삶에 적응하고, 실제 정신생활에 적응하려는 충동일 뿐이다. 삶의 불안정성이 높을수록 충동에 반응하는 힘 또한 커지기 마련이다. 추상적인 중국의 사회문화에도 무익할 뿐 아니라, 구체적이고 지루한 생활에도 무의미하다. 당연히 그 박약한 의식의 작용을 제거해야 한다. 이것은 사회에는 무익한데 갑자기 용감하게 돌진하는 심리 상태를 말하는 것이다. "죽더라도 마땅히 행해야 한다." 만약 아직도 '사회', '문화'의 관념이 남아 있고, 남을 위해 노동하려고 한다면, 그것은 그저 제7식의 아집이 그렇게 만든 것이다. 매일 일과를 마치고 쑹화와 산보를 할 때면, 거친 들판에서 처량한 달빛과 눈빛이 희미하게 발하던 '자연'의 동기를 느끼게 되었다. 그 가운데서 우리는 종종 이 흥미롭고 농후한 문제를 논하고는 했다. 하얼빈의 거처는 매우 협소했다. 그러나 나는 모스크바를 이야기할 때면 이런 집에 우리 세 명이 산다 해도 괜찮다고 말했다. 당시 모스크바에는 식량도 부족하고 연료도 모자라다는 소식을 들으면 종종 우스갯소리를 했다. "쑹화, 우리가 가면 굶어 죽거나 얼어 죽는 거 말고도 다른 위험도 있겠는걸. 신나서 '신기한 거' 본다고 갔다가 어쩌면 불행하게 급살을 맞을지도 모르겠는데. ……" 쑹화가 말했다. "자네는 왜 그리 불길한 얘길 해서 흥을 죽이고 그러나! ……"

9.

12월 초 확실한 소식을 들을 수 있었다. 세메노프의 군대가 후퇴했다는 것이다. 일본 측의 중재로 세메노프는 옌하이빈성沿海濱省[1]으로 호송됨으로써 만저우리 방면에서는 결국 완전히 축출되었다. 우리가 떠날 수 있다는 희망이 겨우 보였다. 충동적으로 출발해 베이징에서 하얼빈으로 왔다가 도중에 50여 일을 발이 묶였다. 예기銳氣도 아마 무뎌져가고 있었을 것이다. 그런 때 이런 소식을 듣자 다시 생기가 일었다. 천광핑을 만나러 갔더니, 전용차편이 이미 마련되었고 출발일이 12월 7일로 정해졌다는 소식을 들을 수 있었다.

출발이다, 출발! 붉은 빛으로 들어간다. 소비에트러시아는 20세기 세계 최초의 사회주의공화국으로서 과연 어떠한 모습일까? 수많은 전설을 들었고, 수많은 선전을 들었다. 또 유럽전쟁 4년에 내전 3년[2]을 겪었

1) 연해주를 가리킨다. 러시아어로는 Примóрский край로서 프리모르스키 변경주라고 한다. Примóрский가 연해라는 뜻이다.

2) 유럽전쟁 4년은 1914년부터 1918년까지 제1차 세계대전을 가리킨다. 3년 내전은 1918년부터 1920년까지 백군 반란을 말한다. 이 내전에는 영국, 미국, 오스트레일리아, 캐나다, 체코슬로바키아, 그리스, 루마니아 왕국, 세르비아 왕국, 인도, 일본, 프랑스, 이탈리아, 독일, 그리고 중국 베이양정부 14개국이 무력 개입했다.

다 알고 있다. 그러나 그 자세한 내막은 알 길이 없었다. 자유의 문으로 나아가지만 이런저런 상상이 꼬리를 무는 것은 어쩔 수 없었다. 이번 여행에서는 먼저 새로 건설된 민주주의 극동공화국을 경유해 간다. 극동공화국은 소비에트러시아의 완충지로서 민주주의제도를 시행하고 있고, 집권당은 공산당, 즉 볼셰비키다. 이 또한 내 연구의 흥미를 돋운다. 어여 가자, 어여 가! 곧 목적지에 이를지니. 소비에트제도—무산계급독재 기구—와 공산주의—마르크스 경제학의 사회주의를 연구할 수 있는 좋은 기회이다. 나는 아직 이를 연구하지 못했다. 먼저 공산당의 공기(Atmosphère)를 살펴본 후에 하얼빈 노동자당연합회의 10월 혁명 기념식의 성황盛況을 전해드릴 것이다.

11월 7일은 상트페테르부르크St. Petersburg에서 세계 최초로 무산계급 혁명이 일어난 날이다(러시아는 그리스력을 사용해 서력보다 13일이 늦다. 11월 7일은 러시아력으로 10월 25일이다. 그래서 '10월 혁명'이라 부르는 것이다). 나는 당시 행방이 정해지지 않은 상황이었는데, 러시아 친구의 소개로 그들의 경축회를 참관하게 되었다. 대회장은 하얼빈 노동자당연합회가 설립을 준비하고 있는 노동자대학의 신교사新校舍였다. 그날 어려울 것 같던 중국 경찰청의 허가를 받아 대회가 개최되었다. 대회장 안은 발 디딜 틈도 없어 들어가기 쉽지가 않았다. 우리는 회장과 상의 하에 연단 아래에 자리를 잡을 수 있었다. 단하를 가득 채운 청중들은 개회를 선포할 때 모두 '만세'를 외쳤다. 그들은 왁자지껄, 떠들썩하게 일어나 〈인터내셔널가International〉[3]를 불렀다. 그 소리가 자못 웅장했다. 이때 처음 이 노래를 들었는데, 귀국 후에는 곳곳에서 수시로 들을 수 있었다. 소비에트

3) 외젠 포티에Eugène Edine Pottier가 파리코뮌 당시에 가사를 쓰고, 피에르 드 제테르Pierre De Geyter가 1888년에 곡을 붙였다. 1922년부터 소비에트러시아의 국가로 채택되어 1944년까지 쓰였다.

러시아는 이 노래를 국가로 삼고 있었다. 연사들은 소비에트 정부, 러시아 공산당, 코민테른(Ⅲ International)[4], 세계혁명을 축하했다. 마지막에 치타에서 극동공화국 신정부가 이날 정식으로 수립을 선포했다는 소식이 전해진데다가, 이어 모스크바로부터 공산당의 보고가 막 전해지면서 사람들은 격앙되어 만세를 환호했다. 가장 재미있던 것은 멘셰비키 대표의 선언이었다. 그는 멘셰비키는 중동 노선 일대에서 치타에 이르는 지역까지 이번에는 반反볼셰비키정책을 취하지 않을 것이며, 극동 방면에서 양당이 공동으로 협력할 것이라 선언했다. 이날 사회혁명당 역시 이와 '대체로 일치한다'는 뜻을 보였다. 그러나 그는 볼셰비키의 많은 오류를 지적했고 심지어 그 독재의 잔혹함을 말하기도 했다. 단하에서 문득문득 "쓰…… 쓰……"거리는 욕설이 들려왔다……. 대회가 끝난 후 우리는 러시아 친구—그는 볼셰비키였다—의 집에 가 만찬에 참석했다. 방 안에는 성대한 연회석이 마련되어 있었고, 붉은 비단으로 싸인 전등은 온 방 안을 붉은 빛으로 채우고 있었다. 붉은 빛 아래에 마르크스, 레닌, 트로츠키의 초상이 보였다. 식사를 할 때, 다들 술을 들이붓듯이 마시면서 소리를 질러댔다. 자리에는 러시아 아가씨들이 꽤나 많았는데, 내가 앉은 자리로 와서는 짙은 향수 냄새를 풍기며 가까이서 중국, 베이징, 상하이의 풍속과 인정에 대해 끊임없이 물어댔다. 갑자기, 방금 러시아에서 온 공산당원이 일어나 연설을 했다. "우리는 지금 여기서 오늘 밤을 즐기고 있지만, 모스크바의 인민들은 검은빵조차 구하지 못하고 있습니다. …… 공산당은 국가를 책임지는 중임을 맡아 모든 방법을 동원하고 있습니다

4) 공산주의 인터내셔널Communist International의 약칭으로 제3인터내셔널이라고 한다. 소비에트러시아와 볼셰비키가 주도하여 수립했다. 일국 차원에서 전위당을 중심으로 한 강력한 중앙집권국가를 수립하는 것과 마찬가지로 세계 차원에서도 강력한 규율을 바탕으로 코민테른의 지도하에 세계 소비에트공화국을 수립하려고 했다.

만…… 모두 러시아의 노동인민을 한 번 생각해주시기 바랍니다. ……" 나는 나와 이야기를 나누고 있던 여성에게 공산당원인지를 물었다. 그녀는 공산당원은 아니지만 공산당을 지지한다고 말했다. 그녀가 되물었다. "당신은 공산당원이세요? 중국의 정당은 얼마나 되죠? 우리나라의 공산당 같은 큰 당이 있나요?" 나는 중국의 정당 상황을 말해주었다. 그리고 또 "중국사회당은 아직 정식으로 결성되지 않았고, 19세기 러시아처럼 사회주의와 마르크스주의를 연구하는 연구회들이 많이 있습니다"라고 대답했다. 그녀는 "중국 정당은 그렇군요. 설마 장쭤린張作霖[5] 혼자서만 정치를 하고 있는 건가요? ……" 술도 떨어지고 흥도 다하자, 자리에서 일어나 숙소로 돌아왔다. 쑹화는 러시아어를 못해서 막 도착한 사람과 영어로 대화했다. 그 사람은 러셀이 이미 베이징에 도착했다는 말을 들었는데, 빨리 그의 강연을 들어보고 싶다고 했다. 그러나 그는 그렇게 말하면서도 자신은 길드사회주의[6]에 기울어 있다고 했다. 나는 쑹화를 불러 돌아가자고 했다. 10월 혁명 경축회는 끝났다. 나는 모스크바에 가서 다시 한 번 혁명 기념일을 보내고 싶다고 생각했다.

출발일이 다가왔는데, 천광핑은 또 지체했다. 그는 하얼빈에서 모스크바까지 전용차로 간다 하더라도 노농정부가 차비를 한 사람당 삼사백 위안은 요구할 것이라고 말했다. 우리는 방법이 없었다. 세 사람이 천 위안을 모아 그에게 전해주었고, 또 모스크바의 식량이 부족하니 백 위안어치 밀가루를 사달라고 부탁했다. 모스크바에 도착한 후 4, 5개월쯤 되었을 때, 천광핑은 이렇게 말했다. "하얼빈에서 만저우의 운임과 밀가루

5) 펑톈奉天 군벌의 수장이었다. 일본에 폭사爆死당했다. 그의 아들 장쉐량張學良은 훗날 시안사변西安事變을 통해 제2차 국공합작에 결정적 역할을 하였다.

6) 중세적 길드를 사회의 기본조직으로 하고 이들 간의 합의와 협력을 통해 생산과 소비를 합리적으로 도모하려는 사회주의를 말한다.

비용이 이백이십육 위안이 들었어요. 나는 돈을 내지는 않았지만, 외교부에서는 분명 공비 내에서 제할 겁니다. 또 '뭐로 얼마가 필요하고, 뭐로 얼마가 필요하다'고 하는데 내가 계산해보니 당신들에게 사백오십 위안 돌려주면 되더라고. …… 쑹화 씨는 이미 오십오 위안을 가져갔으니, 자 여기 소비에트 돈으로 사백칠만 루블(당시 일만 칠팔천 루블이 중국 돈 일 위안으로 태환되었다). 영수증을 좀 써주시게들. ……" 이 일천 위안의 행방이 이렇게 정리되었다. 우리는 러시아에 가서야 당시 러시아가 상업을 금지해서 각 철도역에서는 살 수 있는 것이 없으며 각자 난방을 마련해야 한다는 것을 알게 됐다. 천광핑은 또 우리와 함께 식사하는 것에 동의했었다. 그런데 나중에 계산을 하더니 오히려 우리가 구입한 10푸트pud[7]어치 밀가루를 달라고 했다. 이는 중국 무게로 삼사백 근으로 세 사람이 기차에서 한 달 반 동안 매일 먹을 수 있는 양이었다. 가지고 간 밀가루는 소용은 있었다. 우리는 나중에 모스크바에서의 식비를 모두 그에게 의지했다. 그 뒷사정이 이랬다.

12월 8일이 되어서야 전용차량에 탑승해 생활할 수 있게 되었다. 하지만, 다시 이틀이 지나서야 출발할 수 있었다. 그 며칠 동안 모든 일을 처리했다. 여비를 지불하고 식량을 사는 것과 같은 자질구레한 일들은 귀찮기는 했지만 사회생활의 현실을 체험할 수 있는 계기가 되었다. 세상사, 인정, 경험이라고 말할 수 있는 그런 것들 말이다. 나는 원래 세상사나 인정에 대해 알지도 못했고 경험도 없었기 때문에 누군가에 속기 십상이었다. 세상사와 인정을 알고 경험을 가진 사람이라 하더라도 '사기詐欺 교육'은 받는 것이 좋다. 나는 예전에 동방의 오랜 문화국가의 사회교육을 더 많이 받지 않고 '서구'에 가게 된 것을 후회했다.

7) пуд. 러시아의 무게 단위로 약 16.3kg이다.

12월 10일 기차가 출발했다. 하얼빈을 떠나 북쪽으로 향한 것이다.

한 차에서 여섯이 생활했다. 우리 일행 셋에 모스크바 영사관 인력 셋이었다. 차에서는 편하게 할 수 있는 이야깃거리도 별게 없었다. '영사와 동행하는' 이번 러시아 여행의 의미는 컸다. 이 여행을 통해 과거 중·러 외교의 경과, 러시아 외교가에서 이제까지 중국의 태도, 러시아 수도의 외교가 내에서 중국의 지위, 재러시아 화교 인구와 같은 것들을 대략 알 수 있었다. 그러나 한편으로는 전혀 다른 두 세계, 두 사회의 사람들이 한 곳에 모여 정신적 만남을 갖다보면 여러 문제가 발생하기 마련이다. 이야기의 배가 맞지가 않는 통에 귀한 시간만 낭비하기도 했고, 양쪽 다 본래의 모습을 숨기기도 했다. 또 자질구레한 일들에 너무 많은 정력을 쏟아 붓기도 했다.

1917년 러시아 2월 혁명 후 중국 공사 류징런劉鏡人은 연합국[8]의 외교대표와 행동통일을 했기 때문에 상트페테르부르크에 남아도 할 것이 없었다. 화교 업무 대부분은 화교연합회에서 처리했다. 당시 화교연합회 회장은 현재 부영사인 류서우칭劉守淸이었다. 그는 상트페테르부르크와 모스크바에서 수년간 유학을 했다고 말했다. 중국 공사관은 러시아 수도 외교가에서 줄곧 별종 같은 존재였다. 남들은 외교상 늘 무도회와 같은 사교 행사를 벌여왔지만 중국 공사관은 조용한 중국 전통의 문화적 분위기에서 벗어나지 못한 채, 사교 비용을 줄인다는 명목으로 이런 일들과는 거리를 유지했다. 서우칭은 유학생일 때는 일이 생기면 종종 공사관에 항의하고는 했고, 공사는 이런 유학생을 보면 벌벌 떠는 게 습관이었다—서우칭 자신이 이렇게 이야기하는 건 조금 우습기는 했다. 전시

8) 제1차 세계대전 시기 동맹국(독일, 오스트리아-헝가리, 이탈리아)과 대립한 영국, 프랑스, 러시아 등의 국가를 말한다.

에 러시아의 화교들의 생활은 어려웠기 때문에, 베이징에서는 십여만 위안을 모금해 구호자금으로 보냈다. 당시는 리위안훙黎元洪 총통 시기[9]로, 그 또한 적지 않은 돈을 기부했다. 그러나 류징런은 기부금을 전달받았지만, 태반을 착복해서 지금 그 행방을 알 수 없다. 불쌍한 중국의 동포들은 국내 자산계급 자선가들의 얼마 되지 않는 은택이나마 누려보지도 못했던 것이다. 10월 혁명이 일어나자 각국 공사들은 상트페테르부르크에서 물러나게 되었다. 다른 나라의 공사는 대다수 자국 교민의 귀국편을 마련해 주거나 본인과 함께 귀국하는 방법을 찾았지만, 중국 공사는 교민들과 '얽히는' 것을 두려워해서 자신의 전용차량만 확보해 서둘러 몰래 도망치려고 했다. 미리 이 사실을 알게 된 일부 유학생들은 공사와 함께 귀국하려고 했는데, 공사는 그들에게 차비까지 받으려고 했다. 학생들의 항의가 있자 이 일은 없던 일이 됐다. 당시 전황이 급박해서 공사 역시 총탄이 빗발치는 가운데 탈출했지만, 가난한 중국 노동자 십수만 명은 화교협회에서 구출한 일부를 제외하고는 그곳에 남아 지금까지도 빈곤과 기아와 추위에 시달리고 있다. 지금 이 총영사의 모스크바 부임 건도 원래는 2년 전 화교협회에서 류서우칭을 대표로 삼아 베이징에 파견하여 청원한 결과이다. 이번 여행에서 가장 중요한 임무는 화교들

9) 리위안훙黎元洪은 청대 군인이었으나 혁명에 참여하여 중화민국 시기에는 정치인으로서 제2대와 제3대 총통의 자리까지 올랐다. 제2대 총통으로서 재임기간은 1916년 6월 7일에서 1917년 7월 17일까지였다. 그는 선거를 통해 총통에 당선되었으나 제1차 세계대전 선전포고 문제로 된치루이 총리와 권력 투쟁을 벌이게 되고, 장쉰張勳의 복벽復辟 사건이 터지면서 일본대사관으로 도피하게 되었고, 이에 따라 그의 임기는 막을 내리게 된다. 이어 쉬스창이 총통 자리를 대신한다. 제3대 총통의 재임기간은 1922년 6월 11일부터 1923년 6월 13일까지였다. 즈펑直奉전쟁이 터지고 쉬스창이 하야하면서 치러진 선거에서 당선된다. 여기서 말한 리위안훙 총통 시기는 제2대 총통을 역임하던 때를 말한다.

을 귀국시키는 것이다. 천광핑 총영사는 이미 류징런의 공사관에서 7년을 있었다고 했다. 이야기하다가 알게 된 사실인데, 그는 러시아 문화에 대해 조금도 아는 것이 없을 뿐 아니라 외교정치상의 시국이 어떻게 돌아가는지도 전혀 알지 못했다. 일상 러시아어 몇 마디조차도 할 줄 몰라서, 정말 말 한 마디도 제대로 하지 못했다. 중국은 본래 소비에트러시아와 아직 조약을 체결하지도 않은 상태라, 영사가 가서 어떤 직권을 행사할 수 있을지 알 수 없었다.

우리는 하얼빈을 떠나 서북으로 치치하얼齊齊哈爾 등의 역을 지나 헤이룽장성을 관통해 만저우리로 향해 갔다. 가는 도중 영사 등과 이야기를 나누는 한편, 쑹화와는 러시아 연구 방법을 상의했다. 신문기자의 업무는 솔직히 말해 나는 능력이 없었다. 쑹화는 "우리의 이번 여행은 본래 '이가 없으면 잇몸'이라는 생각으로 우리 스스로 해나가야 하는 거야"라고 말했다. 중국 현대의 문화적 상황은 천박한 수준이었다. 한 나라의 문화, 신제도, 세계 최초의 개조 사업을 조사하는 일이 이 학식도 천박하고 교육도 충분히 받지 못한 청년에게 떠넘겨진 것이다. 이것은 인재의 기근이라고 할 수 있다. 나는 쑹화에게 그가 통신 사무를 책임지면, 내가 전력을 다해 도울 것이라고 말했다. 성패는 장담 못하고 그저 전력을 다할 뿐이었다. 나 개인적으로는 이론과 사실 양 방면에 걸쳐 체계적으로 연구에 힘쓰기로 마음을 먹었다. 나는 공산주의, 러시아공산당, 러시아 문화를 연구할 것이다. 차는 이미 하얼빈을 떠나 조금씩 아름다운 풍경으로 다가가고 있었고, 나는 또 그만큼 조금씩 책임의 무게를 느껴가고 있었다.

무료하게 차창 밖의 설경을 바라보고 있으면, 수십 리를 가는 동안 인간의 흔적이라고는 보이지 않는 경우가 있다. 나는 그런 상황에서 어떤 감동을 느끼고는 했다. 시베리아에서 만저우를 관통하는 철도는 유라시아 대륙의 혈맥으로 수십 년에 걸쳐 이 황무지를 개간하는 데 일정한 역할을 했다. 토지는 개발되기는 했지만, 여전히 숨어 있는 자원이 막대하다. 그런데 중국은 어찌하여 자신은 환난만 일으키고, 타인들이 와서 경영하는 것을 지켜보고만 있는 것인가? 맹목적인 자본주의 경제는 생산, 소비, 분배 어느 것에도 계획적이지 않다. 만저우-하얼빈 노선을 따라 이어진 역들에는 식량이 쌓여 있다. 시베리아와 중국의 경제관계는 단절되고 교역은 정체되었다. 세계경제는 갑자기 전체에 피가 돌지 않게 되면서 자연스럽게 곪기 시작했다. 각 역마다 야적된 식량은 눈을 뒤집어쓰고는 암담하게 처량한 하늘만 머리 위에 이고 있으니, 마치 사지가 묶인 병자 같았다. 남쪽으로는 '난만철도'라는 '수갑'이 손을 묶고 있고 북쪽으로는 '세메노프'라는 '족쇄'가 발을 묶고 있다. 혈기가 막혀 얼굴은 사색이 되고 곧 숨이 끊어질 듯하다. 열차는 질주하고, 북풍은 노호하면서 얼음의 세계를 뒤흔들고 있다. '붉은 공포'와 동방의 태양국의 재물신—자본주의—이 격렬한 박투를 벌인다면 하늘이 무너지고 땅이 갈라지고 말 것이다.[10)]

12월 13일 저녁 만저우리역에 도착했다. 그날 마침 중국변경방위처中國邊防處가 파견한 주 러시아 군사대표 장쓰린張斯麐 중장이 귀국을 하기 위해 만저우리 역에 도착해 있었다. 우리는 장쓰린을 접견했다. 그는 중·러외교는 본래 매우 희망적이었는데 안타깝게도 중국정부가 겁을 내어 분명한 계획과 방침이 없는 상태가 된 것이라고 말했다. "러시아 모스크바 정부는 제국시대에 침탈한 권리 일체를 포기하고 중국과 우호관계를 체결하는 회담을 시작해 통상을 회복하기를 원합니다. …… 정부가 내게 전권을 주지 않아서 일이 용두사미가 되고 말았어요. 러시아 정부는

10) 붉은 공포는 소비에트 러시아를, 동방의 태양국은 일본을 가리킨다.

외국 대표를 초대해 줄곧 우호적으로 대했단 말입니다. 저 또한 그런 대우를 받았죠. 그런데, 생각지도 않게 '돤치루이 독판段祺瑞督辦'이 무너지고[11], 그다음에 중앙정부가 런던에 특전을 보내 내가 정식대표가 아니라고 말하는 통에 노농정부는 거의 나를 간첩 취급을 하고,…… 개시했던 교섭은 모두 물거품이 되고 말았어요……" 러시아에서 중국 교민들의 생활은 확실히 곤궁했다. 그러나 법과 기율에 있어서 정부에 대한 중국인의 저항력은 생물학에서 소위 '항독소'와 같다. 이것은 중국인의 천성이다. 노농정부는 전쟁 시기 엄격한 중앙집권제를 채택해 투기(Spéculation)를 금지했지만 중국의 간사한 상인들은 여전히 기회에 편승해 장난질을 쳐댔고 결국은 아편까지 팔았다. 일부는 곧바로 공산당에 가입해 위세를 빌려 망동을 저지르기도 했다. 궁지에 몰린 사람들 중에는 적군赤軍이 되어—남러시아[12]에 가장 많았다— 잔인한 노략질에 나서기도 했다. 장쓰린의 수행원 중에도 투기로 투옥된 이들도 있었다. 이러한 말들은 모두 그의 수행원이었던 러시아어 전수관 동창한테서도 들었고, 나중에 러시아의 화교에게서도 들었다. 이와 같이 정부의 통제가 엄격한 가운데서 중국인들은 여전히 교묘하게 악행을 저질렀으니, 실로 이런 능력에 있어서는 가히 천부적이라고 할 만했다. "사회의 힘은 정도正道에서 벗어나 있으며, 천성을 억압하는 제도를 강요하고 있다. 이 제도가 수천 년에 걸쳐 내려온 독소와 만나자 중국인의 개성은 사도邪道의 본능에 빠져버리고 만 것이다."

---

11) 완시皖西군벌의 수령으로 베이양정부에서 국무총리를 역임했다. 1917년 대독선전포고를 했다. 제1차 세계대전 종료 후 파리강화회의에서 승전국으로서 일본의 주장이 받아들여지게 되었을 때, 돤치루이 정부가 이를 수용하려 함으로써 5·4운동이 촉발되었다. 1920년 즈완直皖전쟁에서 패하여 하야했다.

12) 현재의 우크라이나 전 지역과 러시아 남부, 코카서스 지역을 말한다. 이 지역에는 내전 당시 백군 부대의 집합체인 남러시아군이 있었다.

장쓰린 중장과 함께 귀국하던 이들 중에는 러시아 중국노동자연합총회의 회장인 류샤오저우劉紹周가 있었다. 그는 러시아 유학생 중 가장 뛰어난 인물 중 하나였다. 그는 우리에게 화교의 실상에 대해 많은 것을 알려주었을 뿐 아니라 공산주의에 관해서도 말해주었다. 유럽과 러시아는 3년의 대전과 4년의 내전[13]을 겪고 경제는 심각하게 파괴되었다. 당시는 전쟁시기에서 평화시기로 넘어가는 데 있어 관건이 되는 시기였다. 브란겔리P. N. Vrangely[14]은 이미 패퇴하였고 돈Don 탄광지역은 적군赤軍의 수중에 넘어갔다. 이로써 폴란드에서도 정전이 이루어져 경제개조에 전력할 수 있게 되었다. 류샤오저우에 따르면, 당시 인민의 생활은 1919년 겨울에 비해 많이 좋아진 상황이었다. 국내에는 세 부류의 사람들이 있었다. 하나는 군인과 노동자로 국가에서 가장 관심을 기울이는 이들이었다. 둘째는 농민으로 당시 러시아에서는 가장 부유한 이들이었다. 셋째는 지식계급이었는데, 곤궁하게 사는 이들도 있었고 우대받는 이들도 있었다. 1919년 겨울이 되었을 때, 류샤오저우는 두 달 동안 말 사료로나 쓰일 법한 음식을 먹었다고 한다. 소비에트러시아는 지금 학교에서 학비를 받지 않고 무상교육을 실시하고 있다. 그러나 나라가 가난하고 경비가 부족해서 한 번에 전국적으로 실시할 수 없기 때문에, 실시 성적이 그렇게 좋을 수는 없다. ……

하얼빈에 도착해서 한 달 반 동안에는 공산당의 공기를 미리 맛볼 수 있었는데, 지금 만저우리에 와서는 류샤오저우에게서 노농정부의 실제적인 경제 상황을 전해 들을 수 있었다. 아쉽게도 연구 기간 동안 실제

13) 83쪽 주2처럼 4년의 대전과 3년의 내전이 맞다. 오기로 보인다.

14) 제정 러시아의 장군. 1920년 서구 제국주의 국가가 소련에 무장 개입했을 때, 남러시아 백군 총사령관을 맡았다. 패퇴 후 해외로 망명했다. 『餓鄕紀程』, 『瞿秋白文集 · 文學編』第1卷, (北京: 人民文學出版社, 1998), 9장 주12 참고.

사회생활로부터 영향을 받을 수밖에 없었기 때문에 내 정력은 소진되고 말았다.

10.

기차는 만저우리에서 다시 멈춰 서고 말았다. 장쓰린의 전용열차는 이미 남쪽으로 떠났지만, 천광핑의 전용열차는 더 이상 나가지 못하고 있었다. 장쓰린은 모스크바에서 정부의 철수 명령을 받았을 때, 즉시 노농정부에 신임 총영사가 모스크바에 부임할 것이라고 보고했다. 이에 대해 노농정부는 "중국이 대표를 파견한다면 러시아도 러시아의 대표를 파견할 것이다"라고 말했다. 러시아가 신임 중국대표의 파견을 환영하는 것은 분명하기는 한데, 중국은 어쨌든 런던을 경유해서 전신을 받을 수밖에 없는 상황이라, 노농정부는 정식으로 이를 통고를 할 수 없었다. 어떻게 준비해야 하는지, 게다가 극동공화국에서는 어떻게 해야 하는지, 그는 더더욱 내막을 알 수 없었다. 그래서 만저우리에서 치타 정부의 회신을 받은 후에야 움직일 수 있었던 것이다. 또한, 만저우리에서는 처음 벌어진 전쟁이었다. 장쓰린은 전후 처음으로 치타에서 만저우리로 향하는 기차를 타고 귀국했다. 반대로 우리가 탄 기차는 전후 처음으로 만저우리에서 치타로 향하는 기차였다. 도중에 있는 다리는 훼손되어 여전히 위험했다.

만저우리에서 4일간 정차했다. 날은 춥고 큰 눈이 내렸다. 우리는 역에서 내려 산보를 했는데, 그때 산 물건이 터무니없이 비쌌다. 러시아의 이발소는 한 사람에 1위안을 달라고 했다. 역 바깥은 황량했으며 거리는 러시아식이었다. 이전에 이곳은 중 · 러 국경에서 제일가는 상업도시였지만 수차례 전쟁을 겪으면서 완전히 몰락하고 말았다. 우리는 우정국으로 가서 러시아어 전수관의 옛 친구를 만났다. 집 전체가 그의 가난을 보여주고 있었다. 나무 책상 하나에 『열국지列國志』[1] 몇 권이 전부였다. 산둥 식당에 들어갔다. "어서 오세요! 이쪽으로 앉으시죠." 맛이라고는 조금도 없는 음식에 셋이서 4위안이나 썼다. 식당 점원은 그곳에 러시아 사람들이 얼마나 많은지, 세메노프의 군대가 어떤 만행을 저질렀는지, 공산당이 왔다는데 어떻게 될지는 아무도 모른다든지 하는 이야기들을 수다스럽게 늘어놓았다. "지금은 갑자기 조용해졌다니까요!" …… 그날 식사를 마치고 차로 돌아오는데 길을 몰라, 몇 걸음 되지도 않는 길인데도 러시아 마차에 은화 5마오나 지불했다.

12월 16일 확실한 소식이 전해졌고, 그제서야 출발할 수 있었다. 중 · 러 국경을 지나 만저우에서 러시아령 시베리아로 넘어갔다. 그날 저녁에 또 대설이 내렸다. 길을 따라 난 철도는 전쟁 통에 파괴되어, 현재는 임시로 얼음 위에 궤도를 가설한 상태였다. 이 때문에 열차는 흔들흔들 삐거덕 소리를 내며 거북이걸음을 해야 했는데, 그 소리가 마치 '백군의 공격'에 억울한 죽음을 맞이한 러시아 노동인민을 대신해 동아시아에서 처음 오는 귀빈에게 하소연을 하는 것만 같았다. 밤은 칠흑같이 어두워, 우리는 어두컴컴한 창밖 저 멀리서 희미하게 보이는 눈 그림자로 그곳이 황량한 벌판임을 알 수 있을 뿐이었다. 때때로 매서운 바람에 화통

---

1) 역사소설로서 정식 명칭은 『동주열국지東周列國志』라고 한다. 명대明代 풍몽룡馮夢龍이 민간에서 전해지던 이야기를 모아 『신열국지新列國志』로 개작했다.

의 연기가 춤을 추면서 창밖을 스쳐 사라졌다. 순간 맞은편에서 적광을 길게 늘어뜨린 채 기차가 동으로 지나갔다. …… 17일 아침에 겨우 올로비아나야Olobiannaya[2)]에 도착했는데, 열차는 또 멈춰 섰다. 앞을 보니 철교는 이미 가운데가 동강 난 상태였고, 다리 아래에는 파괴된 기차가 방치되어 있었다. 세메노프의 전과였다. 우리 차는 강 위에 가설된 철도를 통해 지나갔다. 느릿느릿 힘겹게 기어가는 차 아래로 '빠지직', '빠지직'거리는 얼음 소리가 문득문득 들려왔다…… "탈선할 것 같아! …… 얼음이 깨질 거야!" 가까스로 아무런 사고 없이 지나갈 수 있었다. 강에서 얼마 떨어지지 않은 곳에 산으로 둘러싸인 마을이 있었다. 금빛 모자를 쓴 교회는 '중세풍'의 광채를 뽐내려 애쓰고 있었다. 18일에 치타에 도착했다. 극동공화국의 새로운 수도였다. 여기서 또 잡다한 수속을 밟아야 했다. 모스크바에 전보를 쳐서 회신을 받아 이를 다시 베이징 정부에 보내고서야 열차는 움직일 수 있었다. 우리 세 사람은 또 극동공화국 외교부에서 비자를 발급받아야 했다. 치타는 중국에서 가까운 까닭에 중국의 '소극적 식민지' 짝이었다. 딱 난양군도南洋群島[3)]와 같아서 중국인들이 많았고 중·러 양국 노동인민들이 문화적으로 밀접한 관계를 유지하고 있어 꽤나 재미있는 도시였다.

치타역 앞은 텅 빈 광장이었다. 우리는 도착 후에 열차에서 기거하며 소식을 기다리면서 매일 밖으로 나가 조사를 했다. 날이 매우 추워서 광장으로 나가면—역에서 불과 50보도 걷지 않았지만—코트 위로 온통 얼음이 맺혔다. 나는 폐가 약해서 그럴 때마다 숨쉬기가 힘들었다. 기온은 열씨온도계[4)]로 영하 40도 정도였다. 우리는 먼저 치타의 사회생활을 조

---

2) 현재 영문으로는 Olovyannaya로 표기된다.

3) 미크로네시아 지역과 그 지역에 있는 여러 섬(도서 국가)들을 말한다.

4) 르네 레오뮈르René Atoine Ferchault de Réaumur가 고안한 온도 체계로 1기압에서 물

사했다.

황량한 치타역 끝자락에 기차 한 량이 서 있었다. 그 머리 위에는 오색의 중국 국기가 바람에 펄럭이고 있었고, 희뿌연 새벽빛이 깃대의 서리에 반사되어 부자연스럽게 퍼지고 있었다. 이러한 풍경은 마치 새로 탄생한, 시베리아의 작은 주인 극동공화국에 처음으로 귀빈이 왔음을 알리는 것 같았다. 사방의 산은 병풍이 되어 치타시 전체를 둘러싸고 있었는데, 그것은 높은 곳에서 아래로 내려오면서 역에 이르기까지 도시를 한 아름으로 안는 모양새였다. 산 정상의 짙푸른 소나무와 삼나무는 눈속에 파묻힌 채, 미소 지으며 멀리서 오색기를 바라보고 있었고, 살짝살짝 둘째 가라면 서러울 맑고 우아한 '녹색'을 뽐내고 있었다. 역에는 많은 사람들이 분주히 오가고 있었다. 그들은 해져서 너덜너덜한 옷을 여러 겹 겹쳐 입고 있었는데, 온몸이 기름투성이였다. 맞이방의 문이 열리면 짙은 열기가 밖으로 흘러 나왔다. 맞이방 안을 걸으면 '러시아 시골 사람의 냄새'를 피할 수 없었다. 역을 벗어나 광장에 나서면 멀리 퇴락한 가옥들, 전쟁으로 불타버린 건물, 주춧돌만 남은 집터 등이 보였다. 이것들은 처량하게 자본주의의 파산을 호소하고 있었다. 발아래는 얼음으로 미끄러웠다. 겨울을 지나고 있는 지금은 하늘이나 땅이나 모두 눈과 얼음으로 뒤덮여서 봄까지는 그대로일 것이다. 동쪽으로 가면 근처에 시장이 있었는데, 멀리서 시끌벅적한 소리가 들려왔다.

비뚤배뚤 오물로 더러운 거리가 구불구불 시를 가로지르고 있었고 집 처마 끝에는 오색의 중국국기가 나부끼고 있었다. 사람들의 어지러운 소리 가운데서 '다양한 지역에서 온 중국인들의' 중국식 러시아어가 들렸

이 어는점은 0°, 끓는점은 80°이다.

다. 이른 아침, 거리 전체는 '사람의 안개'로 가득했고 거리 왼편에 자리한 조그마한 가게의 낮게 내려앉은 처마 아래로 난 문에는 담홍색의 종이 대련이 붙어 있었다. 대련에는 삐뚤삐뚤 가지런하지는 않은 중국식 가게 이름이 적혀 있었다. 본시 이 가게는 중국 차관茶館이었다. 그 열린 문과 창으로 김이 새어나오고 있었다. 기름때에 찌들어 해진 양가죽 외투를 입고 있는 러시아 '쿨리'는 입가에 거품을 문 채 양손으로 수염을 쓰다듬고 있었고 때때로 집 안팎으로 드나들기를 반복했다. 시장 입구에는 중국 이발관이 있었다. 나는 거기서 이발을 하면서 이발사와 이야기를 나눴다. 그들 또한 후베이 사람이었다. 그들이 말했다. "이전 치타는 정말 잘나갔습죠. 헌데 연이은 전쟁으로 지금은 이 꼴이 났고요. 저흰 뭐 어떻게 해도 벗어날 길이 있나요. 공산당이 와서 좀 안정이 되데요. 하지만 중국 그 산둥과 펑텐의 마적들이 몰래몰래 장난을 친단 말입니다. 일전에도 여기 저녁에 총소리가 들렸는데, 중국인 한 명이 십 위안 정도를 뜯겼다고 하더라고요. 그 사람이……" 내가 물었다. "공산당 정부가 상품을 몰수했다고 하던데 중국인들은 어떤가요?" "그것도 알고 계시군요! 가게마다 상품을 등록해야 한다고 하대요. 중국 영사가 항의한다고는 하던데요. …… 러시아인들은 자기들은 장사를 할 수 없으니까, 중국인의 이름을 빌려요." 머리를 자르러 온 또 다른 중국인이 끼어들며 말했다. "저 천 씨가 그렇게 돈을 벌었다니까요! ……" 시장에 하나 있는 공터는 노점들로 어지러웠는데, 그 중에는 중국인 노점상들이 많았다. 러시아인들이 파는 건 낡은 중고 신발과 양말 같은 것이었다. 열일고여덟 쯤 되는 처녀가 낡은 옷가지를 짊어지고 돌아다니며 팔고 있었다. 나는 사과를 보고는 얼마인지 물었다. "2위안 7마옵니다요."(러시아 은화小銀元는 중국돈 1위안과 같다. 신정부는 아직 신 화폐를 발행하지 않고 있었다.) 나는 한 근을 물은 건데, 그는 하나에 2위안 7마오를 부른 것이다. 살 엄두가 나지 않았다.

치타의 베르흐네우딘스크Verkhneudinsk[5] 일대는 1917년 혁명 이래로 늘 난리가 나는 통에 돈 있는 사람들—자산계급—은 모두 도망갔다. 전쟁 시기 경제는 의례 공황이기 마련이다. 하물며 전쟁이 거듭되는데 어떻겠는가? 우리가 그곳에 갔을 때는 마침 평화가 도래한 후였지만, 아직 회복까지는 시간이 필요했다. 황혼 무렵 조용한 거리에는 전등 불빛만이 남아 있었다. 한기가 엄습해왔고 발에는 눈과 얼음이 밟혔다. 쏴쏴 울부짖는 바람에 시장은 스산했다. 우리는 함께 치타의 극장에 가서 연극을 관람했다. 극장은 자산계급의 유산으로서 완전히 문명화된 모습이었지만 규모는 다소 작았다. 휴게실에는 전등이 밝게 켜져 있었고 입구는 적군 병사가 지키고 서 있었다. 실내에서는 울긋불긋 남녀들이 왔다 갔다 북적였는데, 하나같이 멋지게 차려입고 있었다. 나는 같이 갔던 치타 부영사 바오이葆毅—러시아어 전수관 동창—와 혁명이 자산계급에게 준 영향에 대해 이야기했다. 그는 "그런 거지 뭐"라고 말했다. 그러고는 갑자기 생각이 바뀌어서는 내 질문에는 대답하지 않고 "자네 모스크바에 가지 말게나……"라고 말하는 것이었다. 그와 함께 왔던 러시아 여성 하나가 말했다. "어머 무서워라! 무서워! 모스크바를 간다고요? ……" 그 여성은 자주색 여우 모피를 두른 어깨를 들썩이며 황당하다는 표정을 지었다. …… 연극을 보고 난 후 그 여성은 다시 내게 말했다. 그녀는 원래 집이 한 채 있었는데, 지금은 대부분이 몰수돼서 그중 네다섯 간만을 쓰고, 나머지는 새로운 관원들과 노동자들이 살아서,…… 집이 정말 난리라고 했다. 나는 웃을 뿐 대답을 하지는 않았다. 그녀는 또 "이게 치타에 볼셰비키가 처음 왔을 때 풍경이라고요. 앞으로 어떻게 될지도 모르는

5) 현재는 울란우데Ulan-Ude로 불린다.

데, 모스크바는 말할 나위도 없지요." 자산계급의 속마음이 원래 이런 것이다.

그러나 치타는 본시 공업지역이 아니라 시베리아 농업국의 작은 도시일 뿐이다. 그래서 지방의 토착 자산계급은 적었고 대다수는 '농업적' 자산계급이었다. 중국인과 같은 외래인들도 개인 상업에 종사하는 소상인이나 수공업자 등이었다. 하얼빈에서 막 출발하려고 할 때 그곳에서 알게 된 러시아인이 내게 소개장을 써주면서 치타의 친척에게 물건을 가져다 달라고 부탁했었다. 덕분에 나는 그의 친척집에서 시베리아 주민의 생활 일단을 살펴볼 수 있었다.

치타 북쪽 외곽은 산 중턱이었다. 적막한 소나무 숲은 은막이 되고 그 바닥은 은빛 카펫이 되어 있었다. 청신한 산에는 도시 문명의 탁한 기운이 말끔히 씻겨 조금도 남아 있지 않았다. 지인의 친척집 문을 들어서니 큰 뜰에는 소와 말이 매여 있었고 그 옆에는 우유통이 놓여 있었다. 집은 전체가 순수한 러시아식 '오두막집'으로 정교하면서도 수수했다. 집 안에는 작은 거실이 깨끗하게 정리되어 있었다. 가져간 편지를 전해주자 안주인은 우리를 정성스레 접대해주었다. 그녀는 프랑스어도 할 줄 알아서 내 러시아어가 서툰 것을 보고는 러시아어와 프랑스어를 섞어서 이것저것 물어보았다. "…… 하얼빈 생활은 어때요? 저희 친척은 잘 지내나요?" 우리도 그녀와 치타의 생활에 대해서 이것저것 이야기했다. 그녀는 "아, 치타 말씀인가요? 하얼빈보다 모든 게 비싸지요. 설탕도 없고, 차도 없고. 언제나 돼야 중국에서 이리로 차를 보내줄 수 있을까요? 이전에는 여기도 차가 쌌어요. 밀가루는 여기서 나니 말할 것도 없고요. 하지만 지금 빵은 너무 비싸서 어떻게 할 수가 없어요. 중국하고 이렇게 가까운데 차 한 근도 살 수 없다니까요. 정말 귀신이 곡할 노릇이죠! 아직 모르시지요? 치타 시장에는 돈이 없어요. 세메노프가 여기 있을 때, 지폐를 여러 번 찍어 냈는데, 지금 그 돈은 그냥 휴지 조각이에요. 말 그대로 쓰레기죠. 저한테도 110만 루블이나 있다니까요"라고 말하고는 커다란 돈뭉치를 꺼내 보여주고는 백 루블과 오백 루블 지폐 몇 장을 주었다. 말하는 사이 그녀의 아이가 깨어났고, 우리는 아이에게 우유를 먹이는 모습을 보게 되었다. 그런데 설탕이 부족해, 작은 티스푼으로 조금 모아놓은 설탕물을 떠서 아이에게 주는 것이었다. 아이는 칭얼대면서 설탕을 빨아먹었다. 말이 이어지다 보니 어느새 저녁이 되었고, 바깥주인이 돌아와 우리에게 역시 감사의 말을 전했다. 저녁을 함께 하자고 했는데, 그 집 검은빵은 그런대로 먹을 만했다. 나는 쭝우에게 "모스크바에 가서 이런 빵이라도 있으면 그나마 낫겠네, 그려"라고 말했다. 그날 저녁 그 집에는 또 다른 친척 한 명이 찾아왔다. 그는 이르쿠츠크Irkutsk에서 식량을 변통해보려고 온 것이었다. 그는 끊임없이 볼셰비키를 욕했다. 그는 본래 지식계급이었다. 우리는 당시 돌아오는 길을 몰라 그 사람과 같이 가게 되었다. 그 김에 그에게 이르쿠츠크의 상황을 물어보았다. 그는 이르쿠츠크가 치타에 비하면 백배는 더 망가졌다고 말했다. "에효, 공산주의가 다 뭐랍니까! 볼셰비키는 사람을 죽일 줄만 안다 이 말입니다. 또……" 담담한 달빛이 눈밭에 쏟아지면서 예의 그 지식계급의 독단적인 머리를 내리비췄다. 머리와 수염은 텁수룩했고, 기름때가 잔뜩 낀 목에는 해진 넥타이가 매여 있었으며, 검은색 가죽 칼라가 그 아래 있었다. 그는 여전히 고개를 끄덕거리며 중얼댔다. "지들은 좋은 거 처먹고, 좋은 거 입으면서, 또 입으로는 공산당이…… 어떻다고?"

치타 신정부가 수립되면서 볼셰비키는 권력을 장악하고 민주주의 공화국[6]을 선언했다. 극동공화국은 어떤 면에서는 외교적 충돌을 완화함으로써 전 세계 자본주의국가와의 완충지로서 작용하기도 하지만, 다른 면에서는 시베리아의 실제 경제생활—소자산계급 농업국가—에도 부합한다고 할 수 있다. 그래서 처음으로 통상 문제를 마주하게 된 중국인 노동조합이 필요 이상으로 지나치게 당황한 감이 있기는 했다. 중국 상인들은 볼셰비키가 정권을 잡으면 그들의 상품을 몰수할 것이라고 생각하고는—당시 공교롭게도 치타정부는 가장 먼저 경제 정리 계획을 시행했다—, 개인 상공업자들에게 재고 물품 목록을 신고하라고 했다. 치타 지역의 중국 민족과 러시아 민족은 실제 경제생활상 경제적 관계, 사회적 관계, '계급성階級性'[7]이 비슷했다. 두 민족 안에는 모두 산업자본가는 없었으며, 무산계급도 극히 적었다. 국가경제 종합계획은—'노동자'의 권리를 보호하기 위해 공산당 민주주의 정부는 상당한 범위에서 국가사회주의정책을 채택했다—부득이하게 소자산계급 일부의 소위 '경영자유권'을 침해했을 뿐이었다. 나는 이 문제와 중국의 치타에서의 교민문제에 관해 화교연합회회장에게 문의한 적이 있었다. 그의 답변을 통해 우리는 시베리아 화교의 생활을 알 수 있었고 소자산계급이 실제 경제생활상 요구에 적응하는 데 있어 정치적 능력 면에서 한계가 있었다는 것을 알 수 있었다.

"치타에는 러시아 동부 시베리아 화교연합회가 있어요. 자바이칼Zabaikal주[8]에는 모두 열두 곳에 분회가 있고 중국 상공인은 7만 명 정도 됩니

6) 극동공화국을 말한다

7) 한자로 '階級性'으로 표기되어 있지만, 여기서는 당파성을 의미하는 계급성이 아니라 두 민족의 계급 구성상의 특징을 말한다.

8) 중국어로는 後貝加爾로 표기되어 있다. za(за-)-가 전치사로 '뒤에-'라는 뜻이 있다. 중심지는 치타이다.

다. 치타에는 4천여 명이 있고요. 과거 화교의 사업은 수차례 전란을 겪으면서 크게 쇠퇴하고 말았지요. 만저우리까지 교통이 끊긴 지도 오래되어 화상華商들이 갖고 있는 물건은 오래전부터 보관해오던 것뿐입니다. 만약 앞으로 반년 안에 교통을 복구하지 못한다면, 치타와 각지의 화상들은 모두 문을 닫고 말 겁니다. 우리 화상들은 여기에서 질서를 유지할 수는 있다 이 말입니다. 체코슬로바키아[9], 세메노프, 일본인[10]에서부터 지금의 볼셰비키까지 이 지역의 권력을 장악한 누구든지 화교연합회와 관계를 맺고 그들을 신임해왔어요. 화교연합회는 이전부터 스스로 순방대와 상인 무장 조직을 꾸려서 마적에 대비할 수 있었고요. 그런데 지금—바로 우리가 치타에 있던 당시—은 일부 마적들이 공산주의를 믿는 것처럼 꾸미고 있고, 공산당도 때로는 이들을 신뢰하고는 합니다. 그래서 이들이 이를 믿고 경거망동하기 때문에 곳곳에서 화교연합회와 충돌을 빚고 있어요. 그러나 어떤 상황을 막론하고 화교연합회는 '중국인'들의 이익을 보호하는 데 힘써야 한단 말입니다. 그런데 우리 화교연합회가 아무리 힘을 기울여도 뒤로는 욕이나 먹고 있으니, 뭐라 할 말이 없어요." …… 이 말은 분명히 맞는 말이다. 나는 고생스럽게 살아가고 있는 화교들에 대해 전해 듣기도 했고 직접 보기도 했다. 상품들은 치타 정부가 정부 가격으로 셈해 징수하는데, 정부에서 돈이 나오지 않는 경우 화교연합회나 치타 중국 영사관은 정부와의 교섭에 도움을 주지 않아, 욕

9) 체코군단을 지칭한다. 이들은 러시아 10월혁명 전에 오스트리아군 내 체코인 사병들로 구성된 부대이다. 1918년 6월 체코군단은 시베리아 지역에서 반소비에트 동란을 일으켰고 예카테린부르크Yekaterinburg 등지를 공격했다. 『餓鄉紀程』, 『瞿秋白文集 · 文學編』第1卷, (北京: 人民文學出版社, 1998), 10장 주4.

10) 일본군을 가리킨다. 1917년 12월 30일 블라디보스톡(해삼위海參崴)으로 상륙하여 1922년 10월 25일 퇴각했다. 『餓鄉紀程』, 『瞿秋白文集 · 文學編』第1卷, (北京: 人民文學出版社, 1998), 10장 주5 참고.

을 먹고 있었다. 화교연합회 그 자체도 본래 '있는' 계급의 이익을 대표하는 집단인지라, '있을'수록 연합회에서 한자리를 차지할 수 있는 기회가 많아진다. 이게 자산계급 '정치'조직의 기능이니, 당연히 그럴 수밖에 없다. 그래서 치타 정부가 상품의 조사와 보고를 하달했을 때, 화교연합회는 영사관과 결탁하여 온 힘을 기울여 이에 항의하고 '그' 계급의 이익을 보호했던 것이다. 화교는 치타에서 경제적으로 상당한 세력이기도 했고, 현지 러시아 인민의 이익과 서로 통하는 부분이 있어서, 공동으로 신정부에게 자신들의 정치 · 외교적 이익을 호소하는 경향이 있었다.

11.

치타에 도착한 뒤 또다시 멈춰 서고 말았다. 영사가 베이징과 모스크바로 보낸 전보는 기다려도 답장이 올 줄 몰랐다. 때때로 유럽과 러시아의 위기 상황에 대한 소식만이 전해졌다. 기차는 조금도 움직일 기미가 없었다. 그래서 우리 세 사람 사이에서는 또다시 계획을 바꾸는 문제가 거론되기 시작했다. 하얼빈에 있을 때도 일정이 늦어지면서, 하얼빈에 머물면서 러시아어와 공산주의를 공부하고 봄이 되면 다시 계획을 잡아보자는 얘기가 나왔었다. 이곳 치타에서도 개인집(Pension)에서 하숙할 수 있다는 말을 듣자 다시 그런 말이 나온 것이다. 치타에 머물면 극동공화국의 정치체제와 공산주의를 연구하고 러시아어도 연습할 기회가 있을 것이라는 것이 쭝우와 나의 주장이었다. 쑹화는 러시아어는 공부하고 싶지 않고 귀국이나 했으면 좋겠다고 했다. 가는 길이 이렇게 막히니 더 초조해지기만 했다. 운 좋게 기회가 생기지 않는다면 목적지에는 접근조차 못할 것 같았다.

그렇게 기다리는 동안 사회조사를 하거나 극동정부의 요인들을 방문해 인터뷰했다. 가장 먼저 우리는 극동통신사에서 폴란드 장교를 만날 수 있었다. 그는 영어를 조금 할 줄 알았다. 서로 이야기를 해보니 나름 재미있었다. 하루는 극동통신사에서 통신사의 기자들과 중둥철도에 대해 한담을 나누고 있었다. 그들은 우리에게 교통장관을 만나보는 게 제일 좋겠다고 말했다. 폴란드인은 흔쾌히 "제가 소개를 해줄게요……"라고 말했다.

극동공화국 교통장관 샤토프Chatoff의 사무실은 쓸데없이 넓기만 한 데다, 의자 몇 개만 놓여 있어서 상당히 휑했다. 폴란드인은 털모자를 벗지도 않은 채 흙투성이의 낡은 군화를 끌면서 성큼성큼 걸어 들어갔다. 그는 자리에 앉아서는 손을 뻗어 샤토프의 책상에 있던 담배를 집으면서 물었다. "Mogeno?(괜찮죠?)[1]" 그러고서는 답도 기다리지 않고 바로 불을 붙였다. 나와 쑹화는 샤토프와 이야기를 나눴다. 샤토프는 영어를 할 수 있었다. 그는 거만하게 "말해보시죠"라고 말했다. 우리는 방문 이유를 설명하고 중둥철도 문제에 대해서 말했다. 하얼빈 노동당 연합회 회장도 수차례 우리와 이 문제에 관해 이야기를 나누었는데, 우리는 혁명적 러시아 노동인민에 찬성하며 그들은 결국 그들 자신의 정당한 이익을 대표할 것이라고 말했다. 또한 중국의 여론 동향을 전해주고 이번에 치타를 지나면서—모스크바로 간다는 것도 말했다—극동공화국 신정부의 중국 중둥철도에 관한 정책을 알고 싶다고 말했다. 우리의 말을 들으면서 그는 점차 '장관'이라고 거들먹거리던 것이 사라졌다. 그렇게 돼서야 그는 부드러운 말투로 쑹화에게 말했다. 그는 중둥철도가 조약의 형식으로 중국에 귀속되어야 하고, 중 · 러는 밀접한 우방으로서 협력하여 일본 제국주의에 저항해야 하며, 중둥철도가 일단 일본인의 손에 들어가면 극동의 각 약소국에게는 큰 화가 될 것이라는 등의 치타 정부의 입장을

1) можно. '~해도 좋다', '할 수 있다'의 뜻을 갖고 있다. 인민문학출판사본에서는 Mojeno로 표기되어 있다.

전해주었다. …… 우리는 작별인사를 하고 물러났다. 둘째 날 다시 폴란드인의 소개로 식량부 장관인 그로스만Grosman을 만났다. 그로스만은 솔직하고 진실해 보이는 사람이었다. 그는 우리에게 신정부의 식량정책을 설명해주었다. "러시아는 중국이 전 세계에서 가장 친밀한 우방이라고 생각하며 중국과 동맹국이 되기를 바라고—극동공화국은 더더욱—중국과 통상하기를 진심으로 희망합니다. 그러나 러시아는 오랜 기간 봉쇄되어 물자가 매우 부족해 투기가 일어나기 십상입니다. 그래서 부득불 식량 등의 영업을 국가 감독 하에 두는 것입니다. 모든 상인들은 재고품의 수량을 반드시 보고해야 하며 아울러 정부의 감독 하에 매매가를 결정해야 합니다. 중국 상인들은 이 두 조건을 준수할 수 있다면 자유롭게 영업할 수 있을 것입니다. 일본이라 하더라도 통상할 수 있습니다. 다만 그들이 침략 정책을 포기할 때만 가능합니다. 개인이 은닉하고 있는 물건이 시장에서 부족하게 되면 다시 고가로 시장에 나오게 되는데 이렇게 되면 가난한 노동인민들은 굶주리게 됩니다……" 그로스만은 우리와 이야기하면서 동시에 사무를 처리하느라 너무나 바빴다. 우리는 폴란드인과 같이 나왔다. 폴란드인은 득의양양하게 말했다. "보세요. 우리 여기는 매우 자유롭고 평등하지요. '장관을 보고 싶으면 보잖아요'. 그렇잖아요! ……"

당시 극동공화국은 새로 수립되어 아직 제헌의회 소집 전이었기 때문에 한동안은 임시정부인 셈이었다. 외교장관 크라스노시체코프Krasnochtchekoff[2)]는 국무총리를 겸하고 있었다. 우리는 치타에서 이미 두 차례 그에게 만나기를 청했으나 마침 병을 앓고 있어 손님을 만날 수가 없

2) Alexander Mihailovich Krasnoshchyokov. 소비에트러시아의 정치가이자 당 지도자로서, 러시아공산당 극동위원회 위원, 극동공화국 외교부 장관, 총리 등을 역임했다.

었다. 막 신년이 된 1921년 1월 2일, 갑자기 외교부 직원이 우리에게 총리가 만났으면 한다는 전보를 보내 왔다. 그날 저녁 우리는 장관 공관—곧, 외교부—에 갔다. 따뜻한 등불이 비단 휘장을 비추고 있었다. 거실을 지나 침실로 들어서자 나긋나긋한 이브닝드레스 차림의 젊은 부인—장관 부인—이 마중을 나왔다. 그녀는 능숙한 영어로 우리에게 장관이 병이 있으니 귀찮지 않게 많은 말씀은 삼가 달라고 부탁했다. 우리가 침실에 들어갔을 때, 장관은 침대에 누워 있었다. 우람한 체격에, 강직해 보이는 얼굴은 러시아 사람이라기보다는 미국 사람에 가까워 보였다. 우리가 그에게 문의했던 질문들은 그의 비서를 통해 이미 전달된 상태였다. 그는 정신이 그렇게 맑지는 못했지만 우리의 질문 하나하나에 답해주었다. 그의 말에는 혼란된 부분은 없었다. 그의 말의 요지는 이랬다. "극동정부는 공산당이 있지만, 본국의 경제조직을 따라, 공화민주정체를 채택하기로 정하고 조만간 국회—'국민입법대회'—를 소집해 신국가 건설 사업에 착수하려고 합니다. 극동공화국과 소비에트러시아와의 관계는 협약을 맺은 동맹국으로서 모든 것이 자유롭지만, 외교에 있어서만은 모스크바 정부와 협상해야 합니다. 중국과는 밀접한 우호조약을 체결하기를 간절히 희망합니다." …… 그 밖에는 그다지 중요하지 않은 말이었다. 쑹화와 이미 이야기가 된 것이라 여기서 다시 말하는 것은 의미가 없겠다. 크라스노시체코프는 성심성의껏 답을 해주었는데, 가장 중요한 지점에 이르러서는 숨을 헐떡거리면서도 영어와 러시아어로 재삼재사 설명해주었다. 시간은 이미 아홉 시가 되어 우리는 인사를 하고 물러났다. 비서는 우리에게 그들의 국민입법대회는 보통선거제도를 취하는데, 재산이 많건 적건 18세 이상의 남녀라면 모두 선거권을 가지며, 다음 선거에서는 공산당이 장악하게 될 것이라고 말해주었다. ……

"사회생활에 가깝다는 느낌을 '외교식' 고찰과 비교하면, 이런 결론을 얻게 됩니다. 만약 정치외교적 교섭을 위하여, 개요 고찰만 하는 사회연구자 혹은 '추상명사를 사랑하는' 사회 연구자는, 그렇다면, 바로 중요 인물과 대화하거나 참관이나 방문하는 것만으로도 충분합니다. 하물며 이 '신문기자'의 책임은 어떻겠습니까? 만약 이 이외에 실질적인 사회생활을 이해하기 위해, 인류문화의 의미가 확실하게 숨어 있는 심층과 인생의 가치, 개인과 사회 간의 정신과 물질 양방면의 구조에 이르기까지 이해하려고 한다면, 그것이 상대적으로 완전하지 않고, 광범위하지 않을 바에야, 자격이 없는 '인간'의 신분으로, 고찰하려는 사회로 침입해 들어가 한편으로는 고찰을 하면서, 동시에 자신의 관점을 제시하고 이를 가능한 최고 수준의 객관적인 위치까지 끌어올리는 것이 좋습니다. 그렇게 해서 얻은 것이라야 자신의 희망을 만족시킬 수 있는 법입니다." 그래서 나는 이런 생각 때문에 내 자신의 인생문제의 답안을 찾는 데 더 주의하고 '신문기자'로서의 책임에 대해서는 그저 내가 할 수 있는 한, 그러니까 내 정력이 허락하는 한에서만 대강 해나가기로 결심했던 것이다.

1920년 12월 18일 치타에 도착한 후 순식간에 십여 일이 지났다. 우리는 사회조사를 진행하는 한편으로 전형적인 신문기자 업무를 보면서 '민생고'를 그런 대로 달랠 수 있었다. 그러나 우리는 영사와 동행하고, 같은 차에 머물면서 중 · 러 외교에 있어서, 여러 영사들의 고명한 가르침을 듣게 되었다. 그런데 그들의 생각이란 게 또 '순 중국식의 답안'이었다. 그들의 말은 지나치게 추상적이고 종잡을 수 없는 결론으로 끝났다. 그들은 '탐욕貪', '청렴廉', '애국愛國', '매국賣國'이라는 말을 하거나, 이 공사는 '호인'이니 '악인'이니 하는 말들만 했던 것이다. 또 한편으로는 지나치게 구체적이고 무원칙한 사실만을 나열하기도 했다. 예를 들어 '러시아인들이 식사에 초대하지 않는다면 그를 업신여긴다는 말이다', '러시아에서는 누군가를 믿지 않는다면, 어떤 일에서든 그에게 동의하지 않는다'와 같은 말들이었다. 나는 이런 말들에서 중국 외교계가 어느 때, 어떤 상황에서 어떤 태도를 취해야 하는지와 같은 문제(예를 들어, 케렌스키A. F. Kerensky[3)]정부 시절, 이 정부에 중국 공사는 중립적 태도를 취해야 하는가, 아니면 이 정부를 승인해야 하는가?)의 답을 찾을 수 없었다. 또한 중국은 외교방면에서 러시아 혁명에 대해 어떤 구체적인 의견이 있으며, 러시아 화교에게 어떠한 영향을 미쳤는가와 같은 문제(예를 들어, 천광핑 영사가 모스크바로 갈 때 어떠한 직무를 수행하며 어떠한 외교상의 책임을 지는가?)에 관해서도 답을 얻을 수 없었다. 어쩌면 그들이 무엇인가 감추려 하는 것일 수도 있고, 그들도 정말 이해하지 못하는 것일 수도 있다. 동시에 일상적인 무의미한 접대용 말들만이 오갔다. "나는 베이징에서 그날 마작을 얼마나 했는데……"와 같은 말들이다. 이것이 내가 중국식이라고 말한 사회생활의 실례이다. 피차간에 무람없이 지내기 때문에, 귀중한 시간을 그렇게 허비하면서 그의 말을 들어야 했다. 그러나 그 가운데서 중국 외교계의 숨겨진 일화—우스갯소리들—를 얼마는 주워 들을 수 있었다.

천광핑 영사는 하얼빈에 있을 때 사전에 러시아 화교들의 여권을 인쇄해 두고 있었다. 어느 날 여권 인쇄를 마친 인쇄소 직원이 이를 보내왔다. 천광핑은 당황해서 허둥지둥 그것들을 받아서는 트렁크에 넣었다가 꺼냈다를 반복했다. 저녁이 되자 그는 트렁크를 열어 여권을 보고 있다가 갑자기 하나를 집어 들고는 류서우칭에게 흔들어 보여주면서 말했다. "모스크바에 도착하면, 이게 다 돈이란 말이지! ……" 여권비의

3) 제정 러시아 시기 정치가로서 1917년 7월부터 10월까지 임시정부의 수반을 지냈다. 온건좌파 정치인으로 임시정부와 소비에트로부터 신임을 얻기도 했으나, 정치 파벌의 조정과 화해에 실패하면서 좌우로부터 신임을 잃고 결국 10월혁명 후 해외로 망명하게 된다.

의미가 원래 그랬던 것이다. 그가 이런 말을 했을 때 웃던 얼굴이 지금도 생생하다.

그때 치타의 관상핑管尙平 영사는 이전에는 이르쿠츠크 영사관에서 있었는데, 영사관 직원과 여권비를 공평하게 나누지 않아 다툼이 일어났고 이로 인해 파면된 일이 있었다. 지금 치타에서 이 업무는 상인연합회(화교 상인연합회)와 함께 처리하고 있다. 결국 치타에 다른 국가의 영사는 없으니 극동 지역의 여권 관련 일들은 그 혼자서 주무를 수 있는 것이다. 나는 그가 처음으로 내게 말을 했던 장면을 아직도 기억하고 있다. 그는 허옇게 샌 머리에 음흉한 웃음을 지으며 창저우 출신인 나에게 우시 억양의 관화[4]로 말을 했다. "치타는 이렇게 어지러워도, 다행히 화상들은 눈곱만큼도 손해를 보지 않는다네. ……다행히, ……하하하." 아, 관료들이란!

이 절대적으로 다른 두 세계의 사람들—경험 없는 청년과 닳고 닳은 관료—이 한 곳에서 지내면서 겉과 속이 서로 다른 말들을 하게 되니, 정신상의 고통이 이만저만 아니었다. 하지만, 반대로 이것은 중국의 옛 생활의 내막을 훔쳐볼 수 있는 기회가 되기도 했다. 치타에서의 생활이 딱 그랬다. 삭풍이 불어오면서 기온이 뚝 떨어졌다. 이제 진정한 시베리아가 된 것이다. '민주공화국'의 중국 대표도 출발의 날을 결정하고 소비에트 사회주의 러시아의 대문을 두드려야 했다. 1920년이 끝나고 1921년이 시작됐다. 치타 역 하늘에서 펄럭이는 선명한 중국국기가 줄곧 '민주

4) 옛날 관리 사회와 상류 사회에서 통용되던 중국 표준어를 말한다. 북송北宋 말엽에 북방 지역의 언어를 바탕으로 형성되었고, 남송南宋으로 넘어오면서 난징을 중심으로 한 남방관화南方官話가 득세하여 명청대明清代까지 이어졌다. 청 말부터 다시 베이징관화北京官話로 돌아갔고 이를 바탕으로 만든 현재 표준 중국어, 즉 '普通話(푸퉁화, 표준중국어)'가 보급되어 쓰이고 있다.

공산주의' 극동공화국의 고통에 찌든 인민의 얼굴을 내려다보고 있었다. 그들은 흙투성이의 가죽옷을 걸치고 광주리를 끼고는 추위에 진저리를 치면서, '은촛대'를 높이 밝힌 중국 전용차 앞에서 '고관대작'의 술과 고기 냄새를 맡고 있었다. '중국인들이 신년을 보내려면', 당시에는 구색을 맞출 필요가 있었다. 그래서 치타 영사관과 모스크바 영사관은 관례에 따라 축전을 보내왔다. 그런데 이건 아무것도 아니었다. '중국적' 소일거리—마작, 골패 같은 것들—에 사람을 청해서 '명절 밤을 새우지' 않으면 안됐다. 그래서 나는 더더욱 정신적 감옥에 갇혀 있어야 했다. 이런 일에 응대를 하지 않을 수 없는 상황인데, 정리해야 하는 자료 때문에도 골머리를 앓아야 했던 것이다.

치타공산당위원회는 우리에게 많은 서적과 잡지를 주었는데, 나는 그들이 도박에 빠져 있는 동안에 어쩔 수 없이 그것을 보고 있어야 했다. 러시아공산당강령, 코민테른 기관지 『공산국제The Communist International』, 사회주의사 등 얻은 자료를 일별하면서 조금씩 러시아 공산당의 이론을 이해할 수 있었다. 새해가 지난 1월 4일, 출발과 관련된 여러 일들이 마무리되어 열차는 서쪽으로 출발할 수 있었다. 정체된 계획들은 다 포기하고, 편안한 마음으로 목적지를 향해 나아갈 것이다. 하얼빈의 공기, 만저우리의 일들, 치타의 이론 등등, 이런 것들을 뒤로 하고 이제 다시 앞으로 나갈 것이다. 이제 실제 생활을 맛볼 것이다.

12.

음침한 낮빛을 한 하늘 아래, 수만 리를 뻗어 있는 시베리아의 광대한 벌판은 적막하고 냉혹한 눈꽃을 이불마냥 덮고 있었다. 한기가 손을 뻗자 하늘과 땅이 얼어붙으려 하고 있었다. '냉혹하고', '엄숙한' 자연은 다급한 삶을 은근히 제약한다. 그것은 어둡고 공허한 환상적 유토피아의 즐거움과 유유자적하는 청복淸福[1]을 사람들로부터 앗아가지만, '추상명사를 사랑하는' 망상에 사로잡힌 소위 지식노동자의 사치의 독을 소멸시킬 수는 있다. 우주의 본질은 가정된 현실 세계에서 결정을 맺는다—생활의 의미는 그저 두 극단만이 있으니, 곧 이 현실세계 내에서의 세간世間 생활과 이 현실세계를 초월하는 출세간出世間의 생활이다. 만약 모든 것을 벗어날 능력이 없다면, '현실' 안에 제한될 뿐이고 제6식(의식)의 이해가 닿을 수 없는 경계는 가장 천박하고 가장 평범한 '현실 감각'에 의해 분명해지고 말 것이다. 생활을 드러내는 정감(공기, Atmosphère)은 사람에게 확실한 이해를 주는 것도 아니지만, 그런다고 의식상의 착각을 만들어내는 것도 아니다. 사상을 전달하는 문사文辭(이론), 상황을 나타

1) 청아하고 안일한 생활, 혹은 그런 삶을 누리는 복.

내는 명물名物(사실)('이론'은 러시아 토지의 사회화[Socialísation], 무산계급독재의 실행과 같은 것을 말한다. '사실'은 러시아 전국의 식량이 거의 남아 있지 않다는 것을 말하고 '기아'나 '추위', '공업의 미발달'과 같은 것을 말한다)[2]은 사람들에게 주어진 어렴풋한 추상적 개념으로서 현실 생활을 보지 않는다면 결코 분명하게 이해할 수 없다. 게다가 그것은 인간의 생각을 어지럽힌다. 인류가 사상을 표하고 사물을 전달하는 언어문자는 본래 어떤 한도 내에서만 '현실'에 상대적으로 부합하는 개념을 끌어낼 수 있다. 때문에 사상 그 자체 또한 이 '타성화惰性化'의 영향을 받아, 주관적 개념의 이해에 근거해서만 현실 생활을 사색하고 논단하는 것이다—그래서 왕왕 현실 생활은 추상적 악화의 상태로 추락하고 만다. "현실을 분명하게 드러냄으로써 진리의 세간을 세운다는 측면에서는, 이론적 문사와 사실적 명물은 반드시 현실 생활에서 출발해야 하는 것이다. 현실 생활은 이것으로부터 나타나게 되는 정감에 도움을 받아 문사 중의 이론 및 사실의 추상성을 제어할 수 있다." 치타를 떠나 수일 후면 '적국赤國'에 이른다. 나에게 주어진 임무를 수행해야 할 시기가 벌써 성큼 다가온 것이다. 당연히 다음과 같은 원칙을 세워야 한다. 지금부터 이론 연구와 사실 탐색 말고도 사회심리가 반영하는 공기를 확실하게 감지하고, 사회조직이 드러내는 현실 생활을 느끼며, 내 심리의 내적 요구에 응해야 한다. 더 나아가 뒤의 두 사항으로부터 출세간의 영양분을 많이 흡수해야 한다. 나의 책임은 공산주의—이 사회조직의 인류문화상의 가치—를 연구하는 것에 있고, 러시아 문화—인류문화의 일부분이자 구문화로부터 신문화로 나아가는 출발점—를 연구하는 것에 있다. 휘몰아치는 삭풍, 온 세상을

---

2) 상무인서관본은 괄호처리했으나, 인민문학출판사본에서는 작자 원주原註로 각주 처리했다. 여기서는 상무인서관본을 따라 괄호로 본문에 번역해 놓는다.

덮은 눈, 썩은 고기와 건량, 짐승의 사료, 기아와 추위의 고통, 이것들이 나의 노력의 대가이다. 지금 이미 그 문 앞에 다다랐다. 발을 움직여 들어가 보자.

한기가 스며든 객실에서 두꺼운 이불을 뒤집어쓴 채 의자에 앉아 눈을 감고 조용히 귀를 기울이면, 지축을 흔드는 기차바퀴 소리, 울부짖는 눈바람 소리가 마치 천군만마가 맹렬히 전진하는 듯 느껴진다. 그 소리는 우주적 활력으로 가득한 용맹함을 드러내고, 마음속에서 무한한 상상과 무한한 울림을 일으킨다. 동방의 오랜 문화국의 어린아이는 서구의 신구문화, 희랍의 문화, 헤브루의 문화를 향해 나아가 이제 막 격렬한 싸움이 전개되는 전장으로 뛰어들려고 한다. 작렬하는 폭탄이 땅을 찢고 하늘을 울리며, 유황 냄새가 코를 찌르는 낯선 환경은 '동방의 어린아이'가 품고 있던 평온하고 조용한 '가짜 꿈'을 부숴버릴 것이다. 신문화의 참모부는 서구의 구문화를 공격할 전략을 정하면서 한편으로는 동구의 반半봉건문화의 잔재를 지우려는 항전의 계획을 시행하려 한다. 일촉즉발의 시기에는 당연히, 적의 저항력을 어떻게 이용하는가에 전략의 현묘함이 판가름 날 것이고, 새로운 건축의 구성도 기초를 안정시키는 데에 달려 있을 것이니, 여러분은 그 책임이 얼마나 중한지 보실지어다. 곧 전 인류의 신문화의 건설이 그것일지니! 그의 행하는 일의 간난艱難이 얼마일지 보실지어다. 곧 '문화를 낙후케 하는' 수십 겹 '장애물'을 제거하는 일이 그러할지니! 박투에 소용되는 힘이 이와 같이 중할 것임은, 전쟁의 과정이 이처럼 격렬할 것임은 말해 무엇하리요. '동방의 어린아이'여, 그대가 춘몽에서 깨어나 냉정한 눈으로 바라본다면, 전선이 점점 눈앞에 펼쳐질 것이니, 포성은 저 멀리서 전해질 것이니, 그렇게 된다면 그대는 절로 그 소용돌이에 휘말리고 말 것이니!

4일 치타를 떠나 저녁 무렵 베르흐네우딘스크에 도착했다. 꿈결에, 베르흐네우딘스크의 화교상회 회원이 열차에 올라 총영사를 만나 하소연하는 소리를 들었다. 그는 그 지방의 적군赤軍이 러시아 볼셰비키를 기만하여 상회를 반대한다는 둥, 군인들을 보내 수사를 한다는 둥, 상회 회장을 중상하고 빼어가려고 한다는 둥, 이러저런 하소연을 하면서 총영사가 해결해줄 것을 간청했다. 그들은 주절주절 말을 해댔지만 그 중국 북방인의 바보 같은 목소리로는 호소해봐야 소용이 없었다. 이 사건이 후에 어떻게 됐는지는 알 수가 없다. 5일 늦은 밤에 셀렝가Selenga강[3]에 도착했다. 극동공화국과 소비에트러시아의 국경 지역이었다. 이 일대는 너무 어둡고 음침했다. 그곳은 현재의 정치지리로 보면 민주적인 극동공화국과 소비에트러시아의 국경지역이며, 문화적으로 보면 동서가 혼재되어 있는 러시아의 적극적 식민지문화와 북방 중원 중국의 소극적 문화가 융합된 곳이었다. 이제 계속되던 전쟁이 막 잦아들은 상황이었다. 이런 상황은 꼭 오랜 병을 앓은 끝에 막 숨이 넘어가려는데, 억지로 숨을 불어넣어 생명은 연장해놓았지만, 원기는 다 써버리고 병근은 조금도 제거되지 않고 남아 있는 꼴이었다. 이제 미래의 운명은 딱 노동인민의 손에 달려 있었다. "검표합니다! 여권 제출하세요, 여권요!" 추위에 젖은 잠에서 놀라 깨어보니 어두운 촛불 속에서 적막한 바람소리만 들려왔다. 열차는 이미 멈춰 서 있었다. 창밖에서는 눈발이 바람에 날리는 소리가 들려왔다. 사람들이 시끌벅적대는 가운데 여권 검사가 이루어지고 있었다. 나도 여권을 꺼내 검사를 받았다. 한밤의 추위는 더욱 심해졌지만, 나는 다시 잠을 청했다. 옆 객실의 소리를 들으니 검표원이 아직 가지 않은 것 같았다. 몽롱한 가운데 끊어졌다 이어졌다 이야기소리가 전해왔

3) 몽골과 러시아를 흘러가는 강으로 몽골 항가이Hangaii산맥에서 발원해 울란우데를 지나 바이칼호로 흘러들어간다.

다. "이건 뭐요? 꼬냑(브랜디)이네!" 누군가가 대답을 했다. "뭐 어때! 이게 외교관의 특권이지…… 당신은…… 하고 싶겠지만, 나는…… 않단 말이야." 그건 분명 중국인의 러시아어 소리였다. 이어서 몹시 투박한 러시아인의 소리가 들렸다. 목소리가 무게가 있기는 했지만, 무슨 말인지 또렷이 들리지 않았다. "…… 당신네 중국은…… 없는데, 어떻게 나는 전보를 보지 못한 거지? ……본래 …… 놓을 수가 없는데."—"어때?" 한참을 말이 끊겼고, 그 속에서 무엇이 말소리인지 구분 되지 않았다. 갑자기 러시아인의 목소리가 들려왔다. "이르쿠츠크로 전보를 쳐보자…… 가자! ……거기에 방법이 있을 거야. ……" 날이 점점 밝아왔고 차는 다시 출발했다.

6일 아침에 일어나 보니 이미 메조바야Mézovaya역에 도착해 있었다. 멀리까지 온통 눈밭이라 하늘과 땅이 구별되지 않았다. 도로 옆에 뗏목 널처럼 늘어선 고목에도 눈발이 서려 있어, 왕석곡王石谷[4]의 강간칠수도江干七樹圖를 보는 것 같았다. 열차가 역에 들어서 멈추자 중국인 세 명이 올라서 총영사를 맞았다. 그들은 자신들이 처한 고통스런 상황을 주저리 주저리 하소연했다. 메조바야는 소비에트러시아 동쪽 변방의 첫 번째 역으로, 이곳에 도착하면 타고 왔던 열차는 돌아가고 사람들은 다른 열차로 갈아타야 한다. 그래서 차가 선 후 네다섯 시간의 여유가 생긴다. 때문에 그 세 명은 총영사에게 현지 중국인 노동자 전체를 만날 것을 요구했던 것이다. 총영사는 위로하려 애를 썼다. "너무 안됐네, 그려." 우리는 말이 나온 김에 그 세 명을 인터뷰했다. 메조바야에는 중국인 노동자가 이백여 명 있다고 했다. 그 대부분은 쿨리였다. 말하는 얼굴이 처량했다.

4) 1632-1717. 본명은 휘翬, 자가 석곡石谷이다. 명 말에서 청 초 산수화의 대가로 알려져 있다.

"…… 돌아갈 수 없다면, 무슨 방법이 없을까요? …… 한 달 일해서 우린 지금 검은빵 서른 근을 받는데, 반달이면 다 먹어치운단 말입니다. 모두 일을 해야만 해요. 일하지 못하면, 우린 끝입니다. 옥황상제님께 인사드리게 생겼다니까요. 다른 곳으로 가려 해도 어렵고……."

차는 이미 역 남쪽에서 출발을 기다리고 있었다. 우리가 차 안에서 밥을 먹고 있는데, 옆으로 꽤나 긴 병력수송열차가 들어오고 있었다. 몹시 꾀죄죄한 군복에 기름때로 얼룩진 군모를 한 군인들이 모두 목을 빼 중국 열차 안에 있는 쌀밥, 소고기, 배추 같은 먹을 것을 쳐다보았다. 잠시 후 수송열차가 섰고, 그중 차량 하나와 우리가 타고 있던 차량이 차창을 마주하게 됐다. 열차에 타고 있던 군인 몇 명이 차창으로 손짓을 해가며 담배를 달라고 했다. 우리가 몇 개비를 건네자, 연신 고맙다고 머리를 꾸벅이며 사라졌다.

원래 우리가 탄 차가 출발이 늦어져서, 극동공화국 교통부장관 샤토프가 따로 기관차를 보내왔었다. 이 차의 기관사는 메조바야역 역장이 다른 기관차를 연결하여 서쪽으로 출발시킬 것이라는 소식을 듣고는 곧바로 차에 올라 치타로 돌아간다면서 인사를 하고 담배 몇 개비를 얻어서 떠났다. 그는 "무섭습니다, 무서워. …… 살기가 너무 힘들어요. 제 한 달 월급이라고는 고작 소비에트 화폐로 700루블인데, 성냥 하나 사면 200루블이라고요. ……"

'붉은' 기관차가 우리가 탄 열차를 끌고 소비에트의 새로운 러시아로 들어갔다. 7일 아침, 비몽사몽 잠에서 깨어나니 세상이 온통 창백하게 얼어있었다. 바이칼호에 다다른 것이었다. 기차는 구불구불 호숫가를 돌아 40여 개의 굴을 지나쳤고, 눈을 쥐고 있던 나뭇가지를 훑어 반짝이는 눈가루를 사방으로 흩날렸다. 기차는 나는 듯이 달리며 시베리아 원시인의 정지된 우주를 뒤흔들어 '문명'의 권위를 드러냈다. 멀리 어렴풋한 건너

편은 산인지 눈인지 가늠이 되지 않았다. 그저 차가운 구름만이 처연한 기색으로 오르락내리락 움직이다가 갑자기 위로 치솟아 멈춰 서서는 차가운 기운을 사방으로 내뿜을 뿐이었다. 호숫가로 밀려온 파도는 얼어붙어 기암괴석처럼 우뚝 솟아 서로를 마주한 채, 괴팍하고 고집 센 추태를 고스란히 담고 있었다—어느 틈엔가 불어온 성난 바람은 '자유'의 파도를 거세게 일으켰지만, 갑자기 나타난 엄숙하고 냉혹한 한기는 그 자유를 얼어붙게 만들었으니. 그예 바람과 파도를 부르던 재주도 다하고 말았던 것이다, 호수 주변에서 조금 떨어진 곳에서는 얼음 조각들로 얽은 자리가 빛을 받아 온 세상을 밝게 빛내고 있었으니, 이미 파도의 결을 눌러 펴고 자연의 파동을 따르면서, 마침 그의 '원지遠志'를 이루고, 최후의 안식을 구하려던 참이었던 것이다. 그러나 의지도 없고 도덕도 없는 자연은 그를 펴지 못하게 속박하고 이 고요한 아름다움을 강제로 묶어두었는데, 우연찮은 기회에 타인에게 찬연한 광채를 드러낸 것이었다. 호수는 처량한 낯빛을 하고는 먹구름과 눈발을 비춰 보이다가도, 때때로 시시하고 볼 것 없는 파도를 일으켜, 뻣뻣하고 자잘한 얼음꽃을 뒤섞고 있었다. 주름이 한가득인, 냉혹하고 처연한 그의 얼굴은 사위가 죽은 듯 얼어붙은 고향땅을 마주해, 그 위대하고 드넓은 '대'호수에 남아 있는 조금의 생기라도 드러내려 애쓰고 있다. "아! 인정 없는 '추위'의 신은 진노하여, 거센 파도로 몰아쳐 거의 뻣뻣한 사신이 되어 있는데, 내 '마음속' 미약하게 살아 있는 동기는 여기에서 조용히 춘풍을 기다리고 있다. 따뜻한 기운은 어느 결에나 다가오려는가? ……"

13.

7일 오후 3시 기차는 이르쿠츠크에 도착했다. 역장은 중국 전용차를 떼어내서 역 끄트머리에 세우도록 했다. 이어 몇몇 사람이 곧장 열차에 올라, 국경으로부터 온 전보를 구실 삼아 우리를 구류해서 조사해야 한다고 말했다. 전보에는 중국 전용차에 기밀문서가 있다고 적혀 있었다. 한참을 난리를 피웠지만 아무것도 나오지 않자, 류서우칭이 그들에게 욕을 한 바가지 퍼부었고, 그제서야 꼬리를 내리고 사라졌다. 류서우칭 부영사는 분을 삭이지 못한 채, 앉으면서 말했다. "그때 거기 유대인 놈들 정말 사람 귀찮게 하는구만! 이거 그날 브랜디를 달라고 했다가 얻지 못했던 녀석이 꾸민 짓 아니야? 가만 보면 이거 계속 이럴 것 같은데, 내일 여기 외교부에 찾아가 봐야겠어. ……" 나는 그제서야 그날 저녁 들었던 말들이 생각났다. 원래 이런 내막이 있었구나. 우리가 탄 기차는 역에서 조금 떨어져 있어, 나는 그들이 역에서 전화를 하러 오가는 소리만 들을 수 있었다. 밤 12시가 되자 내막을 전해 들을 수 있었다. 요는 이랬다. 전화를 해보니 저쪽에서 착오가 있었다. 잘 대접해주겠다. 차가 뚫리면 기관차를 연결해 출발할 수 있게 해주겠다. 내일 만나서 얼굴 보고 다시 이야기하겠다. …… 모두의 의심과 근심이 눈 녹듯 사라졌다.

차가운 하늘 가득 눈기운에 사위는 쥐죽은 듯 가라앉아 있었다. 이른 아침의 추위가 희미한 새벽 햇빛의 온기마저 앗아갔고, 구름마저 얼어붙은 듯 미동도 없으니, 꼭 저녁인 듯했다. 성긴 놈이든, 빽빽한 놈이든, 시든 가지들은 수시로 몸을 떨어대며 골수까지 파고드는 고뇌를 참아내면서 요원한 미래의 봄기운을 기다리고 있었다. 때때로 사정없는 북풍이 사락사락 눈을 쓸어 갈 때면, 쥐어짜는 듯한 새된 소리가 퍼져 나갔다. 고통을 이기지 못한, 겁에 질린 신음이었다. 역 바깥을 돌아가는 긴 강은 이미 반은 얼어붙어 있었고 널로 만든 부두는 눈과 얼음으로 뒤덮여 있었다. 이 다리로 이르쿠츠크시로 들어간다. 그 다리 끝에는 '소비에트 페리'라고 쓰인 기선이 있는데, 공용으로 몰수되어 비용 없이 강을 건널 수 있다. 그러나 다리 위는 얼어붙어 있어 마치 얼음을 지치는 것 같았고, 배 위는 너무나 지저분한데다가 연기로 가득해, 이물 쪽으로 나가 찬바람을 맞는 편이 답답한 실내에 있는 것보다 더 나았다. 고개를 돌려 음침하고 처량한 하늘을 바라보니, 역 가까이 높다란 언덕 위에 솟은 나무가 멀찍이서 웃음 띤 얼굴로 고개를 끄덕이며 인사를 하는 것 같았다. 나는 류서우칭과 강을 건넜는데 20여 분이 지난 후에 '맞은편彼岸'에 다다를 수 있었다. 류서우칭은 시베리아 외교위원을 만나고 싶어 했고, 나는 나대로 우리가 러시아에 가져온 서류를 검증받아야 했다—그들이 우리를 대하는 태도를 알아보아야 했던 것이다. 강을 건넌 후 본 것이라고는 황량한 거리를 덮고 있는 눈뿐이었고, 인적은 찾기가 어려웠다. 점포들은 신세 처량하게 문이 닫혀 있었는데, 밖에서 보기에는 아무도 살지 않는 것처럼 보였다. 길을 따라 천천히 걸어가자 뜨문뜨문 사람들과 마주칠 수 있었지만, 길을 물어보면 분명하게 대답하는 이들이 없었다. 걷기가 힘들어 차를 잡으려 해도 잡을 수가 없었다. 서너 번 골목을 돈 후에야, 저 멀리 기다란 거리에서 잔뜩 움츠려 종종걸음으로 걸어가는 사람 서넛을 볼 수 있었다. 눈썰매 한 대가 길옆에 서 있어 허겁지겁 달려가 물어보았지만, 가격이 너무 비싸 타지 못하고 계속 걸어야 했다. 한참 만에야 외교위원의 집으로 가는 사람을 찾을 수 있었다. 우리가 뜰로 들어서자 정갈하고 화려하게 차려입은 여성이(그날은 그리스 정교의 성탄절이었다) 직접 도끼로 장작을 패고 있었다. 뜰 동쪽에는 두 칸짜리 오두막이 있었고 그 앞에 두 사람이 서 있었는데, 멀어서 누구인지 뚜렷하게 보이지는 않았다. 갑자기 중국어가 들려 고개를 들어 보니 그 두 사람이 가까이 다가와 있었다. 그들은 원래 중국인이었던 것이다. 우리가 이야기를 나누고 있을 때 그 여성이 큰 소리로 외쳤다. "바실리(중국인의 러시아 이름), 나 좀 도와줘요. Radi Boga!(ради бога. '하나님 제발!' 러시아어 속어이다.)" 그 중국인은 냉큼 가서 장작 패는 것을 도왔다. 남은 한 사람은 어떠하든 우리를 그의 집으로 데려가려고 했다. 그의 아내 역시 러시아 사람으로, 집 밖으로 나와서는 우리와 이런저런 얘기를 했다. 그들은 외교위원과 같은 뜰을 쓰는 사람들이었다. 외교위원은 '위층'에 살았고 그들은 '아래층'에 살았다. 그날 외교위원은 집에 없어 메시지를 남기고 돌아 나와야 했다. 그 중국인과 함께 우리는 이르쿠츠크에 남아 있던 쉐薛 부영사가 사는 곳을 찾아갔다.

이제는 이미 아향으로 들어왔지만, 여전히 아향의 맛은 느껴보지 못하고 있었다. 그러나 이르쿠츠크를 적군赤軍이 점령한 지 반년이 되지 않아 전화의 여진이 아직 가시지 않았고 재건 또한 많은 부분에서 이제 시작 단계에 있거나 시작조차 이루어지지 않은 상황이었다. 그곳은 경제 상황으로 보면 당시 소비에트 러시아 전체에서 가장 빈곤한 지역이었다. 우리는 쉐 부영사의 거처에서 처음으로 '소비에트 검은빵'을 맛보았는데, 쓰고 신 게 진흙이나 풀을 씹는 것 같았다. 중국에서는 맛보지 못했던 맛이고, 상상도 못 했던 맛이었다. 그래도 그날 식탁에는 닭과 물고기가 올라왔다. 그는 볼셰비키가 온 후 상업이 일괄 금지되었기 때문에, 이것은 시골에 아는 사람을 통해 몰래 사 온 것이라고 했다. 우리는 노동자(관리)의 생활에 대해 물었다. 그는 배급되는 식량은 몇 등급으로 나뉜다고 대답했다. 빵은 매월 15근(러시아 1근은 중국 1근의 3/4이다)에서 45근으로 차등 지급되었다. 월급은 많아야 팔천 루블에 불과했다. 당시 1루블의 시장가는 중국의 8마오에 해당됐다. 밥을 먹자 몸이 풀린 것 같았다. 우리는 찬바람을 맞으며 서너 시간을 걷고 나서 드디어 소파에 앉은 것이었다. 배도 부르고 등도 따뜻했다. 탁자 위 '사모바르[1]'가 씩씩 거리는 소리를 들으며 아무렇게나 이야기를 나누었는데, 모두 신기한 이야기들뿐이라 이것 또한 굶주림과 추위의 나라에서 맛볼 수 있는 찰나의 즐거움이었다. 쉐 부영사가 거주하는 집에는 엔지니어 하나와 중국인 의사 하나도 살고 있었다. 전등이 있는 집조차도 집세가 쌌는데, 나중에는 말 그대로 완전 공짜가 되었다. 그들은 내게 그 엔지니어를 소개해 줬다. 방에 들어가니 연기 속에서 비쩍 마른 사람의 얼굴이 어렴풋이 보였다. 옆에는 그의 친척 몇 사람—여자—이 앉아 있었다. 엔지니어는 공손하게 우리에게 앉기를 권했다. 나는 속으로 생각했다. '오늘 처음 붉은 소비에트러시아의 도시—아향에 들어섰는데, 그들이 말하는 '배고픈餓' 사람은 어떤 인생관을 갖고 있는지 몰라서야 되겠는가.' 그래서 엔지니어에게 공산당원이냐고 물었다. 엔지니어는 담뱃대를 놓고 걸걸한 목소리로 말했는데, 비웃는 듯도 했고, 비참한 듯도 했다. "제가요? 공산당이요! 허! ……" 옆에 있던 사람이 끼어들었다. 여자 하나를 가리키면서 "저 사람이 공산당원이에요"라고 말했다. 나는 몸을 돌려 그녀에게 공산당의 강령

---

1) Samovar(Самовар). '스스로 끓는 용기'라는 뜻으로 취추바이는 중국어로 '自暖壺'라고 표기했다. 일종의 자동 가열 주전자라 할 수 있다. 과거에는 숯, 솔방울, 석탄 등을 연료로 썼으며, 현재는 전기나 가스로 가열한다. 러시아 소설에 종종 보인다.

을 물었다. 연지를 바르고 분을 바른 그녀의 모습은 조금은 우스꽝스럽게 보였다. 그녀는 멍하니 그저 웃을 뿐이었고 겨우 한 마디 말하고는 몹시 부끄러워하며 입을 닫았다. …… 엔지니어가 말을 가로챘다. "강령이야 아주 좋지요! 아주 좋다마다요! 다만 아쉽게도 꿈일 뿐이라고요. 환상이란 말입니다. 총에, 감옥에, 또 감옥에……" 늙은 엔지니어는 철도국에서 일을 했는데, 여러 차례 태업과 볼셰비키 비방 혐의로 서너 차례 감옥 생활을 했다. 그런데 매번 노농정부는 기술자가 없어서 그의 말을 들을 수밖에 없었다. 그는 또 "시골 사람들의 닭, 생선, 오리, 육류 등은 모두 중앙집중제를 시행하다 보니 어떻게 할 수가 없어요. 또 장사도 못하게 한단 말입니다. 일을 하는 사람들도 밥을 먹어야 하는데 일을 하지 않으면—아마도 기분이 좋지 않겠지요—할 수가 없다고요. 뭐, 좋아요. 근데 보잔 말입니다. 도대체 어떻게 해야 하나요? ……" 아쉽게도 그가 말한 것들은 너무 단편적이라 명확한 개념을 얻을 수는 없었다. 이야기하다 보니 저녁 8, 9시를 훌쩍 넘겼다. 우리는 주인에게 인사를 하고 돌아오는 차에 올랐다.

9일 오전 8시 모든 일이 마무리되어 차가 출발했다. 이르쿠츠크에서 겨우 이틀을 머물렀고, 또 순식간에 지났기에, 모든 것들이 환상 같았다. 실제 사회생활에서 책을 팔아 빵을 사는 일은 너무도 평범하고 일상적인 일로서, 심오한 이론의 깊이에 미칠 수는 없다. 그러나 대충 보면 '검은빵'은 너무도 구체적인 사실이지만 의미가 깊어, 이해하려면 무한한 정신적 노력을 쏟아 부어야 한다.—이것은 오히려 심오한 사회주의 이론서보다 쉽지 않다. 얼어붙은 기차바퀴 소리는 내 환상을 따라 흔들렸고, 그곳에서 또 서쪽으로 움직여 갔다. 점차 유럽의 러시아로 다가가고 있었다.

11일 우크Uk, 참초르Zamzor를 지났고, 12일 저녁에는 크라스노야르스크

Krasnoyarsk, 14일 저녁에는 노보니콜라예프스크Novonikolaevsk[2)]—마침 이날은 러시아력으로 신년이었지만 열차에서는 러시아의 옛 풍속을 볼 수는 없었다—, 15일에는 바라빈스크Barabinsk, 16일에는 옴스크를 지났다. 기차는 너무 느렸고, 설원은 끝없이 이어졌고, 바람은 일었다 잦았다 했다. 옴스크에 도착해서는 또 교섭이 필요해서 다시 멈춰 섰다.

기차역에는 행인이 무척 많았다. 역을 빠져나가니 멀지 않은 곳에 황량한 공터가 있었다. 공터는 사람들로 북적이는 것이 마치 시장 같았다. 나는 러시아 담배 한 갑을 샀는데, 1750루블이었다. 시장의 러시아인들은 해져서 너덜너덜한 옷을 입고 있었고, 중국인이 다가오는 것을 보자 모여 들어서 물건을 팔려 했다. 거기에서 중국인 노동자를 만나서 이야기를 나누었다. 그는 1920년 봄에는 이곳에서 그럭저럭 장사를 할 수 있었다고 했다. 그러던 것이 나중에 사유재산이 몰수 되고 강제로 노동자가 되어 하루에 검은빵 한 근 반을 배급받는다는 것이었다. 지금 상업은 금지되었지만 이 시장에서는 소규모나마 거래를 할 수 있었다. 그러나 이전에는 매일매일 노동자들이 부족해, 온 시장 사람들이 공장으로 노동자로 동원되었던 것인데, 요 이틀간은 다소 완화된 상황이었다. 중국인은 이곳에 이천 명가량 있고, 노보니콜라예프스크에는 사천오백 명 남짓 있다. 노동자가 된 이들은 그나마 낫지만, 일을 하지 못하는 이들은 힘겹게 몰래 장사를 할 수밖에 없었다. 중국인노동자조합이 발급한 여권은 간신히 노동자들을 보호하는 방패가 되기는 하지만 돈이 없으면 그마저도 구하지 못했다. 듣고 있자니 무언가 막막한 느낌이 들었다. 눈에 보이는 것이라고는 모두 황량했고, 어두컴컴한 석양에 사람의 그림자가 어지러웠다. 뒤돌아 보니 추위로 사람들의 온몸에 서리가 내

2) 1925년까지의 명칭이다. 현재는 노보시비르스크Novosibirsk로 개칭되었다.

려앉아 있었다.

이르쿠츠크에 있을 때 외교위원이 옴스크에 전통傳通을 보내 음식물을 수령할 수 있게 하겠다고 했는데, 도착해 한참을 교섭한 후에야 겨우 관가官價로 이천 루블 정도에 빵과, 소고기, 닭고기 등을 살 수 있었다. 그러나 당일(16일) 저녁, 열차가 역 끄트머리에 섰을 때, 누군가 우리 화물차의 열쇠를 부수고 빵 십여 푸트를 훔쳐 갔다. 천광핑이 대노해서 한참을 소리를 질러댔지만, 방법이 없었다.

열흘간 내 생활은 무료하기 짝이 없었다. 시베리아의 끝이 보였다. 생활에서 얻는 느낌이라고는 그저 우주 전체가 온통 음침한 엄숙함으로 가득한 것 같다는 것이었다. 극심한 우울증에 빠진 내 주관적 인격은 가슴이 뻥 뚫리는 듯한 깨달음을 얻어야 했다. 조용하고 사랑스러운 '러시아 시골사람'들이 백년 동안 이어온 자유를 위한 분투와 쟁취를 보시오…… 지금에 이르러서는 그가 말끝마다 부인하는 것을 받아들이지 않고, 부득이 바깥을 둘러싼 사회의 힘을 인정하지 않을 수 없구려. 몽상! 환상! 사회를 떠나 개성을 구한다면 개성은 어느 곳에 있을 것인지?

사회는 온전히 구체적이다. 사회를 이해하려고 하거나 혹은 또 '사회'라는 말을 싫어한다면, 추상 명사는 불필요한 일인 것이다. 시베리아의 중세적 사회는 반봉건적 경제조직으로서 공산주의와는 거리가 한참 멀다. 러시아의 소위 무산계급혁명의 위대한 역량은 결국 점차 그것을 잠식하게 될 것이다. 나는 그저 실제 생활만을 볼 뿐이다. 러시아 차르[3)]의 정치, 세계대전, 내전은 우주의 대해에 거대한 파도를 일으켜, 시베리아라는 작은 배를 뒤흔들었다. 사회혁명, 러시아의 사회혁명은 사회사상의

3) tsar, царь. 슬라브 문화권에서 군주의 칭호이다.

격량이 아닌 사회 심리—실제 생활의 '정신'적 측면心—와 경제생활—실제 생활의 물질적 측면物—이 결합되어 만들어진 신기루이다. 러시아에 오기 전에는 러시아는 지금 '공산주의의 실험실'로서 그들 '볼셰비키의 화학가'들이 '사회주의 이론의 공식'에 따라 '러시아민족의 원소'를 활용하여 '소비에트라는 실험관 안'에서 뒤집고 뒤집어 두 차례의 실험을 통해 곧바로 '사회주의의 화합물'을 만들어낼 수 있었다고 생각했었다. 시베리아 여행으로 나는 그것이 절대로 그렇지 않다는 것을 알게 되었다.

"실제 생활에서만 배울 수 있고, 실제 생활로부터만 교훈을 얻을 수 있으며, 실제 생활로부터만 사회사상이 생겨날 수 있다—사회사상은 부산물에 불과하며, 극히 조악한 현상일 뿐이다." 시베리아 인민은 엄한 선생님 아래에서 저절로 이를 배우고 있는 것이다.

주관적인 나는 객관적인 물질의 가운데서 어떻게 당신의 계속되는 헛소리를 용인하면서 해방을 구할 수 있겠는가?

14.

지난 열흘간, 이르쿠츠크의 안개로 가득한 저녁, 옴스크Omsk에서 검문검색이 실시될 때 들리던 욕설, 남루한 옷차림에 연도를 차지하고 오들오들 떨고 있던 사람들의 모습, 차가 눈 위를 지날 때 일어나는 날카로운 소리, 봉건시대 종교의 권위에 대한 상상, 현대 국제 공법公法에 담긴 어리석은 관념, 극동과 서구와 시베리아의 인문의 혼합, 제국주의의 침략 하에서의 신음, 인류문화의 열병으로 헐떡이는 소리—이 하나하나가 융합되고 섞이어 내 마음속에 어떤 인상으로 남았다. 다정하게도 이런 인상을 마음에 품고서 '현대 문명의' 유럽과는 떨어진 이곳에 이르렀다. 이곳은 아직 '현대성(Contemporanéité)'을 찾기는 어려운 변경이다. 18일 옴스크를 떠나 20일 튜멘Tiumen에 도착했다. 이곳은 유럽과 아시아의 경계다. 그날 저녁 예카테린부르크Yekaterinburg[1]에 도착했다. 이 지역은 광산자원이 매우 풍부했다. 그 넉넉한 '자연'이 웃으며 인간세상을 바라보고 있었다. 그런데 그 세상에서 인류는 '경제 상황'으로 인해 사달이 나고, 다툼이 일어나서, 아직도 그('자연')를 청해 천하태평의 성악을 울리지는

1) 원본에는 Cathérinburg로 표시되어 있으나 Yekaterinburg의 오기로 보인다

못하고 있었다. 어렴풋한 환상은 흔들리고 스쳐 가는 여행의 꿈과 함께 추위라는 이불에 갇혀버렸다. 21일 아침 깨어났을 때는 이미 우랄산맥의 코르돈Kordon에 도착해 있었다. 백설이 사위를 덮어버린 그 풍부한 '자연'에서는 무산계급 실천가의 바퀴는 보이지 않고 그저 시인의 청신한 뜻만이 보일 뿐이다.

빽빽한 숲이 오르락내리락 구비구비 산을 따라 꿈틀꿈틀 뻗어나가며 위대하고 웅혼한 기개를 한껏 뽐내고 있을 때, 반짝이는 눈이 한기 서린 칼날 같은 돋을볕을 되비추고 어두운 구름은 세상을 덮고서 꾸물대고 있을 때, 태양은 이따금 구름 사이로 처량하면서도 어스레한 모습을 언뜻언뜻 내보이고 있다. 드문드문 보이는 초록빛 풀들은 은빛 갑옷을 걸치고 위풍당당, 교만하게 서 있으니, 극기로써 포악을 견뎌낼 수 있다는 자신의 너그러움을 뽐내는 것이다. 갑작스런 일진광풍이 사산四山에 호응을 호소하매, 수만 가닥 나뭇가지들은 하나같이 폭동을 일으키고, 눈꽃은 절로 흩날려 떨어져 내린다. 이런 친구들이 차디찬 '겨울의 잔혹함'을 한층 더하지만, 언뜻언뜻 보이는 초록빛은 득의양양한 미인인바, 분명 온정 가득한 '화창한 봄'의 척후이다. 나뭇가지 하나하나는 한설을 이고서 쓸쓸하게 자신의 개성을 숨기고 있다. 온화와 온유를 갈망하는 환상은 비록 그의 내력에 숨어 있지만 결국은 천지 가득한 우주의 위력을 이기지 못할 것이다. 수만 그루 똘똘 뭉쳐든 거대한 숲은 폭풍은 되어야 겨우 흔들 수 있는 법이다. 이때 내적인 힘은 아직 충분히 펼쳐지지 못하지만—본래 맹목적인 준동은 춘풍에 스며든 감로를 당장 맛볼 수 없는 법이다—, 거대한 파도의 일렁임처럼 이를 당해낼 수 없는 것이니, 자연의 순환은 곧 제 일을 이뤄낼 것이다. 하물며 그들은 동반구 대륙의 영수의 지위를 차지하고서 높은 곳에서 내려다보듯이, 우랄산맥의 봉우리들을 내리누른 채, 대지의 척추가 되어, 위로는 춤을 추는 구름과 마주하고, 아래로는 차디찬 냇물을 품고 있는바, 이는 온 세계가 우주의 위대한 동력으로 가득 차 있음을 보여주는 것이다.

뱀이 구불구불 지나가듯 기차는 우랄산맥에서 천천히 나아갔다. 청신한 산색山色이 차창으로 들어오고 있었다. 스쳐 가는 숲과 눈은 차창에서 그림이 되었다. 산기슭의 서쪽을 돌면서 작은 역을 지났다. 산이 움푹 들어간 곳에 자리한 숲에서 불쑥 예쁜 러시아 시골마을이 나타났다. 소박하게 옹기종기 모여 있는 오두막들은 흰 눈을 이고 있었고, 그 가운데 그리스정교 교회당의 탑이 우뚝 솟아 있었다. 동으로 된 모자를 뒤집어쓴 지붕은 햇볕을 받아 반짝이면서, 주변 나무들의 눈을 쥔 가지들과 서로 이야기를 나누는 것 같았다. 정오를 알리는 종이 골짜기를 울리면서 그들의 대화는 끝이 났다. 차창 밖에는 노인이 하나 서 있었는데, 철로 사이에 쌓인 눈을 걷어내고 있었다. 수염으로 덮여 어렴풋한 얼굴에는 성실함과 진실함이 어려 있었다. 노인은 낡고 기름때에 전 가죽 외투를 걸친 채 삽을 들어 열심히 눈덩이를 한 삽 한 삽 퍼 올리고 있었다. 시시거리며 손을 잡고 이리저리 뛰어다니는 아이들도 있었는데, 대략 일고여덟 살 정도로 보였다. 노인이 그들과 무슨 이야기를 하는 것 같더니, 한 아이는 삽을 들고 눈을 치우는 것을 도왔고, 다른 아이는 눈덩이를 손으로 들어서 옮겼다. 10여 분쯤 후 눈을 치우던 아이가 삽을 놓고 해진 주머니에서 검은빵 한 덩이를 꺼내 들자 눈을 들어 바쁘게 치우던 아이는 눈덩이를 던져버리고 달려와서 빵 반 덩이를 달라 했다. 두 아이는 서로 마주하고 먹으면서 시시덕거리는 것이 무슨 일을 이야기하고 있는 것 같았다. 그러다 갑자기 눈을 들어 옮기던 아이가 눈 한 덩이를 아이의 어깨로 던졌다. 두 아이는 눈을 뭉쳐서 서로 눈싸움을 시작했다. 한 아이가 땅에 넘어지자 다른 아이가 도망갔다. 넘어졌던 아이가 일어나 다른 아이를 쫓았다. 그러자 노인이 삽을 들었는데, 무성한 수염에 가려진 입이 실룩거리는 것이 아이들에게 무슨 이야기를 하는 것 같았다. 하지만 아이들은 뒤도 돌아보지 않았다. 내가 이 장면에 넋이 나가 있을 때, 갑자기 '뚜'하는 기적 소리가 들려왔다. 차가 출발하면서 그 노인과 아이들은 눈앞에서 서서히 사라져갔지만, 힘들게 노동하면서도 즐기는 듯한 노인의 웃음과 천진난만한 어린 아이들의 모습은 내 마음에 아직까지 남아 있다.

22일 저녁 우랄산맥 서쪽에 도착했다. 작은 역을 지날 때, 러시아 촌부가 달걀을 담은 광주리를 들고 와 소금과 바꾸길 청했지만, 우리가 가져온 소금은 너무 적어서, 할 수 없이 3만 소비에트루블을 주고 달걀 백 알을 살 수밖에 없었다. 그녀에게 왜 돈으로 바꾸려고 하지 않는 거냐고 물었다. "'이런 볼셰비키의 화폐'가 무슨 쓸모가 있어요. 결국은 아무것도 살 수 없는데. 'Product'를 가지고 온 외국인을 통해서만 쓸모 있는 물건을 구할 수 있는걸요. 소금, 설탕, 옷감 따위가 터무니없이 부족한데, 그…… 그 알록달록한 지폐가 무슨 소용이 있냐고요! 우리는 우리 물건을 가져다가 물물교환을 하고 있는데, '윗사람'이라는 이들은 아직도 현실을 잘 모르고 있고. 여기서부터 서쪽으로 매 역마다 물건 판다는 사람들이 있을 건데, 몰래몰래 하는 것이라고 생각하면 돼요. 이르쿠츠크에서 우랄산맥까지는 아마 절대로 장사치들을 보지 못했을걸요. 여기에나 와서야 물물교환 같은 원시적인 경제행위를 볼 수 있는 것이죠. 앞으로 공산당은 경제정책을 바꿀 거예요. 3년간 헐떡거리다가 이제 겨우 안정이 되려고 하니 경제개조에 착수하는 게죠. 경제조직이 상공업을 회복하거나, 점차 현대문명으로 발전해야, 공산주의를 세우고 사회의 토대를 세울 수 있는 법인데(이것은 1921년 3, 4월경에 이루어진 대화이다)." 그러나 그때 볼 수 있던 것이라고는 '몰래 장사를 하는 이들'이었을 뿐이다. 23

일 새벽 비아트카Viatka[2]를 지난 우리는 24일에 볼로그다Vologda에 도착했다. 서쪽으로 갈수록 러시아의 공업지역에 가까워지면서 중세를 벗어나 현대로 접어들었다. 때문에 서쪽으로 가면서 점차 생기가 돌기 시작했다. 기차역을 오가는 사람들도 비교적 차림새가 깨끗해서 동시베리아의 곤궁한 모습과는 대조적이었다. 단순한 물질문명의 진보관은 본래 인류 문화에 커다란 의미가 있다. '극기복례', 남을 자신과 같이 사랑하라와 같은, 사유제 폐지를 주장하는 유심론적 사회주의는 결국은 운 좋게 집안이 좋아서 조상으로부터 수세기에 걸쳐 교육과 문화를 이어받아 만들어낸 사회주의자의 자선심이었다. 그런데 어찌 알았겠는가? 이러한 교육과 문화 역시 결국에는 물질적 경제조직에서 노동을 착취하여 얻은 것이라는 것을. 이 일대에서는 경제조직이 낙후되어 공산당이 정권을 잡고 사람들은 신러시아의 주민이 될 수 있었지만, 사유私有 관념이 없는 인간이 나타난 적이 없었다. 이뿐 아니다. 이 지역(유럽과 러시아 동부)이 소비에트의 판도에 편입된 것은 10월혁명으로부터도 1년 내지 1년 반이 경과한 후의 일이었다. 노도와 같이 일어난 자유의 전쟁으로 사람들은 지주를 몰아내고 봉건 잔재의 우상을 타파했다. 농민이 승리한 후 처음에는 공산당의 지도를 받아 토지를 분배하였는데, 소자산계급은 심적으로 여러 차례 백군에 이용당하여 분란을 일으켰다. 실생활의 교훈과 사회심리의 내력內力이 이러했다. 유심론적인 '사회주의 실험가'들은 그저 억지웃음을 지을 뿐이다.

볼로그다는 상트페테르부르크에서 600베르스타verst[3] 정도 떨어진 북

2) 러시아 키로프Kirov주의 주도로 1934년까지 비아트카로 불렸고 이후 키로프로 바뀌었다.

3) 러시아의 옛 거리 단위로 1verst는 1.067km가량이다.

선Siévérnéy ligne[4]의 주요 역이다. 이곳에서 남쪽으로 방향을 틀어 400베르스타를 가면 모스크바에 도착한다.

바퀴는 비명을 지르며 몸을 떨었고, 기적은 격렬한 파도가 되어 밀려왔고, 혈기는 미친 듯이 날뛰었다. 기차는 잠들지 않는 희망을 품고 춤꾼의 몸짓을 하며 앞으로 내달렸다. 러시아의 황허, 볼가Volga강의 상류를 지날 때, 철교의 양측으로 어렴풋이 삼삼오오 모여 있는 공장의 연통이 보였다. 25일 아침에 일어나 서둘러 짐정리를 했다. 40여 일의 기차 생활이 이제 끝나려고 했다. 하늘은 맑았고, 엄숙한 한풍은 비단 같은 흰 구름을 싸듯이 더욱 조심스레 불어왔다. 웃음 띤 우주는 내 마음을 따뜻하게 했고, 내가 지나치게 가라앉지 않게 다독여주었다. 눈앞에는 온통 눈을 뒤집어쓴 숲이었다. 숲은 팔을 벌려 만 리를 달려온 이 나그네를 기꺼이 반기는 것 같았다. 느릿느릿 온 세상에 내려앉는 회백색의 저녁 안개는 동방의 고국과 이별하는 우리의 마음을 보듬어주었고, 솟아오른 차가운 달은 우리의 향수를 달래주었다. 기관차의 엔진은 덜커덩덜커덩 리드미컬하게 울음을 울었고, 뭉게뭉게 화통의 연기는 흰 구름으로 날아올랐다. 장작에 붙잡혀 있던 재들은 춤을 추며 날아올라, 숲 그림자 늘어진, 얼어붙은 눈의 제방 위에서 점점이 찬란하고 용맹스러운 '붉은 빛'으로 화했다. 열차는 용이 되어 쏜살같이 스쳐 가면서 몸통 옆으로 수만 가닥 금빛 날개를 늘어뜨렸다. 철도 연변 양쪽은 모스크바의 교외지역이었는데, 듬성듬성 눈에 덮인 나무들이 두 줄로 늘어서 있었다. 열차는 무수한 나뭇가지를 스치며 앞으로 나아갔다. 때때로 나무가 없는 곳을 지날 때면 눈밭에서 반사되는 수정 같은 월광이 차창으로 곧바로 달려들었다. 이렇게 흔들흔들, 오락가락 춤을 추면서 열차는 모스크바로 다가

4) северный линия.

갔다. 이미 멀리서 도시의 전등 불빛이 시야에 들어왔고 어둠 속에서 가쁜 숨을 내쉬는 공장의 연통이 어렴풋하게 보였다. 몇 분 후면 모스크바의 야로슬라브스키역Yaroslavsky Vokzal에 도착할 것이다. 이게 1921년 1월 25일 저녁 11시경의 풍경이었다. 음력 경신년 12월 17일이었다. 달이 하늘에 걸려 있었다. 소란스런 사람들의 소리가 들려왔다. 이미 '아향'에 도착한 것이다.

적국赤國의 도성은 바로 4세기 전 러시아 모스크바 시대의 황조의 구궁이었다. 유럽 무산계급의 심장에 자리해 러시아 노동자의 피와 열망을 안은 채, 압박해오는 자본주의의 풍랑에 갇혀 고도孤島가 된 지 어언 3년여의 세월이 흘렀다. '적도赤都'에서의 첫날밤은 내 마음에 깊은 인상을 남겼다. 동방의 어린아이는 점차 그것의 내적인 힘을 깨달아갈 것이다. 인류문화의 교류 가운데서 등대를 찾으려는 계획은 이미 시작됐다. 아향의 '굶주림餓'은 그 생각을 막아설 수 없다. 앞길에 바람과 파도가 가라앉은 바다가 보인다. 그저 재게 몸을 놀려, 원시 시대 해운을 평정했던 돛단배를 조심스레 모험의 바다에 띄워놓은 것이다.

사회혁명의 노도 가운데 적도는 러시아 노동자들의 사회심리의 결정체일 뿐이다. 사회 구조가 유치하거나 현대 인류 문화의 정도가 이와 같다면, 군중 심리의 표현은 대부분 여전히 어린아이가 먹을 것을 달라 칭얼대는 것과 다르지 않다. 지난 3년 동안 들끓어 오른 열망의 파도가 낡고 어두운 러시아를 뒤흔들었다. '갑작스레 돌출한' 노동자의 '생활에 대한 욕구'는 용왕매진하는 힘이 되어 '현대 모스크바'라는 실체를 만들어내었다. 기복고저起伏高低하는 그들의 마음이 곧 신러시아 사회 진화의 역사이고 그 마음이 담긴 그릇이 곧 신 러시아 사회 조직의 형식이었다. 실생활에서 사회심리는 변천을 거듭하고 전진을 거듭했다. 요원한 미래가 만약 러시아 노동자의 승리를 허락한다면 먼저 계약을 맺어야 한다. 그들이 '실생활'에서 금전을 얻으려 한다면, '승리기금'의 신용(credit)을 저당으로 가불받게 될 것이다.

적색의 기치하—신모스크바—에서는 극히 드물게 관념론적 사회주의 실험의 흔적을 볼 수 있을 뿐이다. 사회진화사는 사회심리 변천의 기록으로서 감정과 감각이 유동하는 '그림자'일 뿐이다. 그것은 사회사상이 아니며, 사회 학설의 원전原典도 아니다. 더욱이 이성의 힘으로 분별할 수 있는 시험의 공식 도표도 아니다. 본래 군중 심리는 개인 심리의 이성적인 의식(제6식) 작용의 표현과 다르다.

15.

백설을 이고 육 층 건물이 서 있다. 한쪽으로는 크레믈린Kremlin궁의 전각을 마주하고 있고, 다른 한쪽으로는 제국 대극장 지붕 위의 웅장한 동마銅馬를 굽어보고 있다. 이것은 옛 모스크바에서 가장 큰 호텔이었지만, 이제는 러시아연방 소비에트사회주의공화국 외교인민위원회의 건물이 되어 있었다. 4층에 있는 사무실에는 화려하지만 낡은 커튼이 늘어져 있었다. 그 사이로 문득문득 눈이 날리는 모습이 보였다. 부드러운 소파와 화려한 탁자에서는 찌든 때가 드문드문 보였는데, 그게 오히려 먼 곳에서 온 나그네를 따뜻이 반겨주는 것 같았다. 타자기 소리가 탁탁탁 끊이지 않는 가운데, 눈이 묻은 장화는 반들반들 예쁜 바닥 위에서 소리를 내고 있었다. 사무원들은 모두 오래된 가죽 코트를 깔고 앉아서 서명을 하네, 수결을 하네 끊임없이 손을 놀렸고, 원고를 보내느라 바쁘게 오갔다. 이렇게 흥성흥성 소란스런 와중에 이제 갓 수리된 난방파이프는 아직 완전히 뚫리지 않은 혈관처럼 수시로 몰래몰래 차가운 냉기를 흘리면서 조용조용 비웃는 웃음소리를 내었다. 여기는 인민위원회 동방국의 국장 얀슨Yanson의 사무실이다. 얀슨은 미소 지으며 멀리서 온 새로운 손님을 맞이해주었다. "이곳 생활은 어떤가요? …… 그런데, 너무 춥죠! 우린 이렇게 외투까지 뒤집어쓰고 일하고 있다니까요. …… 물론 중국의 노동인민들이 우리를 좋게 본다는 것은 알고 있습니다. 하지만 안타깝게도 조약국이 봉쇄된 이래로 루머만 무성해서, 아마 그분들은 여기 실정을 모르거나 오해하실 거예요. 여러분이 이제 정직한 중국인민들의 눈과 귀가 되어, 러·중 상호 이해의 선봉이 되기 위해 여기에 와주셨는데, 저희가 어찌 마음을 다해 환영하지 않겠습니까? 그러나 우리는 경제적으로 너무나 곤궁한 상황입니다. 접대가 소홀한 면이 있더라도 양해해주시길 바랍니다. ……"

모스크바에 도착한 3일째에 외교인민위원회는 '양표'를 발급해주었고, 사람을 보내 외교위원회 공동식당으로 우리를 데려갔다. 음식은 형편없었지만 비교해보면 지금의 러시아에서는 상중의 상이었다. 쇠기름도 있었고 설탕도 있었다. 같이 식사를 한 이들은 외교위원회의 직원들이었다. 그들은 식사를 마치고 나서 각자 빵, 기름, 설탕을 싸서 돌아갔다. 우리는 동행한 사람들에게 그 까닭을 물었다. 그는 러시아는 지금 모든 것이 국가의 소유가 되었고, 사람들 누구나 일을 해서 식량을 구하는 것 외에는 호구를 해결할 길이 없어서 그렇다고 말했다. "예를 들어 여러분들이 갖고 계신 '솽시雙喜' 담배와 같은 고급 담배는 저는 일 년 동안 구경도 못했습니다. …… 여러분은 편지를 보내실 수 있습니다. 하지만, 러시아의 나쁜 점은 쓰지 말아주세요. ……흠, 흠……" 그는 갑자기 목소리를 낮춰 물었다. "혹시 아편 있으세요?" …… "아니? 없다고요? …… 듣기로는 여기 중국인들이 자주 피운다던데……." 공동식당은 이전에는 호텔이어서 외교위원회 직원의 대부분은 이곳에 살고 있었다. 이게 오히려 좋은 점이 있었다. 며칠 지나지 않아(2월 2일) 외교위원회는 차를 보내서 우리를 아파트로 옮겨주었다. 이 아파트도 이전에는 호텔 'Knyaji

Dvor'[1]였다. 우리 세 사람은 두 칸짜리 방을 차지했다. 탁자와 의자, 침대, 전등이 완비된 방이었다. 대충 쓸고 닦아도 말끔히 정리되었고 난로도 따뜻했다. 밥은 아파트 식당에서 해결할 수 있었다. 밥을 배불리 먹고 따뜻한 방안에서 한가로이 창밖을 내다보았다. 대교회당의 금빛 찬란한 동銅지붕이 눈에 들어왔다. 사방을 둘러싼 볼품없는 수풀은 눈을 이고 조용히 잠들어 있었다. 이러한 물질적 조건에서는 비록 음식이 형편없기는 했지만 안심하고 일을 할 수 있었다. 나는 이런 모든 편안함이 구시대 여관의 구조 덕분이고 공공 주거와 공공 소비도 자본주의가 사회주의에 물려준 토대 덕분이라고 생각했다. 아쉽게도 3, 4개월 후 노동정부가 신경제정책을 실시하면서 식량의 배급을 중지했고, 그 때문에 우리 숙소에서 편한 식사는 사라지고 말았다—이것은 나중 이야기다.

동방의 어린아이는 이제 막 아향餓鄕에 도착했다. 동방에 남아 있는 동포를 생각한다면, 우린 여기서 도대체 "어떻게 해야 할까?" 우리는 모스크바에 도착해서 열흘이 지난 후 전全 러시아 중국인 노동자대회에 참가했다. 대회에서 러시아 각지로부터 도착한 대표들은 대략 200여 명이었다. 그들이 대표하는 사람들은 서러시아에서만 총 4만 명가량 되었다. 그들은 프랑스, 독일 등지에서 유럽 전쟁[2] 시기 귀국하지 못하고 이곳으로 흘러들어 온 이들로서 러시아에서 장사를 하거나 노동자가 된 이들이었다. 현재는 노동하는 데 물질적 조건이 너무 좋지 않아 종종 부정을 저지르고는 했다. 백여 명의 대표 중 글을 읽고 쓸 줄 아는 이는 너무 적었다. 그러나 옷은 잘 차려입었으니 중국인의 '타고난 재능天才'은 정말 감탄해마지않을 수 없다! 그런데 그들은 우리가 왔다는 소식을 듣고

1) Knyaji는 ЗНаТЬ(Znati) 귀족으로 보이고 Dvor는 Двор 궁전이다. 즉, '귀족궁', '귀족의 전당'이다.

2) 제1차 세계대전을 말한다.

는 지나치게 흥분해서 우리를 환영해주었다. 오랫동안 중국 국내의 소식을 듣지 못해 그들도 마침 이에 목말라하던 참이었다. 우리는 자유롭게 국내의 학생 운동에 대해서 이야기했지만, 그들이 애국적인 말 몇 마디를 하도록 자극했을 뿐이다. 천광핑 영사는 자리에 나올 엄두를 내지 못해서—그 까닭이 무엇인지는 모르겠다—각 대표들은 모두 불만이 있었다. 당시 상업 금지조치로 인해 모두가 고국으로 돌아가고 싶어 해서, 회의 중 주요 안건은 자연스레 '귀국문제'가 되었는데, 결과적으로 모든 일을 영사에게 미루는 꼴이 되었다. 기타 조직의 문제는 뒤죽박죽 엉망이었다. 중국식 조직이 어디 가겠는가! 대회를 통해 알게 된 중국인 노동자 몇 명과는 이후 자주 왕래하게 되었다. 다만, 아향이라지만 동포의 사는 곳까지 아향일 필요는 없는데, 그런 점이 너무나 안타까웠다.

아향! 아향! 너는 내 마음을 찢어놓으려는 것이냐, 내 정력을 소진케 하려는 것이냐? 우리의 공작이 시작되면, 내 어떨지 살펴볼 것이다.

우리의 근무 환경은 나쁘지는 않았다. 얀슨이 우리에게 여러 곳을 소개해 주어서 자료도 수집할 수 있었고 주요 인사들도 만나볼 수 있었다. 제일 먼저 만난 이는 러시아 공산당 기관지 『프라우다Pravda』[3]의 주필인 메시체리야코프Méchtcheryakoff[4]였다. 그는 우리의 참관 활동과 관련해서 명령권자였기 때문에 모든 일들이 그를 통해서야 시작될 수 있었다. 동시에 동방국에서는 통역인 궈즈성郭質生[5]을 보내주었다. 그는 중국어를 알

---

3) Pravda(Правда)는 '진리'를 뜻하는 말로 1912년 상트페테르부르크St. Petersburg에서 혁명기관지로 창간된 이래 러시아 공산당의 기관지 역할을 했다. 1991년 소련이 붕괴되면서 정간되었다.

4) N. L. Meshcheryakov. 사회운동가, 문학가, 언론인이었다. 『이즈베스티아Izvestia』, 『프라우다Pravda』 등의 편집과 주필을 맡았다.

5) 본명은 콜로콜로프V. S. Kolokolov로 러시아인이다. 중국 신장新疆에서 태어나 귀국 후 외교인민위원회에서 일했다. 이후 소련의 중국학자로서 『홍루몽紅樓夢』 등 소설

아들었고, 중국에서 자랐기 때문에 중국 이름도 갖고 있었다. 비록 그의 통역이 훌륭하지는 않았지만, 우리는 또 영어 통역도 있었다. 그 역시 외교위원회에서 보낸 이였다. 나는 러시아어를 할 줄 알았기 때문에 원래 궈즈성이 필요하지는 않았다. 그러나 뒤에 나와 궈즈성은 결국 인생의 친구가 되었다. 그는 내게 혁명 과정에서 일어났던 재미있는 일들과 실제 생활 속에서 전개되던 혁명을 말해주었다. 그래서 우리의 공식적인 연구는 메시체리야코프를 만난 바로 그날 시작되었지만, 비공식적인 연구는 궈즈성을 만난 날부터 시작되었다고 할 수 있었다.

웅장하고 화려한 건축물 속 쥐죽은 듯 고요한 화실에서 아가씨 서너 명이 붓을 들고 거대한 캔버스 아래에 모여 있었다. 이곳은 트레티야코프 미술관Tretyakov Gallery[6]으로, 우리가 모스크바에서 처음으로 유람한 곳이다. 그곳에는 명화들이 산처럼 쌓여 있었다. 그 명화는 세상의 모든 풍경을 담고 있었고, 우리는 그 가운데서 별세계別世界에 든 듯한 착각에 빠져들었다. 전란과 혁명 가운데서도 러시아 문화의 별은 빛나고 있었다. 철도가 끊겼고, 책과 신문이 자취를 감추었으며, 모든 문명이 파괴되는 불운을 맛보았지만, 이러한 환경에서도 트레티야코프(Pavel Mikhailovich Tretyakov. 1832-1898. 이 미술관의 창립자)의 석상이 아직도 그가 와병하던 곳에 편안히 전시되어 있는 것을 보면 '문화'의 진정한 가치가 이런 게 아닌가 생각하게 된다. 위대하면서 풍부한 러시아 문화, 순박하고 다정한 국민성, 아무도 가지 않던 길을 가는 천재성奇才, 경천동지할 창조적

을 번역했고 『러중사전俄漢辭典』을 편찬했다. 『餓鄉紀程』, 『瞿秋白文集 · 文學編』第1卷, (北京: 人民文學出版社, 1998), 15장 주7.

6) 사업가이자 수집가, 예술가로 알려진 트레야코프Pavel Mikhailovich Tretyakov에 의해 1856년 만들어졌다. 1892년 모스크바로 이전했다.

변화—러시아 혁명의 가치는 우연한 것이 아니었다! 사회의 문화는 사회 정신의 결정이고 사회의 진화는 사회 심리의 파동이다. 감각을 통해 실생활에서 교훈을 얻는 것은 우리가 사회철학을 연구하는 새로운 방법과 흡사하다. 붉은 러시아로 들어선 동방의 어린아이는 신구 러시아 민족문화의 감로를 받아 마시려 하고 있다. 이지적인 연구는 과학적 사회주의에 기울어 있고, 성령의 영양분은 감히 말하건대 신비한 '러시아'에 녹아들어 있다. 등대는 이미 보았다. 바닷길이 비록 평탄치는 않지만, 키를 맞추고 전진하라! 전진하라!

16.

황량하고 광활한 벌판이 구불구불 돌아드는 산과 계곡을 품고 있다. 찬바람은 울고 스산한 비는 내리고, 땅의 한기를 머금은 서리가 오르고 하늘의 냉기를 품은 눈이 내리고, 죽은 듯 얼어버린 냇물은 쩌억쩌억 비명을 지르며 갈라지고, 날아오른 모래는 휘이휘이 스쳐가고, 그런 '자연'의 가혹함이란 가혹함은 모두 세월 속에서 쌓이고 쌓여 층층이 세상을 짓누르는데, 그 속에서도 오만하고 방자한 늙은 나무가 우뚝 서 있다. 바람신과 우박신은 그가 번성하는 것이 얄미워, 부어오른 굵은 가지와 잔뜩 쪼그라든 가는 가지를 달고 있는 이 '자연의 역도'에 하루라도 가혹한 형벌을 내리지 않는 날이 없었다. 허나, 미동은 거센 진동이 되고 물방울은 돌멩이가 되었으나 나무는 되려 굳세었다. 강대한 위세 앞에 설마 그가 겁을 먹었을까? 무한한 시간과 무한한 공간에서 그는 가없는 고통을 맛보았다—얼마나 오랜지 알 수 없는 천지간에, 얼마나 너른지 알 수 없는 우주 간에 버려진 그대, 고독한 존재여! 때때로 스스로 만 리는 뻗은 가지를 흔들면, 별과 낙엽은 조용히 이 잔혹불인殘酷不仁한 '우주'간을 배회한다. 이미 늙고 병들어 가지는 쪼그라들고, 비와 벌레의 먹이가 되어 스스로 떨치기는 어렵다. 그러나 도끼에도 조금의 떨림도 없고,

딱따구리에도 일말의 신음도 없었으니, 이로써 그가 강골인 것만은 알겠다. 그저 처량한 바람과 어두운 태양의 그림자, 구름을 머리에 이고 외로이 울어대는 가지만이 슬픔 어린 풍경을 만들고 있을 뿐이다. 음력 10월 계곡을 덥히는 따뜻한 바람이 불어오고 아직 얼지 않은 감로가 때때로 듣는 것을 떠올려 보면, 여전히 처연한 가운데, '엄동의 악귀'가 폭주할 것이 예감되기는 하지만, 최후의 분투를 결행하고 방어의 전술을 시험할 여력은 남아 있다. 그래서 생각지도 않게 때에 맞춰 위대한 '봄기운의 숨은 힘'을 드러낼 수 있으니, 그날은 얼마나 영광스러울쏘냐? 모든 것은 꿈과 같다는 것을 내 몰랐고, 이제야 그 헛되었음에 너무나도 비탄스럽기만 하구나. 그러나…… 그러나 그 자신은 이 봄기운의 힘을 믿을 뿐이다. 어느 때에야 충분히 펼칠 수 있는지, 어떻게 이 감옥에서 벗어날 수 있는지는 아직은 알 수 없다. 그러나…… 그러나 그 자신은 믿는다. 신성한 늙은 나무여, 영원히 시들지 않을 스스로의 믿음을 가지고 있구나!

과연 그러했다. 황량한 들판 수만 리 끝에, 남국을 달구는 풍운은 태풍이 되어, 천둥과 번개가 하늘을 부수고 바다를 일으켜 세웠다. 온 우주가 흔들리고 태양계는 절대적 파멸의 위험과 공포에 다가갔다. 하늘신이 떨고 땅귀신이 놀랐다. 그 가운데 왕성히 일어나 세상을 달구는 생동의 기운이 있다. 도드라져 오는 봄기운의 싹은 거의 하늘을 집어삼킬 듯, 수천수만 장의 붉은 혀를 내민다. 우리의 늙은 나무는 잔설의 성화에 지탱할 힘을 다하고, 세월의 무게에 나약해져 썩어가고 있는데, 붉은 혀의 뾰족한 끝은 막 그의 썩어버린 늙은 가지를 훑어 아예 꺾어버리고 말았다. 그 자신이 믿던 봄기운의 힘은 이때다 싶어 제 깜냥을 넘어서 폭주해 버렸다. 썩어버린 뿌리에서 돌연 돋아난 상큼한 초록빛 싹, 그놈은 늙은 나무가 미처 맛보지 못한 고통을 대신 경험하고야 말 것이다.

아깝도다! 광란의 거대한 파도는 만안灣岸 구석구석을 유린하다가 부서져갔고, '자연'의 타성을 따라 사라져갔다. 붉은 혀의 빛은 여기서 사그라들었다. 타국 숲에서 돋아난 어린 싹은 봄의 열기를 미쳐 다 받지 못한다면, 어디에서 꽃으로 만개할 수 있겠는가? 고독한 이 늙은 나무에 돋아난 새로운 가지는 쓸쓸하기 그지없고, 처량하기 그지없다. 더군다나, 그 옛적 조락한 낙엽조차 벌레가 갉아 먹어 무수한 상처를 남기니, 가혹한 자연이란 여전하기만 하다. 폭풍과 벽력이 지난 후에도, 그 기후의 반동은 오히려 더 포악하고 잔혹하기만 하다. 봄기운의 힘이여! 그대는 우주를 채우고, 잠시 이 가지의 부자연을 빌려 그 깜냥을 넘어서 폭발한 새싹으로 데면데면 얼굴을 내밀고 있구나. 그대 용맹정진하여 만난에 굴하지 않기를 바랄 뿐이니, 특히나 이 늙은 나무의 우쭐하고 거만한 구태에 지지 말지어다!

발跋

수세기, 수천 년에 걸쳐 내려온 사적은 심혈心血에 이는 조수처럼, 찰나에 층층의 악몽으로 나타나 희미한 인상으로 남았다. 그러나 누구도 이것에서 벗어날 수 없다. 인류사회의 현상은 서로 감돌아 어울리나 영향은 여전히 미미하니, 이러한 마음의 파동을 따라 오르락내리락하는 와중에 안정을 구하고 생활력에 의지하여 자신을 지탱할 따름이다. 모든 것들은 이 '실제'에 자리해, 마음의 파동이 울리는 해저에 하나로 모여들어 합치는 물결과 같다. 당신은 사방으로 흩뿌려져 하늘로 날아올라 스스로 세계를 만든다 하더라도, 시종 추상적인 공간의 한 점이 될 뿐이고, 물로 떨어지더라도 여전히 우주에 귀의하여, 조금의 흔적도 남기지 않게 될 뿐이니, 그때가 되어서야 그 헛되다는 것을 깨닫게 되는 것이다.

마음의 바다, 마음의 파동의 파랑은 만상萬象으로 화해 헛된 꿈을 만들어 내고 만다. 깨어날 때가 가까워 올수록 꿈의 정경은 더욱 핍진해지는데, 이는 아마도 꿈의 정경이 더욱 악화되기 때문일 것이다. 마음의 바다는 보통 원만하지만 마음의 파동은 각각 기이한 기운을 타게 된다. 그래서 우주는 같은 꿈을 꾸지만, 별들은 각자 자신의 광채로 빛나는 것이다. 그 속에서 짧게 꿈을 꾸는 자는 길게 꿈을 꾸는 자들의 '옛 시절의 가

무'를 부러워할 필요는 없다. 그것은 뒤에 올 악귀의 악랄한 얼굴을 먼저 보았을 따름인 것이다. 그저 지나가는 과정에서 몇 초라도 더 속도를 내어 층층의 비슷한 꿈을 뛰어넘어야 한다. 우리, 같은 꿈을 꾸는 이들은 같이 깨어나야 한다. 만약 마음의 바다의 파도가 주변으로 퍼져나가, '평정으로 나아가는' 기회가 성숙한다면, 이것은 당연히 가능할 것이다.

아! 자본주의의 악몽은 러시아의 신경을 건드려 빠른 길을 찾게 하고 빨리 깨어나게 만들었다. 그러나, 아쉽게도 그저 분초를 줄일 수 있었을 뿐, 단계를 뛰어넘어 나아가는 것은 허용하지 않았다. 서구파와 슬라브파[1]는 당시, 지금은 해결하지 못합네, 스스로 해결해야 합네, 서로 다른 주장을 열정적으로 피력했었다. 중국 문화운동이 나아가야 할 바는 더욱 분명하고 더욱 속도가 붙어, 곧 이 과거의 단계에 접어들려 한다. 우린 같은 꿈을 꾸고 있는 것이다! 동방문화와 서구문화의 교류는 러시아에서나 중국에서나 본시 같으니, 이처럼 똑같이 배회하지 않을 수 없는 것이다.

나 이 동방의 어린아이는 딱 소용돌이를 향해 나아가, 그에 부딪쳐보려 한다. 키를 단단히 그러쥐어야 좋을 것이다. 또 내 개인 심리의 경험은 언제나 노를 스치는 해초처럼, 교류 중의 교류가 될 것이다. 반드시 혈기를 진정시켜 파도가 일지 않게 해야 하고, 내력의 분출을 용감히 진정시켜야 할 것이다.

나는 자신의 '그림자'를 찾으려 했으나, 어두운 계곡에서 빛과 그림자

---

1) 19세기 러시아에서 탄생한 두 사회사상 유파이다. 서구파는 자산계급 자유주의 사상을 갖춘 귀족 지주계급의 이익을 대표하고, 슬라브파는 보수적 귀족 지주계급의 이익을 대변한다. 양 파는 러시아의 미래 발전의 방법을 두고 의견이 갈라졌다. 『餓鄕紀程』, 『瞿秋白文集 · 文學編』第1卷, (北京: 人民文學出版社, 1998), 跋 주1. 이것은 '서구문화와 동방문화'가 충돌하던 5 · 4 시기의 중국을 떠올리게 한다. 본서 5장 주 7을 참조하라.

는 서로를 소멸시킬 뿐이기에, 어떻게 해야 하는지도 모르고 20년 동안 맹목적으로 찾기만 하였고, 내 옷자락만 허공에서 어지러이 휘젓기만 하였으니, 더욱 어지러워지기만 했을 뿐이었다. 지금은 다행히 마음의 바다의 등대를 보고 있다. 비록 붉은 빛 하나만이 희미하게 보일 뿐이지만 어떻게든 망망한 세계의 전도를 밝혀주고 있다. 하물며 지금 혼자서 머나먼 고향을 벗어나 이 먼 타국을 떠돌고 있다. 교통도 단절되고 섭식도 빈약하니, 굶주림의 고향餓鄉의 '굶주림餓'은 내 이 연약한 심사를 강단 있게 만들 것이다. 게다가 부모형제자매, 이 모든 인간관계는 이 굶주림의 고향의 '고향鄉' 바깥에 있다. 이러한 고독과 적막은 어쩌면 인생의 '실제'와는 너무나 멀리 떨어져 있고 나의 원칙과도 어긋나지만, 그러나 이 다른 아향의 '실제'는 내 이 일엽편주의 뱃전에서 나침반이 되어 방향을 지정해주고 있다. 결국 언젠가는 나는 우주, 마음의 바다를 일주하고 돌아갈 것이다. 진실의 '고향'에 돌아갈 것이다.

1921년 10월

이 '유기遊記'는 1920년에 쓰기 시작했는데, 당시 필자는 아직 하얼빈을 벗어나지 못하고 있었다. 여기에 쓴 것은 본래 필자의 사상적 경험이다. 구체적으로 말하면 '중국에서 러시아까지'의 노정을 기록한 것이지만, 추상적으로 말하면, 필자의 '비아향에서 아향까지'의 마음의 여정을 기록한 것이다. 일을 하는 데 어려움이 많았기에, 1921년 10월이 돼서야 탈고할 수 있었다. 노정 중의 모든 견문과 경험, 구체적인 사실, 마음의 여정 속 동요와 기복, 사상과 이론 전부를 여기에 풀어보았고, 또 단속도 해두었다(체제로 보자면 수감록이다). 러시아에 도착한 후의 일은 둘로 나뉜다. 첫 번째 영역은 조사, 고찰, 제도, 정치 등이다. 정치사와 사회사상사의 체제를 활용하여 『현대 러시아現代的俄羅斯』를 집필하여 이것들을 담을 것이다. 두 번째 영역은 저자의 사상 감정 및 잡다한 일화로서, 일기와 필기의 체제를 활용하여 『적도심사赤都心史』로 집필할 것이다. 물질적으로 보장만 된다면, 자료들을 모을 것이고, 이미 국민들에게 시의에 맞춰 발표한 것들은 편찬될 수 있도록 온 힘을 쏟아부을 것이다. 내 정력이 미치는 한, 중국 문화에 공헌할 수 있는 것들이라면 가능한 한 다 발표할 것이다. 성공 여부는 내 개인의 정력이 지탱할 수 있는가이다. 하지만, 지금 내 병세는 너무 깊어지고 말았다.

취추바이, 모스크바 Knyaji Dvor의 병상에서 쓰다.
1921년 11월 23일

적도심사

赤都心史

프롤로그[1]

이 책은 저자가 모스크바에 머물던 1년간의 잡다한 기록으로서 『아향기정餓鄉紀程』(『아향기정』은 이미 상무인서관商務印書館에서 『신아국유기新俄國遊記』로 이름을 바꾸어 출간했다)에서 이어진다. 『아향기정』은 모스크바에 도착하는 날에서 끝나며, 이 책은 모스크바 생활에서 보고 경험한 것을 기록한 것이다. 이 두 책은 모두 저자의 문학 작품으로 그 수준이 유치하기는 하지만 결코 무미건조한 기행문도 아니며, 여행안내서도 아니다! 한 나라의 사회생활을 이해하는 것은 단순히 법률이나 법령 몇 조항에 근거할 수는 없으며, 그 사회의 영혼을 보는 것에서 출발해야 한다. 게다가 문학작품의 형식을 취해서야, 작자의 개성이나마 훑어볼 수 있는 법이다. 나는 '러시아' 혁명사의 고찰에 있어, 제도에 관한 해석은 별도의 사회과학논문 『러시아 혁명론俄羅斯革命論』[2]을 마련, 세계총서에 편입하여

---

1) 원본인 1923년 상무인서관商務印書館본에서는 프롤로그가 먼저 있고 그다음에 서언이 있지만, 인민문학출판사人民文學出版社 『瞿秋白文集 · 文學編』에서는 순서가 바뀌어 있다.

2) 이 책에 관해 人民文學出版社 『瞿秋白文集 · 文學篇』第1卷의 『赤都心史』「引言」 주1을 보면, 책의 원고는 1 · 28 사변으로 인해 망실됐고, 그 가운데 「세계사회운동 중 공산주의파 발전사世界社會運動中共產主義派之發展史」만 『新青年』季刊第1期(1923. 6.

출판했다.

취추바이瞿秋白

1923. 8. 4.

15.)에 수록되어 남아 있다고 한다.

서

인생의 경과는 오랜 시간에 걸친 환경의 변화를 반영하여, 심령의 거울에 갖가지 빛깔을 비춘다. 그 서로 뒤섞인 빛과 다채롭고 기이한 모습은 심령의 종에 갖가지 울림을 만들어, 낭랑한 리듬으로 펴져가면서 기복 있는 세상의 곡절을 전해준다. 그러나 생활의 의미는 객관적으로 늘 평등한 위치에 처하는 것에 있으니, 영화와 같이 꼬리에 꼬리를 물고 이어지면서도 실질적으로는 하나하나 독립되어 있는 스틸컷이라고 할 수 있다. 우주관宇宙觀에서는 모두 형상影과 소리響로 화하기에, 주관을 세울 여지는 없다. 변동과 전환은 수천수만 복잡한 모습을 하고 있지만 그 궁극을 분석해보면 본시 '유有'란 없는 법이다. 그러나 똑같은 환경이라 하더라도 사람마다, 시기마다 지역마다 만들어내는 인상은 각각 다르다—이러한 소위 '세간世間의 불평등성'은 실제 생활에서는 영원불멸하는 것으로서 세간과 함께 영원히 이어진다. 그래서 생활이 있으면, 생활의 현상이 있는 것이고, 또한 생활 현상의 역사적 과정이 있는 것이다. 생활현상의 역사적 과정에서 실질적인 차이가 드러난다면, 그것은 반드시 특정한 '거울과 종鐘'에 드러나야 한다. 그래서 이미 나타난 추상적이고 개괄적인 문제에서 나와 구체적이고 독립적인 문제로 들어가야 한다. 이러한 세간의 불평등성으로부터 연원할 때, 인생의 경과를 말할 수 있는 것이다. 거울의 크기와 종의 두께는 그래서 모두 차이의 근원이다. 거울과 종의 출처, 즉 그 단련과 주조의 경과는 거울과 종의 크기와 두께를 결정한다. 역사적 과정은 이를 따라 이뤄지는 것이다.

동방의 어린아이는 수천 년의 고문화 속에서 훈도를 받아왔다. 그러나 우주적 사상이 변화하고 교유하는 이 시기에 만상을 초월하여 '출세간出世間'으로 들어가지도 못했는데, 생각지도 못한 소용돌이에 휘말려, 격류가 일고 있는 두 문화의 교전지로 밀려와, 열렬한 희망과 경솔한 패기로 무장한 채, 이 모든 새로운 형상과 새로운 소리를 받아들이고 있다. 적색의 신국新國의 수도는 만장萬丈 멀리까지 광염을 내뿜고, 천년의 소리를 전하고 있다. 물론 이는 이미 우주의 위대한 모습이자 총량의 반영이다. 그러나 동방고국東方古國의 어린아이는 이 러시아 문화와 서구 문화의 중심에서 제3의 문화로 자리하게 되어, 두 번째의 반영과 두 번째의 울림을 발하지 않을 수 없게 되었다. 게다가 그는 그 개인의 인생의 경과를 마지막 원고에 담으려 하고 있다. 이 거울과 이 종은 이 경지, 이 지계에 이르러 자연스럽게 끊어졌다 이어졌다 서로 물고 물리며 되비치고 있고 되울리고 있다. 역사의 경과는 분초를 다투며 변화하지만 세계문화에서 상당한 위치를 차지하고 있기 때문에 동방의 어린아이는 이 적도赤都에서 마음의 형상과 마음의 소리의 서사시를 써내려가고자 한다. 그것은 또한 그 심금의 악보를 기록한 것이기도 하다.

『적도심사赤都心史』, 이 책에서 나는 앞으로 내 개인 심리의 경과를 기록할 것이고 이 붉은 모스크바에서 보고 듣고, 생각하고 느낀 것들을 담아

낼 것이다. 이 시기 나는 『북경신보北京晨報』[1]의 특파원이었다. 그래서 모든 적국赤國의 시사를 가지고 계속해서 기사를 쓰고 있었고 모든 적국의 제도를 가지고 이 책과는 체계가 다른 논문을 쓰고 있어서 『적도심사』에는 신경을 쓸 겨를이 없었다. 그저 사회의 실제 생활을 참관하고 이야기를 나누었으며, 독서를 통해 이를 이해하고 명상을 통해 이를 깨달았을 뿐이다. 바로 이것들이 내 심리의 기록의 원고가 된 것이다. 나는 독자들은 보다 심도 있게 이를 감상하기를 바라며, 작자는 보다 실질적인 일들을 씀으로써 무미건조한 문체로 기록된 유기遊記를 만들지 않기를 바란다. 나는 개성을 드러내고 자신의 사상을 묘사하여 그 감상을 모으고 싶고, '사회의 밑그림'을 모사하여 자유롭게 묘사하는 산문시를 모방하고 싶다. 모든 제재는 모스크바에서의 생활에서 취한 것이다. 이는 대략 잡기, 산문시(일화), 독서록, 참관유람기와 같은 몇 가지 세목으로 나눌 수 있다. "내 영혼의 형상과 소리는 아마도 우주에 실낱같은 흔적만을 남겼을 것이다!—하물며, 이 변변찮은 책자는 내 자신이 인생을 이해하려 노력한 인상일 뿐이다."

1921년 11월 26일, 모스크바, 모아서 쓰다.

---

1) 『신보晨報』를 말한다. 1916년 8월 15일 베이징에서 창간된 일간 신문이다, 량치차오梁啟超, 린창민林長民 등이 주도한 보수적인 정치계파인 연구계硏究系의 기관지의 성격을 띠고 있었다. 처음에는 『신종보晨鐘報』로 발간됐다.

1. 여명

무거운 어둠이 평화롭고 고요히 대지를 감싸고 있었다. 높이서 타들던, 은촛대의 양초는 이제는 짧아져 흐릿한 빛을 낼 뿐이고, 부끄럼 많은 항아姮娥[1]는 이미 저녁 화장을 지운 뒤였다. 주흥도 다하고 피곤에 전 무희는 허리에 힘이 빠져 흐느적대고 있었다. 졸음에 겨운 사람들은 게슴츠레한 눈을 한 채, 메마르고 씁쓸한 목청으로 이 말 저 말 주절거리고 있었지만, 술주정은 알아듣기 어려웠다. 한껏 흥이 달아오른 연회는 인간 세상의 지극한 즐거움을 보여주고 인간 세상의 지극한 아름다움을 보여주었으나, 즐거운 감정이 넘쳐흘러서 "미련이 남아, 돌아갈 것을 잊고 말았고", 당년 '부활'을 내걸었던 새로운 조류는 '인간미'를 만들어 냈지만, 점차 악화되고, 나태해지고, 방자하게 되었다. 맑은 노랫소리는 술

1) 상아嫦娥라고도 한다. 중국 신화 속 달의 신이다. 본래 궁수 예羿의 부인이었다. 인간계로 쫓겨났던 항아는 예가 가져온 불사약을 훔쳐서 달로 달아난다. 둘이 먹으면 불로장생하고, 혼자 먹으면 신선으로 하늘에 올라갈 수 있다 했기 때문이다. 그러나 예를 배신한 항아는 두꺼비로 변해 본래의 아름다움을 잃고 만다. 여기서는 저물어 가는 달과 주흥에 취해버린 무희나 여성을 중의적으로 비유하는 말이다. 항아의 비유와 이어지는 파티의 모습은 신경제정책NEP이 시행되면서 자산계급의 퇴폐적인 문화가 다시 고개를 들고 공산당원들조차도 이에 빠져드는 상황을 보여주고 있다.

주정이 되어버렸고 멋들어진 춤사위는 음란한 몸짓이 대신하고 말았다. 창조의 내력은 이미 스스로 소멸의 길로 접어들고 있었다. 모든 자산계급의 예술문화는 조금씩 은근히 그 계급성을 드러내었으니, 모리배의 모습이 그것이었다. 지구가 자전하니, 아침이 다가오는 법이다. 당신이 아무리 불꽃을 피운다 하더라도, 그 빛 또한 사라질 시간이 다가오는 법이다. 얼마 후 '횃불'이 꺼지더라도, 더는 두려워할 일은 아니다. 여명이 다가올 것이라, 그 전조가 이미 있을 것이니. 허나, 새벽에 다가선 하늘의, 그 창백함을 버리고 담아낸 검붉은 얼굴은 황혼에 다가선 석양과는 다를 것이라! 방탕 무도한 모리배의 환락은 결코 청명하고 건강한 노동의 노래에 양보하기를 원치 않는다. 하물며 야색夜色의 권위가 온 하늘과 땅에서 여전한 위력을 과시하는 이때, 천기의 운행을 따라 새벽기운이 이슬에 어려오지만 아직 새벽빛은 보이지 않고, 보이는 것이라고는 그저 여명의 전조일 뿐, 아직은 여명은 아닐지라! 물고기 배때기 같은 창백함과 새벽안개의 어둠은 본시 '밤의 여운'이기도 하지만, 또한 '새벽의 시작'이기도 한 법.

인류의 문화예술은 수천 년을 이어온 사회적 심리와 영혼의 응결이자 집적으로서, 그 기초가 되는 실제적인 내적 동력을 갖고 있다. 진기한 꽃과 풀이 감로와 선단仙丹 같은 자양분의 도움을 받는 것과 같이, 지금 이 모든 열매는 비옥한 토양과 건강한 가지의 지지를 받고 있다. 뿌리 아래의 진흙은 더럽기는 하지만, 오히려 그의 실질적인 내적 동력의 근원이다. 선명하고 순수한 꽃이 피기만 한다면, 사람들은 뿌리 아래의 오물을 잊기 마련이다. 사회적 심리의 정수에도 이러한 거친 경제생활이 포함되어 있다. 뿌리는 바야흐로 시들려 하지만—자산계급의 경제적 지위는 동요하고 있다—, 꽃은 그 화려한 자태를 단 며칠이라도 억지로 지키려 한다. 새싹은 이제 막 돋아났지만—무산계급이 경제적 권력을 얻은 것이다—, 봄소식은 아직 층층의 안개 아래 숨어 있다.

미래주의는 러시아 혁명 후에 성행한 예술상의 일파이다—이는 자산계급 문화의 밤의 여운이고, 무산계급 문화의 아침의 시작이다. 그것은 늦봄의 잔화殘花이며, 늦겨울의 새싹이다. 안개 밖 봄소식이 잠시 곡절이 있어, 남풍 속에 잔화를 맞이하기가 부끄러운 것인가? …… 물론 그렇기는 하다. 그러나 밤의 끝자락 혼미한 정신은 벌써 갑자기 사그라졌고, 여명 뒤에 청명하며 건장하고 호쾌한 노동의 노래는 아직은 어렴풋하다. 당연히 이 눈앞의 적막하고 쓸쓸한 '기이한 정적'만을 느끼는 것이 한탄스러울 수밖에 없다. 그러나…… 암암리에, 우연히, 첩첩 산들을 넘어 멀리서 들려오는 '신곡新曲'의 선성을 듣는다면, 분발하고 진작하여 외칠 것이니, "여명이 도래했도다…… 여명이 도래했도다!"

모스크바의 트레티야코프 미술관Tretyakov Gallery[2]에는 유명한 러시아 화가들의 작품이 전시되어 있다. 구문화의 자갈밭 속에 숨어 있는, 레핀I. E. Repin[3] 등의 그림과 같은 보물을 한갓지게 관람하노라면 완전한 망각으로 빠져들게 된다. 그런데 그 가운데서 갑자기 화필이 거칠고 강한 미래파의 창작을 만나면, 사람의 마음은 아득한 즐거움에서 흥분으로 일변하고, 그 가운데 번뇌가 끓어오르게 된다. 조야하면서 날카로운 색채, 조화 속에 저항이 있는 인상, 극렬한 분노가 어린 기개, 급격하고 돌출적인 표현에서 나는 신선함鮮, 명징함明, 움직임動, 드러냄現과 같은 감상을 얻었다. 일전 나는 친구의 소개로 미래파로 유명한 시인 블라디미르 마

2) 사업가이자 수집가, 예술가로 알려진 트레야코프Pavel Mikhailovich Tretyakov가 1856년 만들었다. 1892년 모스크바로 이전했다.

3) 인상주의의 영향을 받아 러시아 민중들의 삶을 담은 풍속화와 역사화를 그렸다. 대표작으로 〈볼가 강에서 배를 끄는 인부들〉, 〈1851년 11월 16일 이반 뇌제와 그의 아들〉, 〈숲 속에 누워 있는 톨스토이〉 등이 있다.

야코프스키Vladimir Mayakovsky[4]를 만났는데, 그는 다정하게 내게 중국문학에 대해 물어보고 시집 『인간The Man』을 한 권 주었다. 미래파의 시는 운과 격이 없으며, 표사表詞를 사용하지 않아 중국 율시의 미사여구에 사용된 명사나 형용사와 비슷했다. 그리고 인류 심리의 자연스러운 연상으로 동사를 대체하였다. 미래파 시는 형식 면에서 대략 이런 특징이 있었다. 내용적으로는, 그의 말을 따르면, 미래파 회화와 상응한다—그는 본래 화가였다. 나는 그의 작품을 읽어보았지만 이해가 되지 않았다. 그중 「죽음歸天返地」[5] 한 편의 인생관은 불가의 '회향廻嚮'[6]에 방불한다. 가락극장家樂劇院은 미래주의를 연극 예술에 도입하여 모든 옛 규율을 제거했으니, 이 또한 이해하기 어려웠다. 나는 일전에 국립제2극장—옛 소극장—에서 신예술 중 정치선전성이 있는 작품, 예를 들어 루나차르스키Anatoly Vasilyevich Lunacharsky[7]의 『국민』극을 본 적이 있었다. 작품은 미래주의를 바탕으로 창작되었지만 이제는 쉽게 이해할 수 있었다. 극본은 신화가 아

4) 소련의 시인이자, 극작가, 배우이다. 볼셰비키에 가담해 혁명운동에 참여했으며, 전통과 자산계급의 문학 전통에 저항한 미래파 문인이었다. 시로 「바지를 입은 구름A Cloud in Trousers」, 「등골의 플루트Backbone Flute」 등이 있으며, 희곡으로 『미스테리 부프Mistery Bouffe』가 있다.

5) '歸天'과 '返地'는 '혼은 하늘로 돌아가고, 백은 땅으로 돌아간다魂歸天, 魄返地'는 뜻으로, 결국 죽음으로, 그래서 무無로 돌아감을 말한다. 마야코프스키Vladimir Mayakovsky의 『인간The Man(Человек)』에는 Вознесение Маяковского, Маяковского в Небе, Возвращение Маяковского의 시편이 있는데, 각각 '마야코프스키의 승천', '하늘의 마야코프스키', '마야코프스키의 귀환'을 뜻한다. 제목으로 보았을 때 '歸天返地'에 상당하는 것은 이 세 편 중 하나이거나, 이 세 편 모두가 아닐까 생각된다. 자문에 따르면, 가장 가능성이 큰 것은 '승천'이다.

6) 자기가 쌓은 공덕을 남에게 돌려 자타 공히 불과佛果를 성취하기를 기한다는 뜻이다. https://studybuddha.tistory.com/83?category=255612

7) 소련의 정치가이자 예술이론가였다. 볼셰비키에 가담하였으나 후에 마하주의로 흐른다. 대표저서로 『집단철학의 개요Outlines of a Collective Philosophy』가 있다.

닌 역사극으로서 고대 로마의 빈민 혁명을 다루었고, 다소 영웅주의적이었다. 어제는 대극장에서 화려하면서도 조화가 잘 되어 있고, 기복장단이 있는 구 가극을 보았다. 옛 예술은 비록 적잖이 쇠락했지만—러시아인들이 그렇게 이야기한다—, 아름답고 웅장한 건축 예술 전체는 완전하게 보존되어 있다.[8)]

위험과 고난, 궁핍, 기아와 추위, 전쟁과 질병에 시달리는 붉은 도시赤都에서 그 찬란했던 문화의 빛은 사라져가지만, 그러나 그 안에서 옛것과 새것이 나란히, 그리고 느리게 나아가고 있으니, 언젠가는 찬란하고 장엄한 미래를 맞이하게 될 것이다.

1921년 2월 16일

8) 루나차르스키Anatoly Vasilyevich Lunacharsky는 교육인민위원회에 있으면서 역사적인 건물과 예술작품이 파괴되는 것을 막았다고 한다. 이 부분은 아마 이러한 루나차르스키의 업적을 이야기한 것으로 보인다.

2. 무정부주의의 조국

크로포트킨Pyotr Alexeyevich Kropotkin[1]의 부인은 그저께 모스크바에 왔다. 그의 학생이자 외교인민위원회의 직원인 유리[2]가 다리를 놓아 그녀를 만날 수 있었다. 부인은 나이가 들어 행동이 불편했는데, 극동에서 온 신문기자가 크로포트킨의 조문을 하겠다고 하자 감동하여 기쁨을 감추지 못했다. 나는 또 그녀에게 밀가루 한 포대를 선물로 주었다. 그날 유리가 부인에게 드미트로프Dmitrov촌으로 언제 돌아가는지를 묻자 그녀는 내일이면 돌아간다고 했다. 그러나 그녀는 이번에는 몸이 그리 좋지 않아 역으로 걸어서 갈 수도 없는데, 짐도 많다고 하면서 유리에게 역까지 배웅해 달라고 했다. 부인은 웃으면서 대답을 이어갔다. "오늘 최고경제소비에트 회장이 꼭 자기 차를 보내겠다고 했는데, 저는 볼셰비키의 차는 필요 없다고 했지요.—그런데 운전수가 이건 볼셰비키의 차가 아니고 자신이 크로포트킨 선생을 존경해서, 원해서 왔다고 하는 거예요. 제가 너무

1) 무정부주의 운동가이자 철학자였다. 국내에는 『만물은 서로 돕는다Mutual Aid: A Factor of Evolution』, 『청년에게 고함An Appeal to the Young』, 『빵의 쟁취The Conquest of Bread』 등 많은 저작들이 번역 · 소개되어 있다.

2) 중국어 紀務立로 표기되어 있다. 자문에 따르면 Юрий(Yurii) 유리로 추측된다.

고생하셨다고, 너무 감사하다고 그렇게 인사를 하니 그제야 갔어요.” 크로포트킨 부인을 만나고 나오니 유리가 내게 말했다. ‘이분이야말로 진정한 러시아의 귀족이십니다. 귀족 부인이면서도 보신 것처럼 예의가 바르시지요.’[3] 그러나 크로포트킨의 본성은 결코 러시아의 비현실적인 지식계급과는 달랐고, 그의 주의도 결코 러시아식의 무정부주의가 아니었다. 그래서 크로포트킨 사후 묘비에, 선생이 과학을 맹신했다고 무정부당이 비난한 일이 쓰였던 것이다.

나는 우리가 모스크바에 도착해 일을 시작했을 때, 처음으로 만난 사건이 크로포트킨의 서거였던 것으로 기억한다. 2월 2일 우리가 외교위원회 아파트로 이사한 후, 신문에서는 매일 크로포트킨 선생의 체온이나 전용차로 의사를 선생의 거처로 보낸 일 등을 보도했다. 2월 9일에 크로포트킨 선생이 서거했다. 12일 우리는 조문을 갔고, 13일에는 장례에 참석했다. 우리는 리쭝우李宗武가 급히 준비한 촬영기를 가지고 함께 그곳으로 갔다. 멀리서부터 인산인해 엄청난 숫자의 사람들이 보였다. 그곳에는 갖가지 깃발들이 나부끼고 있었다. 연도의 누군가가 크로포트킨의 기사가 실린 신문을 배포하고 있었다. 신문에는 수많은 추도문들이 실려 있었다. 또한 크로포트킨 사후 무정부주의 단체는 전 유럽, 전 러시아, 전 세계로 전보를 타전해 이를 알렸고, 레닌은 복역 중이던 무정부주의당 인사들을 가석방해 장례에 참여하는 것을 허가했다. 당일 각종 무정부주의 단체 외에도 학생회, 노동자와 선원 등의 연합회, 여러 예술학회, 사회혁명당, 사회민주당 소수파들이 모두 자신의 깃발을 들고 참여했다. 맨 마지막으로는 러시아공산당, 코민테른[4], 적군赤軍이 러시아 사

3) 원문에는 따옴표가 없다.

4) 공산주의 인터내셔널Communist International의 약칭으로 제3인터내셔널이라고 한다. 소비에트러시아와 볼셰비키 주도로 수립되었다. 일국 차원에서 전위당을 중심으로

회주의연방 소비에트공화국의 적색 국기를 들고 섰다. 무정부주의자의 손에 들린 깃발에는 무정부주의의 구호가 쓰여 있었고, 나머지 단체의 깃발에는 "크로포트킨은 죽지 않는다"라 쓰여 있었다. 셀 수 없이 많은 인파 속에서 멀리서 크로포트킨의 영구가 나오는 것이 보였다. 나는 그가 아직도 온화한 미소를 짓고 있는 것만 같았다. 그때 쭝우는 카메라를 꺼내 사진을 찍었다. 갑자기 '만세' 소리가 하늘을 무너뜨릴 듯 울려 퍼졌다. 순간 훨씬 더 많은 사람이 한꺼번에 몰려들었고, 혼란 속에서 사방으로 군중 소리와 경찰의 호소가 어지럽게 들려왔다. "여러분, 질서를 지키세요. 앞으로 나오지 마세요……" "크로포트킨의 과학상 공적과 도덕적 청렴은 영원히 기억될 것입니다. 그는 비록…… 아니었지만……" "무정부주의 대가의 장례식에 웬 군대고, 웬 경찰이람! 이 인간들은…… 필요가 없는데" "아, 사람 때문에 죽을 지경이군!" "흥…… 무정부주의란 게 원래 이렇게 무질서하지……" 나는 가까스로 인파를 비집고 나와 옆에 섰다. 멀리 보이는 크로포트킨의 영구는 검은색 행렬에 묻혀서, 수많은 깃발과 함께 서서히 남쪽으로 옮겨 갔다.

크로포트킨의 친척인 린드Lind 여사는 예전에 내게 크로포트킨 임종 시의 일화를 들려주었었다. 크로포트킨은 병세가 악화되자, 체온이 너무 높아 악몽과 고열에 시달리느라 잠을 잘 수가 없었다. 평생 음악을 좋아했기에 매번 린드 여사에게 "어휴! 또 이집트나 중국 글자들이 어지럽게 얽혀 있는 걸 보았어. 그저 책만 생각나는 것 같아, 이렇게 알 수 없는 글자들을 보고 싶다니까. 답답한 것 좀 풀게 피아노를 좀 쳐줘. 이 꿈 저 꿈 막 꾸다가 쓰러지지 않게 말야……"라고 말했다는 것이다. 린드 여사가

한 강력한 중앙집권국가를 수립하는 것과 마찬가지로 세계 차원에서도 강력한 규율을 갖춘 코민테른의 지도하에 세계 소비에트공화국을 수립하려고 했다.

한 번은 시동 하나를 크로포트킨에게 보냈는데, 크로포트킨이 웃으면서 이렇게 말했다고 한다. "난 무정부주의자로 누구를 부려본 적이 없는데, 시동이라니, 허허허! ……"

러시아 무정부주의는 18세기 말부터 자유주의와 함께 나타나 1870년대 톨스토이의 무정부주의에 이르러 극성했다. 그러나 러시아적 특징과 동방문화적 특징을 갖고 있는 무정부주의는 사회사상이 깊지 않은 러시아 농민 사이에서 상대적으로 발전했다. 러시아 지식계급은 특히 공상적 무정부주의를 좋아했다. 반대로, 바쿠닌Mikhail Aleksandrrovich Bakunin[5)]과 크로포트킨의 과학적 무정부주의는 러시아인에게는 환영 받지 못했고, 상대적으로 오늘날과 같이 국제적으로는 환영 받게 되었다. 크로포트킨의 장례 다음 날 나는 헤이호Heiho라는 무정부주의자를 만났다. 그는 크로포트킨 사후 현재 러시아의 무정부주의는 3파로 나뉜다고 했다.[1]

2월 23일

5) 러시아의 무정부주의자로서, 그에 의해 비로소 무정부주의가 본격적인 정치세력으로 자리하게 됐다.

3. 전쟁과 노래

서리가 내려앉은, 옅은 돋을볕 비추는 새벽, 얼어붙은 무수한 구름들은 공화국만큼 나이 먹은 적기赤旗를 내려다보고 있었고, 그 깃발은 간간이 흩날리며 사방에 자리한 나무의, 서리를 머금은 가지에 아침빛을 흩뿌리고 있었다. 여기는 러시아 사회주의연방 소비에트공화국 교육인민위원회이다. 두꺼운 가죽옷을 입고 문 앞에 서 있던 경비가 우리를 들여보내 주었다. 계단을 따라 오르자 벽 곳곳에 걸린 선전 포스터가 보였다. 작은 거실을 지나 들어간 곳에는 '무정부주의 문화의 꽃'이라는 팻말과 함께 게르첸Aleksandr Ivanovich Herzen[1]의 동상이 있었다. 안내원 이바노바Ivanova 여사가 친절하게 안에 들어가 참관할 것을 청하면서 우리에게 많은 신문과 잡지를 가져다주었다. 우리가 루나차르스키 위원장을 만나고 싶다는 뜻을 비치자 비서 운고로프Ungorov는 루나차르스키는 내일 상트페테르부르크St. Peterburg로 떠나기 때문에 만날 시간이 없을 것이라고 말했다. 우리는 그에게 거듭해서 크렘린 궁에 전화해 문의해볼 것을 부탁했

1) 러시아 철학자이자 소설가로서 러시아 농촌공동체를 토대로 하여 자본주의를 거치지 않고 사회주의로 이를 것을 주장했다. 소설 『누구의 죄인가Who is to Blame?』가 국내에 번역 · 출판됐다.

다. 그런데 누가 알았으랴, 전화를 하니 들려온 대답이 "그러시죠"였다는 것을.

그날 나는 위쑹화俞頌華, 리쭝우와 함께 입궁 허가서를 발급받아 크렘린으로 갔다. 이중으로 세워진 위병소를 지나쳐 궁내로 들어섰다. 우뚝 솟은 성벽과 옛 정취가 어린 장엄한 건축물이 사람을 압도했다. 궁 안쪽은 널찍했고, 그 안에 수많은 기관들이 들어서 있었다. 인민위원 대부분이 그 안에 거주하고 있었다. 우리가 길을 물으니 누군가 손으로 가리켰다. "저 녹색 건물에 루나차르스키가 삽니다." 안으로 들어갔다. 난간에는 먼지가 켜켜이 쌓여 있었고, 전등은 드문드문 깨져 있었다. 텅 빈 대청에는 널찍널찍 화려한 실크커버 의자들이 놓여 있었다. 누군가 들어오더니 "기다리세요"라고 했다. 한참을 기다렸는데, 아무도 없는 듯 조용하기만 했다. 그 방은 응접실도 아닌 것 같았다. 궁금해하고 있는데 동쪽 문에서 얼굴이 보였다. 사진에서 본 적이 있던 루나차르스키였다. 그는 들어오라 손짓했다. 사무실에 들어서니 탁자 몇 개가 놓여 있었고, 루나차르스키 외에 다른 사람은 보이지 않았다. 루나차르스키가 앉으라 청하자 우리는 곧바로 질문을 던졌다. 주제는 최근 교육 시설과 동방 문화에 대한 관심이었다. 그는 화술의 달인이었다. 말하는 것이 매우 우아하면서도 간단명료하고 시원시원해서, 말한 시간이라야 고작 10여 분 남짓이었지만 빠진 것 없이 우리의 질문에 답변해주었다. 낯빛이 잿빛인 것이 그렇게 건강해 보이지는 않았고, 옷차림도 매우 소박했다. 그의 말은 대략 이와 같았다. "혁명 후 우리는 그날로 학교 교육의 혁신을 진작시켜, 무산계급문화의 기초를 길러내고자 했습니다. 그러나 처음이라 어려움이 많았지요. 교원이나 교수들은 공산당원이 아니어서—그들은 대부분 입헌민주당이었고, 심지어는 입헌민주당보다 오른쪽에 가 있는 사람들도 있었습니다—태업으로 정부에 맞섰습니다. 여러 방법을 쓰고 나서야 간신히 지금처럼 태업을 물리칠 수 있었지요. 전쟁이 끝난 후 물질적으로는 극심한 궁핍에 시달리고 있습니다. 하지만 최근 몇 년 새 학술상의 발견도 적지 않습니다. X선, 리튬, 암치료법 등이지요. 이 때문에 구미 각국은 러시아 혁명 후 이룩된 학술문화상의 발전에 큰 흥미를 느끼고 소비에트공화국을 연구하고 싶어 합니다. 네덜란드과학원에서도 학생들을 보내온 적이 있습니다. 우리도 학생들을 구미로 유학 보내고요. 국내에서는 인쇄 시설이 부족해서 독일에 러시아어 서적 인쇄소를 만들었습니다. 우리는 문화에서 할 수 있는 것은 이미 다했습니다. 하지만 자만하지는 않아요. 정말 전쟁과 혁명의 파괴력은 어마어마합니다. 신문화를 창조한다는 것이 쉬운 일도 아니고요. 계속 노력해야지요. 우리 공산당은 동방 문화에 큰 흥미를 느끼고 있습니다. 정말 재밌는 문제입니다. 첫째는 러시아는 유럽과 아시아에 걸쳐 있는 나라로 본래부터 동방문화와 접촉이 있었기 때문이고, 둘째로는 혁명 전 러시아 국내의 각 민족도 억압을 받아서 '동방'에 매우 동정적이기 때문입니다. 게다가 소비에트러시아는 다른 구미 각국처럼 오만하게 동방을 멸시하지 않습니다. 우리는 동방 민족을 매우 평등하게 대하고, 그 문화에 특히 큰 관심을 가지고 있습니다. 지금 우리는 두 민족의 상호 이해와 상호 문화 수용에 많은 관심을 기울이고 있고, 이미 동방학원도 설립해 두었습니다. 동방문화의 '유구하고古', '아름다우며美', '위대하고偉大', '숭고한崇高' 시문과 철학에 대한 흥미가 높지요. 하지만 그 종교성은 과거의 것이라고 생각하고 있으며, 자연적으로 소멸되어야 한다고 생각하고 있습니다." 말을 마치자 한 여성이 작은 쟁반에 검은빵을 가지고 들어왔고 다른 직원 같아 보이는 사람들 몇몇이 다른 쪽 탁자에 앉아서 기다렸다. 우리는 일어나 작별인사를 건넸고 루나차르스키는 사의를 표했다. "아쉽게도 위원회가 있어 더 이야기할 시간이 없네요……"

2주 후 교육인민위원회는 차량을 보내 왔고 우리는 유치원과 노동학교 몇 곳을 참관하러 갈 수 있었다. 이들 기관은 규모는 작았지만 정신만큼은 반듯했다. 다만 물질적으로 너무 어려웠을 뿐이다. 오늘 방문한 곳은 모스크바에서 2, 30리 정도 떨어진 산림학교林間學校였다. 그곳은 유전병이 있는 어린이들을 위해 세운 학교로 공기가 좋고 기숙사도 청결했으며 모든 설비가 갖춰져 있었다. 소학생들은 매우 발랄했다. 중국 신문기자가 온다고 하니 모두 춤추고 노래 부르며 환영해주었다. 이야기를 하고 있는데 학생 중 하나가 생각지도 않던 '中國瞿秋白' 다섯 자를 써주었다.

3월 2일

4. 가을빛

- 린드 여사께 드리는 시화詩畵

나무들이 옷을 벗자, 서풍이 바투 불어와,
떨어지는 낙엽을 끌어안으며 파도마냥 기이한 울림을 전합니다.
달은 홀로이 고요히,
만물의 울음 속에서, 저만이 오라를 발합니다.

　　얇은 구름이,
　　어디 가릴 수가 있겠는가요.
　　그 꼭꼭 숨었던 활력은,
　　잠시만이면, 만장 광영으로 의구히 솟겠지요.

스며든, 젖어든,
저 우주의 내밀에,
가을빛 소슬하게, 가을 구름 암암하게, 그렇게 되고야 말지만,
저는 그저 웃을 뿐입니다, 그 헛된 소란에 웃을 뿐입니다.

3월 12일

5. 코뮌公社[1)]

모스크바 생활이 시작되자 우리는 학문과 연구에 대한 흥미로 달아올랐지만, 물질적으로는 곤궁했기 때문에 잔병치레가 잦았다. 와병으로 무료해 하자 같이 살던 일본인 아라시로新白가 답답함을 풀어주려 아는 여성 몇 명을 불렀다. 겨울로 접어들고 4, 5개월이 지났다. 매일 처량한 얼굴을 하고 있는 하늘과 눈으로 덮인 세계로 답답함에 죽을 지경이었었다. 그런데 이제 곧 봄이 다가오려 하고 있었다. 이 4, 5개월의 '러시아 생활'에 점차 생기가 돌기 시작했던 것이다. 모스크바 생활은 혁명전쟁 후 잔뜩 얼어붙어 있었다. 상점은 모두 문을 닫았고…… 병중이라 일이 없어 러시아 친구들과 이야기를 나누다 보니 모스크바의 생활과 볼셰비키 혁명 후 러시아 전체에 시행되었던 초창기 정책도 대충은 알게 되었다.

유럽에서의 최초의 무산계급혁명은 1871년 파리코뮌La Commune de Paris[2)]

1) 취추바이瞿秋白는 'commune'을 '公社'로 중역中譯해 적었다. 중국어에 '人民公社'와 같은 예가 있어 '공사'로 번역할 수도 있지만, 한국어로 '공사'로 번역하면, 공기업과 혼동할 소지가 있어 '코뮌'으로 번역한다.

2) 1871년 3월 18일부터 동년 5월 28일까지 파리에 구축되었던 코뮌을 말한다. 프랑스-프로이센 전쟁이 프랑스의 패배로 끝난 이후 프로이센과의 조약을 위해 소집된 국민의회를 왕당파가 차지하게 된다. 왕정복고를 두려워한 프랑스 민중들은 임시

이라고 할 수 있는데, 마르크스는 직접 이를 겪었다. 코뮌은 대체적으로 도시 노동자들의 소비조합으로서, 그 안에서 모든 일용품이 분배되었다. 러시아 10월혁명 후 모든 도시는 하나의 공산주의 코뮌이 되었다. 또 다른 친구는 러시아에서는 지금 모든 물품이 중앙 집중화되어 있고, 소비자들도 단체를 단위로 하기 때문에, 개인 명의로는 일용품을 분배 받기가 쉽지 않다고 말했다. 중앙 집중화는 전국적으로 매우 엄격히 시행되고 있었다. 예를 들어 모스크바 코뮌—노동자 시정 연합회市政工會와 같은 것—은 매월 모스크바의 주민을 위해 식량을 수송해 오고 소비자들은 노동표에 근거해 이를 수령한다. 노동표는 작업의 우열에 따라 몇 개 등급으로 나뉘고, 각 등급에 따라 수령액이 정해지는데, 이것은 10일 이전에 『소비공보消費公報』를 통해 고시된다. 그 나머지 모든 일용품은 각각에 상당하는 조직이 있다. 친구는 또 이러한 집중제는 전쟁 시기에는 효과적이어서 누구든 하루라도 물품을 낭비하거나 게으름을 피울 수 없다고 했다. 그렇기 때문에 이 제도는 비록 많은 폐단이 있는 것이 사실이지만, 레닌이 말한 '전시공산주의', 즉 군사적인 공산주의제도[3]로서, '내전' 동안 일정 정도는 필요하다는 것이었다. 한편, 농촌에서 빈농은 토지를 많이 분배받아서, 생활이 사적 소유자에 상당하다고도 했다.

국민정부 수반 티에르가 주로 노동자로 구성된 국민방위군을 무장해제시키려 하자 이에 저항해 봉기를 일으키고 코뮌을 구축한다. 리옹, 생테티엔, 마르세유, 툴루즈 등지의 코뮌이 진압된 후 파리코뮌만이 끝까지 저항한다.

3) 러시아 혁명 후 혁명 세력과 반혁명 세력 간의 내전이 심화됨에 따라, 1918년부터 1921년까지 시행된 전쟁 시기의 특수한 경제 정책을 일컫는다. 농산물의 강제 징발과 도시 노동자에 대한 배급, 기업 국유화, 노동 의무제, 산업의 중앙 집중화, 사적 거래 금지 등을 골자로 한다. 1921년 내전이 종식되면서 농업에서 현물세 도입, 사기업과 시장 거래의 허용 등 신경제정책으로 전환되었다. 취추바이는 바로 신경제정책이 실시되던 시기에 모스크바에 머물렀다.

아라시로는 비행기 조종사로서 젊고 호탕했다. 여러 차례 귀국을 시도했으나 실패하고 지금은 모스크바 조종사 학교와 참모부 학교 동방부에서 근무하고 있다. 배급받는 식량이 나쁘지는 않지만 그는 모스크바의 생활이 힘들다고 말했다. 참모부 학교에서 일하는 영국인 여성—영어 및 불어 교원—은 집에 도둑까지 당해, 아무것도 남은 것이 없어 몹시 불쌍한 처지였다. 그의 남편은 전선에 있는데 교통이 불편해 전쟁이 끝났음에도 돌아오지 못하고 있었다.

3월 11일

6. 혁명의 반동

오늘 신문에 크론슈타트 반란Kronstadt Rebellion[1]이 평정되었다는 보도가 났다.

당초 3월 초에 상트페테르부르크에서 사회혁명당[2]의 선동 기관에 관한 수사와 체포 상황을 발표하려고 했다. 2월 28일 크론슈타트Kronstadt—상트페테르부르크의 항구로서 예전부터 군사 요새였다—의 전함에서 수병 폭동이 일어났으며 3월 2일 옛 보병 장군인 코즐로프스키Kozlovsky가 대중을 이끌고 공공연하게 '공산주의소비에트'에 반대한다는 성명을 발표했고, 반란군은 크론슈타트 소비에트 의장 쿠즈민Nikolai Nikolayevich

1) 1921년 3월, 볼셰비키의 전시공산주의 정책에 맞서 크론슈타트Kronstadt 요새에 주둔하던 수병들이 일으킨 반란이다. 본래 이들은 볼셰비키를 도와 10월혁명을 성공시켰지만, 전시공산주의 시기의 부족한 식량 공급, 노동통제, 정치적 자유 제한에 반발하여 봉기를 일으켰고, 사회혁명당, 멘셰비키, 무정부주의자 등이 결합하였다. 트로츠키에 의해 진압되었지만, 전시공산주의 정책의 모순을 보여줌으로써, 이후 신경제정책으로 전환하게 되는 계기가 되었다.

2) 1901년 러시아 인민주의자(나도르니키Narodniki)들이 조직한 정당으로, 1917년 2월 혁명 당시 다수파를 점하기도 했다. 10월 혁명 후 농업 정책 등에서 볼셰비키와 대립했다.

Kuzmin[3]과 수명의 직원들을 모두 체포했다. 이로 인해 상트페테르부르크의 상황은 불안정해졌다. 3월 5일 노동국방소비에트 의장 레닌과 혁명군사소비에트 의장 트로츠키는 연명으로 코즐로프스키의 공적 권리를 박탈하고 상트페테르부르크에 계엄을 선포해, 지역의 전권을 일시적으로 상트페테르부르크 국방위원회로 넘겼다. 외부에서 유언비어가 난무했고, 핀란드가 암암리에 반당을 지원한다는 말도 돌았다. 바다가 얼어 크론슈타트를 통해서 도보로 빙하 지대를 지나 핀란드 해안에 갈 수 있었기 때문이었다. 3월 6일 트로츠키는 항복을 요구하는 성명을 발표했는데, 그 문장이 매우 감동적이었다. 9일 적군赤軍이 전투마다 승리했다는 소식이 들려왔다. 뜻밖에도 오늘—3월 19일—전란이 이미 완전히 평정됐다는 보도가 있었다. 사망자도 적지 않다고 한다. 우리가 막 모스크바에 도착했을 때 알게 된 공산당원 한 명이 이번에 지원군으로 나섰는데 그 역시 전사했다.

아마 실망한 소상인과 소자산계급 농민들이 1920년 이래 노농정부에 불만을 품던 차에, 사회혁명당과 같이 소위 '농민의 이익을 대표한다'는 정당들이 도처에서 선전선동을 했던 것으로 보인다. 실제로 '식량균배법'은 농민의 소출 전량을 징발하는 것인데, 시베리아 및 그 나머지 지역의 농민들이 저항한 진짜 이유가 이것이었다. 우리가 모스크바에 도착했을 때는 이미 심각한 상황이었다. 마침 러시아공산당 제10차 대회가 개최되어 전략 수정이 논의되고 있었는데, 크론슈타트 반란은 이에 맞춰 일어난 것이었다.

3) 소비에트러시아의 군인 및 정치지도자로 1920년 발트함대의 정치지도원이 되어 이듬해 벌어진 크론슈타트 반란Kronstadt Rebellion의 진압에 참여했다.

나는 2월 말 중국인노동자조합의 누군가가 내게 모스크바에서는 암암리에 계엄 상태가 지속되고 있다는 말을 해주었던 것을 기억하고 있다. 공산당 내에 정책 수정을 반대하는 그룹이 있고 용속한 대중들은 비밀리에 음모를 꾸미고 있어서 시국이 불안정하다고 했었다. 그 음모에 담겨 있는 요구는 첫째 자유무역, 둘째 국회 개원, 셋째 공산당 해산이라는 것이다. 이번 크론슈타트 반란의 구호 역시 '공산당 없는 소비에트'인데, 이는 사실 자산계급의 사상으로부터 영향을 받은 것이라고밖에 생각하지 않을 수 없었다.

3월 19일

7. 사회생활

교육위원회의 직원 류보비Lyubov[1] 여사가 서적과 잡지 몇 부를 가져왔는데, 그 안에 루나차르스키의 저작도 있었다. 그때 마침 우리에게는 흰빵 약간이 있었다. 우리는 차와 함께 흰빵을 대접했는데, 그녀는 빵 하나를 먹고 나서 또 하나를 집어 들고는 계면쩍어하면서 말했다. "저희는 2, 3년 동안 이런 빵은 먹어보지 못했어요. 하나만 가져가서 어머니께 드리고 싶어요. 분명 좋아하실 거예요, ……" 우리는 흔쾌히 그러라고 했고, 거기에 빵 두 개를 더 얹어 주었다. 그녀는 진심으로 고마워했다. 그러고 나서 류보비 여사는 가정생활에 관해 이야기를 했다. 위쑹화는 "공산주의 가정은 어떤가요?"라고 물었다. 그녀는 웃으면서 "콜론타이Aleksandra Mikhailovna Kollontay[2] 여사의 저서에서 가정생활의 사회화가 언급되어 있지

1) 劉白文納로 표기되어 있다. 자문에 따르면, 러시아 인명 중 'Liubaiwenna(류바이원나)'에 그나마 가까운 이름으로는 류바바Lyubava, 류보비Lyubov라는 이름이 있다. 누구를 지칭하는지 확실하지 않다. 일단 여기서는 류보비로 표기하도록 한다.

2) 소비에트러시아의 노동운동가, 여성운동가, 소설가, 외교관이다. 볼셰비키 혁명에 참여했고, 소비에트 정부와 인민위원회에서 주요 직책을 맡았다. 남성에 대한 여성의 경제적 독립, 자유연애, 가사노동과 양육의 사회적 책임 등을 주장했다. 여성주의적 주장으로 볼셰비키와 갈등하면서 주로 외교관으로 활동하였다(사실상 추방당한 것

요—그런데 우리는 이런 면은 아직 생각해보지 않았네요." 그녀는 떠날 때 거듭 감사의 말을 전했다. 아울러 리쭝우가 중국극의 창을 할 줄 안다는 말을 듣고는 날을 잡아서 무산문화Proletcult[3] 음악회에 함께 가자고 청했다.

무산계급문화부—줄여서 무산문화—는 교육인민위원회에서 설치한 기관으로 그림, 음악, 시문, 연극 등 모든 방면의 작가들이 가입되어 있으며, 창작물이라면 무엇이든 토론하고 연구한다. 음악 감상회나 시가 낭송의 밤 같은 행사를 자주 개최하고 때로는 노동자들을 위해 연극을 상연하기도 한다. 우리가 방문했을 때, 회원들은 열렬히 환영해주었다. 리쭝우가 부른 왕파王調[4] 『말 앞에 물을 뿌리다馬前潑水』[5]는 유성기 음반에 수록되었으며, 광둥어廣東話로도 제작된 곡이었다. 그들은 또 우리에게 신식 이탈리아 피아노를 보여주었다. 피아노 뒤에 악보를 집어넣으면 자동으로 연주가 되었는데, 그 소리가 무척 아름다웠다. 연주되는 곡은 일본인 여성의 사부곡思夫曲[6]이라고 했다. 음악회 회장은 일본의 곡조를 이해할 수 있는지 우리에게 물었고, 자세하게 그 곡의 내용을 소개해주

이라고도 한다).

3) Proletkult. Proletarskaya Kultura의 줄임말로 보그다노프Alexander Aleksandrovich Bogdanov 등의 주도로 1917년 조직되었다. 무산계급을 주체로 그들이 일체의 자산계급 문화의 유물에서 해방될 수 있는 진정한 무산계급 문화를 창조하는 것을 목표로 했다. 새로운 문화를 강요하는 이들의 급진적 경향이 현실 정치에서 도움이 될 수 없다 판단한 레닌이 지원을 중단하면서 1923년 해체되었다.

4) 왕파汪派 혹은 왕샤오눙파汪笑儂派라고 한다. 왕샤오눙汪笑儂은 근대 경극京劇 극작가이자 배우로서 희극 개량을 이끌었던 인물이다. 시정時政을 비판하거나 유가사상을 선양하는 내용의 작품을 남겼다.

5) 왕샤오눙이 편한 작품으로 한대漢代 주매신朱買臣과 그 처의 이혼離魂이야기(혼이 유체이탈하는 이야기)이다.

6) 푸치니Giacomo Puccini의 『나비부인Madam Butterfly』을 말한다.

었다. 이태리 귀족이 일본을 여행할 때 일본 여인과 결혼하고는, 미국에 가서 그녀를 잊고 말았다는 내용인데, 곡의 대부분은 일본 여인의 원망과 슬픔을 노래하고 있다. 회장은 또, 혁명의 와중에 구 문화의 음악 인재들은 시들어버렸고, 새로운 이들은 아직 어리지만, 이처럼 물질적으로 곤궁한 상황에서도 몇 배는 더 강건하게 공작을 이끌고 가야 한다고 말했다……

러시아 친구 유리는 톨스토이의 손녀 소피아Sophia[7]를 소개해주었다. 톨스토이파는 각지에서 '진정한 자유의 결합'을 두고, 매주 토요일이면 강연을 했다. 잡지도 하나 내었는데, 지금은 정부에 의해 판금되었다. 왜냐하면 그들은 징병제에 극력 반대했기 때문이었다. 소피아는 현재 모스크바의 옛 톨스토이 저택—톨스토이는 그곳에서 사망했다—을 전시관으로 개조했다고, 날을 잡아 전시관과 집으로 와서 이야기하자고 했다.

톨스토이 전시관은 우리 아파트에서 멀지 않았다. 전시관은 청결하게 정돈되어 있었다. 소피아는 갖가지 그림과 사진을 설명해주었다. 톨스토이가 직접 그린 작은 그림에는 조랑말 한 마리와 성인 한 명이 있었다. 소피아는 말은 어린 시절, 할아버지가 그녀에게 주었던 장난감이라고 말했다. 톨스토이의 집으로 가니 소피아의 어머니가 반갑게 맞으며 우리에게 책 몇 권을 선물했다. 그중에는 『노자老子』 러시아어 번역본이 있었다.

소피아의 어머니는 각종 사회 공공기관의 경우 정치적 위험성만 보이

7) 톨스토이 13자녀 중 여섯째이자 넷째아들인 안드레이 톨스토이Andrei Lvovich Tolstoy의 딸로 추정된다.

지 않는다면, 반드시 공산주의적일 필요는 없다고 말했다. 톨스토이 전시관 같은 경우도 무슨 제약을 받지는 않고 있으며, 때로는 손쉽게 약간의 보조를 받을 수도 있다고 했다.

4월 3일

8. 「번민……」[1)]

레몬토프Lermontoff[2)]

번민과 우수는,
누구와 손을 잡았는가?
마음을 잡을 수 없는
이 시대에.

바라고 바라봤자,
아무 일도 없는데,
또 무슨 일로
헛된 생각만을 하고 있는가?
좋은 시절은 쉬이 가고
세월은 덧없기만 한데.

사랑하라! 누구를?
마음의 허비일 뿐,
잠시라면,
가치없고,

영원이라면,
불가능하다.

자신을 무엇이라 생각하는가?
과거는 흔적조차 남지 않거늘.

---

1) 취추바이가 중국어로 번역한 것을 번역했다. 제목과 행수가 다르고 시구도 취추바이의 중국어 번역과 다소 차이가 있지만 시 원문은 아래의 작품으로 보인다. скучно는 '지루하다', грустно는 '슬프다'의 뜻이다. 제목은 '지루하면서 슬픈', '지루하면서 슬프다' 정도로 보면 될 듯하다.

И СКУЧНО И ГРУСТНО

И скучно и грустно, и некому руку подать
В минуту душевной невзгоды...
Желанья!.., что пользы напрасно и вечно желать?..
А годы проходят -- все лучшие годы!

Любить... но кого же?., на время -- не стоит труда,
А вечно любить невозможно.
В себя ли заглянешь? -- там прошлого нет и следа:
И радость, и муки, и все там ничтожно...

Что страсти? -- ведь рано иль поздно их сладкий недуг
Исчезнет при слове рассудка;
И жизнь, как посмотришь с холодным вниманьем вокруг, --
Такая пустая и глупая шутка...

Январь 1840

2) Mikhail Yuryevich Lermontov. 1814-1841. 러시아 시인이자 소설가로 낭만주의의 대표자로 알려져 있다. 귀족 집안 출신이지만 학생운동에 가담하고 전제주의를 비판하는 등 반항적인 일생을 살았다.

고통일까, 즐거움일까?
모든 것은 거품보다 헛되거늘.

애정은 또 어떤가?
알고는 있다, 이 달콤한 정을
어쩔 수 없다는 것을,
이성이 번쩍이면,
이내
비마냥, 구름마냥 사라진다는 것을.

삶은 또 어떤가?
그대가 잠시……
차가운 눈으로 엿본다면,
그제 알 것이다.
인생은 공허하다는 것을
인생은 진정 어리석다는 것을.

4월 5일 번역하다.

9. 하얀 달
—소피아 톨스토이 여사[1)]에게 바침

창해로 떨어진 하얀 달은
반짝반짝 수만 쪽배가 되어 萬里를 일렁여 갑니다.
삶의 이치 또한 이 같아
호호탕탕 거친 파도가 되어 가없이 질주해 갑니다.

4월 10일

1) '여사'라는 칭호를 붙였지만 다른 인물은 아니고, 앞에 나온 톨스토이 손녀 소피아이다. 이하 취추바이의 표기에 따라 여사를 병기하거나 병기하지 않는다.

10. 러시아식 사회주의

독일 경제조사위원 겸 외교대표인 슈탤러Paul Stähler 박사가 찾아온 적이 있었다. 그는 독일은 혁명 후 상처가 아직 아물지도 않았는데, 지금 협약국들이 독일에게 거액의 배상금을 강요하고 있는 것은 사실 좀 억울한 면이 있다고 말했다. 독일과 러시아는 경제를 회복하는 과정에서 반드시 상호 협력해야 한다고도 했다. 그의 이번 방문은 정식 외교 관계 수립을 준비하는 성격의 방문이었다. 최근 독일 공산당은 독일 정부에 러시아와 통상할 것과 독일 측 공사를 파견할 것을 요구했다. 우리는 그에게 러시아에 온 감상을 물었다. 그는 자본가는 전복시킬 수 있지만, 자본은 파괴할 수 없다고 말했다. 무산계급이 승리한 후에는 그 자본은 무산계급 국가의 국고가 되어야 한다는 것이다. 러시아 혁명에는 어쩌면 이러한 오류가 있을 수 있다고 했다. 정치관계에 있어서도 또 다른 문제가 있었다. 러시아 지식계급은 이전부터 평민과 완전히 다른 존재였다. 지식계급과 평민 사이에는 거리가 있었고, 서로가 서로를 이해하지 못했다. 때문에 혁명의 과정에서 이것은 계속해서 근본적인 문제가 되고 있었다. 그러나 독일 사회의 상황은 달라서 공산주의혁명이 갑자기 일어난다 하더라도 그 과정은 분명 러시아와는 다를 것이라고 말했다.

런던 『데일리 헤럴드Daily Herald』[1)]의 특파원 앨스버그Alsberg는 우리에게 이곳에 온 지 수개월이 지나서야, 소비에트정부가 지금 러시아의 유일한 정부이며 전쟁과 내란으로 인해 공산주의의 건설이 아직은 제대로 성과를 내지 못하고 있다는 것을 확실하게 알게 되었다고 말했다. 그는 또 우리에게 미국 자본가 반더렙Vanderlep과 『러시아에서의 6주Six Weeks in Russia』의 작가 아서 랜섬Arthur Ransome[2)]을 소개해주었다. 반더렙은 캄차카Kamchatka 반도 조차 협약 건으로 왔는데, 일이 서두를수록 꼬여만 가고 있다고 했다. 신임 대통령 하딩Warren G. Harding[3)]이 러시아에 대한 정책을 아직 정하지 못해 일이 정체되고 있다는 것이다. 캄차카반도 조차협약이 성사된다면 미국은 다양한 원료 및 주요 산업제품과 기계 등을 공급받을 수 있고 러시아는 목재, 피혁, 광산 등 천연 자원을 개발할 수 있다.

오늘 우리는 통상인민위원회 부위원장 레자바A. M. Lezhava을 만났는데, 그는 우리에게 소비에트정부의 복잡한 국제 관계에 대해 설명해주었다.

러시아의 국외 통상은 정부가 독점한다. 현재 국제 관계는 호전되어 영국과도 정식 조약을 체결했고 독일과는 수일 내에 체결할 것이며 나머지 변경 소국 및 이탈리아, 체코슬로바키아 등과도 이미 통상 관계를 체결했다. 러시아 대표는 대개 국외에서 무산계급 조직, 각종 생산조합과

1) 1912년에서 1964년까지 영국 런던에서 발간된 일간 신문이다.

2) 1884-1967. 영국 작가로 신문과 잡지에 평론을 발표하였다. 신문기자에서 은퇴한 후 아동문학 작가로 전향하여 1930년부터 『제비호와 아마존호Swallows and Amazons』 시리즈를 발표했다. 『러시아에서의 6주』는 1919년작이다.

3) 1921. 3. 4.-1923. 8. 2. 재임. 미국 역사상 최악의 대통령이라는 평이 있다. 다만, 동아시아 지역과 관련하여, 워싱턴 해군 군축조약을 마무리하여 일본의 해군력을 억제했고, 영일동맹을 해체시켰으며, 9개국 조약 등을 통해 베르사이유 조약Treaty of Versailles 이후 강화되던 일본의 대 중국 영향력을 저지시키는 등의 업적이 있다.

노동조합 등과 먼저 교섭한 후 자본가들과 교섭한다. 외국 상인들은 러시아에서는 일시적으로 통상인민위원회와 협상하고 러시아 정부는 그들의 이익을 보장해준다. 지금 러시아는 각종 조차지 문제를 협력해 처리하려 하고 외국 자본을 빌려 러시아의 공업—사회주의의 기초를 발전시키려고 한다. 전쟁과 혁명으로 공업의 파괴가 심화되었다. 내전이 계속 이어지면서 정부는 전쟁에 집중할 수밖에 없었고 모든 원료와 공업 생산품은 전쟁에 동원되었다. 기계들을 융통할 수도 없고[4], 엔지니어들은 부족하며 기술 수준도 매우 저급하다. 전쟁 시기 러시아 엔지니어 다수가 사망했다. 그래서 외국의 엔지니어를 초빙해 오지 않고 외국의 기계를 구매해 오지 않는다면 공업의 발전은 불가능하다. 기계뿐 아니라 공업 부속품, 예를 들어 공장에서 소용되는 전구 등도 외국에서 구매해 와야 한다. 상황이 이렇기 때문에 부득이하게 외국 자본가와 협상할 수밖에 없다.

레자바는 또 "공업이 없다면 사회주의는 없습니다. 게다가 고립된 상태에서는 신촌식新村式 공산주의는 실행 불가능합니다…… 우리 러시아 혁명사에서 1870~80년대는 인민주의자들(나로드니키Narodniki)[5]이 득세하

4) 상무인서관본에는 '移用'으로 표기되어 있고, 인민문학출판사본에는 '夠用'으로 표기되어 있다. 여기서는 상무인서관본을 채택했다.

5) 중국에서는 민수파民粹派라고 한다. 무정부주의와 허무주의의 영향을 받은 19세기 말 러시아의 혁명 사상이다. 차르Tsar에 대한 증오와 농민에 대한 애정을 바탕으로 농민(인민) 속으로 들어가 그들을 계몽하고, 그들의 힘으로 제정러시아를 타도하고 공화국을 세우려고 했다. 한국에서는 '인민 속으로'라는 구호로 유명하다. 심훈의 『상록수』와 같은 한국 현대 문학 초기의 소설 작품들에서도 이들의 흔적을 볼 수 있다. 중국에서 5·4운동 전후 대학생들을 중심으로 전개된 '일하면서 공부하는半工半讀' 공동체 건설 등의 문화실천활동도 이로부터 영향 받았다고 할 수 있다. 『신아국유기新俄國遊記』 7절의 지난濟南역에서 '인민 속으로'라 적힌 깃발을 든 학생재난조사단을 만난 일화를 볼 수 있다.

여 공업 없는 농촌의 코뮌 사회주의를 주장하던 시기였습니다. 마르크스주의자와 인민주의자의 논쟁의 초점이 여기에 있습니다. 당신들은 우리가 마르크스주의자로서 이러한 러시아식 사회주의를 실행할 수 없다는 것을 분명히 알아야 합니다. …… 당연히 일시적으로라도, 아직은 무너지지 않고 있는 외국 자본가와 함께 서로가 서로를 이용하는 식으로 공업을 발전시켜 무산계급 사회주의의 토대를 길러야 합니다. …… 두고 보세요, 자본가가 승리할 것인지, 우리가 승리할 것인지."

4월 11일

11. 종교적인 러시아

처량한 먹장구름은 이미 흩어져 사라졌고, 웅크려 있던 죽음의 눈은 이미 녹아 사라졌다. 붉은 모스크바에는 밝은 봄기운이 스며들고 있다. 푸르른 하늘, 비단결 같은 흰 구름, 봄기운이 자신이 도래했음을 뽐내자, 매서운 북풍은 종적을 감추고 말았다. 구세주 그리스도 대성당[1]의 웅장하고 화려한 건축물, 휘황찬란한 금빛 지붕은 구름을 뚫고 우뚝 서서 언제나 그랬듯이 신비로운 기운을 뿜어내고 있다. 성당 옆 너른 벌을 둘러싼 키 작은 관목과 너른 벌을 채운 울긋불긋하고 야들야들한 초봄의 화초는 봄놀이 나온 신사와 숙녀들의 옷자락을 부드럽게 쓰다듬고 있다.

러시아인 친구 궈즈성郭質生[2]이 와서 오늘은 러시아력으로 부활절이라 가가호호 '마른 버드나무 가지'를 꽂고, 성당으로 가서 예배를 본다

1) 모스크바에 있는 러시아 정교회 성당이다. 높이 103미터로 건립 당시 모스크바에서 가장 높은 건축물이었다. 크렘린궁 남서쪽, 모스크바강 북쪽 제방에 자리하고 있다. 스탈린에 의해 파괴되었다가 소련 해체 뒤 복원되었다.

2) 본명은 콜로콜로프V. S. Kolokolov로 러시아인이다. 중국 신장新疆에서 태어나 귀국 후 외교인민위원회에서 일했다. 이후 소련의 중국학자로서 『홍루몽紅樓夢』 등 소설을 번역했고 『러중사전俄漢辭典』을 편찬했다. 『餓鄉紀程』, 『瞿秋白文集 · 文學編』第1卷, (北京: 人民文學出版社, 1998), 15장 주7.

고 말했다. 그래서 우리에게 함께 가자고 초대를 했다. 그리스 정교의 미사는 중국인이 가지고 있는 기독교에 대한 관념으로 보면 낯설었다.

모스크바의 최대 성당인 구세주 그리스도 대성당은 건축이 웅장하고 화려하며, 조각과 그림은 모두 예술적 가치가 높다. 우리가 들어갔을 때, 그곳은 이미 많은 사람들로 가득 차 있었는데, 사람마다 모두 손에 '마른 버드나무 가지'를 쥐고 있었다. 10여 장丈은 됨 직한 아치 지붕에는 숭고하고 화려한 예수상이 그려져 있었고 사방의 벽은 금빛으로 휘황찬란했다. 가운데에는 십자가 모양의 통로가 있었고 통로의 한쪽 끝, 정중앙에는 대리석 감실이 있었다. 감실 앞에는 십자 통로가 있었고, 그 앞 양쪽 구석에는 각각 단상이 있었는데, 하나는 설교대이고 하나는 성가대석이었다. 십자 통로의 다른 끝에는 성당의 출입문이 있었다. 이곳과 설교대, 성가대석 사이에는 좌석 두 개가 마주 보고 있었다. 왼쪽은 황제석이고 오른쪽은 신부석이었다. 대성당의 신부는 전全 러시아 수석 신부로서 혁명 전에는 국고에서 급여를 받으면서 전국의 성당 사무를 주관하는 '국가 중의 국가'였다. 10월혁명 후 교회 제도는 유지되고 있었지만, 정부와의 관계는 완전히 단절되었고 신도만을 제공받았다. 우리가 성당에 들어가서 얼마 지나지 않아 사람들이 점점 밀려들어 왔고, 곧 수석 신부가 도착했다. 노인 하나가 은색 장포를 입고 있었는데 중국의 도사 복장과 다를 바 없었다. 양 옆에는 시동이 있었는데, 그 둘의 옷은 비슷했다. 시동 하나가 향로를 들고 은빛 사슬을 내려뜨린 채, 앞에서 좌우로 몸을 흔들며 걸으면서 수석 신부를 제단으로 인도해 갔다. 성가대가 자리에서 일어나 성가를 부르기 시작했다. 대미사가 이렇게 시작되었다. 잠시 후 신부는 예배당 중앙의 교인들을 향해 세 번 십자를 그었다. 시동 하나가 슬라브어 성경을 펴 들어 앞에 놓고 크고 낭랑한 목소리로 낭독했다. 이런 식의 갖가지 의식들이 대략 2시간 동안 이어졌다.

숙소로 돌아오자 궈즈성은 우리에게 감상이 어떤지 물었다. 나는 유럽 같지가 않았다고 말했다. 그는 웃으면서 러시아에는 동방문화의 특징이 뿌리 깊다고 말했다. 대다수 농민은 미신에 빠져 있었는데, 혁명 후에야 비로소 조금 나아졌다고 했다. 정말로 그랬다. 그리스 정교 의식은 뜻밖에도 중국 도교의 그것과 비슷했다. 농민은 러시아 구문화에 빠져 있는 관계로 수구적이었고 우매했다. 궈즈성은 10월혁명 초기, 각 지역의 농촌에서 농민들이 봉기하여 분권만세를 외쳤다는 것과 각 지역을 통행하기 위해서는 지방 정부의 허가증이 필요했는데, 이런 상태가 3개월을 이어졌다는 것을 말해주었다. 그 뒤에는 내전이 격화되어 농민 중 청장년들은 모두 징병되고, 정부가 급양대를 파견하여 식량을 징발하자 농민들은 점차, 소비에트정부가 토지를 분배하여 지주를 축출한 정책은 잊고 원망과 분노를 품게 되었다고 했다. 현재는 신경제정책 실행 초기로서 여전히 종종 농민의 저항에 관한 소식이 들려온다—그들은 아직도 충분히 믿지를 못하는 것이다. 그러나 혁명 전 러시아 인민의 7, 80%는 문맹이었는데, 지금은 글자를 아는 사람들이 비약적으로 증가하여 50%로 떨어졌다. 가장 큰 이유는 두 가지인데, 그 하나는 2월혁명 후 정국이 크게 급변함에 따라 사람이 드문 벽지라도 점차 정치 관련 소식에 대한 관심이 높아져 각지의 당 선전부가 사방으로 신문을 보급했기 때문이고, 다른 하나는 낙오병이 전선에서 고향으로 돌아가게 되면서 그 지역과 지역민의 생각을 크게 바꾸어 놓았기 때문이다. 이로 인해 지금 농민들은 종교에 대해 조금은 냉정하게 거리를 두게 되었고 사상 개조도 큰 성공을 거두었다고 할 수 있다.

4월 23일

12. 노동자의 부활

밤이 깊었다. 러시아 시인이 노래한 '5월 날씨'이지만, 저녁 한기는 여전히 행인의 옷깃으로 파고든다. 모스크바의 조밀한 거리는 한순간에 적막에 휩싸였다. 은은한 성당의 종소리만이 사방에서 울려 퍼지며 밤의 적막을 깨고 있다. 골목 어귀에는 삼삼오오 사람들의 그림자가 조금씩 보이기 시작하더니 시간이 갈수록 많아졌다. 성당의 종소리는 시간이 갈수록 잦아지고 밤이 깊어질수록 커져갔다. 찬가 소리는 길고 낮게 늘어져 맴돌다 하늘로 올라갔다. 새벽 한두 시가 되었다. 성당 계단은 검은 차림의 사람들로 가득 찼다. 신도들이 들고 있는 촛불이 별들처럼 빛났다. 그림이 그려진 높직한 문 아래에는 신부들이 줄을 서서 성당으로 들어가는 의식을 거행하고 있었다. 늙어 노쇠하고 옷차림이 남루한 거지는 지친 기색으로 두 손을 모아 기독교인의 자비를 구했다. 부활절 야간 미사가 시작되었다. 우리는 구세주 그리스도 대성당으로 비집고 들어갔다. 안은 인산인해로 족히 2, 3만은 모인 것 같았다. 의식들도 제대로 볼 수 없었다. 우리는 간신히 사람들을 뚫고 나올 수 있었다. 아파트로 돌아온 시간이 새벽 네 시였다. 우린 지칠 대로 지쳐 있었다. 모스크바 천오백여 개의 성당의 종소리—점점 커지면서 낮게 깔려 퍼져갔다—가 하늘로 날아올랐다. '이교도'의 꿈도 조금은 방해를 받았다.

부활절은 러시아력에서 최대의 명절로서 집집마다 모두 서로서로 축하를 나눈다. 금년은 마침 국제노동절과 같은 5월 1일이었다. 러시아 풍속에는 부활절 일주일간 각 가정에서 연회석을 준비하여 갖가지 음식을 올린다. 아이들은 '부활절 달걀'을 받는데, 달걀은 갖가지 색을 입히기도 하며, 옥이나 나무로 조각해 만들기도 한다. 친구와 친척 간에 서로 초대를 주고받으며, 만나면 입을 맞추고 서로 축하를 나눈다. 아직 결혼하지 않은 아가씨라도 이 며칠은 남자 친구와 입을 맞출 수 있다. 혁명 후 전쟁으로 인해 정부가 중앙집중제와 노동표 제도를 실시하면서 2, 3년간 명절을 떠들썩하니 보낼 수도 없었고, 음식도 얻기 쉽지 않았다. 올해는 신경제정책을 실시한 첫 해로 상업이 허용되어 민간에서는 명절 분위기가 살아났다.

5월 1일 이른 아침 햇살도 바람도 따스했지만, 행인들은 많지 않았다. 어제 밤 예배를 마치고 귀가가 너무 늦은 까닭도 있었고, 시장도 명절로 인해 닫혔기 때문이기도 했다. 모스크바 시내—붉은 광장 부근에만 연단을 설치하여 무산계급문화청에서 농민무와 같은 다양한 신예술로 노동절을 경축하고 있었다. 도시의 모든 전차가 붉은 천을 드리우고 운행하면서, 5·1절 노동운동의 부활을 선전하고 있었다. 우리는 광장 하나를 지나가고 있었는데, 교육인민위원회에서 운영하는 유치원의 아동들이 명절빔을 입고 만세를 외치고 있었다. 광장의 한 끝에는 칼리닌Mikhail Ivanovich Kalinin[1]이 연설을 하고 있었다.

1) 1875-1946. 소비에트러시아의 혁명가이자 정치가이다. 농부의 아들로 태어나 공장 노동자로서 1898년 러시아 사회민주노동당에 입당했다. 혁명 후 1919년 전 러시아 소비에트 회의 중앙집행위원회 위원장이 되었고, 1939년부터 1946년 최고소비에트 간부회 의장을 역임했다.

우리는 겸 명절의 흥을 핑계 삼아, 아는 여성들의 집에 들렀다. 그러나 뺨에 키스는 하지 못했다. 우리도 결국은 수줍음 많은 동양인이었던 것이다.

"아, 즐거운 명절이에요! 오늘 우리 여기서 명절 음식 먹을 건데."

"음식 준비로 바쁘시군요. 제가 도와드리죠. 고기는 시장에서 산 것이네요. 신선한가요?"

"어제 샀어요. 이제 노동표는 쓸모없어져서, 신선한 것을 구하기 쉽지요! 아이고, 안부 인사를 잊었네요. 중국에도 부활절이 있나요?"

나는 간단하게 중국인의 종교 관념, 풍속, 기독교와의 관계 등을 설명했다. 그들은 매우 재미있어하며 내 설명을 들었다.

지난 두세 달을 돌아보면, 러시아인의 집에 방문할 때면, 군색한 생활 때문에 늘 검은빵만을 먹어야 했다. 중국차는 손님을 접대하는 데 좋았다. 지금은 비록 재화는 풍족해졌지만, 돈이 없으면 말짱 소용없었다. 시장 물가는 투기상들 때문에 불안정했다. 그러나 대개는 노동 대중에게도 이익이 되었다. 공장의 임금이 크게 올라 노동표가 휴지조각이 돼도 시장에서 물건을 구입할 수 있었다. 대공업이 없거나 대공업이 파괴된 나라에서는 본래 중앙집중적 분배제가 적합하지 않았다. 공산共産 방식 중 하나의 방식으로서 중앙집중제는 일시적인 기술적 난관으로 인해 '전시 공산주의'시기에만 잠시 활용할 수 있는 방식이었다.

러시아의 브로커들이 볼셰비키의 양보를 얻음으로써, 이제 막 잠에서 깬 극동의 사회과학연구자[2]는 마르크스가 말한 사회관계 속 '경제현상'의 현실적 힘을 확인할 수 있었다. 모스크바 시민이 노동절에는 담담

2) 취추바이 자신을 말한다.

하면서도 부활절에는 열광하는 것에서 우리는 경제적 후진국의 보수성과 소자산계급 심리를 볼 수 있었다.

5월 1일

13. '노동자'

"마르크스 · 엥겔스는 '생산자', '노동자'를 포괄적으로 말하고 계급의 차이를 구분하지 않는 사람을 만나게 되면 매번 반드시 그와 논쟁을 벌였습니다. 포괄적인 '노동자' 혹은 '작업자'는 없으며, 스스로 생산수단을 소유한 '브로커' 아니면 고용 '노동자'만이 있을 뿐입니다. 전자의 심리상태와 생활 습관은 완전히 자본주의적이며, 다른 심리를 가질 수 없습니다."

레닌 「러시아공산당 제10차 대회 연설」

싱그러운 바람과 반짝이는 햇빛이 감싸 안은 봄의 아침이었다. 모스크바의 날씨는 이미 화창해졌고, 낮은 덥기까지 했다. 봄을 즐기는 아가씨들은 교외 숲을 찾아 울적한 마음을 달래고는 했다. 무제온 공원Muzeon Art Park[1] 주변, 모스크바 강변의 수풀 아래에서 멱을 감으면 기분이 그렇게 상쾌할 수 없다. 푸르른 관목림, 한갓진 호수, 여성들은 삼삼오오 손

1) 원문의 '莫愁園'은 Muzeon Art Park의 음역어로 생각된다. 공원 옆으로 모스크바강이 흐른다.

을 잡고 모여 앉아 정담을 나누고 있다. 우리는 러시아 친구 유리[2], 소피아 톨스토이 여사, 예카테리나Yekaterina Yarmovich(전 러시아대법원장의 딸)[3] 여사와 함께 교외로 나갔다. 시원한 바람이 불어오니 온 세상을 가슴에 담은 듯했다. 그런데 유리가 기분이 나빠져서 우리에게 말했다. "예카테리나를 보세요. 이전에 귀족이더니 아직도 저 거만한 태도를 버리지 못했잖아요. 절 그렇게 상대하고 싶어 하지 않는 것 같다고요……" 나는 "그런 것 같지는 않아요. 그저 그녀가 당신이 기대하는 만큼 친하게 굴지 않으니, 당신 마음이 그런 것 같은데요. 상대하려 하지 않는다는 건 좀 그러네요. 방금 길가 농가의 여자에게 말 거는 거 못 보셨어요? ……"

우리는 이른 시간에 무제온에서 돌아왔다. 도중에 바람이 불어 먼지가 일었는데, 하필이면 길가에 있던 청소부가 물도 뿌리지 않고 마구잡이로 땅을 쓰는 통에 먼지가 더 많이 일고 말았다. 유리는 그에게 왜 물을 뿌리지 않느냐고 물었다.

"레닌에게나 가서 물어보슈! '그들'이 물도 주지 않고 이렇게 쓸라고 하니 방법이 있겠소."

아파트에 도착하니 피곤이 밀려왔다. 밥을 다 먹고도 식당에 퍼질러 있었다. 식당의 웨이트리스가 사모바르[4] 옆에서 차를 내어 주었다. 커튼이 흩날리는 것을 보면서 한담을 나누었다.

웨이트리스는 형제들이 시골에서 농사를 짓고 있다고 말했다. '금년

---

2) 紀務立.

3) 중국어로 '嘉德琳 · 亞爾奏莫維次'로 표기되어 있다. 嘉德琳은 본래 Katrine이나 Katarina이지만, 이들 이름은 러시아 이름으로는 Yekaterina이다. 亞爾奏莫維次는 Yarmovich의 오역이자 오기가 아닐까 생각된다.

4) Samovar(Самовар). '스스로 끓는 용기'라는 뜻으로 일종의 자동 온수 주전자라 할 수 있다. 과거에는 숯, 솔방울, 석탄 등을 연료로 썼으며, 현재는 전기나 가스로 가열한다. 러시아 소설에 간혹 등장한다.

봄 수확은 그런대로 괜찮을 것 같은데, 비가 오지 않는다면 희망이 없을 것 같아요. 식량은 매년 정부에서 다 거둬가서 농촌 생활은 도시 사람들이 말하는 것만큼 그렇게 좋지는 않아요.'[5] 나는 그녀에게 올해 과세법이 실행되면, 식량 전량을 징발하지는 않을 것이고 이듬해 농사 지을 씨를 많이 남길 수 있을 것이라고 했다. 그러나 그녀는 형제들이 정부의 공보에 나오는 정책을 믿지 않고 헛힘을 쓰는 것이라고 생각해 농사를 많이 지으려 하지 않는다고 했다.

아파트 현관 계단을 따라 두세 사람이 서 있었다. 석양빛이 그 신성한 노동자들의 얼굴을 비추고 있었다. 상쾌한 저녁 바람이 불어와 일전의 모스크바 강가에서 멱을 감던 일이 떠올랐다. 문 앞에서 한가로이 왔다 갔다 하고 있는데, 즐겁게 이야기를 나누는 노동자들의 목소리가 들렸다.

"여! 형제! 자네 '노동 의무'도 '노동세'로 바뀐다는 걸 아는가? 그치들이 제멋대로 하기 전에 우리가 해버리자고!"

"당신들 새로 결정된 월급이 얼마지? 우린 열 배는 오른다고 하던데?"

"당연하지, 하루 빵 한 근인데, 점심 한 끼가 아직도 나빠? 뭔 돈이 필요하다고!"

"당황하지 말라고! 우리 국영 공장은 여전히 양식 배급을 한다고. 돈도 더 주고, 또 우리가 만든 것도 가져갈 수 있고……"

5월 20일

---

5) 따옴표는 역자가 넣었다.

14. 「사자死者의 집」의 환향인

시베리아의 빙설 아래에는 수많은 러시아 열혈 청년들이 '지하'망명객이 되어 묻혀 있다. 도스토예프스키 이래 혁명의 싹이 만개하기까지 5, 60년 동안 얼마나 많은 선배지사들이 있었는지 모른다. 한 러시아 공산당원은 그저께 진짜 진짜 옛날 혁명가, 소위 '시베리아의 친척'을 만났다고 말했다.

그 혁명가의 이름은 발레오스키Valeosky였다. 그는 일찍부터 혁명에 뛰어들었는데, 매우 뛰어난 재능을 갖고 있었다. 비록 인민주의자에 가까웠지만, 내내 무당파로서, 정치운동 중에서는 종종 사회혁명당과 사회민치당[1] 사이에 서고는 했다. 경제와 재정 방면에서 실무를 처리하는 데 있어 상당히 능했고 주도면밀했다. 제정러시아 시절 여러 차례 수배되었고 국외로 망명하기도 했다. 유럽 전쟁[2]이 전개되고 있던 1912년부터 러시

1) 러시아 사회민주노동당을 말한다. 마르크스주의를 이념으로 하는 혁명당으로서 인민주의자(나로드니키)가 주도한 사회혁명당과 더불어 러시아 노동운동을 이끌었다. 레닌의 볼셰비키와 멘셰비키로 분열되었고, 혁명 후 멘셰비키 탈당하자 1918년 러시아 공산당 볼셰비키로 당명을 개정하였다.

2) 제1차 세계대전을 말한다.

아 내의 반동 조류는 이미 쇠퇴하고 있었고, 또 러시아도 전쟁에 뛰어들 참이라 사회문제가 급박한 상황에서 러시아 정부는 유신파들에게 고개를 숙여 혁명당의 인재들을 등용하지 않을 수 없었다. 발레오스키는 귀국하여 군사공무위원회 회장을 맡았다. 케렌스키Aleksandr Fyodorovich Kerensky[3)] 정부 시기에는 공상부 장관을 맡았지만, 10월혁명 후에는 계급투쟁이 격화되면서 수감되는 신세가 되었다. 그는 태업과 저항 혐의로 혁명 법정으로부터 1년 6개월 형을 선고받았다. 그는 유럽 상업 도시의 상황을 상세히 알고 있었고 러시아 공업, 특히 '채취공업'[4)]에 상당한 조예가 있어 전국의 산업 경제 상황을 손바닥 보듯이 알고 있었다. 그래서 그는 투옥 중에도 최고인민경제소비에트로부터 수차례 자문 요청을 받았다. 교도소에서도 그의 수감실 가까이 집무실이 있었다. 거기에는 지도나 장부들이 가득했다. 당초 공산당은 토지국유법을 공포하려고 했는데, 소농들이 서둘러 농지를 매도하느라 농정이 일시에 혼란에 빠지고 말았다. 소비에트대회가 열렸을 때, 대회에서는 특별 대표를 파견하여 발레오스키에게 자문을 구했다. 그가 "농지는 코뮌 관습법에 따라 일률적으로 매매를 금한다"라 초안을 잡고 나서야 공산당은 이에 따라 토지국유법을 공포할 수 있었다. 이것이 러시아 농업 경제의 객관적인 특징이라, 그들에게 다른 선택의 여지가 없었다. 두 차례에 걸쳐 러시아 노농정부에서는 그에게 석방을 제안했는데, 조건이 있었다. 교통인민위원장을 맡아달라는 것이었다. 그는 "조건을 단 석방은 받아들일 수 없다"라며 이를 거절

3) 제정 러시아 시기 정치가로서 1917년 7월부터 10월까지 임시정부의 수반을 지냈다. 온건좌파 정치인으로 임시정부와 소비에트로부터 신임을 얻기도 했으나, 정치 파벌의 조정과 화해에 실패하면서 좌우로부터 신임을 잃고 결국 10월혁명 후 해외로 망명하게 된다.

4) 산림자원이나 광물자원의 등의 생산과 관련된 공업을 말한다.

했다. 다시 1년 반의 수감을 마치고 나서야 출소할 수 있었다. 그는 상트페테르부르크대학교St. Peterburg University의 교수로 재직하고 있는데, 현재 신경제정책이 시행되자 모스크바로 와서 합작사 관련 일을 처리하고 있다. 본래 러시아공산당은 러시아 엔지니어—지식계급의 재능과 지혜—를 활용할 때 단체를 통하고 있다. 발레오스키는 엔지니어연합의 수령 격이었다. 전국 어디에서든 엔지니어를 활용하고자 한다면 이 연합회와 교섭해야 했다. 인재의 배치, 보수의 다과 모두 그들이 결정했다. 이것으로 이미 그는 국가에 크게 공헌한 셈이었다.

작은 응접실에는 탁자 위에 놓인 스탠드 불빛만이 어둠과 시름하고 있었고, 커튼 옆의 꽃 그림자는 벽에서 춤을 추고 있었다. 몇몇 러시아 여성들과 동방의 젊은이들이 한담을 나누고 있었다. 여기는 모스크바 톨스토이가의 거실이었다. 소피아가 내게 말했다.

"오늘 매우 중요한 볼셰비키 인사가 여기로 온답니다. 전全 러시아중앙집행위원회 비서장이지요."

새벽 한두 시가 되자 거리는 인적이 끊겼고, 밤까지 거리를 배회하던 러시아 신사숙녀들은 대부분 집으로 돌아갔다. 문소리가 나더니 거대한 그림자가 들어왔다. 그는 외투 안에 소박한 러시아식 복장을 입고 있었고, 생각이 깊은 듯하고 온화하고 차분한 듯 보이는 얼굴을 하고 있었다. 순수한 러시아식이라고 할까. 인사를 나누자, 그는 신기하다는 듯이 "중국의 신문기자가 여길 다 오셨네요"라고 했다. 말투가 우아하고 예의가 배어 있었다. 톨스토이 모녀는 그에게 이것저것을 물었고 그도 친절하고 세심하게 안부 인사를 건넸다. 일상생활에서 부족한 것은 없는지요? 교육위원회의 톨스토이 도서 및 원고 정리위원회—소피아의 모친이 회원이다—에서 나오는 양식과 월급은 생활하는 데 충분한가요? 그는 또 혁명 전의 기억을 매우 재미있게 이야기해주었다. 사람이 확실히 신중하고 노련했다.

"우리가 시베리아로 유배되었을 때는 정말 재미있었지요. 지금 생각하니 감개무량합니다. 딱 이만한 차 한 대에서 감시원하고 죄수가 동거를 했어요. 누가 죄수인지 누가 감시원인지 구별할 수가 없었죠. 서로 가혹하게 굴 수 없다는 걸 알고 있었습니다. 이게 바로 소위 '러시아의 마음'이죠. 영국과 독일 형리들에게 시험해보세요. '공사公事 처리'가 잔인할 걸요. 1914년 반전 분위기가 고조되자 시베리아로 유배 오는 동지들이 더 많아졌습니다. 트로츠키도 그중 하나였지요. 우리 중에는 두 번 세 번 오는 이도 있었습니다. 그때 우리 동지들은 한데 모여 집회를 열고 강연을 하고는 했습니다. ……"

15. Angel[1)]

레몬토프

날아드는 천사가
낮게 읊조리며 하늘을 감아 돌면,
신성한 노래에
구름은 모여들고 별과 달은 놀랍니다.

맑은 영혼이 홍복을 찬송하니
하늘은 닫히고 또 열립니다,
위대하시어라, 하나님이시여.
성심으로 찬송 드리옵니다.

한 아름, 천진한 마음을 품으면,
슬픔과 눈물로 가득한 혼돈의 우주에서,
노래만은 맑고 또 순수하게,
뜻만은 말없이도 머얼리, 퍼져갑니다.

이 곡은 인간세에 남아

심지를 곧게 할 것입니다.
하늘의 소리가 현묘한데,
속세가 감히 댈 수나 있는가요?

6월 8일

---

1) 취추바이가 중국어로 번역한 것을 번역했다. 시 원문은 다음과 같다.

Анге

По небу полуночи ангел летел,
И тихую песню он пел,
И месяц, и звезды, и тучи толпой
Внимали той песне святой.

Он пел о блаженстве безгрешных духов
Под кущами райских садов,
О Боге великом он пел, и хвала
Его непритворна была.

Он душу младую в объятиях нес
Для мира печали и слез;
И звук его песни в душе молодой
Остался – без слов, но живой.

И долго на свете томилась она,
Желанием чудным полна,
И звуков небес заменить не могли
Ей скучные песни земли.

1839

16. 귀족의 보금자리

2, 3개월 전, 『노동공보』를 통해 처음으로 상업 활동 허용에 관한 명령이 공포됐다. 소상인들과 브로커들은 기쁨을 감추지 못했다. 소상인들뿐이겠는가? 신체적으로 노동자에 상대가 되지 않는 '지식인'들, 기혼 부인, 아가씨들은 노동자연합회의 보호를 받지 못했고, 그 때문에 식량 배급량은 너무 적었다. 그러나 그들도 소비 욕망만큼은 높았는데, 이번에 기회가 생긴 것이다.

사거리와 사거리 사이나 광장 양 편에는 노점들이 늘어섰다. …… 인산인해였으니, 농가의 아낙네, 노인, 노동자,…… 학생, 각양각색의 인종 등이 조수가 밀려오듯 한곳으로 모여들었다. 한 곳에서는 흰빵, 소시지, 우유, 사탕이나 과자 같은 간식 등을 팔면, 또 한 곳에서는 저고리, 바지, 포목 등을 팔았다. 철 지난 서적이나 신문을 파는 이들도 있었고, 깡통 냄비, 주발, 찻잔 등을 파는 이도 있었다…… 물건이 넘쳐났다. 도저히 모를 일이었다. 우리는 엄동설한 한겨울에 처음 이곳에 발을 디뎠다. 노동표제가 시행되던 그때는 이렇게 많은 '상품'들을 전부 눈 덮인 땅에 묻어두기라도 했단 말인가? 경제시장의 유통이란 게 원래 이런 법이다. 하지만 거리 초입은 이에 대면 원시적으로 보일 정도라 그 꼬락서니가 참으로 처량했다. 학생복 차림의 몇 명이 바지나 낡은 구두 따위를 가지고 장사를 하고 있었던 것이다.

저 멀리에서는 햇빛 아래 번쩍번쩍 빛을 내는 보석과 목걸이, 골동품 놋그릇, 유화 등이 뽐을 내듯이 진열되어 있었다. 화려한 복식에 담백한 화장을 한 귀부인들이 금시계와 보석함 등속을 들고 길옆에 서서 장사를 했다. 귀족풍의 소년이 땅에 앉아 귀한 붉은 양탄자를 펼쳐놓고 손님을 기다렸다……

또 두 달이 흘렀다. 아르바트거리Arbat Street[1]에서 많은 아이들이 담배와 성냥을 팔고 있었다. 자동차와 마차가 바쁘게 지나다녔고, 창문가에 놓여 있는 붉은 장미와 수국들이 마치 기쁨에 겨워 춤을 추듯이 아름다움을 발산하고 있었다. 거리 곳곳에는 새로 옻칠을 한 간판들이 보였다. 아! 이 엄청난 흥성거림, 더 이상 '겨울'이 아니었다. 전시 공산주의 하에서 거리는 망망하게 눈만 한 가득이었고, 오가는 이들도 서류 가방을 들고 다니는 '직원'들 뿐이었는데.

큰 유리창 하나에 은색으로 '카페'가 쓰여 있었다. 창문 안쪽으로 탁자와 의자들이 보였다. 카페 카운터에는 소박한 차림의 부인이 앉아 있었고, 홀 중간에는 젊은 날의 아름다움을 간직하고 있는 중년 부인이 서 있었다. 그녀의 미간에는 은은하게 귀족의 자태가 남아 있었다. 그녀는 손님들 사이를 오가며 접대를 하고 있었다.

"커피 드시겠습니까, 중국차 드시겠습니까?"

"케이크 두 조각하고 사탕 많이!"

---

1) 亞爾培德街. 중국어 발음으로는 'Ya'erpeide', 즉 '야얼페이더'인데, 자문에 따라, 아르바트Арбáт거리로 추정해 기재했다.

남자 하나가 거친 목소리로 대답을 하고는, 다리를 꼬고 앉아, 일행과 웃으면서 이야기를 이어갔다.

"곧 가져다 드리겠습니다. 여기 커피 한 잔, 중국 차 두 잔, 케이크 두 조각이요……"

카페 문이 열리고 '미인'이 하나 들어왔다. 붉은 볼과 짙은 눈썹, 선홍색 립스틱을 바른 앵두 같은 입술, 실크 드레스에 굽이 높은 부츠, 그녀는 나긋나긋 걸어와 자리에 앉았다. 은근한 눈빛이 무언가 할 말이 있는 것 같았다. 담배를 집어 들고 불을 붙이며 말했다.

"카페라테 한 잔이랑, 여기 디저트는 뭐가 괜찮죠?"

귀족 티가 나는, 여전히 아름다운 부인은 부드러운 목소리로 대답했다. 커피와 디저트가 모두 나왔다. 갑자기 아가씨 하나가 또 들어왔다. 옷차림이 화려하지는 않았지만, 얼굴빛과 몸가짐이 고상했다. 주위를 둘러보다가 그 '신기생' 스타일의 여인이 앉아 있는 것을 보고는 더 둘러보지 않고 서둘러 가게 주인을 찾았다. 인사를 하고는 뭐라고 독일어로 한참을 이야기를 나눴다. 주인은 몇만 소비에트 루블을 꺼내 그 아가씨에게 건네주고는 자리를 떴다. 그 신기생이 음식을 다 먹은 후였다.

"함박스테이크 있나요? 한 접시 얼마죠?"

"없습니다. 죄송합니다. 하지만 예약하실 수 있습니다. 저녁에 됩니다. 얼마나 원하시나요? 한 접시에 2만 루블입니다."

"두 접시요. 기름 넉넉히 둘러주시고요."

말을 마치고 그녀는 일어나서 비틀거리며 걸어갔다. 입구에서 나른한 목소리로 "안녕히 계세요"라 인사했다. 주인은 서둘러 답을 하고는 중년 여성에게 고개를 돌려 프랑스어로 말했다. 그 '위원'의 정부情婦가 돈이 많은지는 또 몰랐네……

투르게네프Ivan Sergeyevich Turgenev[2]의 『귀족의 보금자리』[3]는 지주의 화려한 저택이었지만, 50년이 지난 지금, 소비에트러시아 신경제정책 초기의 귀족의 보금자리는 이 작은 카페였다. 원래 혁명 후 귀족은 파산했지만, 신경제정책이 시작되자 이전에 몰수당하지 않고 남긴 옷이나 장신구 골동품 등을 시장에 내다 팔기 시작했고, 두 달이 지나자 점점 모여들어 상점을 열기까지 한 것이다. 사실 신경제정책이 시행되면서 자본주의는 상당한 범위 내에서 발전할 수 있었다. 그러나 자본의 집중이 이루어지면서, 소자본으로 운영되는 이러한 장사치들은 불과 4, 5개월 만에 무너지고[4] 말았다. 처음에 거리에서 흰빵을 팔던 사람들은 작은 규모의 영세상인으로서 각자 집에서 만들어 소량으로 팔았다. 그러나 지금은 똑같은 형식에 똑같은 가격의 흰빵 한두 종이 팔리고 있다. 들어보니 원래 옛 유대인 장사치들이 살아나서 대규모로 사업을 하고 있다고 한다. 따져보면, 하루에 수천수만 소비에트 루블의 이익을 올리는 셈이다. 자본의 발전은—경제학의 원칙에 따르면— "역참의 전령보다 빠르다."[5]

러시아 귀족의 지식계급은 줄곧 자산계급의 문화를 가장 혐오해왔다—게르첸은 서구 문명은 단지 '브로커 제도'일 뿐이라고 말했다. 이들 지식계급은 지금은 가련한 자산계급의 낙오자가 되었다. 그렇지만…… 그렇지만…… 그 '참회하는 귀족'—'인민 속으로 달려간 청년'—이 한 세기 동안 사회사상에 있어 노동인민에게는 적지 않은 복이 되었다. 공산

2) 1811-1883. 제정 러시아의 소설가이다. 친서구적 작가로서 러시아의 전원과 자연을 섬세하게 묘사하면서 서구의 자유주의사상과 휴머니즘을 조화시켰다. 『첫사랑』, 『아버지와 아들』 등이 다양한 번역본으로 국내에 소개되어 있다.

3) 국내에는 이철 번역으로 신원문화사에서 출간되었다.

4) 상무인서관본에는 '傾到'로 되어 있고, 인민문학출판사본에는 '傾倒'로 되어 있다. 문맥 상 후자가 타당하다고 보여 후자를 기준으로 번역했다.

5) 速於置郵而傳名. 『맹자 · 공손추孟子 · 公孫丑』 '置郵'는 역참을 말한다.

당의 지도자가 된 많은 인재들 가운데 과거 귀족이었던 이들도 제법 된다. 한 달 전에 나는 영국공산당원 한 명—그는 러시아 문학에 조예가 깊었다—을 알게 되었다. 그는, 자산계급은 러시아 문화 가운데 어느 것 하나도 창조한 것이 없다고 했다. 역대 문학가와 사회 사상가들은 거개는 귀족이었다는 것이다. ……

내 러시아 역사 교수인 유리[6]는 대슬라브 민족은 동방적 특징이 강하면서도 개성이 발달해, 국민성에서 특색과 장점이 많으면서도 결점 또한 적지 않다고 했다. 실제 예술, 과학, 문학 등 일체의 문화는 서양에서 수입하지 않은 것이 없지 않은가? 서구화되지 않은 대러시아인은 불결하고 우둔하며, 근성이 열악하다. 귀족 청년 중에는 뜻이 있는 이도 있지만, 이건 또 다른 문제이다. 그들의 서구화는 순수하지는 않지만, 역사적으로 보았을 때 내내 서양문화로 넘어가는 과도적인 위치에 있었다. 소러시아인—우크라이나인—들은 이미 서구에 가까워져 동방의 색채는 많이 옅어져 있었고, 평민 가운데서도 문명화文化性[7]된 이를 볼 수 있다.

모스크바에 처음 도착했을 때 알게 된 영국인—공산당원—은 외교위원회 직원 윌리엄William이었다. 윌리엄 부인은 소러시아에서 나고 자랐다. 그녀는 소러시아 귀족의 지주제는 봉건의 유습으로서 비교적 일찍 무너졌다고 했다. 이 농민집안 출신의 여성은 청결하고 논리적이었다. 그래서 일상생활 가운데서 문화[8]의 가치를 볼 수 있었다. 종종 대러시아와

---

6) 紀務立.

7) 여기서 문화성을 갖추었다는 것은 개화되었다는 의미로 보아야 한다. 취추바이가 이야기하는 문화는 부분적으로 문명으로 해석될 수 있다.

8) 이 문화도 문명의 의미가 포함되어 있다. 서구 제국주의 국가들은 피식민 국가와 피식민 민족을 문명과 야만으로 구분하여 대했다. 특히 위생은 문명사회와 문명국가를 증명하는 기준이었다. 사회주의혁명을 통해 소비에트러시아에서도 청결과 위생이라는 문명적 기준이 생겼음을 보임으로써 사회주의의 우월성을 보여주려는 의도가 있

우크라이나 변경에서 소러시아 농가의 여자들이 대러시아인과 결혼하는 일이 있다. 신부가 일단 시집 문에 들어서 이삼 일이 지나면 곧 대러시아 농촌의 가정은 정돈이 된다. 그녀들이 집안 청결에 두 팔을 걷어붙이고 나서기 때문이다. 그녀들은 근본적으로 반 동방식의 불결한 생활을 참지 못하는 것이다.

6월 13일

다. 그런데 '문화'를 이야기하는 데는 또 다른 의도가 있다. '문화'는 민족이나 종족과 연관된다. '문명'이 아닌 '문화'로 언급함으로써 이것을 특정 민족의 고유한 본성으로 제시할 수 있게 된다. 즉, '문명'과 '문화'를 모호하게 혼용함으로써 사회주의혁명과 슬라브 민족 모두에 긍정성을 부여할 수 있다.

17. 모스크바의 붉은 물결

10월혁명이 폭발하자 모스크바는 세계혁명의 중심이 되었다. 요 며칠은 마침 붉은 물결이 최고조에 달하는 때였다. 1919년 이래 전 세계의 혁명적 사회당은 이미 수차례 이곳에서 집회를 열었다. 1921년 6월 오늘, 이 도시에서 다시 네 개의 대회가 열리고 있다. 코민테른 제3차 대회, 코민테른 여성부 제2차 대회, 청년 코민테른 제2차 대회, 프로핀테른[1] 제1차 창립대회가 그것이다.

17일 각 대회에 각국 대표들이 거의 다 모여들었다. 붉은 광장에서는 대표단을 환영하는 열병식이 벌어졌다. 드넓은 광장에서 수천의 적군赤軍 보병 · 기병 · 포병, 노동자 군사조직, 공산당 군사훈련부, 남성노동자, 여성노동자, 아동과 소년들이 퍼레이드를 벌였다. 트로츠키의 우렁찬 목소리는 붉은 광장 맞은편으로 솟아오른 구름까지 흔들어대는 것 같았고, 그 메아리는 우주의 소리를 전해주는 것 같았다. 각국 대표들의 축사가 이어졌다. …… '만세'소리……

1) Profintern. 적색노동조합 인터내셔널. 1921년 코민테른의 제창으로 결성되어 1937년에 해체된 국제 노동조합 조직이다.

어제는 코민테른 제3차 대회의 개회식이 열렸다. 대극장의 오천여 좌석은 만석이었다. 연단에 올라 사방을 둘러보니 정말 인산인해였다. 모여든 이들은 기쁨으로 들떠 있었다. 혁명의 열정은 이미 그들을 집어삼켜 버렸다. 지노비예프Grigory Zinoviev[2]가 개회사를 했다. "나는 코민테른 집행위원회의 명의로 '전 세계로부터 질시를 받고 있는' 코민테른 제3차 대회의 개회를 선포합니다……" 객석의 박수가 우레처럼 터져 나왔고, 이어서 〈인터내셔널International〉이 연주되었다……

각 대표들의 연설과 축사가 끝나고, 러시아 전국에서뿐 아니라 전 세계적으로도 명성이 자자한 오페라 가수 샬리아핀Feodor Chaliapin[3]이 노래로 좌중의 흥을 돋웠다…… 노랫소리가 마치 구름 위에서 노니는 것 같았다.

샬리아핀은 노래를 마치고 웃음 띤 얼굴로 이야기했다. "저는 비록 국제주의자가 아닌 국가주의자이지만, 오늘은 푸시킨Aleksandr Sergeevich Pushikin[4]이 작사하고 4개국(러시아, 독일, 프랑스, 이탈리아)의 언어로 번역된 이 노래를 불렀습니다. 코민테른 대표 여러분들에게는 이 노래가 딱 어

---

2) 1883-1936. 러시아의 혁명가이다. 레닌과 함께 볼셰비키로 활동했지만 볼셰비키의 봉기에 반대하였다. 그는 다양한 사회주의조직이 혁명에 함께 참여해야 한다는 입장이었다. 그럼에도 불구하고 소비에트러시아 건설 후 볼셰비키의 주요 지도자로 활동했다. 레닌 사후에는 스탈린, 카메네프Lev Borisovich Kamenev와 함께 권력을 분점하고 트로츠키를 축출했다. 이후 스탈린과의 권력 투쟁에서 패하여 소비에트 지도자 암살 혐의로 처형되었다.

3) 1873-1938. 러시아의 베이스 오페라 가수이다. 볼셰비키 혁명에 공감했지만 혁명 후 미국으로 건너가 메트로폴리탄 오페라단 등에서 활동했다.

4) 1799-1837. 제정 러시아의 시인이자 소설가로 근대 러시아 문학의 창시자이자 러시아 국민 시인으로 칭송받는다. 고전주의, 사실주의, 낭만주의 등 각종 예술사조에 대한 포용적 태도로 높이 평가받았으며, 러시아의 국민 시인이면서도 민족에 국한되지 않는 인류 보편적 가치를 담아냈다는 평가를 받았다. 국내에서는 『대위의 딸The Daughter of the Commandant』로 유명하다.

울리지 않나 생각합니다." 사방에서 박수로 그에게 앙코르를 청했다. 샬리아핀은 유행하는 〈노동자가〉를 부르겠다고 말하며 모두 따라 부를 것을 청했고,…… 그래서 오천 명 참석자들의 노랫소리가 극장 전체를 울렸다.

6월 23일

18. 레닌과 트로츠키

크렘린궁의 13세기 외벽이나 칠백 년 전 건조된 성당 등은 소박하면서도 고풍스러운 건축물 특유의 분위기를 풍기고 있다. 그 옛날에는 분명 국가 중심에 자리한 최대의 성지였을 것이나, 이제는 최근에 지어진 서구식 신축 전당과 비교하면 왜소해 보이기까지 한다. 수세기의 시간을 지나온 성상과 벽화들, 그 얼굴과 복식 곳곳에는 고대 예술의 '특징'이 남아 있어, 헤브루나 콘스탄틴 문화의 흔적이 완연했다. 그런 점에서는 중국의 관우상關羽像과 비슷했다. 중앙집행위원회, 인민위원소비에트의 사무실은 모두 신축 전당에 있다. 넓은 볼룸의 반들반들한 바닥은 미끄러질 듯하고, 금빛으로 휘황찬란한 기둥은 이탈리아의 유명 예술가의 조각으로 장식되어 있다. 궁전 일부는 표트르 대제Peter the Great[1] 이전의 차르[2]가 기거하던 곳으로, 별도의 전시관이 마련되어 직원의 안내에 따라 관람이 이루어지고 있다. 서구화 이후 러시아의 문명에는 그리스와 게르만의 고갱이와 찌꺼기가 한데 모여 있는 셈이었다. 이제는 안드레이Andrei 홀

1) 1672-1725(재위 1682-1725). 영토를 확장하고 서구화 정책을 폄으로써 근대 러시아를 설계한 황제로 평가받는다.

2) tsar, царь. 슬라브 문화권에서 군주의 칭호이다.

[3]의 붉은 빛은 사방으로 뻗어 나가, 온 우주를 채우고 있고, 각국 노동자 대표의 연설 소리는 온 세계를 흔들고 있다. 제3차 대회를 맞이한 코민테른 풍경이다. 오늘의 크렘린궁은 인류 문화 3단계의 복잡하고 기괴한 상징이 되었다.

제3차 대회 첫날, 트로츠키는 「세계경제현상」에서 현재는 경제공황이 다소 완화되고 개선되는 시점으로, 노동운동은 공격에서 방어로 전환하고, 자본가들은 도리어 기회를 틈타 진공하고 있다고 말했다. 반면에, 다행히 이것은 큰 위협이 되고 있지는 않으며, 코민테른에게는 이를 기회로 대중에게 나아가 혁명의 역량을 공고히 할 수 있는 기회라는 점도 밝혔다. 풍채 당당한 트로츠키는 유창한 독일어로 3시간 가까이 연설을 이어갔고,…… 나중에 토론에 들어갔을 때, 프랑스 공산당 측이 많은 문제를 제기해 한참 동안 논쟁이 벌어졌다. 우리 신문기자 중 이것을 충분히 이해하지 못한 이들이 불가리아 대표와 함께 트로츠키에게 갔다. 트로츠키는 중국 신문기자를 보고 몹시 기뻐했다. 그는 정성껏 우리에게 설명을 해주었다. 그는 말할 때 눈썹이 위로 올라갔는데, 어투가 유려하면서도 호방했다. 그는 경제 상황이 곤궁에 이른 때, 즉 '공황'이 반드시 혁명의 기회인 것은 아니라고 했다. 때로는 소자산계급의 무정부주의자들이 용기를 얻어 무모하게 들고 일어나 대중의 본원적 힘을 도리어 짓밟아버리고 만다는 것이다. 경제 상황이 개선되었을 때는 노동자와 자본가의 충돌은 점차 '경제적 요구'라는 협궤로 진입하게 되는데, 이를 통해 '사회당원'과 대중의 밀착과 훈련의 정도를 가늠해볼 수 있게 된다고도 말했다…… "프랑스 동지는 저의 이러한 생각을 찬성하지 않는 것이지요……" 그는 신이 나서 말하면서 손가락을 이리저리 휘둘러댔기 때문

3) Andreyevky Hall. 성 안드레이 기사단에게 헌사된 홀이다.

에, 손에 들고 있던 몽당연필이 그 통에 갑자기 손에서 벗어나 날아가고 말았다. 그러자 사람들이 모두 웃음을 터뜨렸다. ……

레닌은 대회에 출석하여 서너 번 발언을 하였다. 그는 독어와 프랑스어를 유창하게 구사했다. 발언이 침착하면서도 과단성이 있었지만, 절대 대학교수 같아 보이지는 않았다. 대신 진지하고 과감한 정치가로 보는 게 더 자연스럽다고 생각됐다. 한 번은 복도에서 우연히 그를 만나 몇 마디를 나눌 수 있었다. 그는 내게 몇 가지 동방문제에 대한 자료를 가르쳐 주었지만, 일이 바빠 어물쩍 인사를 하고는 헤어졌다.

안드레이홀에서 레닌이 연설할 때면 단상 아래는 사람들로 북적였다. 사람들은 의자나 책상 위에 서서 그의 연설을 들었다. 카메라 플래시가 터지자 레닌의 위대한 모습이 코민테른의 '전 세계 노동자여 단결하라', 러시아 사회주의연방 소비에트공화국 등의 표어가 적힌 현수막에 투영되었다. 그것은 붉은 비단과 함께 섞여 기이한 그림—신기한 감상과 특별한 상징—이 되었다. …… 레닌의 연설 각 단락 끄트머리는 우레와 같은 박수 소리에 묻혔다. ……

대회는 곧 끝이 날 것이다. 정치적 삶의 현장 모스크바는 이제야 처음으로 내게 깊은 인상을 심어주었다.

7월 6일

19. 남국『혼이나마 돌아오시오, 강남은 애달파하오魂兮歸來哀江南』 유신庾信[1]

흐렸다 맑았다 일기가 불안했다. 처량한 빗줄기에 마음도 심란했다…… 모스크바의 보도는 가뜩이나 구정물로 미끄러운데, 돌멩이들까지 울퉁불퉁 솟아 있어 행인의 걸음을 붙잡았다. 골목 입구나 거리 끝에서 "담배 사세요"라는 어린 아이들의 목소리가 들려왔고 잡화점 입구에서는 생선이나 고기의 비린내가 풍겨 왔다. 지나가는 행인은 누구나 잠시 그 냄새에 마음이 동했다.

시계점 앞에는 새것도 아니고 그렇다고 오래된 것도 아닌 간판이 매달려 있는데, 이것도 은근히 처량하게 느껴졌다. 가게에는 근시안경을 쓴 노인 하나가 카운터에 앉아 쓸쓸한 눈빛으로 시계를 고치고 있었다. 옆에 앉아 있는 중년 부인이 내 시계를 받아서 배시시 웃으며 말했다.

"아! '대회'에 오셨나 보다. 댁도 돌아가서 무산주의無產主義를 선전하나

1) 본래 초사楚辭 굴원屈原의『초혼招魂』(송옥宋玉의 작이라는 설도 있다)에서 비롯된 시구이며, 이에 영향을 받은 유신庾信이「애강남부哀江南賦」를 지어 이 글귀를 부賦에 담은 것이다.

요?"[2]

나는 웃으면서 그렇지 않다고 했지만 그녀는 여전히 믿지 않았다. 그러고는 또 말했다. "좋아요, 좋아. 중국도 선전할 필요까지야 없겠지요. 중국의 자본가들은 모두 영국인이라, 이전의 우리와 똑같을 테니까요. 독일인들은 여기서 '나리' 노릇을 하고 우리는 막노동꾼일 뿐이지요. 지금 또 조차지를 세운다니, 당신네 중국과 다를 게 있나요." 나는 "당신들은 소비에트 정부잖아요"[3]라고 말했다. 조용히 웃음을 짓더니, 말을 아꼈다. ……

집에 돌아왔지만, 마음은 더 편치 않았다. 며칠 전 의사가 내 왼쪽 폐에 문제가 있으니 귀국하는 게 좋겠다고 말했다. 어제는 각혈까지 하지 않았나! 7월 한 달 동안 와병을 하다 보니 미약한 생기마저 다하고 모든 것이 점차 내 마음속에서 갈아 없어지는 것 같았다…… 나의 개성을 돌려주시오! 사회에 복무할 수 있는 힘을 돌려주란 말이오. 살을 에는 북방의 날씨나 검은빵과 썩은 고기로 연명하는 식사는 '열의와 정성'만으로는 어떻게 버텨나갈 수 없었다.

만 리…… 만 리…… 고향과 동떨어진 이 머나먼 이역에서 어찌 따뜻한 위로를 누릴 수 있겠는가. 풍속과 기후가 고향과는 이렇게 다르리라고는 국내에 있을 때는 상상도 못했었다. 겨울 다섯 달 내내 하얗기만 하다보니, 이제 눈雪만 보면 서글퍼졌다. 기압이 높아서 숨도 마음대로 쉬지 못한다. 얼음…… 눈…… 폭풍…… 저 강남의 화사한 춘색이나 요염한 가을을 누릴 수 있다면 마음의 위로가 될 것이다.

그러나 풍요로운 남국은 오래가지 못하고 (사실 이미) 완전한 식민지가

---

2) 따옴표는 역자가 붙였다.

3) 따옴표는 역자가 붙였다.

되고 말았다. 영국 '나으리'들이 들이닥치고 말았던 것이다…… 오늘 아침 시계포 주인의 말을 생각해보면, 그것도 어느 정도는 이치에 맞는 셈이었다. ……

비몽사몽간의 잠꼬대, 성가신 더위, 아련함 이런 것들은 남국에서나 꾸는 꿈일 뿐이다. 찬란하고 화사한 꽃들, 맑고 투명한 호수…… 복사꽃……

아! 마음은 불안하고, 꿈은 무료하기만 하고. 병만 깊어지고야 말았다! 아니 병이 깊어지기는 했는가?

8월 5일

20. 관료문제

19세기 이래 러시아의 사회문제에는 1890년대 갑자기 나타난 노동자 문제 이외에도, 사회사상에서 내내 중요한 문제였음에도 해결되지 못한 것이 세 가지가 있다. 바로 지식계급문제, 농민문제, 관료문제이다. 봉건의 독이라 할 수 있는 동방적 전제專制에서 기인한 관료문제는 그 뿌리가 깊었다. 고골Nikolai Vasilievich Gogol[1]의 『감찰관The Inspector General』은 관료문제의 초상으로 볼 수 있는 작품이다. 관료문제는 수십 년간, 사회경제적 원인으로 인해 조금씩 변하기만 했을 뿐 사라지지 않고 온존돼왔지만, 이제 거센 혁명의 파도에 휩쓸려버렸다. 무산계급의 신문학에는 이미 '신고골'이 나타났고, 공산당 신문에서는 열심히 관료주의를 공격하고 있다.

소학교 여교사 한 명이 학교가 방학에 들어가 배급 식량이 부족하자 임시 강사직을 얻어 문제를 해결했으면서도 원래 받는 배급 식량도 계

1) 1809-1852. 우크라이나 출신의 소설가이자 극작가이다. 종교적이고 철학적인 작품을 썼으며, 푸시킨Aleksandr Sergeevich Pushikin의 영향을 받았다. 대표작으로 『초상화The Portrait』, 『감찰관The Inspector General』, 『죽은 혼Dead Souls』, 『결혼Marriage』 등이 있다.

속해서 받았다. '농공검찰'[2] 인민위원회에서는 직원을 파견하여 감사를 했고, 이 여교사는 재판을 받아야만 했다. 그런데 예상치도 않게 재판관들 모두가 적어도 70% 정도 가외로 양식을 얻고 있다는 사실이 발각되고 말았다.

궈즈성은 다음과 같은 이야기를 해주었다. 어떤 부대의 장교가 정치문화위원회회원도 겸임하고 있었는데 알 수 없는 이유로 오백만 소비에트 루블을 부정 취득한 일이 있었다. 부대장과 위원장 두 사람은 처음에는 모르는 척 눈감아주었다. 이후 장교는 위원장 모르게, 부대장의 처에게 양탄자를 선물했다. 부대장 부인과 위원장 부인 두 사람이 이야기를 하다가 그만 위원장 부인이 이 일을 알게 되었고, 이를 질투하여 고발하고 말았다. 장교의 노모가 궈즈성에게 아들을 찾아가 볼 것을 부탁했다. 궈즈성에게 하소연하는 그의 목소리가 너무도 처연했다.

"들으니, 사형 판결이 날 거랍니다…… 총살이요,…… 총살…… 제 목숨 값이 오백만 루블인 건가요…… 오백만 루블? ……"

8월 12일

2) 상무인서관본에는 꺽쇠가 되어 있고, 인민문학출판사본에는 없다. 상무인서관본을 따르되, 따옴표로 대체한다.

21. 신新 자산계급

무산계급정부의 명령은 화살처럼 날아왔고, '사장'의 배때기는 소처럼 부풀어 올랐다.

한 달 반 전 공산당에 있는 친척이 카페를 열었는데, 친구에게 가게에서 일할 웨이트리스를 구해줄 것을 부탁했다.

"매달 15만 루블에, 매일 두 시간 근무,…… 흐흐…… 가욋돈은 '카페' 안에서는 알아서 가져가면 돼, 그저…… 하면 말이야…… 잊지 말고 좀 구해 줘." 궈즈성—그는 '비정치주의자'이기는 했지만 시종 열렬한 '참회하는 귀족'으로서 브로커주의 문화를 증오했다—은 이 일을 듣고는 은어를 섞어가며 말했다.

"현재 또 많은 출구가 생겨났어요. 당신네 중국의 도학가들은 말이에요, 자산계급의 상류사회가 무척이나 청렴하다고 생각하잖아요. 근데 보세요, 지금 러시아 기관에는 얼마나 많은 젊은 여성들이 있는지! 전쟁 전에는 전혀 없었단 말입니다. 처음 외교부에 여성 관리가 등장했을 때, 모두가 이상하게 여겼지요. 근데, 지금 이 '여성 관리'들이 어떤지 아시나요? 아침이면 관청으로 출근을 합니다. 외교위원회에도 가고, 교육위원회에도 가죠. 오후에는 '공적인 여유시간'이 납니다. 그러면 급히 성장盛

粧을 하고는 카페로 가서 웨이트리스를 하죠. 다른 출구도 있어요. 혁명 때 자산계급이 파산하자 그 계급의 여자들이 속기사나 타자수가 되었는데…… 어떻게 관청에 들어갈 수 있었는지 모르시죠? 혁명이 일어나고, 전쟁이 이어지자 집에는 돈도 마르고, 장사도 할 수 없고, 공장에는 들어가지도 못하고, 남자들은 전장에서 돌아올 수 없고, 여자들은 나이가 들고,…… 먹고는 살아야겠고, 입고는 살아야겠고, 어떻게 하겠어요? 흠, 흥! …… 여자가 열여덟이 되면,…… 아침에 곱게 화장을 하고는 '아는' 신임 위원이니, 주임이니 하는 이들을 찾아간단 말입니다. '어떡해요! 정말 어렵다고요…… 제발 제게 좋은 자리 좀 하나 어떻게 해주세요, 어휴!' …… 그러면 위원장이 눈을 가늘게 뜨고는 말합니다. '좋아…… 좋아,…… 하하…… 하하! 방법을 찾아보지. ……' 그렇게 해서 드디어 일이 풀리고 호구가 해결되는 것입니다. 지금은…… 지금은…… 신경제정책으로 상업이 개방되었죠, 흥…… '옛것'은 '아래'로 떨어져 내려가고, 새로운 것이 '위로' 기어 올라오고 있지요."

너무나 신랄했다.

궈즈성과 이야기가 끝난 후 거리로 나오자 날이 이미 저물어 있었다. 앞에 어렴풋하게 두 사람의 그림자가 보였다. 그들은 이야기를 나누며 길을 가고 있었다.

"아, 이런! 오늘 '손수건'을 가지고 나오는 것을 깜박했네. 손에 땀이 너무 나서 정말 짜증 나는구먼. …… 당신 일은 어떻게 됐어? '잘 됐어'?"

"2백만 루블어치 주식을 그 인간에게 주었는데, 더 달라네. 돈 될 것 같지 않아, 됐다고 했지."

신자산계급이 생겨나자, '자본의 본원적 축적'에 따라 사회에는 갖가지 '신식新式'이 생겨났다. (개인)극장, 카페, 호텔, 사진관 등 시장경제가 점차 확대되었으며, 개인 기업의 초빙을 받은 엔지니어 중 월급이 백여 만 루블에 이르는 이가 부지기수였다.

국영공장도 '1기업 1법인'의 원칙으로 바뀌어 생산력 향상에 주력했으며, 많은 국립 트러스트와 갖가지 전매제도가 만들어져 민영 경제부문과 경쟁했다. 이뿐만이 아니었다. 정권도 이렇게 돼서야 안정이 되었던 것이다.

지난 달 소상공인들이 붉은 광장에서 자유 집회를 열고 신디케이트를 만들려고 했다. 당시는 소비에트경찰에 의해 해산되었지만, 다시 한 번 상회 선거가 이어졌다. 회장은 월 백오십만 루블, 회원은 백만 루블을 받는다고 했다. 총 5인이 시장 가격을 '관리'하고 종합투자기관을 만들려고 하다가, 정부에 금지당했다. 들리는 바로는 오래지 않아 합법적인 상인조직이 만들어질 것이라고 한다. 그들은 국가의 감독을 받아야 할 것이다.

8월 15일

22. 기아飢餓

동러시아의 가뭄이 심각했다. 러시아산 밀이 가장 많이 생산되는 지방은 우크라이나와 시베리아를 제외하고 본토에서는 흑토지대黑壤區[1])였다. 우크라이나와 시베리아는 운송하기에는 중앙과 너무 멀어서 대러시아 본토에서는 흑토지대의 산출에 의지해왔다. 그런데 올해는 이 지역에 한재가 들고, 재난 지역도 광범위해서 노농정부의 농공생산력 제고 정책은 큰 타격을 입게 되었다. 혁명전쟁이 지속되는 동안 기아와 한해寒害가 연달아 닥쳐왔었는데, 올해는 또 가뭄까지 겹쳤으니, 진정 러시아 무산계급의 사업은 지난하기만 하다.

노농정부는 갖가지 방법을 동원하여 재난을 구제하려고 하였다. 각 기관에서는 모금을 하고, 재해를 입지 않은 농촌에는 사람을 파견하여 원조식량을 징발했다. 각 도시에서는 음악회, 연극, 모금회 등을 열었는데 학생, 적군赤軍, 의사, 간호사 등이 적극 참여하였다. 직공연합회에서는

1) 체르노젬Chernozem(Чернозём) 지대라고도 한다. 체르노젬은 기름진 검정색 흙을 말한다. 크로아티아, 세르비아, 불가리아, 루마니아, 몰도바, 우크라이나, 러시아 남부로 이어지는 유라시아 스텝이 대표적인 흑토지대이다. 상기한 흑토지대는 유라시아 스텝에 포함된 러시아 남부 지역을 일컫는다.

지원팀을 모집하고 재해지역으로 조사를 나갔다. 또 외국의 적십자에 러시아를 방문하여 조사해줄 것과 구제금을 요청했다. 이에 따라 미국에서는 기관을 특파하기도 했다.

러시아 중앙 및 각 성의 신문에는 재난 지역에 관한 소식이 실렸다. "기아와 피곤에 찌든 노인들과 어린 아이들이 길에 쓰러져, 그 신음소리가 전해져 왔다. …… 초근목피를 먹었다. …… 기아를 견디지 못한 농가는 집 전체를 불태워 없애기도 했다. …… 죽은 이의 인육을 먹기까지 했다. ……" 이처럼 그 참상은 눈뜨고 볼 수 없을 지경이었다. 정부는 온갖 난관 속에서도 기차를 보내 사람들을 이주시켰고, 모든……

모스크바의 신자산계급은 화려한 카페와 호텔을 열고 있었지만, 모금단이 가자 고작 수만 루블만을 내어 주었을 뿐이다. '이윤'…… '이윤' 마비된 신경, 눈먼 양심…… 이는 브로커주의의 징표였다.

유럽의 자본가들은 이를 기회로 음모나 꾸미고 있으니, 수백만 명의 목숨이 이들 문명인의 눈에는 도대체 무엇으로 보인단 말인가! 러시아 경제의 몰락에 이를 도울 어떤 방법도 찾지 않고, 그저 몇 푼 이익이나 보려고 한다.—자본가들은 볼셰비키가 구제금을 처리하는 것을 믿지 못했기 때문에, 결국 전 러시아 중앙집행위원회는 무당파적인 구제회를 조직해야 했다. 여기에는 유럽 정객 중 비슷한 무리들, 소위 명망이 있는 입헌민주당, 사회혁명당 등이 모두 가입했다. 물론 양심적이면서 자산계급 당파의 냄새가 나지 않고, 정직하면서 청렴한 '상류사회'도 있어 흔쾌히 조국 구제 사업에 참여했다. 고리키Maxim Gorky[2]는 또 직접 런던, 파리 등

2) 1868-1936. 본명은 Aleksei Maksimovich Peshkov이다. 정식 교육을 거의 받지 못한 하층민 출신으로서 글과 문학을 거의 독학했다. 때문에 노동자, 도시 빈민, 부랑자 등의 삶과 의식을 다른 작품을 썼다. 대표작으로 『어머니Mother』, 『끌림쌈긴의 생애

지로 가서 모금 활동을 펼쳤다.

어제 나는 톨스토이의 집으로 가서 그의 막내딸 알렉산드라Alexandra Lvovna Tolstaya[3])를 만났다. 그녀는 갑자기 구제회가 해산되었다고 말했다. 원래 구제회는 외국과 재난 지역으로 가서 모금 활동과 조사 활동을 하기로 결의했었다. 그런데 막상 시행할 때가 되자, 귀족 나리들은 모두 이 틈을 타 국외로 나가려고 하지 실제 고통받고 있는 재난 지역으로는 가지 않으려고 했다. 알렉산드라 또한 회원이었는데, 당시 함께 구속되어 조사를 받았고 음모 같은 것이 없다는 판결을 받고 나서야 석방되었다. 들리는 말로는 그 의결안을 집행하네 마네 실랑이를 했을 뿐 아니라 어떤 이들은 여전히 이 연합 조직을 빌려 정치적 음모를 획책하려 한다고 했다 하니…… 허!

8월 29일

The Life of Klim Samgin』 등이 있다.

3) 원전에는 Alexandre Lyvorna로 표기되어 있다. 1884-1979. 톨스토이의 막내딸이자 그의 비서였다.

23. 영혼의 감상

아주 작은 방이었다. 이전에는 화려했을 거실은 이제 나무판자로 구획되어 있었다. 어두운 등불에 방 전체가 그림자로 어지러웠다. 동쪽에 침대 하나가 있었고 서쪽에는 스툴[1]이 있었다. 나무 침상의 반은 낡은 책들이 어지럽게 널려 있었고 반은 손님이 앉을 수 있게 비어 있었다. 구석에 나무 옷장이 있었는데, 그 옆에는 어린아이의 옷과 신발, 모자가 어지럽게 쌓여 있었고, 옷장 다른 옆으로는 치마가 삐져나와 있었다. 맞은편 침대에는 볼이 발그레한 여자아이가 담요를 덮은 채 단잠을 자고 있었다. 창턱에는 병, 항아리, 배추, 당근 등이 층층이 산처럼 쌓여 있었다. 그 하나하나가 등불 아래로 가라앉아 어린아이의 꿈과 어울리고 있었다. 속세도 잊고 형체도 잊은 듯, 인간사의 고통이라고는 전혀 없는 것 같았고, 자신의 존재를 느끼지도 못하는 것만 같았다. 그 나무 침대 앞에 있는 탁자에는 책과 신문, 찻주전자, 유리잔, 검은빵, 궐련이 어지러이 널브러져 있었다. 주인은 서른 살 정도로, 미간에서 고통의 흔적이 보였다. 적군赤軍 군복을 입고 있었는데, 수시로 누런 수염을 쓰

1) 본문에는 櫈(凳)으로 표기되어 있는데, 러시아라 스툴로 번역한다.

다듬었다. 그는 탁자 앞에 앉아 맞은편에 있는 극동에서 온 낯선 손님을 쳐다보았다. 서로 아직은 마음을 터놓고 이야기할 정도는 아니지만, 속으로는 친근함을 느끼고 있었다. 두 사람은 꼬박 하루를 일하고 이제 막 앉아서 뜨거운 스프와 차를 들기 시작했다. 힘든 노동 후 얻은 휴식은 고난 속에서 느끼게 되는 쾌감과 같았다. 그러면 마음이 편안해지면서, 살아온 날들의 회한을 떠올리게 된다. 주인은 차를 두어 모금 마시고는 허리를 펴고 일어나 손님에게 말했다. "허, 참! 중국의 청년이 어찌 러시아인들의 아련한 마음을 알겠소, 하물며 '살아본 경험'이 있어야 그 속에 있는 의미를 알 수 있는 법인데, 인생의 의미를 완전히 이해하기는 힘들지. 지난날을 떠올리면 어찌나 감개무량한지! 유럽 전쟁이 벌어졌을 때, 나는 독일 전선에서 참호에서 살다시피 했지. 포성은 천지를 찢어 놓지, 휘이…… 쿵…… 쾅…… 펑, 비행기는 하늘 위에서 맴돌지, 땅은 질척질척 뻘이 되어 있지. 처음 포탄 소리를 들었을 때는 놀라서 심장이 쿵쾅거리는 게 한동안 멈추지를 않더라고. '두렵다'라는 말만으로는 설명이 안 돼. 한참을 듣다 보니 익숙해져서는 정신이 마비가 되는 것 같더라고. 꿈결에도 그저 웅웅 아득한 소리로 들리게 되고. 아침으로 저녁으로 있다 보니, 참 신기하게도, 몸이 괴로우니까, 가정이니, 국가니, 부모니, 형제니, 사랑이니 하는 것들이 일체 보이지 않게 되더란 말이야. 그런 게 도대체 어디로 간 거지? 마음이 지치니, 생각할 힘조차 사라지더라고. 10월혁명이 일어나고 볼셰비키가 우리를 해방시켰지. 전쟁이 끝나고 나는 상트페테르부르크로 돌아와 사랑하는 아내를 다시 만날 수 있었어,…… 우리가 시골로 돌아오자 사방이 혁명으로 들끓었어. 시골 농민들은 동요하기 시작했고, 갑자기 폭발하고 말았지. 농촌소비에트가 건설 사업을 벌이기 시작했기 때문이었지. 한참을 노력했어. 그러니까 모든 일이 대강 틀이 잡혀 나가더라고. 나는 그 마을 소비에트의 비서가 되었어. 집을 늘 깨끗하게 해놓았었는데, 지금 이 꼴이 될 줄을 누가 알았겠나? 운 나쁘게도 백군들이 여러 차례 난리를 피워댔고, 노농정부는 군대를 모으지 않을 수 없었지. 징집령이 떨어졌고, 우리 마을에서는 3천 명이 징병에 응했지. 명단이나 무기장부 같은 자질구레한 일들을 소비에트가 몇 날 며칠을 처리해야 했어. 어느 아침에 신병들이 기차역에 집결했는데, 내가 그들을 대신해 서명을 해줬지. 역은 사람으로 가득 찼어, 부모, 처자식들, 형제들이 서로 끌어안고 울더라고. '사랑하는 이반, 가더라도 저를 잊지 마세요……' '바실리, 살아올 수 있겠지? ……' 종군을 앞둔 이들의 슬픔에 감동하지 않을 수 없었지. 우리가 사무실에서 일을 처리하고 있을 때, 갑자기 마을 바깥에서 큰소리가 들려왔고 이어서 총소리들이 들려왔어. 몇 분 후에 사무실 바깥에 사람들이 몰려왔고, 거리가 순식간에, 총을 들고 시위하는 사람들로 가득한 거야. 농민들이 몰려왔어. 그들도 손에 총을 들고 있었어. 그러고는 둘이 충돌했어. 난 온몸이 떨려왔고, 등 뒤로는 식은땀이 흘러내렸어. 폐가 터질 것만 같았지. 호흡은 가빠지고, 어지러워서 눈앞이 분간이 안 되는 거야. 고함과 욕설이 들리더라고. '징집을 반대한다', '소비에트 필요 없다……' 와! 와! 시끄러웠어. 마음에서는 그런 소리들이 반사되어 튕겨나가는 것 같더라고. 생각할 힘도 사라지고. 엉망이었어…… 난장판이었지……. —난 일평생 그 순간의 느낌을 잊지 못할 거야, —'두려움'인지, '놀람'인지? …… 그건 모르겠어."

주인은 여기까지 말하고는 숨을 한 번 고르고 담배를 들어 올려 한 모금 빨았다. 그는 양손을 가슴에 대고는 이야기를 계속 이어갔다.

"그렇지만…… 그렇지만…… 몇 분이 지나고서 난 기억을 잃고 말았어. 어떻게 됐는지 모르겠는데, 깨어보니 저녁이더라고. 장작 창고에 쓰러져 있었고. 언제, 어떻게 거기까지 도망간 것인지, 난 도통 알 수가 없었어. 이렇게 되니 당연히 우리의 시골 생활은 종을 치게 되었지. 주도州都에 와서 아내와 나는 모두 일자리를 찾아야 했어. 몇 달이 지나서야 난 모스크바의 이 군사학원에 오게 됐지. 아내는 그 주에 남아서, 얘를 낳았고. ― 그는 손가락으로 침대를 가리켰다. ― 일을 할 수도 없지, 양식은 부족하지, 나는 혼자 모스크바에 나와 있지, 일이 주일에 한 번 빵(당연히 검은빵)을 들고 돌아가는 게 전부였고, 그렇게 힘들게 일 년을 버텼어. 그렇게 해도 남는 게 없더라고. 아내도 결국 여기 나왔잖아. 여기 가지고 있는 건 다 낡아빠진 옛날 물건들이야. 지금 러시아의 대다수 공무원, 학생들 생활이 다 이렇다고. 근데, 또 하나 생각나는 게 있네. 이런 고난을 겪으면서 나는 인생관을 얻게 되었지. 한 번은 아까 말한 주도에 간 적이 있어. 그때 우리 집은 아직 이사를 나오지 않았어. 밤 2시에 기차가 역에 도착했어. 역에서 내려 2킬로 정도를 걸어가야 해. 비도 와서 길이 진흙투성이라 어찌나 미끄럽던지, 빵을 손에 쥐고는 걸어가기가 쉽지 않았어. 거기다 기차에서 잠을 못 자서 몹시 피곤했지. 도중에 한 할머니가 감자 포대를 메고 비틀비틀 걸어가다가 나를 보고는 길옆에 비켜서서 도와달라고 하는 거야. 예 하고 대답하고는 그 큰 포대를 메고 집에까지 들어다 집 안에 놓아주기까지 했어. 돌아 나와 집으로 가는데 몸이 가벼운 거야. 좀 전에 역에서 나왔을 때, 고민 같은 게 싹 사라지고 없는 거야. 편안한 마음으로 '남을 위해 봉사'했더니 신기하게도 '나'를 잊고 만 거지. 난 오히려 편안해진 거야. 계속 '나'만 생각하고 있을 때 '나'는 고통스러웠는데 말이야. 네 시쯤 집에 돌아와 편안히 잠들 수 있었어. 이때 심정은 전쟁터나 소비에트 서기였을 때하고는 비교가 되지 않았어.

주인은 여기까지 이야기하고는 미소를 지었다. 여자아이는 여전히 단잠에 빠져 있었고, 그 은은한 분위기 덕에 말없이 앉아 있던 두 사람은 다시 철학적 대화를 이어갈 수 있었다.

9월 10일

24. 민족성

가물이 심했다. 신자산계급에게 자선금을 추렴할 바에는, 그들로 하여금 팁을 주게 하든지 도박을 하게 하든지 그렇게 하는 게 차라리 나았다. 결국 국가경마장에서 한재旱災를 핑계로 경마대회를 열어 속된 말로 개평을 뜯어 구제금을 마련하게 되었던 것이다.

나는 병이 나서 가보지 못했지만 쭝우가 보고 와서는 재미난 일들을 많이 얘기해주었다.

경마장에는 판돈이 많이 걸리는데, 백여만 루블이 한 판에 걸리기도 한다. 신자산계급의 탄생과 성장이 이렇게 빨랐다. 사치나 승패 같은 것들은 굳이 이야기할 필요는 없었다. 진짜 이재민들에게 도움이 되기만 한다면 말이다(당시 일만 소비에트 루블은 중국돈 2자오角였다).

관중석에 있던 할머니 한 분이 쭝우와 이야기를 나누었다. 그녀는 어떻게 말이 좋고 나쁜지 아는지 몰라도 매번 승패를 맞췄다. 게다가 아직도 남아 있는 명마들이 조금은 있다고도 했다. 그녀는 혁명 전에 이 말들이 달리는 것을 직접 보기도 했다고 했다. 분명한 것은 그녀는 경마장에서는 완전히 선수였다는 것이다. 쭝우는 그녀의 어투가 별나다고 생각되어 물어보았는데, 알고 보니 헝가리 사람이었다. 어떻게 해서 러시아 국내에 헝가리 자산계급이 남아 있게 되었는지는 모르겠으나, 그녀는 이곳에서 두 번의 혁명과 갖은 풍상을 거치면서, 자연스럽게 자기식으로 러시아 민족을 평할 수 있게 됐다고 했다.

"나는 러시아인이 아니에요. 러시아인들은 정말 어쩌려고 그러는지. 노농정부는 사람들에게 시계조차 맘대로 가지고 다니지 못하게 하니, 정말 재밌지 뭐예요! …… 아! 말해 뭐해요. 이 거리에 있는 아이들 좀 봐요. 담배 파느라고 교육도 못 받잖아. 흥, 농촌은 뭐 별게 있나요. 농민들은 돼지처럼 땅이나 보고 꿈틀거리기나 하고, 개성이라고는 없지. 무슨 일이라도 있으면 왁 하고 모여들어 일어나기나 하지. 도대체 무슨 일인지 알지도 못하면서도 와 하고 일어난다니까요. 게다가 땅은 원하면서 지주를 무서워 해. 땅을 얻으면 정부가 식량을 징발하려고 하고, 그럼 또 그걸 아까워해. 정말 이해할 수 없는 족속들民族이에요. ……

9월 13일

25. "동방월"(중추절에 짓다)

1

만 리 밖, 추위와 배고픔의 나라를 떠돈다.
"오랑캐의 하늘은 8월에도 눈이 온다"[1)]더니,
　　가을도 쓸쓸하고, 겨울도 처량한 지금,
저 적도赤都의 구름만이 내 '동방월'을 가리운다.

2

　　달 차고 달 기울매, 사람들은 이별하고,
　　이별한 이들은 기인 시간을 서로를 그린다.

---

1) 胡天八月雪. 본래 잠삼岑參의 「백설가송무판관귀경白雪歌送武判官歸京」의 첫소절에 나오는 구절이다. 北風捲地百草折, 胡天八月即飛雪(북풍이 휘저으니 온갖 풀은 드러눕고, 오랑캐의 하늘에선 8월에도 눈이 날린다). 잠삼은 당나라의 시인으로 기울어진 가세를 일으켜 보고자 변방에서 종군하였고, 그때 보고 겪은 것을 시로 옮겨 변새시邊塞詩를 개척했다. 변새시는 중국북방문학 전통에 속한다.

만고의 '중추仲秋'는 서구인의 시상詩想에는 들지 못했으나,
'달빛'[2]은 원래 온갖 족속의 '달빛'인지라, 다만 그 영원을 빌 뿐.

3

왜 하필, 사람은 서로를 그리는가, 달과 서로를 마주보는가, 음력은 따져 묻는가?

유럽과 아시아, 중국과 러시아, 그 하늘은 하나일 뿐이거늘.

단란했던 꿈은, 등불 아래에서 돌아보지 못하니,

나만이, 빛 가리는, 뭉친 구름이 얄미워, 한 줄기 빛이나마 이를 끊어내기를 바랄 뿐.

4

가을 나뭇잎이 누래지면, 그제서야 이별을 느끼는데

어찌 알겠는가? 재난이 이어질지, 기한飢寒이 만연할지.

잡다한 말발굽 소리만, 처량한 빗소리만 들릴 뿐인데,

항아님 재촉하여, 그 얼굴 반으로, 구름을 지우고 영원히 이별케나 하였으면.

9월 16일(음력 8월 15일)

2) 嬋娟. 소식蘇軾의 「수조가두水調歌頭」에 나오는 말로 달빛을 뜻한다.

26. 돌아가세

중추절이 왔다. 마음을 따뜻하게 해주던 가절인데, 유럽에 와서는 마음을 아프게 하는 이유가 되고 말았다. 아마도 마음의 병 때문이리라. 우연한 기회에 러시아인에게 '중추절'의 뜻을 이야기해주었었는데, 의외로 이를 재밌어했다. 그들은 이 단란함의 상징이 시적이라고 느끼고, 우리에게 자신들이 사는 곳에서 잔치를 열라고 부추겼다. 여자 주인은 서둘러 간식을 만들고 싱글벙글 웃으면서 억지로 근심을 털어내려고 했다.

"추석 축하해요. 간식 다 만들었어요. 보세요. 중국에서는 이날 보통 뭘 먹나요?"

"월병을 먹습니다. 특히 둥근 거로요. 그게 '단란함'을 상징하거든요."

"아! 왜 진작 말해주지 않았어요. 그럼 저도 둥근 과자를 만들었을 텐데. 그럼 더 재밌었을 텐데요."

중국의 중추절을 모스크바에서도 지낼 수 있다니, 마음이 아프던 때에, 이게 또 나에게 기쁨이 되었다. 내 병이 화제가 되자 예카테리나 여사는 내게 귀국할 것을 권했다. 나도 안다. 밤마다 식은땀을 흘리고 기침에 각혈을 하니, 좋아질 리가 없다는 것을. 그러나 돌아간다고 또 뾰족한 수라도 있단 말인가?

그 자리에 갑자기 새로 손님 하나가 끼어들어 우리 대화가 중단되었다. 쿠르스크Kursk에서 온 이로, 전부터 식량 사무를 보던 사람이었다. "쿠르스크(모스크바 남쪽) 농민들은 신경제정책의 식량과세법에 매우 만족하고 있답니다. 금년도 징수는 아주 원활하게 이루어지고 있어요. 밀이 부족한 집에서는 감자를 시장에 내다 팔아 밀가루를 사다가 납세하게 하는데, 이걸 또 좋아해서 이전처럼 버티지는 않는다고 하더군요. 농민병들은 대다수가 의식이 없는 대중이라, 이제껏 '왜'라고 물어본 적도 없고, '할 수 있는' 일이라면, 타당한 정책이라고 보기 때문에 무슨 어려운 일 따위는 없습니다."

늦은 밤에 잔치를 파하고 돌아왔다. 궈즈성의 집을 지날 때, 모스크바의 생활이 곤궁해서 "차라리 돌아가는 게 낫다"고 말했다. 누군가가 "그럴 만하다"고 했다. …… 병으로 몸이 좋지 않으니, 하려고 했던 일도, 응당 해야 하는 일도 모두 할 수 없었다. 게다가 마음의 병이 들어, 감정이 쉽게 동하고 슬픔을 떨치기 어려워, 뜬금없이 뜨거운 눈물을 흘리고는 했다. 살던 집, 고향, 인생의 재미, 미래에 대한 책임, 이 모든 것들이 눈물에 담겼다. 눈물은 등불을 반사하면서 만상萬象을 비추어, 그예 '우주 바깥의 우주'가 돼버렸다.

오늘 나는 편지를 써서 위쑹화에게 보냈다. 돌아갈 계획은 임시로 정했다. 우리 셋은 함께 왔지만 일 년도 되지 않아 사방으로 흩어지고 말았다. 쑹화는 5월에 베를린으로 갔고, 나는 이제 돌아갈 꿈을 꾸고 있고 쭝우는 아직은 여기 남을 것이다. 우리 세 명의 여행 성적표, 이 천신만고에 대한 보상은 무엇인가? 쑹화에게 보낸 편지의 일부는 아래와 같다.

"…… 이 병든 몸으로는 정력도 한계가 있고 재능도 한계가 있고 배움에도 한계가 있으니, 이 8개월의 성적표가 고작 이렇다네! …… 성공한 것일까, 실패한 것일까? 배움도 얕고, 정신도 피폐한 내가 러시아 문화 연구사업을 한다는 것도 천지개벽할 일인데, 어떻게든 해서 이만한 성적이라도 내기는 하였지만(나 이전에 러시아 유학생 중에는 좋은 문장을 써낸 이는 없었네), 최고까지 올라갈 수나 있을까? ……"

"…… 위의 세 가지 원인, 즉 배움의 문제, 연락의 문제, 경비의 문제에 더해 지금 이 병이 난 내 꼴이 더해져 돌아가지 않을 수 없을 것 같으이. 지금은 이미 손을 쓰기 시작했네. 허나 여정이 힘들고, 짐도 무거워 언제 떠날 수 있을지는 모르겠다네. ……"

9월 25일(중추절 후 아흐레)

27. 지식노동

시베리아로 여정을 잡기는 지금으로서는 매우 어렵다. 가지고 있는 책이 너무 많은 것도 가는 길을 어렵게 한다. '편한 때'를 기다려야 한다.

병도 조금은 나아졌다. 제일 좋아진 것은 병원에 갈 수 있게 되었다는 것이고,…… 폐결핵에는 '쉬는 것'이 제일 좋다. 그러나 나는 하루라도 책을 읽지 않고 '생각'을 하지 않으면 마음이 답답해 견딜 수 없다.—일을 해야만 하는 팔자인 것이다.

일은 무슨 일을 말하는가? 내가 지금 하고 있는 일은 순수하게 힘을 쓰지 않는 일이다. 단편적인 지식 노동이 건강에는 더 나쁘다. 난 성격도 괴팍하다. 게다가 지식 노동이라는 게 반드시 '정신 오락'을 필요로 하는 법인데, 원체 그것에 무념덤한 사람이라 자연히 삶에 재미라고는 느끼지 못하고 있다.

그저께 책을 살 때, 우연히 두르나스카Durnaska 여사를 만났다. 그녀는 자신의 집에서 열리는 음악회에 초대했다. 잡담이라도 하다 보면 마음이 후련해지지 않겠냐는 것이었다.

음악회에 온 손님은 스무 명 남짓이었다. 모두 자유롭게 이런저런 문제들을 이야깃거리로 삼아 한담을 나누고 있었다. 가정사에서부터 문학과 철학, 다루지 않는 것이 없었다. 어떤 여성과는 중국시를 가지고 이야기했다. 그녀는 본래 문학과 과학을 연구하는 사람이었는데, 어떻게 해도 중국시의 운을 구별해낼 수 없다는 것이었다. 나는 그녀에게 중국 문자의 단음은 유럽 언어의 압운법과 대조하면 형세가 글자마다 동일해서 '운'은 중국문자의 '두 자 모음兩字母音과 같지만' 자음은 어울리기 쉽지 않다고 말해주었다. 그들은 또 중국시를 낭독하는 소리는 유대교의 기도 소리처럼 들린다고 말했다.

피아노 소리가 울리자 좌중의 사람들이 모두 거실로 모여들었다. 한 사람은 아코디언을, 다른 한 사람은 바이올린을 들고 화음을 맞추었다. 바람과 벼락이 질주하는 듯하더니, 샘이 솟듯 쿵쾅 울림이 일었다. 마음이 즐거워졌다. 사람들을 가장 감동시킨 것은 음의 고저 사이에 담겨 있던 심금의 언어였다. 한 중년 부인의 소프라노 소리가 울려 퍼졌다. …… 나는 유럽의 음악은 사람의 감정을 바깥으로 비교적 잘 전한다고 느꼈다. 나는 중국인으로서 중국음악만 듣고 외국음악을 들어본 적 없었는데도 쉽게 감동되어 즐길 수 있었다. 음악이 멈추자, 젊은 사람들만 남아—나이 든 이들은 음식을 먹고는 떠났다—, 무슨 연극을 하면서 아침 6시까지 놀았다.

유럽인의 정신오락은 고상하고 우아한데, 반드시 상류사회의 사람들만 즐기는 것도 아니다. 지식 노동에 휴식은 필수인데, 이런 것들이 마작보다도 훨씬 좋았다.

흥! 지식 노동에 또 지식노동, 하루에 고작 검은빵 한 덩이인데, 또 오락도 해야 한다니……

오늘 중국 노동자 린양칭林揚清이 우리에게 밥을 냈다. 그는 가죽공으로 매일 공장에서 여덟 시간을 일하고 한 달에 이백만 루블 정도를 받았다.

그의 집은 두 칸짜리 작은 집이었다. 도착하니 그의 부인이 앞치마를 한 채 나와서 물었다.

"다들 러시아어는 하실 수 있죠? 앉으세요."

잠시 후에 주방에서 소고기 스프와 국수를 내왔다. 우리는 감사를 표하고 음식을 들면서 공장의 상황에 대해 이야기를 나눴다. 린양칭은 노동자들의 생활이 보다시피 그렇게 나쁘다 할 수는 없다고 했다. 매일 일을 마치고 돌아와 러시아인 아내와 이야기를 나누고, 가끔은 극장에 간다고 했다. 그날 린양칭의 친구들까지 몇 명이 더 와서 이야기를 하느라 제법 떠들썩했다.

나는 속으로 그들—비지식 노동자—은 고뇌기는 하지만 나와 같은 이런 '번민'은 가지고 있지 않을 것이라고 생각했다.

10월 12일

28. 야스나야 폴리아나 여행기

여행의 동반자

톨스토이의 저택, 소위 야스나야 폴리아나Yasnaya Polyana[1]는 모스크바에서 약 4백여 킬로미터 떨어져 있다. 혁명이 일어났을 때도 온전하게 보전되어, 지금은 교육인민위원회에서 운영하고 있으며, 톨스토이 저택 전시관으로 개명하여 별도의 사무소를 두어 관리하고 있다. 톨스토이의 막내딸인 알렉산드라가 전시관 사무소의 주임을 맡고 있다. 소피아 톨스토이 여사는 진즉에 여러 차례 우리를 그곳에 초대했었다. 이번에 마침 모스크바 교육청에서 처음으로 모범학교의 한 반 학생들을 대상으로 톨스토이 문학의 자취를 읽는 시험을 실시하고 특별히 야스나야 폴리아나로 여행을 계획했는데, 우리는 이 기회에 같은 차로 동행하게 되었다.

길동무로는 소학생 이십여 명, 여성교사 두 명과 트베리Tver[2] 사람 한

---

1) 취추바이는 이를 중국어로는 '淸田村'로 표기했다. 또 원전에는 영문으로는 Yasnaya Poliana로 표기했다.

2) 모스크바 북서쪽으로 17km 정도 떨어진 도시로 트베리주의 주도이다. 모스크바에서 상트페테르부르크St. Petersburg로 가는 기차가 통과한다. 공식적으로는 12세기에

명—노인이었다—이 있었고, 또 톨스토이 친척으로 예카테리나[3] 등 여성 몇 명과 소년 한 명이 있었다. 이 밖에 소위 '소비에트 아가씨'2 한 명이 차를 빌려 타고 고향으로 내려가는 길이었다. 그는 우리에게 "저는 칼리닌의 사무실에서 일하고 있어요. 칼리닌, 아세요? 지금 우리의 가장 위대한 인물이자, 전 러시아 중앙집행위원회회장……"

우리 30여 명은 같은 전세차를 타고 가기로 되어 있었다. 13일 저녁 나는 쭝우와 달빛을 맞으며 쿠르스크역으로 가서 여행단을 만났다. 그들은 모두 즐거워 보였다. 우리는 같은 차에 올라 14일 아침에 툴라Tula역에 도착했다. 그곳에서 야스나야 폴리아나까지는 40킬로가 안 됐다. 기차가 갑자기 멈췄다. 사람을 보내 한참을 협상을 했는데, 진전이 없었다. 우리는 차에서 내려 산보를 했다. 쭝우는 학생들에게 단체 사진을 찍어주었다. 당시 톨스토이의 친척 등 몇 사람은 조급한 마음에 차에서 내려 걸어서 갔다. 우리는 할 일이 없었기 때문에, 트베리 노인과 이야기를 나누었다. 그는 톨스토이파로서 특별히 이번 기회를 빌려 톨스토이의 유택을 방문하는 것이라고 했다. 그는 트베리의 우유협동조합 직원이었다. 신경제정책 실시 이후 그 지역의 조합은 이미 트베리주州 소비에트로부터 개인에게 임대가 되어 국립이었던 시절에 비할 바가 아니었다. 이로 인해 노동자들의 생활도 직공연합회에 의해 조절되고 있었다. 노인은 말투에는 꾸밈이 없었고, 중하층 사회 사람들의 친절과 러시아의 풍모가 몸에 배어 있었다. 그는 톨스토이주의에 관해서 그 종교적 진실함 때문에 사람들이 러시아민족의 위대함과 너그러움, 자기 절제와 희생정신을 경모하게 되는 것이라고 말했다. "먼저 어떻게 살아야 하는지, 인생의 의

건립된 도시로 러시아에서 가장 오래된 역사를 자랑하는 도시 중 하나이다.

3) 13절에서 언급한 예카테리나Yekaterina 여사와는 다른 인물이다.

미가 무엇인지 알아야 합니다, 아, 자질은, 심적으로……" 지나온 세월을 이야기하게 되자 그에게서 저절로 탄식이 흘러나왔다.

"아! 러시아인들은 근본적으로 무정부적입니다. 2월혁명 후에 농민들 사이에서 무정부주의당이 성행해서 케렌스키 정부에 반대하는 기운이 말을 할 수 없을 정도로 들끓었습니다. 북부의 여러 주가 10월혁명 후에도 한참이 지나서야 평정된 것이 좋은 예지요. 지금도 종종 소극적인 저항이 있어서 소위 인민위원도 감히 가지를 못합니다. 10월 11일, 그날 볼셰비키의 '빵과 평화'와 독일과의 전쟁 반대라는 구호는 전국의 농촌에서 환영받았지요. 그들은 뒤에 가서야 알게 됐습니다. 전쟁은 맨입으로 멈출 수 없다는 것을요. 도시 사람들도 먹을 빵을 원하지요…… 당시의 상황을 말하자면, 아! 우린 공산당의 정책은 말할 수 없고, 케렌스키만을 말할 수 있었습니다. 그는 거기서 정치가였지 정객은 아니었습니다. …… 누가 '자유와 토지'의 구호가 그렇게 커질지 알았겠어요. '계단 소리는 나는데 사람은 내려오지 않는 거지요' 누가 그가 '호인'이었다는 것을 알았겠어요. 농민은 땅을 원하는 것이지 사회혁명당의 강령 선언서를 원하는 것은 아니라고요. 실제 땅이 필요하지 무슨 신묘한 과학이 필요하겠어요. 그는 그저 공상적인 지식계급에 지나지 않았던 거지요. 국회를 개원하는 문제도 계속 미뤄지고 미뤄졌어요. 당시의 정치적 상황에서 그는 조금도 정치적인 역할을 할 수 없었어요. 지식계급을 말해볼까요.—당신은 러시아 수십 년 동안의 조류를 알고 계신가요?—혁명 중 지식계급이 지은 죄가 적지 않아요. 러시아의 마음에서 지식계급은 보통 평민과는 분명히 구분되는 사람들입니다. 혁명이 막 일어났을 때 그들은 무슨 헌법이니, 국회니 하는 것들을 말했고, 인민들은 그들을 차르와 같이 고귀한 사람들로 생각했습니다. 상황이 급박하게 돌아가게 되자 그들은 인민을 버리고 외국으로 도망갔어요. 인민들을 도와주지 않고 모두 대업에 등을 진 것이지요. 무산계급이 극단적으로 된 것은 당연한 거예요. 그 수개월의 풍파가 일어나는 동안 안경을 쓴 이들은 모두 지식계급으로 지목받고, 사보타지를 하는 이들은 철저히 배제되었습니다. 그래서 지식계급들은 더더욱 도망가지 않을 수 없었습니다. 지금은 사람을 써야 할 때인데 손이 너무 모자라게 되었어요."

나는 지금 러시아의 종교는 어떤지, 톨스토이의 학설처럼 깊이 있는 포교가 이루어지는지를 물었다.

"종교요? 러시아인들은 종교의 민족으로 이름이 났지요. 브로커식의 교회 종교는 본래 미신입니다. 톨스토이도 그런 것에는 반대했지요. 혁명 전 사회운동에서는 교회와 종교를 절대 반대했습니다. 본래부터 그 정도가 심했어요. 지금은 어떨까요? 정부와 교회는 분리되었고 종교와 종교적 색채가 있는 학설은 타격을 입지 않을 수 없었습니다. 자각하지 못한 농민 대중들은 오히려 반항심에 교회에 빠져 들었습니다…… 톨스토이파는 말입니다. 절대 정치를 묻지 않아요. 강단의 도덕을 설파할 뿐이지요. '인간은 어떻게 살아야 하는가?' 아! 제가 일전에 일이 있어서 모스크바에 갔다가 바르자노프Barzanov[3]——를 만났는데, 야스나야 폴리아나에서 톨스토이파의 코뮌을 만든다고 하더군요. 그래서 일부러 보러 가는 겁니다. 이 코뮌은 너무도 느리게 만들어지고 있다는 말을 들었어요. 지금 신경제정책의 모든 것은 상업에 바탕을 두고 있습니다. 농기구나 가축, 종자 등도 모두 사야 합니다. 근데 어디서 돈이 나겠어요. 반년만이라도 빨랐다면, '전시 공산주의'라는 말을 듣더라도 정부의 도움—집산조직—은 받을 수 있잖아요. 그러면 공공사업은 전례에 따라 공산당의 찬조를 받을 수 있을 텐데 말이에요……"

저녁 8시가 되어서야 툴라를 떠날 수 있었다. '툴라'의 러시아어 원뜻은 '막다'이다. 타타르인Tatarlar들이 남에서 모스크바로 진격하던 때에 이곳까지 밀고 왔고, 러시아인들은 이곳의 무성한 삼림의 힘을 이용하였다. 나무를 잘라 산처럼 높은 목책을 쌓아 타타르인들의 공격로를 막았다. 그래서 이곳을 툴라라고 부르는 것이다. 근대에 와서는 '사모바르'의 명산지가 되었다.

야스나야 폴리아나역에 도착했을 때는 밤 9, 10시경이어서 톨스토이 저택으로 갈 수 없었다. 톨스토이 저택은 6킬로 떨어져 있었다. 우리 두 사람과 소학생들은 역 옆의 옛 별장—이 별장은 도시 사람들이 피서를 와서 묵는 곳이었다—에 묵었다. 별장은 낡았지만, 여러 개의 작은 방으로 나뉘어 오히려 우아한 느낌이 났다. 그날 저녁을 먹을 때, 학생 여행단들은 수줍어하며 가져온 건량과 우유를 내게 권했다. 어찌 이런 소학생들의 천진난만한 모습을 좋아하지 않을 수 있겠는가. 잠은 나무 침대에서 자야 했다. 새벽 네 시에 깨어서 아침을 먹기 전에 학생들의 사진을 찍어주었다. 트베리 사람은 전날 밤에 벌써 코뮌을 향해 출발하고 없었다.

톨스토이 저택

하늘엔 가을 구름이 가벼웠고, 자작나무 숲엔 쓸쓸한 바람이 불어오고 있었다. 야스나야 폴리아나역에서 출발해 톨스토이역으로 향했다. 작은 다리를 건너 도는 곳에 나무 한 그루가 고개를 숙이고 냇물을 굽어보고 있었고, 구름은 냇물에 반사되어 일렁이고 있었다. 시든 잔디를 밟으니 꼭 천연 융단을 밟는 것 같았다. 기분이 상쾌해지니, 도시의 심사는 이곳에서 어느샌가 어색하게 느껴졌다. 북쪽으로 방향을 바꾸자, 도로 양옆으로 높다랗게 뻗은 가을 나무들이 보였다. 단풍이 얼룩진 나무들은 미풍에 선단仙丹을 흩뿌리는 듯했다. 멀리 수풀 사이로 뻗은 마차 바퀴가 냇물이 되어 있었다. 넓은 시골길이 일순 '수로'로 변한 듯했다. 뭉쳐서 짙어진 가을 구름이 때때로 해를 가렸다. 이 해가 만든 그림자가 또 우산마냥 사람을 덮었다. 농부 한두 명이 큰 마차를 타고 말고삐를 당기면서 '다그닥' 소리와 함께 나는 듯이 스쳐 지나갔다. 톨스토이 저택의 문 앞에 이르니 중세식의 돌담이 보였다. 이 저택은 원래 톨스토이 모친의 집안인 폴콘스키Volkonsky[4] 왕작의 유산으로서 지주제의 흔적이 아직도 남아 있다. 문을 지나 옆으로 방향을 바꿔 수십 보를 가면 화원 넘어 톨스토이 저택이 보인다. 개 짖는 소리가 울리자 집안에 있던 누군가가 나와서 내다보았다.

저택의 현관을 들어서자 응접실에 대여섯 개의 서가가 보였다. 위층으로 올라가자 알렉산드라가 나와 맞이하면서 전시된 것들을 설명해주었다. 톨스토이 사후에 모든 물건들은 조금도 옮기지 않고 그대로 놓아두고 있다고 했다. 두 칸짜리 서재도 역시 서가로 가득 차 있었다. 톨스토이가 살아 있을 때 여러 차례 이곳을 한 칸짜리 대청으로 만들어 도서관으로 바꾸려고 했지만 저택이 너무 작아 끝내 그렇게 하지 못했다. 그래서 건물 여기저기로 흩어놓은 것이었다. 지금도 옛 모습 그대로이다. 전시물들을 다 둘러보니 톨스토이가 생전에 얼마나 소박했는지를 알 수 있었다. 귀족이 이렇게 생활했다는 것이 꽤 의외였다. 다만 식당에는 피아노가 있었고 사방 벽에 초상화가 걸려 있었다. 유명한 화가인 레핀의 톨스토이 초상이었다. 동쪽으로 돌아가니 '독서일주기실讀書一週記室'이라고 적혀 있는 작은 방이 있었다. 그 안에 작은 원형 탁자에는 독서일주기

4) 14세기경 미하일 체르니코프스키Mihail Chernigovsky 가 타타르Tatar 지배에 항거해 공을 세운 대가로 남부 볼코나강Volkona River 주변을 하사받게 되어 볼콘스키 가문을 이루게 된다. 볼콘스키는 '볼코나 강의'라는 의미라고 한다. 대대로 군인 지휘관을 배출한 군인 가문이다.

가 놓여 있었다. 톨스토이는 살아 있을 때 매일 아침 먼저 이곳으로 와서 일기와 어록을 적은 후 아침을 먹으러 갔다. 다음 한 칸은 서재였는데 서가에 책이 빼곡히 꽂혀 있었다. 거기서 한자가 우리의 시선을 끌었다. 그것은 시카고에서 출판된 중영 대조본 『노자 도덕경老子道德經』이었다. 책상 위의 문구는 단출했다. 커다란 남정석藍晶石[5]에 금색으로 글자가 새겨져 있었는데, 톨스토이가 그리스 정교회에서 제명되었을 때, 마르체브스키Marchevsky 공장의 노동자들이 톨스토이에게 축하의 의미로 보내온 것이었다. 벽은 사진으로 가득 했는데, 톨스토이가 살던 시기의 사진들이었다. 안드레예브나 톨스토이 부인Andreyevna Tolstoy—소피아 여사의 모친[6]—은 내게 톨스토이 형제와 숙부들의 사진을 알려주었다. 가운데 빈 액자가 있었는데, 원래는 톨스토이의 숙부의 자리였지만 술과 도박에 빠진 파락호여서 아예 파버리고 형제들과 나란히 두지 않은 것이라고 했다. 또 미국인 크로스비Crosby의 초상이 있었다. 그는 미국의 대통령 후보로서 일부러 톨스토이를 보러 왔었는데, 톨스토이의 권유를 받고 갑자기 후보를 사퇴하고 톨스토이의 집으로 와서 그의 친구가 되어 살았다고 한다. 한 칸을 더 가면 침실이었다.

방은 무척 작았는데, 침대 머리맡 탁자에는 초 반 토막이 남은 촛대가 놓여 있었다. 톨스토이가 떠난 당일 밤에 불을 붙였던 초였다. 침대 맞은편 창문 아래에도 작은 탁자가 있었고 방구석에는 세면대가 있었으며 그 옆에는 말안장이 있었다. 그게 다였다. 벽에는 톨스토이 부인의 젊었을 적 초상화가 있었다. 미인이라는 말은 이런 이에게 붙이는 것이리라.

참관을 할 때, 모두 즉 소학생과 교원과 트베리의 노인은 톨스토이가

5) 원문에는 '碧晶石'으로 쓰여 있는데, '남정석藍晶石'의 이명으로 보인다.

6) 즉, 톨스토이의 며느리이다.

떠났을 때의 이야기를 귀 기울여 듣다가 중간중간 알렉산드라에게 질문을 했다. 알렉산드라가 말했다.

"여러분이 보고 계시는 실내 장식은 30년 전에는 사치스러운 것이 아니었습니다. 그러나 아버지께서는 만년에 늘 정신적으로 불안하셔서 모든 것을 가져다 버리려고 하셨던 적이 한두 번이 아니었습니다. 게다가 가정도 화목하지 못해서 어머니는 곳곳에서 아버지의 계획에 어깃장을 놓으셨더랬죠. 농민들에게 토지를 나누어주는 일 같은 것이 그랬습니다. 그래서 참회하는 마음이 커지다 보니 떠나시지 않을 수가 없었습니다. 그날 밤 두 시를 알리는 종이 울리자 아래로 내려와 저를 부르시고는 함께 행장을 꾸리시면서 절대로 어머니께 알리지 말라고 하셨습니다. 아버지는 떠나실 때 중요한 것 몇 가지만 챙겨 가셨고, 사치품들은 모두 거부하셨어요. 저는 억지로 손전등을 행장에 넣어 드렸죠…… 아! 여러분은 저희 아버지께서 만년에 얼마나 심적으로 고통을 겪으셨는지 알지 못하실 거예요!"

참관하던 소학생들 모두가 감동에 휩싸였다. 이어 아이들은 흩어져 톨스토이의 묘와 코뮌 이곳저곳을 둘러보았다.

우리가 나오자 안드레예브나 부인이 한 번 더 둘러볼 것을 권했다. 쭝우는 사진을 상당히 많이 찍었다. 그 가운데 톨스토이 생전의 침대가 있었다. 안드레예브나 부인이 말했다.

"아래로 내려가 보세요. 거기에도 아버님의 어린 시절 서재가 있답니다."

아래층 방 중에서 부인이 알려준 방을 둘러보았다. 그 작은 방은 톨스토이가 처음으로 참회를 했을 때 여러 차례 목을 매려고 했던 곳이다.

러시아 농가

하늘이 갑자기 어둑해지더니 비가 올 것 같았다. 안드레예브나 부인은 비가 오면 나갈 수 없으니 주위를 한 바퀴 둘러보고 돌아와서 식사를 하자고 했다.

후원으로 나오니 정원 한가운데 사방으로 풍성한 가지를 펼치고 있는 큰 나무가 한 그루 서 있었다. 나무에서 낙엽이 이따금 떨어져 내렸다. 안드레예브나 부인은 나무를 가리키면서 톨스토이가 살아 있을 때 이 나무 아래에서 가난한 농민들을 초대해 이야기를 나누었고, 그래서 마을 사람들이 이 나무를 '가난뱅이 나무'라고 부른다고 말해줬다. 정원을 나오니 그 일대는 과수 천지였다. 작은 길을 돌아 나와 톨스토이 저택 앞 잔디밭을 지나 나무가 듬성듬성한 숲길을 통해 톨스토이의 묘로 갔다. 숲에는 나무 의자가 하나 있었다. 톨스토이는 산책할 때 늘 이 의자에 앉아 쉬고는 했다. 우리는 톨스토이 묘소에서 소학생들이 만들어 걸어 놓은 화환을 보았다. 하늘에서 젖은 비구름이 일렁거렸고, 비쩍 마른 낙엽이 이따금 바람에 울부짖었다. 고개를 드니 시야가 확 트였다. 그 트인 시야 속 시골의 들과 하늘이 별스러웠다. 톨스토이의 유택은 고인의 소박한 천성과 자연합일의 정신을 내게 일깨워주는 것 같았다.

톨스토이 저택으로 돌아와 점심을 했다. 톨스토이의 처제, 딸 알렉산드라, 며느리 안드레예브나 부인, 톨스토이의 친척으로서 또 다른 중년 부인과 노인—예전에 군관이었다—은 톨스토이의 한 마디에 일을 버리고 귀향한 이들이었다. 그중 어떤 이는 교육인민위원회에서 일을 하고 있었고 또 어떤 이는 여기에 세를 살고 있었다. 모두 모여 함께 밥을 먹으면서 조심스럽게 우리에게 중국의 정치 상황과 노자의 학설 등을 물었다.

식사 후 안드레예브나 부인은 다시 우리를 불러 화원을 돌아보게 했다. 프랑스식 꽃길은 양 옆으로 나무들이 늘어서서 폭이 좁았고, 가을 낙엽이 땅에 가득 떨어져 있어 걸으면 융단을 밟는 것 같았다. 작은 연못은 너무 맑아 그림을 보는 것 같았다. 그때 이슬비가 수면에 가을의 흔적을 그리고 있었다. 나는 안드레예브나 부인에게 시골 생활은 어떤지, 왜 모스크바에서 살 때보다 말랐는지를 물었다. 안드레예브나 부인은 시골 생활이란 게 일이 많기 때문이라고 했다. 그 사이에서 사람은 우둔해서 마음속의 말들을 하지 못하고 그래서 마음의 근심을 털어내지 못한다고 했다. "봐요, 저 옛 군관들은 지금은 반대로 그리스정교도가 되었지요. 여기 우리 친척 부인 두 분은 하루 종일 혁명정부를 욕합니다. 그들 눈에는 러시아 평민들은 다 죄가 있나 봐요. 설마 이게 톨스토이주의란 말입니까? ……" 그래서 그는 재미가 없다고 말했다. 시골에 살면, 그래도 또 아무렇게나 농가에 가서 기분을 전환할 수 있다고도 했다.

이야기를 나누며 걷다 보니 어느덧 톨스토이 저택의 문 앞에 도착했다. 멀리 서너 개의 마을이 보였다. 시야를 가린 안개는 가을 풍경을 한층 고즈넉하게 만들었다.

안드레예브나 부인이 말했다.

"아쉽게도 오늘 날씨가 이러네요. 날씨가 좋다면 당신들과 들로 산책이라도 하러 갈 텐데요. 우리 저기 농가에라도 들러서 러시아 시골 생활이 어떤지 좀 살펴볼까요?"

우리는 밭 사이를 지나 오두막으로 갔다. 네다섯 칸짜리 작은 집이었지만 전등이 있었고, 유리창에는…… 안드레예브나 부인은 웃으면서 큰 소리로 중국인이 '러시아 농부'를 만나러 왔다고 말했다.

"야, 멀리서도 오셨네요!" 농가의 여인 하나가 발을 걷으며 나왔다. "중국인도 러시아 시골사람을 보러 오는군요. …… 우리 집은 지주의 저택이랑 가까워서, 예전부터 다른 보통 농가보다는 꾸미는 편이에요. 새로 전등도 달고…… 아, 이런, 날이 좋지가 않네요. 그렇지 않으면, 저기 장원에 가서 정말 순수한 러시아의 생활을 볼 수 있을 텐데요. 앉으세요."

안드레예브나 부인과 우리는 인사를 했다. 그 여성은 이전에 톨스토이 집안의 농노였다. 또 다른 손님이 있었는데, 그녀는 안드레예브나 부인이 시집올 때 데리고 온 몸종이었다. 우리는 앉아서 차를 마셨다. 방 안에는 탁자와 스툴이 있었고, 구석에는 그리스 정교의 신상이 걸려 있었다. 벽에는 어울리지 않게, 그렇게 오래되지는 않은 유화가 걸려 있었다. 네 칸짜리 거실 뒤편으로 작은 뜰이 있고, 소와 양을 두는 우리와 꼴을 두는 창고가 있었다. 거실을 보면 화로가 벽 안쪽으로 마련되어 있었는데, 문에 면한 쪽에는 철판을 두어, 빵이나 음식을 할 수 있게 되어 있었다. 화로 상부는 들보까지 닿아 있었고, 화로의 상단은 침대 역할을 했다. 여자 주인이 화로를 가리키며 말했다.

중국에는 이런 화로가 없지요? 겨울에 추울 때는 이게 참 좋답니다. 잠도 화로 위에서 잘 수 있거든요. 밤에 온몸이 긴장되거나, 불 때문에 뜨거워서 잠에 들지 못할 때면, 베개를 끌어안고 지붕 위를 지나는 바람이나 내려앉는 눈 소리 듣고는 하는데, 그 "휘…… 휘…… 휘" 하는 소리가 정말 재미있답니다.

톨스토이파 코뮌

농가에서 나와 길을 따라 코뮌으로 갔다.

"톨스토이파는 누구나 다 정말 도덕적인 사람들이랍니다. 하지만 실제 능력은 없어요. 사업을 하려고 해도 경험이 없고요." 모스크바에 있을 때 예카테리나 여사가 내게 이렇게 말한 적이 있었다. 그런데 이제 톨스토이파의 코뮌을 직접 눈으로 보게 된 것이다. 그들은 내가 가자 무척 반겨주었다. 그들과의 이야기는 중국의 톨스토이 운동, 악전고투하는 풍속 등으로 이어졌다.

들어보니 톨스토이파들은 징집에 반대하여 종종 체포되고는 했다. 그들은 출옥 후에도 조직을 꾸려서 병역을 강하게 거부했기 때문에, 교육위원회의 허가를 얻어 이곳에 코뮌을 꾸려 살아가고 있는 것이다. 밭은 톨스토이의 유산을 농민들에게 나누어주고 남은 것이었다. 지금 코뮌의 성원은 대략 18, 9명 정도이다. 밀밭은 47러시아-무畝[7](1러시아-무는 중국의 18무에 해당)이고, 채소밭은 2러시아-무였다. 그 이외에 35러시아-무의 과수원이 있다. 그중 반은 마을의 농민들이 공유하였고,…… 또 말 여섯 필, 소 일곱 마리, 양 열 마리가 있었다. 1년간 생산하는 것으로 코뮌에서는 충분히 쓸 수 있을 것이라고 어림하고 있는데, 올해가 그 첫해였다. 코뮌에는 남자와 여자 모두 있었는데, 직접 들에 가서 일해야 했고—농번기가 돼서야 사람들을 고용할 수 있었다—, 여자들은 바느질도 해야 했다.

한적한 생활 속에서 모든 '인간의 쾌락'은 포기했다. 노동의 신성함과 자연의 보살핌은 쾌락보다 백배 이상의 즐거움을 주기 때문이다.

생산품은 완전 공유여서 각자가 필요에 따라 가져갔다…… 올 첫해의 성적은 아직 나오지 않았다. 매년, 오십 푸트pud의 식량세를 내기만 하면 나머지는 모두 자유롭게 사용할 수 있었기 때문에 바깥 세계와 연결될 일도 없었다.

그들과 우리는 서로 이야기하는 게 정말 재미있어서, 헤어질 때가 되

7) 1무畝는 0.066ha, 1러시아-무가 18무이니 약 1.2ha다. 러시아 넓이 단위로 десяти́на(desyatina)가 1.092ha이다. 러시아-무는 десяти́на가 아닌가 생각된다.

자 아쉬움이 남았다. 그들이 말했다.

"오늘 비가 와서, 저녁에 상부 작업장은 정말로 걸어서 볼 수가 없어요. 저희가 말 한 필을 빌려드릴게요. ……"

그날 밤, 우리가 떠나기 전에 코뮌에서는 일부러 인편으로 빵과 콩을 보내왔다. 그 은근한 성의에 우리는 감동했다.

야스나야 폴리아나의 남은 꿈

톨스토이 저택의 식당 창밖으로 가을 저녁의 어스름이 내려앉았다. 사람들은 막 저녁을 먹고 나서 차를 기다리며 역으로 돌아갈 준비를 하고 있었다.

식탁의 사모바르가 씩씩대는 소리가 방 안의 정적을 깼다. 연로한 귀부인—톨스토이의 처제가 식탁 옆에 앉아 바느질을 하고 있었고, 평소에는 천진난만, 중구난방인 그녀의 손자는 조용히 앉아서 곤샤로프I. A. Goncharov[8] 작품집을 읽고 있었다. 또 다른 중년 부인 하나—톨스토이의 친척—는 옛날 잡지를 읽고 있었다. 우리는 아이에게 몇 학년이냐고 물었다. 톨스토이의 처제가 답했다.

"쟤요? 쟤는 책은 적잖이 읽었답니다. 쭉 집에서만요. 학교에 간 적이 없어요—지금 소비에트학교는…… 흥."

그는 말을 멈추더니 갑자기 쭉 책을 보고 있던 아이를 바라보면서 한 손으로는 카드를 만지작거렸다. 그리고는 안경을 올리고 뭐가 즐거운지 눈썹을 치켜올리면서 예의 귀족의 매너를 보이며 물었다.

8) 러시아 소설가로 『평범한 이야기A Common Story』, 『오블로모프Oblomov』, 『벼랑The Precipice』 세 작품을 남겼다.

"아! 중국에도 도박 거리가 있나요? 제가 제일 좋아하는 놀이지요. 파리에 있을 때 하룻밤에 얼마를 잃어버렸는지!" 젊은 부인이 끼어들었다. "에휴. 저 사람은 젊었을 때 도박밖에 몰랐죠." 중년 부인이 무심하게 커다란 사진 상자를 꺼내 왔다. 거기에는 톨스토이가 살아 있을 적 친척과 친구들의 초상이나 크림Crimea 지방의 풍경이 담긴 사진이 있었는데, 그녀는 마지막에 학생처럼 보이는 사람의 사진을 가리키며 말했다. "얘가 제 아들이에요. 얘만 생각하면 마음이 너무 아파요. 혁명 때 간악한 볼셰비키의 손에 죽임을 당했죠. 우리 집안의 수많은 건물, 저택, 밭 모두 빼앗기고 말았답니다. 저도 3개월이나 옥살이를 했는걸요,…… 어휴……" 톨스토이의 처제가 갑자기 중년 부인에게 말했다.

"이제는 혁명 후잖아. 무슨 일이든 다 뒤집혔다고. 어제도 신경 거스르는 일이 있지 않았나? 어떤 아가씨하고 소년하고, 또 몇 명, 아, 모두 젊은 아가씨들이었지, 소파에 모여 앉아 있었는데, 조금도 꺼려하는 기색이 없고, 예의 같은 것도 생각하지 않더라고." 이때 마침 아가씨 하나가 다가왔다. 톨스토이의 처제는 처음에는 멍하게 있더니, 곧 이어 웃으며 말했다.

"뭔 고민이라도 있으신가, 아가씨, '호랑이도 제 말 하면 온다더니', 우리 지금 당신 얘기를 하고 있었는데."

그 아가씨는 우리를 보자 수줍어 머뭇거리다가 한참이 지나서야 입을 열었다.

"이런 일로 무슨 고민을 해요. 저흰 그저 누군가 가르쳐줄 사람을 기다리고 있는 거라고요……" 말을 하면서 소리가 점점 불분명해지더니, 마지막 몇 마디는 입으로 삼켜버린 것같이 아예 들리지를 않았다.

"에구구. 요즘 세상이 어찌 되려는지. 남녀공학이 다 뭐예요! 지금 중학교에서 남녀 학생들이 무슨 꼬락서니인지 모르시죠? 요즘 이십 년 동안 무슨 신교육을 한다나요!" 중년 부인이 이어서 말했다.

"하지만 남을 그렇게 몰지 마세요. 그 여자애들은 오히려 중학교 출신이 아닌걸요. 집에서 귀족 교육을 받은 아이들이에요."

"제 말이요. 세상인심이란 게 이렇게 변했는걸요. 무슨 도리가 있겠어요. 우리 젊었을 때는 정말 실제로 이상한 소문이라는 건 하나도 없었는데. 어쨌든 결국에는 체면이라는 걸 차렸으니까요. 어떻게 일이십 년 사이에 세상이 이렇게 변했는지 알다가도 모르겠어요."

"이상하다고 하시니, 왜 영국하고 프랑스에서는 '남녀공학'이 전혀 문제가 안 되는데, 우리 러시아에서만 안 된다는 거지요?"

나는 참지 못하고 끼어들었다.

"참 이상하지요, 중국에도 이런 말이 있답니다. '왜 외국에서는 큰 문제가 안 되는데 중국에만 오면 문제가 되는가?'"

마차가 준비되었다. 우리는 아가씨 몇 명과 함께 차를 타고 정거장으로 갔다. 비가 지나간 가을밤이었다. 말굽 소리만 다그닥다그닥 울려 퍼졌다. 고개를 들어 보니 달도 구름도 저마다 바쁜 걸음을 재촉하고 있었고, 달은 그 와중에 사방을 밝히고 있었다. 비 온 후 서늘한 기운이 우리를 감싸고 있었고 발아래 얼어붙은 이슬이 바지에도, 치마에도 묻어났다. 꼭 야스나야 폴리아나의 귀족의 남은 꿈처럼, '구시대의 러시아'가 결정을 맺은 것 같았다.

야스나야 폴리아나에 혁명의 파도가 거세게 밀려왔을 때, 소장파 농민들은 들고 일어나 톨스토이의 재산을 나눠 가지려 했지만, 노인들은 톨스토이의 됨됨이를 기억하고는 차마 그렇게 하지를 못했었다. 나중에 중앙정부가 인력을 파견하여 이 역사의 유적을 지킨 것이다.

대학생

15일 저녁, 본래 새벽 2시가 기차 출발 시간이었다. 역에 도착해 차에서 잠이 들었는데, 깨어보니 여전히 야스나야 폴리아나역이었다. 일찍 일어나다 보니 배가 고파서 트베리 노인과 함께 차에서 내려 그저께 일박을 했던 별장으로 갔다. 별장을 지키던 농부와 흥정해서 우유를 사고 감자를 쪘다. 그리고 농부의 집에서 물을 끓여 차를 마셨다. 주인이 조심스레 중국의 생활에 대해 물었다. 톨스토이까지 이야기가 미치자 주인이 말했다.

"저는 톨스토이 선생이 처음 학교를 열었을 때 그 학교의 소학생이었습니다. 덧셈, 뺄셈, 곱셈, 나눗셈도 할 줄 알아요."

주인의 아들은 러시아 계몽 독본을 들고 그 옆에 앉아 있었다. 나는 읽으려고 하는 것이냐고 물었고 이어서 지금 농촌 학교는 어떤지 물었다. 아이는 모든 아이들이 매일 학교에 가고 학비도 낼 필요가 없다고 했다. "오전에는 학교 가고 오후에는 돌아와요!" 학교에서는 수학도 가르치고 러시아 문자도 가르쳤다. 나는 그 아이와 이야기를 하려고 했지만 아이는 별 흥미가 없는 것 같았다. 그 모습이 꼭 중국의 '시골 아이' 같았다. 트베리 출신 노인은 톨스토이 생전의 일화를 이것저것 물어보았다. 주인이 문득 입을 열었다.

"또 뭐가 있을까? 톨스토이 선생이 살아 있었을 때 가보면 책이 많이 있었습니다. 우리는 그걸 얻어다가 읽기도 했고 팔아서 돈을 마련하기도 했어요. 근데 별 도움이 되지는 않았어요. 쉽겠어요, 어디? 아는 사람이 가면 1, 2루블은 받을 수 있는데, 보통은 3, 40전이 다였죠."

물이 끓어오르자 여자 주인이 우리에게 차를 따라 주면서 구시렁댔다.

"톨스토이 선생 당신은 사람을 도와주려고 하셨죠, 하지만 그 부인이 안에서 그렇게 해대니……"

내가 물었다.

"혁명 시기에 당신들은 얼마나 분배받았나요?"

"1무 반이요. 요 이태는 그럭저럭 남는 것도 있었는데, 올해는 또 무슨 '식량세'라는 게 생겨서, 저희도 조금 부담이 됩니다. 1년에 1/3, 12푸트를 내야 해요. 생활이 풍족하냐고 물으신다면, 그렇다고는 대답 못하겠네요. 우리는 혁명 전에도 3루블 이상의 돈은 구경한 적도 없어요. 지금도 말이에요, 별장을 관리하면서 알렉산드라 톨스토이를 통해 교육위원회로부터 8, 90 소비에트루블을 받고 있는데, 뭐 돈이라고 할 것도 없어요. 푼돈이죠. 몇십 전 정도밖에 안 돼요."

대화를 나누고 있는데, 쭝우가 기차에서 카메라를 가지고 왔다. 주인은 또다시 그에게 사진을 찍어달라고 했다. 마을의 아이들 중 하나가 소리쳤다. "저것 좀 봐, 미국 카메라야!" …… 나는 웃으면서 쭝우에게 말했다.

"중국인이 시골에 와서 서구 문명의 선전꾼이 될 줄은 몰랐네."

주인은 지금은 시내에 가서 사진 한 장 찍으려면 한 달 월급으로도 모자란다고 말했다. 그는 또 신나서 우리를 배웅하면서 말했다.

"우리가 요 이틀간 먹은 빵은 부족했어요. 코뮌에 남은 빵은—이제는 이걸 팔 수 있는데요— 우리가 사려고 하면 4, 5천에[9] 한 근이에요. 그 사람들은 모두 대학생이에요. 무슨 집단생산 한다고 말하지만, 결국 농사를 지을 줄 모르는 사람들이거든요. 그 사오십 무 밭은 우리 같은 소농에게 주는 게 차라리 나을 텐데 말입니다. …… 에휴! 가난한 사람은

9) 원문에는 루블盧布이나 소비에트루블蘇維埃盧布 같은 단위 없이 '四五千錢'이라고만 적혀 있다.

계속 가난하고, 부자는 계속 부자고. ……"

우리가 차로 돌아왔을 때는 이미 10시가 넘은 시각이었다. 11시에 기차가 출발했다. 어찌된 일인지 툴라역에 도착하니 또 차가 멈췄다. 날이 궂어서 차에서 내려 산보도 할 수 없었다. 우울한 마음에 이번 여행에 본 것들을 다시 되짚어보면서, 하나하나 마음속에 떠올려보았다. 러시아 시골 생활에는 무한한 감동이 있었다.

밤 9시까지 있다가 툴라를 떠났다.

귀로

객차 한 가운데 난로가 빨갛게 얼굴을 붉히고 있었고 차창은 어두운 얼굴로 객실을 쏘아보고 있었다. 웃고 떠드는 소리 속에서 온갖 색이 어우러지는 기이한 그림이 펼쳐지고 있었다—거기에는 세 가지 다른 문화가 있었다.

객실 남쪽에 청순한 아가씨들 몇몇이 앉아 있었다. 그들은 우아하면서도 생기발랄한 러시아 젊은이들이었다—모두 톨스토이 일가친척으로서 귀족의 후예들이었다. 그들은 비록 평민의 신분으로 내려앉았지만, 소비에트 기관의 사무원이거나 학교를 다니는 대학생이라, 은연중에 예의 귀족의 '딴 세상 사람'의 분위기가 배어 나왔다. 웃고 떠드는 것이 여유가 있었다. 그들은 한밤중에 일어나 재잘댔다. "에고, 빗을 시골에 두고 왔네,……" "마리가 푸시킨 작품집을 빌려준다고 했는데, 떠날 때 또 깜박했어." 희희낙락 웃음소리가 끊이지 않았다.

객실 가운데 두 중국인은 날이 어두워져 책도 보지 못하니 그저 묵묵히 앉아서는 그 동양식의 절도를 지키고 있었다. 누군가가 문득 감자라도 먹겠냐고 말이라도 건네면, "아닙니다, 괜찮습니다,…… 신경 써주지 않으셔도 돼요. 저희가 알아서 먹겠습니다. ……" 이렇게만 답했다.

객실 북쪽은 학생 여행단의 차지였다. 한밤중에 남학생들이 장작을 구해와 난로를 지피고 여학생들은 설거지를 했다. 차가 출발한 후 모두 둘러앉아서 수수께끼를 풀면서 웃고 떠들었다. 열 시쯤 교사가 "자도 된다"고 하자 이십 분도 되지 않아 소학생들 모두가 잠이 들었다.

'덜컹덜컹' 기차는 비틀거리며 모스크바로 다가갔다. 새벽 한두 시경 객실 남쪽에서 촛불이 켜졌고 소근대는 소리가 들렸다 몇 분이 지나자 웃음소리가 점점 커지더니 주위를 아랑곳하지 않았다. 어린아이 하나가 갑자기 외쳤다.

"밤이에요. 다들 잠을 잡니다. 배우신 분들답게 행동하시면 안 되나요……"

갑자기 촛불이 꺼지고 차 안에는 기차가 움직이는 소리만 들렸다. 문득 잘 알아들을 수 없는 말소리가 들려왔다. "여기 가방끈 긴 사람이 어딨다고……" 기차 소리가 워낙 컸기 때문에 그 뒤는 뭐라고 하는지 들리지 않았다.

단잠을 자다 깨어보니 모스크바 쿠르스카야Kurskaya역에 도착해 있었다.

새벽 서리와 맑은 햇살이 귀가하는 이들과 함께했다. 즐거운 기분과 가을 아침의 상쾌함 속에 우리는 숙소로 돌아갔다.

야스나야 폴리아나 여행은 답답했던 마음을 확 풀어주었다. 톨스토이, 세계적인 위대한 대문호의 흔적과 향기가 아직 남아 있었다. 구시대의 러시아, 즉 귀족적 풍모는 아직도 그 시골의 풍광에 남아 있었고, 사람들의 꿈에 서려 있었다. 지식계급 관념론자들의 신촌 운동도 분명하지는 않지만 조금은 흔적이 남아 있었다. 러시아의 농가 생활은 소박했지만,

경제적으론 아직 소자산계급에서 벗어나지 못하고 있었다. 평민 농민과 지식계급의 감정에는 사회문제가 여전히 선명하고 깊게 뿌리 박혀 있었다. 지식계급 문제와 농민 문제는 노도와 같은 10월혁명에 힘입어 그 뿌리가 흔들렸고, 이제 점차 해결되어가고 있는 중이다. 신교육과 구교육의 과도기인 것이다.

이번 여행의 감상이 이와 같다. 그 밖의 농촌의 가을 풍경, 유쾌한 본성, 농가의 즐거운 생활, 풍부한 시적 정취, 삶에 대한 이해 등은 멀리 있는 것 같지 않았다……

10월 18일

29. "뭐!"

1917년 가을, 러시아는 온통 붉은 빛으로 일렁였다. 적막한 벽촌까지 붉은 파도의 여파가 미쳤다. 그 파도는 둔치의 모래와 자갈에 싸우자는 듯 달려들어 그것들을 모조리 휩쓸고 가버렸다. 혁명의 폭풍이 몰려오던 때 군중집회에 모여든 이들의 마음은 노도의 불길이 되어 하늘까지 치솟았다. 이를 막을 것은 없었다. 20세기 역사적 과업의 첫걸음을 뗀 것이었다.

트베리주의 우유 공장 사장인 세메노프Semenov[1]는 사무실에서 한가롭게 담배를 말아 피우면서 멍하니 앉아 있었다. 갑자기 문소리가 나면서 두 사람이 들어왔다. "흥! 소비에트로 가시자고, 응!" 세메노프가 벌떡 일어나더니 황급히 물었다.

"소비에트? 소비에트라고? 뭔 소비에트?"

"가라고! 잔말 말고!"

---

1) 『신아국유기』에 나오는 백군 장군 중 하나인 세메노프Ataman Grigory Semenov와는 다른 인물이다.

예전 귀족의 저택에는 사람들이 집회를 열고 있었다. 모두 해진 옷에, 군모와 군화를 하고 있었다. 그들은 얼굴은 초췌하지만, 정신적으로는 흥분되어 있었다. 세메노프가 들어서자 모두 고개를 돌려 그를 쳐다보았다. 사람들이 웅성웅성거리더니 다시 가라앉았다. 주석은 세메노프에게 앉으라고 명령하더니 군중들을 향해 결의안을 읽어 내려갔다.

"트베리 노농병 소비에트 결의: 세메노프의 공장, 재산, 집은 일괄 몰수하여 트베리주 노농지방정부의 공유公有로 한다. 모든 착취자들은 노동자와 농민이 혁명의 힘으로 권력을 획득한 이때 당연히 모든 권리를 박탈당한다. 세메노프 사장은 법규에 따른다."

세메노프는 부들부들 떨면서 일어나 방을 둘러보았다. 신상神像은 없었다. 상관없었다. 그는 습관적으로 성호를 그으며 군중에게 떨리는 목소리로 말했다.

"여러 '나리님들!'"[4]

"누가 당신 나린데!" 연단 아래 회의장에서 누군가 튀어나와 호통을 쳤다.

"여러 동무들, 나리들,…… 저…… 저 또한 농민 출신입니다. 우리는 모두…… 평민들 아닙니까. 우리는 모두 평등하고, 저 또한 혁명에 찬성합니다. 하지만, 하지만,…… 저는, 아이고! 좀 봐주세요, 봐주세요,…… 어려서부터 클 때까지 고생만 했답니다. 노동자, 진짜 노동자는, 지금 지금……이런 재산을 가지고 있지만, 원래 모두의 것인데,…… 그렇지만, 그렇지만, 이만큼 땅을 얻는 것도 쉽지 않았습니다. ……"

여기까지 말하자, 단 아래에서 또 호통소리가 들려왔다. "아~ 네가 노동자다! 발뺌하기야? ……"

"아, 아, 아닙니다. 제 말은 이 정도 재산을 모으는 게 쉽지 않았다는 말입니다. 지금은 진심으로 국유화를 바랍니다요. 국유화 말입니다…… 소비에트가 분명 저희에게 보증을 하겠죠. 빵만 마련된다면야 괜찮습니다요."

당시 선포가 이루어지자 곧바로 사람이 파견되어 조사와 폐쇄가 이루어졌고 대부분의 부동산이 국유화되었다. 세메노프는 말투가 나긋해졌고 차가 없어 걸어 다녀야 했으며 흰빵이 없어 검은빵을 먹어야 했다. 나중에 전국적으로 동산몰수법이 '혁명세'라는 이름으로 시행되어 세메노프는 육만 루블을 낼 것을 처분 받았는데, 시간을 끌면서 지체했다. 조사가 이루어지자 그는 수천 장의 루블 지폐를 꺼내서 "더는 없습니다. 더는 없다고요"라고 호소했다. 혁명정부는 더 내지 않는다면 즉시 총살할 것이며 엿새의 말미를 주겠다고 했다. 그는 끝까지 모른 척하려고 했지만 그의 아내가 겁에 질려 현금을 맡긴 친척의 거처를 불었다. 그렇게 돼서야 조사와 몰수가 끝을 맺었다. 현재 세메노프는 작은 공장을 세낸 신자산계급이 되었다.

어떤 지역에서는 어떤 지주가 몰수를 당한 후 이곳저곳에 문의를 하고 기관 여기저기에 소를 제기했다. "제가 무슨 죄를 지었다고 재산을 몰수합니까?" 그는 끝까지 혁명을 이해하지 못했다. 특히 상트페테르부르크 중앙노농정부에게까지 찾아갔다가 퇴짜를 맞기까지 했다. 그는 정신병이 더 심해졌다. 집이 몰수당해 작은 오두막으로 이주했는데, 개중에 그를 불쌍히 여긴 사람이 그에게 이것이 '혁명'이라고 설명을 해주고, 그가 더 이상 지주가 아니라고 말해주었다.

"뭐! 뭐라고! …… 아! …… 지주가 아니라고? 몰수? 집을, 땅을? …… 아! 뭐! …… 뭐!"

작은 마을이 끝나는 곳, 한 칸짜리 오두막 말고는 잔가지와 낙엽, 눈조차 드문드문한 그곳에 늘 한 사람이 보였다. 때로는 뒷짐을 지고, 때로는 허리에 손을 짚고, 혼자 이리저리 오가며, 수시로 손발을 놀리며 주절주절 혼잣말을 했다.

"아! 뭐!"

이 혁명 시기의 일화는 트베리 사람이 내게 말해준 것이다.

10월 25일

30. 붉은 10월

제3전력 노동자 공장—옛 디나모Dinamo 공장.

10월혁명 기념일이었다. 공장에서는 많은 직공들이 모여…… 파티를 열었다. 신성한 노동자들, 그들이 본 것이 적지 않았고, 그들이 겪었던 것이 적지 않았다. 흉악한 코사크족들은 노동자들을 축출했었다. 파업이 폭풍처럼 일어났었다. 대치전은 중과부적이었다. 그런데 오늘 얼마나 많은 이들이 그들을 축하하러 이곳에 온 것인지,—10월혁명,—직원, 노동자, 가족 등등 사람들이 무리 지어 공장으로 들어갔다.

현재 공장관리인인 우하노프Uhanov[1]가 개회를 선포하고, 간단한 연설로 10월혁명의 경과를 설명한 후 혁명 희생자들에 애도를 표했고,—모두 자리에서 일어나 경의를 표하고 애도의 노래를 부른 후 한 명씩 계속해서 열렬한 축사를 이어갔다.

집회에 참여한 사람들은 하나같이 흥분해 있었다. 사람들이 넋을 놓고 있던 사이에 갑자기 레닌이 연단에 올랐다. 연회장을 가득 메우고 있던

1) 인민문학출판사본 제30장 주2에 따르면, 그는 당시 디나모Dinamo 공장 공장장이었고, 후에 모스크바소비에트 주석, 지방공업인민위원회 위원, 러시아공산당(볼셰비키) 중앙위원을 역임했다고 한다.

사람들이 모여들었다. 놀라서 한동안 침묵이 이어지더니 뒤이어서 갑자기 만세 소리와 박수 소리가 집이 떠나갈 듯 울렸다. ……

노동 대중의 눈이 전부 레닌을 향했다. 모두 온 정신을 기울여 한마디도 놓치지 않겠다는 듯 그의 말을 경청했다. 레닌은 쉽게 알 수 있는 비유를 섞어서 소비에트 정부가 노동자의 정부임을, 그리고 노동 대중의 마음에 그 의미가 나날이 커가고, 나날이 선명해지고 있음을 역설했다.

"이전에 노동 대중은 '무기를 든 사람'을 두려워했습니다. 그러나 지금 그들—적군赤軍은 두려운 존재가 아니라 노동 대중 자신의 보호자인 것입니다."

레닌의 뒷말은 뜨거운 박수에 묻히고 말았다. 흥분이 채 가라앉지도 않은 상태에서 또다시 연단에 트로츠키가 모습을 나타냈다.

"저는 이 연단에 오르기보다는 여러분 곁에서 여러분의 기억을 듣고 싶습니다."

트로츠키는 경제 상황에 대해 말했다. "세상에는 완전히 만족하는 사람은 없습니다. 어느 집회에서도 곤란을 말하고 불만을 말하는 사람은 있습니다. 한번은 농민이 경제적 파산을 원망하는 것을 들은 적이 있습니다. 저는 그들에게 물었지요. 화재를 입은 농민에게, 대략 얼마의 시간이면 새 오두막을 지을 수 있습니까? '아마 끌어모을 건 다 끌어모아도 한 3, 4년은 걸릴 겁니다.' 그렇다면 무슨 생각으로, 큰 화재를 겪은 이 거대한 땅을 그렇게 짧은 시간 안에 회복시킬 수 있을 거라 기대하는 겁니까? 이건 몇 년의 시간이 필요한 일입니다. 예를 들어 봅시다. 저는 방금 전 엘리베이터를 타고 올라왔습니다. 승강기는 단추를 누르면 움직이지만, 손을 떼면 멈춥니다. 왜 그러냐고 물으니까 이렇게 대답하더군요. '얘가 성질이 원래 이래요' 하하…… 이런 결점들은 우리에게 흔한 일입니다. 우리는 반드시 힘을 쏟아서 우리 자신의 잘못과 과오를 연구해야 하고 교정해야 합니다. 그렇게 할 때만 우리가 승리할 수 있습니다.

박수 소리, 만세 소리, 〈인터내셔널가〉 소리, 공장은 이를 담기에는 너무 좁았다. 위대한 힘이 막 자라나고 있었다. ……

"만세! 모스크바 남녀 노동자 만세!" 트로츠키의 마지막 외침이었다.

"만세!" 사람들의 호응소리는 회장을 울리며 사방으로 퍼져나갔다.

"혁명 위인 만세!"

대회가 끝났다. 대부분은 식당에 마련된 파티장으로 갔지만, 일부 노동자들은 공장 관리처로 갔다. "아, 감사합니다, 우하노프 동지. 우리는 또 위인을 만날 수 있었습니다."

그 엘리베이터를 운전하는 여공은 이 사람 저 사람에게 승강기의 단추와 관련해서 트로츠키의 말이 전혀 틀리지 않았다고 말했다.

붉은 10월 공장에서의 경축 연회는 성대하게 개최되었다. 그러나 그 '성격 나쁜 단추'는 미래에는 하루가 다르게 줄어들기를 희망한다.

11월 7일은 상트페테르부르크 무산계급 봉기 기념일로, 정확히 러시아 구력舊曆 10월 25일이다. 때문에 10월혁명이라고 부르는 것이다.

11월 8일

31. 중국인

편지는 반도 채우지 못했다. 독신 생활은 너무도 쓸쓸했다. 마음에는 알 수 없는 감상이 끊임없이 솟아났다. '나'의 일부분은 점차 변질되고, 어리석음 속에서 늘 사회적 '나'의 의식은 냉소적으로 되고 만다.

이틀 전(11월 6일) 화교 뤼呂 모가 하얼빈哈爾濱에서 내 동생의 편지를 가지고 왔다는 말을 들었다. 기다리지 못하고 그를 찾아갔었다. 저녁 8, 9시쯤 찾아갔는데, 뤼 모는 아직 돌아오지 않은 상태였다. 같이 사는 왕王 모가 잠시 앉아서 기다리라고 했다. 나는 편지를 너무나 보고 싶은 마음에, 차를 여러 잔이나 마시며 한참을 기다렸다. 왕 모가 말했다.

"선생은 여기 사는 게 괜찮으신가요? 모스크바의 중국 영사가 떠났다고 하던데, 도대체 그게 무슨 일인가요?"

"저도 잘 모르는 일입니다."

"흥! 천광핑陳光平이 모스크바에서 동포들 고혈을 짜내고는 도망가 버린 것이겠지요. 저흰 치타Chita에서 와서, 어제하고 그제 사람들을 만났는데, 여기 화교 중에서 그 인간을 욕하지 않는 사람이 없더라고요. 중국 관료라는 게 그렇지요. 관료들은 언제나 다 죽어 없어질까요? 치타의 영사도 딱 이랬답니다."

옆에 있던 중국인 노동자가 물었다. "지금 치타에는 누가 영사로 있나요? 에휴 니미……" 왕 모가 말했다.

"신임 영사는 천충쉰沈崇勳인데, 부임하자마자 누군가 벽보를 붙여가지고 욕하던데요. 여권 하나에 얼마나 받아 처먹었는지. 치타의 중국인 쿨리들이 말하더라고요. '천충쉰 이 새끼는 외교관으로 나오려고 외교부에 줄을 댔는데, 여동생한테도 돈을 얼마를 걸어 뒀는지 모른다니까. 지금 허겁지겁 치타로 와서는 사람들 등골을 빼먹고 튀려고 한단 말이야. 그중에는 지 여동생 혼수에 쏟아부은 돈도 포함되어 있을걸.' 치타의 화교들도 영사가 온 후 모두 이권을 노리고 쌈박질이에요. 영사 그 인간도 모든 거래—심지어 화교들의 이사나 등기 같은 시시한 일들조차 소매를 걷고 나서서 자기 것으로 만든다니까요. 면허증 한 장도 여권 하나도 다 구전이 있어요. 그래서 화교회의 일은 어느 것도 제대로 처리되는 것이 없습죠. 언젠가 노동자들하고 노점상 몇이 영사관에 가서 면허증을 수령하려고 할 땐데요, 누군가 '화교회는 지금 일을 처리할 수 없기 때문에 다 영사님께서 처리해주셔야 합니다'는 말을 했단 말입니다. 그러자 천충쉰이 '뭔 개소리야!'라고 욕을 했겠지요. 노동자들이 격분해가지고 그 인간을 줘 패려고 달려드니, 하, 요 쥐새끼 같은 놈이 글쎄 후다닥 내빼더라니까요."

차를 마시면서 이야기하다 보니 어느덧 10시가 되었지만 뤼 모는 여전히 돌아오지 않았다. 가려고 했는데, 손님 몇 명이 와서 다시 주저앉았다. 손님 중에는 러시아인 아내와 함께 온 중국인 행상이 있었다. 서로 소개를 하자 그 행상의 아내가 장난치듯 물었다.

"당신네 중국에서는 아내를 여럿 두는 풍습이 있지 않나요?"

"있기는 확실히 있습니다만, 부자들이나 감당할 수 있지요." 그녀는 내 말을 듣고는 남편에게 몸을 돌려 말했다.

"그럼 그렇지. 당신 아직도 발뺌할 거야! 내 당신 집안에 다른 중국 여자 하나 숨겨두고 있는 걸 진즉 알았다니까." 그의 남편이 웃으면서 말했다.

"맞아, 맞아. 집에 사랑하는 이가 따로 하나 있지."

다른 여자가 갑자기 뭔가 생각이 났다는 듯이 외쳤다. "아, 내일 11월 7일이 기념일이구나!" 러시아 상인 하나가 끼어들었다.

"에휴, 내일 장사는 또 파이군. 하루 일을 못하면, 하루 벌이가 없는데……"

여자가 말했다. "참 나! 4년 동안 식량 배급을 받아서 돈이 필요 없는데도, 사람들은 적다고 불평이라니깐요. 이제 배급 안 한다니, 당신들이 가서 벌어보시든가. ……"

뤄 모는 밤이 되도록 돌아오지 않았다. 나는 나중에 다시 편지를 받으러 오기로 하고 돌아갔다. 지금은 이미 편지를 가져왔는데, 그날 일이 떠올라 기록으로 남겨 러시아에서의 중국인의 생활을 알려주려는 것이다.

11월 16일

32. 집에서 온 편지

며칠 전 나는 베이징에서 온 편지를 받았다. 윈畇이가 보내온 편지였다. 올해 3월에 보낸 것이 우편이 막혀서 이제야 도착한 것이었다. 윈이는 중국에 있는 가족들이 모두 '잘 지낸다'고 했다. 편지를 읽자 가슴이 울컥했다. 한배에서 태어나 같이 살아오면서 같이 고생을 했는데, 어쩌다 보니 이렇게 떨어져 지내게 되었다. 떨어져 있으니 오히려 우애가 더 사무쳤다. 게다가 난 여섯 달 동안을 고향 소식을 듣지 못했다. 이렇게 오늘에서야 '오랜 바람이 드디어 이루어졌다'는 생각에 눈물을 참을 수 없었다.

그러나…… 두보가 '가서[1]는 만금에 비긴다家書抵萬金'고 했듯이, 이 편지는 정말 귀하고 소중하기는 하지만, 그게 또 다른 고민거리를 일깨워 주었다. 내가 과거에 해결하지 못했던 문제가 편지로 인해 떠올랐던 것이다. 옛꿈을 다시 떠올리니 마음에 상처만 남는다. 문제다, 문제! 수년 전 나를 번뇌에 싸이게끔 했던 문제. 왜 '가족'이 필요한가? 내 '가족'은 왜 존재하는가? 그것은 진즉에 모든 형식을 잃어버렸으면서도 왜 정신

1) 家書. 말 그대로 집에서 온 편지다. 이 시구는 「春望」에서 가져온 것이다.

적으로는 남아 있는 것인가?

아! 윈이가 "가족들은 잘 지냅니다"라고 한 이 말은 무슨 의미일까? 윈바이畇白야, 너 내 마음을 어지럽히고 싶었던 게냐? 안다. 내 다 안다. 너희는 집에서 그 몇 년 전이랑 다를 바가 없이 산다는 것을—당시 우리 집은 어떻게 형식적으로만 억지로 유지하고 있는 꼴이었다—, 그 가난이 어떨 것이라는 것을.

난 믿을 수가 없구나, 정말 믿을 수가 없구나……

중국에는 예부터 '사士'가 있었는데, 유럽의 지식계급과 비슷하지만 그 의미는 크게 달랐다. 과거 중국의 '사'는 사회에서 특권을 누렸으니, 실제로는 공교도孔敎徒의 계급이었다. 소위 '치인의 군자治人之君子'는 순수하게 지식의 힘만으로 일하는 이로서 결코 육체노동을 할 수 없는, 말 그대로 '닭 잡을 힘'조차 없는 독서인이었다. 지금은 신생 자산계급에 외국자본의 착취까지 더해져 사 계급은 이에 영향을 받아 물질생활뿐 아니라 정신생활까지 파산에 이르렀다. 사가 종전에 정식으로 경제적 특권을 누려본 적이 없으면서도 평민을 착취할 수 있었던 것은 치인의 군자, 즉 관리였기 때문이었다. 지금은 어떤가? 말단 관료들은 이미 반 푼의 값어치도 없었다. 착취 방법도 바뀌어 야만적인 강도(독군督軍)가 아니라, 문명적인 간적奸賊(양행의 매판洋行買辦)이 됐다. 사는 이미 '관리'로 나갈 수 없게 되었고 피고용 노동자 부대에 강제로 편입된 상황이었다. 이전 시대의 알량한 사회적 특권(존경)의 부산물인 경제적 지위도 이로 인해 잃고 말았다. 게다가 공교가 쇠락하면서, 사의 사회적 사명도 사라졌고 자기 스스로 점차 중국식 상류사회의 예속을 파괴하는 동시에 새로이 나타난 유럽화된 자산계급에게 밀려나 구시대의 '고물 진열관'으로 떨어지고 말았다. 사는 지금에는 이미 사회에서 역사적 유물이 되고 만 것이다.

우리 집안은 사에 속했다. 우리 집안은 다른 이들과 마찬가지로 가련한 운명을 맞이해야 했으며, 완전히 파산하고야 말았다.

어머니는 가난에 내몰려 세상을 등지셨고, 내게는 그저 어머니의 자애—내게 주셨던 유일한 유산이다—만이 마음속에 영원히 남아 있을 뿐이다. 아버지는 일생을 고생만 하셨고, 지금은 '시대를 잘못 타고나셔서' 타지에서 소학교 훈장 노릇이나 하시는데, 그렇게 하셔서도 당신의 자식들과 함께 사는 것은 꿈도 꾸지 못하신다. 내 형제자매들은 어떠하겠는가. 누구는 남쪽에, 누구는 북쪽에 여기저기 흩어져 남의 집 신세나 지고 있다. 나 또한 혈혈단신으로 '아향餓鄕'으로 오고야 말았다. 이것이 내 가정이고, 이것이 소위 "가족들은 잘 지냅니다"라는 말의 뜻이다.

문제이고, 문제로다. 영원히 풀 수 없는 문제로다. 설령 살아갈 수 "없다"고 하더라도, 나는 도적이 될 수는 없는 노릇이다. 하물며 이것이 우리 족속의 공통의 운명일진대, 또 어떻게 무엇을 해볼 수 있겠는가?

그래서 어느 날, 모든 '사'가 무산계급이 되는 날, 우리는 우리가 할 수 있는 것을 하면 되는 것이다. 그게 어느 날이나 될 것인가……

11월 26일

33. '나'

추바이 '나'는 구시대의 효순한 이도 아니며, 현대 '문명'으로 악화될 수 있는 이도 아니다. 물론 서구 문화의 영향은 조수처럼 중국의 '만리장성'을 부숴버리고 중국의 삶으로 들어왔다. …… 그러나 이 청년의 삶은 어렸을 적부터 세계사의 여러 문화적 색채와 섞이었고, 때문에 자신의 순수한 '중국성中國性'을 적절하게 증명할 길도 사라졌지만, '자아'의 수양에는 분명한 나침반이 있기는 해야 한다. 게다가, 누구도 자신의 개성과 추상적인 순수함을 지킬 수 없는 상황이 되고야 말았다. 여기서 환경(이 또한 아마도 소위 '사회'가 될 것이다)이 영향을 미치지 않을 수 없는 것이다.

그러나 개성의 문제는 심원한 내적 본성을 가지고 있다. 어떤 이는 자신의 개성을 발전시키고 또한 그 자신을 가로막는, 주관적인, 곤란한 환경 일체를 제거하고 나아가, 자유자재로 행동할 수 있게 되기도 한다. 어떤 이는 자신의 개성을 발전시키려 미친 듯이 장애물과 싸우지만 방어에 모든 힘을 써버려서, 진취적인 창조력을 완전히 잃기도 한다. 또 어떤 이는 자신의 개성의 발전이라는 것을 알지 못하고 온전히 '사회'에 함몰되어 개성을 나타내는 재능을 완전히 잃어버리고 만다. 이것이 개성 문제의 세 가지 범주이다. 구체적으로 말해 인간은 다양한 민족의 다양한 문화가 교류하거나 충돌하는 상황에 처하게 되는데, 이 인류 발전의 과정에서 혹자는 이 과정에 온 힘을 기울임으로써 자신의 개성을 실현한다. 이것은 곧 인류 문화를 증진시키는 것이기도 하다. 혹자는 맹목적으로 한 민족의 문화적 본성만을 고집하고 적응하지 못함으로써 자신의 개성을 스스로 그르치고 진부한 구시대에 희생되고 만다. 또 혹자는 그 '무지'를 드러내, 쥐꼬리만큼 아는 것을 가지고 민족의 개성을 지우고 해함으로써 소위 '신파新派'에 부역하고 만다.[1] 이 세 파 가운데서 어떤 것을 취할 것인가?

이처럼, 나의 사명은 분명하다. "나는 장차 무엇이 되려는가?" 나는 '내'가 인류 신문화의 배아가 되길 바란다. 신문화의 기초는 본래 역사적으로는 대치해왔으나 지금 시대의 초입에 이르러 서로를 보조하는 두 문화, 즉 동방과 서방을 연결시키는 것이어야 한다. 현 시기 두 문화는 모두 과거의 위험한 병증을 대표하고 있다. 하나는 자산계급의 브로커주의이고 다른 하나는 '동방식'의 정체이다.

'나'는 구시대의 효순한 이가 아니라 '신시대'의 생기발랄한 어린아이이다.

물론 기껏해야 나는 아주 자그마한, 별 대단하지도 않은 소졸이 될 수 있을 뿐이다. 그러나 나는 적극적인 분투자였고, 분투자이고, 분투자일 것이다.

나 자신은 소졸에 불과하나, 세계적 문화 운동의 전위에 들어왔다. 그 전위는 장차 전 인류 문화의 새로운 길을 개척할 것이고, 이것은 또한 바로 4천여 년간 찬란하게 꽃피웠던 중국 문화의 광복을 가져올 것이다.

---

1) 첫 번째는 사회주의 세력을, 둘째는 문화보수주의적 경향을, 셋째는 전반서화全盤西化를 내세운 서구지향의 근대 개혁 세력을 말한다.

'나'의 의미는 이것이다. 내가 사회에 대해 개성을 가지듯, 민족은 세계에 대해 개성을 갖는다.

'내'가 없으면 사회도 없으며, 내가 움직이지 않으면, 사회는 더더욱 존재할 수 없다. 민족성이 없으면 세계도 없으며, 민족이 움직이지 않으면, 세계는 더더욱 존재할 수 없다. 사회와 세계가 없으면, 즉 교류 화합하고, 집체적이면서 완정한 사회와 세계가 없으면, 소위 '나'도, 소위 민족도, 소위 문화도 없다.

12월 3일

34. 생존

"그(라스콜리니코프Raskolinikov[1])는 '생존' 하나만 가지고는 부족하다고 생각해 왔다. 그는 때때로 무언가 더 해야 할 것이 있다고 생각했다."

—『죄와 벌Crime and Punishment』 도스토예프스키

전등불이 방 안을 가득 채웠다. 가볍게, 묵묵히, 빙글빙글 춤을 추는 광선은 내게 자신이 즐거운 상태에 있다는 것을 보이려는 것 같았다. 기독대성당의 종소리는 수시로 창문을 흔들어댔다. 그것은 마치 무엇인가 암호를 전하려는 것 같았고, 내 신경은 그 암시를 받는 것 같았다. 나는 홀로 앉아 멍하니 생각에 빠져들어 있었다. 눈앞에 어지러이 널린 서적과 신문과 작은 거울에 반사되는 빛 따위가 내 마음을 흔들어대는 통에 오랜 시간을 어느 하나에도 집중할 수 없었다. 그저 이따금 신문의 커다란 글자, 그 새카만 잉크 자국만이 억지로 내 눈으로 비집고 들어올 뿐이었다.

나는 조금이라도 일을 해야 했기에, 스스로를 북돋우며 아무 필사본

1) 도스토예프스키 『죄와 벌Crime and Punishment』의 주인공이다.

이나 펼쳐 보았다. 본문은 러시아어로 되어 있고 그 아래 영어, 프랑스어, 중국어가 주석으로 달려 있었다. 내가 1년 반 전에 직접 베껴 쓴 것이었다. 아무렇게나 필사본을 보았다. 당연히 내가 이 러시아어를 연구하겠다는 생각으로 펼쳐 본 것은 아니었다. 그저 멍하니 앉아 있으면서 나쁜 마음을 먹게 되는 것이 싫어 무엇이라도 해야겠다는 생각에 그렇게 한 것이었다. 그러나…… 이런, 난 또 넋을 놓고야 말았다. 결국은 아무것에도 집중할 수 없었다. 도대체 왜? ……

필사본에는 mentir[2], lie, 거짓말 등의 글자가 있었는데, 나도 모르게 미소를 짓고 말았다. 분명 당시에도 '왜 웃는지' 알지 못했다.

"뭐? 너 웃는 거야?" 갑자기 등 뒤에서 누군가 내게 소리를 질렀다. 나는 놀라서 주위를 둘러보았다. 방 안에는 아무도 없었다. 그저 늙은 흰 고양이 한 마리가 마룻바닥에 앉아서 차갑게 비웃듯 눈도 피하지 않고 나를 바라보고 있을 뿐이었다.

'설마 저 녀석이 말한 건가?' 나도 모르게 이렇게 생각하면서 그 흰 고양이를 뚫어져라 쳐다보았다. 그 녀석이 말하는지 아닌지를 보려는 것이었다. '신기하네! 정말 신기해! 어떻게 고양이까지 사람 말을 다하는 거지!' 오! 또 들린다.

"당신 속으로는 기쁘고, 즐겁지, 당신은 당신이 억지로 몇 나라의 글자를 알고 있다고 생각하지(흥, 우리가 보기에는 당연히 그게 그거인 '사람'의 소리에 불과한데 말이야. 아니면 새하얀 부드러운 물건 위에 아무렇게나 검은 무늬를 그려 넣은 것이고), 어때? 안 그런가? 흥, 몇 나라의 글자! …… 당신도 알 거야, 각 나라의 글자에는 어디에나 '거짓말'이 있지! 하지만 우리 '인간이 아닌 자'의 사전에는 아무 글자도 없어. 본래 아무것도 없지, 사전

2) 프랑스어로 '거짓말하다'이다.

같은 건 더더군다나 없다고. 흥……"

여기까지 말을 마치자 침대 아래에 약간의 기척이 있었다. 나의 그 신비한 고양이는 갑자기 말을 멈추고 귀를 쫑긋 세우고는 사방을 둘러보았다. 나는 그때, 다시 책을 보기 시작했기 때문에 더는 고양이를 상관하고 싶지 않았다. 본래 너무나도 기괴한 일이기에, 나는 정말 이러한 동물의 말에 더는 신경 쓰고 싶지 않았다. 그런데, 고양이는 내 이런 태도가 마음에 들지 않았는지, 갑자기 목소리를 높여서 일장 연설을 하기 시작했다.

"하하! 당신, 당신이 '살아 있다活'고 생각하는 거지? 삶의 의미가 무엇인지 알고는 있나?—고양이는 화가 난 듯이 나를 보면서 말을 이어갔다—꿈에서 깨시게나. 더는 이런 일은 없다고! 당신은 '살아 있는 게活' 아니야, 그저 '생존하고 있을生存' 뿐이지. 당신과 모든 생존물은 똑같이 각자가 각자의 주관적 환경을 가지고 있지만, 실제로는 그걸 결코 이해하지 못해. 당신은 지금 좋은 소굴에서 살고 있어. 안에는 인공 달도 있고, 부드러운 바닥이 깔려 있는 것 같아. 그 위에는 얼룩덜룩 검은 기름(나도 그게 뭔지는 모르겠어)이 칠해져 있어. 앉아서는 부자연스럽게 두 다리를 들고 있어서 바닥에 앉은 것이 아니라 '반쪽 상자'에 앉아 있는 것 같이 보여. 하늘이 내려 준 순백의 몸에 다른 사람의 가죽을 뒤집어쓰고 있지. 정말 이상한 것은 무엇인지 알 수 없는 풀을 태우면서, 그곳에 앉아서 자신의 목구멍을 그을리고 있다는 것이지. 이게 당신의 환경이야. 난 안다니까. 정말 잘 안다고. 당신은 이게 매우 편리하고, 매우 좋다고 생각하지. 매우 좋다고! 또 어때? 좋아, '이런' 편리한 것은 원래 너희 '인간' 자신이 만들어 낸 것이지. 그러나 한 사람이 '이런 것'을 위해 다른 사람의 '이런 것'을 망치는 것을 걱정하지 않지. 당신들 '인간'은 서로 잔인한데, 그게 다 '이런 것'을 위해서야. 이것만이 아니야. 너희 '인간'은 이런 행위를 재밌다고 생각하고, 우리 같은 고양이와 쥐와 마찬가지로, 잔인하게 죽이는 것을 본래 죄악이 아니라고 생각한단 말이야. 하지만 '거짓말'이든 간사함이든, 그런 것들이 설마 신성하다고 생각하는 거야? '인간'은 원래 이런 족속들이라고! 왜 그럴까? …… 이런 환경에서 생존한다면, '갖가지 편리한 것'을 누릴 수 있거든. 그리고 하나 더, 하나 더, 다시 하나 더, 이렇게 욕심을 내지! 너는 어떻게 해도 이걸 이해할 수 없을 거야. 한편으로는 많은 이들이 만든 '편리함'을 쌓으면서, 한편으로는 '자연적 본능', 즉 '자연과 싸우는 본능'을 잃어가고 그러면서 동시에 당신의 욕망은 거기서 오히려 하루하루 커져가게 된다는 것을 말이야. 그래서 이러한 욕망을 만족시키는 것만 생각하게 되면서, 결국 자연과 직접 싸울 수가 없게 되고, 그래서 당신은 남을 속이기로 작정하게 되지. 거짓말, 간계 이런 것들 말이야. 뻔뻔스러운 '인간'들 같으니라고. 물론, 모든 사람들이 이런 방법으로 살아가지는 못해. 그런데, 그렇게 해서 살아갈 수 없다면 그 사람이 누구든 곤란해지고 말지. 보라고, 너 지금 마음이 편치 않잖아. 멍하니 망상에 사로잡혀 있고 근심과 번민에 싸여 있지 않아? 이게 당신이 원하는 '하나 더'야. 하하하. 우리 고양이는 말이야, 만들어진 옷도 필요 없고, 등불도 필요 없어. 해하고 달이 있잖아. 우린 무슨 '하나 더'가 필요 없다고……"

"부끄럽기 짝이 없는 '인간', 너희 '인간', 썩을 놈들! 재주도 없고, 은혜도 모르고, 천하디 천한 사기꾼들, 자기를 속이는 사기꾼들. 바로 너희 인간이라고" 여기까지 고양이의 목소리는 더욱 커졌다. 그러더니 결국에는 하하 큰소리로 웃기 시작했다.

나는 더 이상 참지 못하고 일어나 고양이를 때리려고 했다. 그러나 눈 깜짝할 사이에 그 녀석은 사라져버렸다. 찾아보니 이미 저 멀리 도망쳐버렸다. "나는, '인간'이다. 당연히 그 작고 경쾌한, 엔진이 없는 차, 전기를 쓰지 않는 전차를 따라 잡을 수 없었다. 됐다 그래! 제기랄!" 탄식과 함께 깨고 말았다. 온몸이 땀이었다. 원래 꿈이었던 것이다.

10월 10일

35. 중국의 '잉여 인간'[1)]

"…… 나는 아마도 사람을 움직일 수 있는 '마음'은 없는 것 같다! 여자를 얻기에 충분한 '마음'은 없는 것 같다. 그저 '지智'의 권위에 의지할 뿐이고, 그조차도 굳건하지 않고, 무익하기까지 하다…… 얼마나 오래 살아 있든, 당신은 그저 영원히 당신 자신의 '마음'의 암시를 찾으면 되지, 자신이나 다른 이의 '지'에 복종할 필요는 없다. 당신은 생활의 범위는 간단하고 좁을수록 좋다고 믿을 것이다. ……"

『루딘Rudin』, 투르게네프

"성인은 고난을 근심하지 않고 질병을 근심한다."[2)]

『墨子』

1) 19세기 러시아 문학에서 반복적으로 나타나는 인간형상이다. 귀족 출신의 지식인으로 제정 러시아의 군주전제와 농노제에 반대하고, 상류사회에 반감을 가지지만, 그렇다고 일반 인민대중과 가까이는 하지 못하고 귀족이라는 신분에서 벗어나지 못한 채, 이상도 꿈도 상실하고 무능력하게 현실을 살아가는 인간이다. 중국 신사계급 출신으로서 자신에 대한 고민이 투영된 말이다. 후에 그는 『잉여의 말多餘的話』이라는 글을 남긴다. 『赤都心史』, 『瞿秋白文集 · 文學編』第1卷, (北京: 人民文學出版社, 1998), 35장 주3.

2) 聖人惡疾病, 不惡為難. 『묵자 · 대취墨子 · 大取』

병마가 계속 치근대고 있다. 7월부터 물질적으로 생활이 조금씩 어려워졌다. 식량배급에서 우대를 받았었는데, 신정책으로 인해 구입으로 방식이 바뀌었던 것이다. 지적 노동은 양적으로 끝없이 늘어갔다. 그때 나는 살아가는 일로 시간이 없었다. 놀고먹느라 '시간이 없는 것'이 아니라, 일을 하느라 '시간이 없었다'. 음식을 절약할 수 없었다. 그것도 너무 많아서 '절약하지 못하는 것'이 아니라, 터무니없이 적어서 '절약하지 못하는 것이었다.' 병근은 나날이 몸 깊숙이 안으로 파고들어 왔다. "설마 기억력도, 판단력도 난 다 잃어버린 것인가? …… 생각 좀 해봤으면 싶다." 며칠 와병을 하다가 이 고산 요양원으로 옮겨왔다.

병실은 조용했고 창문은 반쯤 열려 있었다. 아침은 서늘했다. 음식은 정해진 시간에 정해진 양만큼 제공되었다. 병원에서는 눈이 오면 강제로 잠을 재웠다. 전담 직원이 약의 양이나 물의 양은 재주었다. 저녁에 홀에서는 가끔 웃음소리가 들려왔다. 의사가 병의 원인, 증상, 치료 방법 등을 가지고 강연을 했다. 때로는 사람들을 불러 노래 공연, 연극, 피아노 연주회 등 오락 활동을 벌이기도 했다.—정해진 규칙이 있었다. 누구도 이를 어길 수는 없었다. "여기서는 군국주의식 통치가 있으니, 의사 독재이다……" 과학의 권위는 지존이었다. 나는 이 모든 것에 대해 처음에는 아무런 생각이 없었다. 아니 생각할 수 없었다. 계속 해서 "지智를 활용하자"나 "퇴원하면 언제 무슨 일을 하고……" 따위의 말을 주절주절 되뇌었다. 이렇게 하면서 1초도 쉬지 못했다.

4, 5일이 지나면서—나는 12월 15일에 입원했다—, 정신이 점점 맑아졌고, 기억력이 다시 살아났다. 감정과 슬픔에서 벗어나지 못했고, 고향에 대한 그리움이 어렴풋이 일어났다. …… 아!

아! 선천적 낭만파인 나는 때때로 울타리를 벗어나, 앞으로 돌진해서 경악할 만한 성과를 만들어보고 싶었다. 본성은 한계를 모르고 움직이는 법이니. 그러나 나는 한편으로는 어렸을 적부터 현실파의 내력內力에 기울어 있었던 데다가, 견고하기까지 했다. '결국에는' 실지實地를 밟아야 했고, 실제를 탐색하고 살펴야 했다. 현실의 생활을 보면서 하나하나 일을 처리해야 했다. 이지의 힘은 통제를 강행한다. 나는 개성적인 생활이라는 것은 사회에서, 마치 물고기가 물에서 노니듯, 서로 간에 적응이 필요하다는 것을 잘 안다. 난 진즉부터 알고 있었다. 이십여 년의 유신을 거친 중국은 이제 막 '무사회無社會' 상태에서 빠져나왔다. 몽롱한 눈은 자신의 몸과 터럭, 피부를 본 적이 없다. 심장, 간장, 폐장 등 몸 안의 오장육부는 말할 나위도 없다. 꿈에 빠져 있다는 것은 소멸되는 것보다 더 잔인하다. 어떻게 빨리 현실 정신을 구할 수 있을까? 그러나 "막 무사회 상태에서 빠져나왔……"기에, 천지개벽할 창조적 사업이 있다는 것은 알 수 있다. 그 속에 처한 공작자는 막 손을 쓰기 시작할 때, 먼저 도와줄 이 없이 혼자서 해야 한다는 것을 깨달아야 한다. 도구는 파괴되어 쓸 수 없고 모든 기술 설비는 이것저것 부족하다. 결국, 이것은 "결코 사회가 개성을 억압하는 것이 아니라 사회로 인해 개성을 도와주지 못하는" 중국적 현상을 말하는 것이다. 물론 특별하고 강력한 힘이 규범을 넘어서야 한다는 것 역시 현재의 긴급한 요구이다. 두 조류는 모여들어 하나로 섞여 소용돌이가 될 것이다—잉여 인간.

이런 가운데 누군가 두 조류를 함께 유지해 나아갈 수 있다면, 그는 중국문화에서 만분의 일이라도 덕을 보지 않은 것이 없다. 그러나 '나', 이 유럽과 중국의 문화적 충돌의 희생자는, '내적 부조화', 현실과 낭만의 충돌로 '사회적 도움을 받지 못해', 더욱더 '나'의 원기를 잃어버리고, 결국 '잉여 인간'이 되고 말았다. 아!, 참회, 비탄, 감상, 내 자신은 평범하지는 않다고 착각했는데, 돌아보니 특별한 것이 뭐가 있나 싶다. 정말 가소롭기만 하다. 용속한 대중과 같아야만 한다. "너는 도대체 무엇을 할 수 있단 말이냐? 차라리 용속한 대중을 닮을지어다!" 이지적 결론은 이와 같다. 감정의 경향은 오히려 원대하지만, 또 그게 어떻단 말인가? 심心과 지智는 어울리지 못하니, 도원桃源을 찾아 이 분서焚書를 피하기나 했으면. …… "그러나, 차라리 내 이 천한 피로 '사회'에 보상을 해야지, '사회'로 하여금 내 '감각'을 죽이게 해서는 안 된다." ……

아! 심지의 부조화. 무의미한 낭만, 추상적인 현실은 나를 심연으로 밀어 넣고 있다. 당연히 유동하는 낭만, 현실적인 현실을 찾아야지 심지가 상이한 '부정견不正見'에 거해서는 안 된다. 내 병은 지금 앓게 된 게 아니다. 지난 육칠 년 동안 현실 생활에 얽매어 마음의 병이 너무 깊어진 것이다. 그런데, 지금 정신적으로 휴양을 하면서 문득 이런 깨달음을 얻은 것 같다. "유동하는 것은 현실이며, 현실은 유동한다." 요양원의 쥐죽은 듯한 심야에, 지난 일 하나하나가 점점 내 마음으로 다시 돌아오고 있다. 장난江南 환시環溪의 풍광, 베이징 난완쯔南灣子의 실버들. 아! 현실 생활이 거기에 있다. 나는 '마음心'을 원한다. 나는 감각을 원한다. 나는 울고 싶다. 나는 통곡하고 싶다, 시원스레…… 또한 속 시원히 나의 현실 생활을 가까이 느껴보고 싶다.

12월 19일

36. '자연'

인도 철학가 타고르[1)]는 말했다. "그리스 문화는 해안 소도시에서 발생했다. 도시의 성벽은 '점유' 충동을 암시한다. 그것은 '자연'을 적으로 돌렸다. 예를 들어 길을 가는 사람은 대도大道를 인간과 목적(지) 사이를 가로막는 원대한 계획으로 생각했다. 인도 문화는 긴 가지와 무성한 수풀을 특징으로 하는 온대 삼림에서 발생했다. 그 가운데서 살아가고 느끼면서 '융합'의 정신을 기르게 되고, '자연'을 친구로 보게 된 것이다. 예를 들어 길을 가는 사람은 대도를 인간과 목적(지) 사이를 연결시켜주는 인연으로, 즉 실재 목적지의 일부로 여긴다. 사람과 자연, 개성과 사회의 조화는 미래의 문화이다. 강한 희망, 인애仁愛, 하나하나…… 분노에서 희

---

1) 인도의 시인이자 철학가이다. 제1차 세계대전 이후 서구는 자신들의 근대 이성과 그것으로 구축했던 근대 세계(의 도덕)를 반성하고 그것을 극복할 수 있는 대안을 찾으려는 분위기가 일었다. 일부는 식민지 경영의 대상이었던 동방의 철학과 사상, 윤리와 도덕에 관심을 갖는데, 그로 인해 인도의 불교(철학)와 중국의 유가가 주목받게 된다. 중국에서는 이러한 분위기 속에서 전통의 윤리와 도덕으로 서구적 근대에 대해 중국적 근대를 모색하려는 문화보수주의가 형성, 발전되고 있었다. 타고르 역시 당시 중국의 지식인, 특히 문화보수주의적인 경향의 지식인에게 많은 관심과 사랑을 받았다.

락喜樂까지……"

러시아의 백림한설白林寒雪의 자연에서 구문화가 배태되어 나온 것은 당연한 결과이다. 이 문화는 '자연'을 이웃(사람)으로 여긴다. 우연히 여유가 생기기라도 하면, 격리되어 한가로운 일상을 살게 된다. 즉, 봉건의 유산이 된 농촌 코뮌의 공동체적 생활, 조용하고, 순종적인 생활을 누리게 되는 것이다. 때로 궁핍한 상황에 처하면 쉽게 옆으로 눈이 가는 법이다. 서구의 장난꾸러기 학생, 브로커주의적 유신이 실시된 후의 전염병에 눈길을 주게 된다는 말이다. 중국은 유장한 강과 광대한 평원을 가지고 있다. 그 속에서 우리는 제한도 없고, 거리낄 것도 없는 감정을 느끼게 된다. 중국의 문화는 '자연'을 길을 가는 사람으로 본다. 우연히 같은 길을 가고, 서로 도움을 주지만, 줄곧 그 고통에는 무관심하다. 러시아는 개성이 없고, 중국은 사회가 없다. 하나는 목적을 보지만, 분명하지 않고, 길은 아무렇게나 뻗어 있어, 그 길을 수도 없이 바꾸고 만다. 다른 하나는 목적을 보지는 못했지만, 태연자약, 경계警戒도 없으며, 비틀비틀 불안하게 걷는데, 그 걸음이 또 게으르다. 온갖 길이 모여들지만, 막는 것 없이 있는 대로 헛되이 받아들인다. 미래의 황금세계는 몽매에 있지 않고 각성에 있다. 곧 현실의 분노, 희락, 분발, 불기不羈와 모든 다양성의 융회를 깨달아야 하는 것이다.

오래되고 오래된 과거의 말도 그것일 것이고, 어쩌면 요원하고 요원한 미래의 소리도 그것일 것이다.

인간은 만상을 담고 있는 자연과 이별하고, 즉 그 영구한 토대를 버리고, 인간이 만든 강철 그물 사이를 걸어가고 있다. 인간은 아마도 억지로 동작을 만들어 춤을 추고 있는 것일 수도 있고, 또 어쩌면 썰매를 타고 가파른 비탈을 내려가고 있는 것일 수도 있다. 그는 어쩔 수 없이 한

걸음 한 걸음 힘을 짜내어 자신의 자세를 유지한다. 그러다 우연히 쉴 수 있는 곳을 찾고서는 잠시 감춰두었던 오만을 꺼내 보인다. "나는 외계의 자연을 이겨낼 수 있을 만큼 강하다." 자연, 자연, 결코 영원히 이와 같을 수는 없다, 이와 같이 강할 수는 없다. ……

'아'와 '비아'는 결합한다면 바야흐로 이야기를 나눌 만한 공통점을 가질 수 있을 것이다. '아'와 '비아'가 서로 대적한다면, 유일무이한 개성만을 느낄 수 있을 뿐이다.

이렇다면, 그들을 연결시킬 수 있는 것은 부득불 '사랑'밖에 없다.

어린아이는 놀기를 정말 좋아하는데, 이는 분명 좋은 일이다. 그러나 아이가 돌아갈 '엄마의 품'을 잊고 놀기만 하다가는 길을 잃고 점점 두려움에 빠지게 될 것이다. '사랑'을 통해 우리 개성의 자부심의 질을 높이지 않는다면, 그것들은 우리에게는 저주가 되고 말 것이다.

12월 24일

37. 이별

1921년은 벌써 지나갔다. 고산 요양원에서 신년을 축하했다. 의사, 직원, 환자—수염투성이의 노인, 러시아식 짧은 셔츠를 입은 장년의 남자, 요염하게 화장을 한 아가씨들이 귀족 저택의 홀에 모여 피아노 반주에 맞춰 춤을 추거나 숨바꼭질—중국에서는 숨바꼭질은 어린아이나 하는 놀이다—을 했다. 거기에 또 아이들도 와 있었다. 메이드, 직원, 의사의 자녀들이 무리무리 와서 제법 시끄러웠다.

홀에 세워진 삼나무 트리에 장식된 초가 은은한 빛을 내면서 방 안을 따뜻한 분위기로 만들었다. 러시아 풍속에서는 신년에서 성탄에 이르는 시기(러시아 구력에 따르면 성탄에서 신년)에 집마다 '삼나무 초'를 밝히고, 삼나무 트리에 작은 소나 말, 비행선, 낫, 천리경 등 갖가지 종이 장난감(전쟁 전 자산 계급은 동이나 심지어는 은으로 이런 것을 만들었다)을 걸어 아이들에게 선물로 주는데, 이것은 중국에서 섣달그믐에 아이들에게 과자나 돈을 주는 풍습과 닮았다. 아이들은 오늘 다른 어느 날보다 신나서는 홀의 '삼나무 초' 주변에 모여 춤을 추고 노래를 불렀다.

"중국에도 삼나무 초를 밝히나요?"

나는 "아니요"라고 답했다.

여의사가 내게 말했다.

“이 ‘삼나무 초’는 원래 북유럽 이교도의 풍습입니다. 매년 이날—신년—은 겨울 중 가장 해가 짧습니다. 북유럽의 한대 지역에서는 이날이 오면 아예 해를 볼 수가 없습니다. 그래서 하루 종일 ‘삼나무 초’를 밝히는 것이지요. 중국에서 설을 쇨 때 즐기는 오락 거리가 있나요? 분명 재밌을 것 같은데요.”

나는 이것저것 마음 내키는 대로 중국의 풍속을 소개해주었는데, 사람들은 모두 신기해했다. ……

“따뜻하고 즐거운 인생은 다정한 삶 속에 있는 법인데, 중국의 사회생활에서는 이런 것을 찾기가 쉽지가 않습니다. 이런 것은 가정에서나 볼 수 있지요.” 그러나 유럽에는 현실적인 사회가 있고, 이 사회는 (중국)가정과 그 값이 같다. 러시아의 붉은 혁명 후 사회생활은 가일층 발전하여 이전과는 상이한 사회와 섞이어 하나가 되고 말았다. 메이드—중국에서는 ‘시녀’에 불과할 뿐이다—와 의사와 박사가 손을 잡고 함께 노래를 부르고 있었다. 그 모습에 중국의 가정 밖 사회생활이 떠올랐다. 중국에서는 마작을 두는 탁자나 술을 데우는 주전자 따위만이 떠오르지 않는가? 가정 내에서의 다정하며, 고상하고 우아한 생활과 오락을 사회에서 보기란 어렵다.

그러나 나는 부득불 부모님 품 안에 있을 때의 옛꿈을 다시 떠올려야 했다. 나는 온정과 즐거움 가운데서 내 심성을 길러냈었다. 이제 이별한 지 6년이 되었고, 올해는 만리타향 모스크바의 병원에 있다. 아, 이별이란!

1922년 1월 1일 자정을 넘긴 첫 한 시간.

38. 일순간[1)]

튜체프F. I. Tuttcheff[2)]는 러시아 슬라브파의 시인이다. 생애 특별한 업적을 남기지는 않았지만, 시재詩才에서만큼은 출중한 모습을 보였다. 당시 평론가 브류소프V. Y. Bryusov[3)]는 그가 푸시킨의 위업을 이었다고 평했다. 튜체프의 인생관은 동방식의 이해利害관을 체득했고, 깊은 맛이 있었다. 그는 자연을 숭배했고, 모든 인위적인 것은 무가치하고 노예의 근성이 있다고 보았으며, 자연은 인생과 융합되어야 한다고 생각했다. 진실한 존재는 우주의 정신에 있지 개성적인 '나'에 있지 않다고 주장했다. 이것은 의도하지는 않았지만, 이후 독일과 러시아에 유입된 인도철학과 닮아 있었다(튜체프는 수차례 주독 외교관으로 파견되었고, 실러Friedrich von Schiller와 친분을 쌓았다). 그에게 '자연'은 신비하지 않은 것이 없는 존재였다. 사랑, 욕망, 소박한 충동. 소위 "추상적 사상은 모두 허위와 기만이다."

1) 본문은 취추바이가 중국어로 번역한 것을 번역했다. 이명현(고려대학교 노어노문학과)에 따르면, 러시아 시는 제목이 없는 경우가 많고, 그 경우 첫 행을 제목으로 간주하는 경향이 있다고 한다. 다음의 시가 본 절에서 취추바이가 소개한 시가 아닐까 추측한다. 러시아어 원문과 그 번역은 이명현 제공.

인생은 찰나라,
전하기 어렵다.
인간人間에서 서로를 잊었으나,
스스로는 청복清福을 누리누나.
높다란, 쓸쓸한 가지 끝,
종다리가 나에게 말한다.
속세의 거짓과 멀어진 그만큼,
친절에 마음은 아름다울지니.
가슴 한가득 우주를 담으면,
깊은 정이 나에게 남으리니.
꿈이 나의 마음을 채우면,
좋은 시절 그렇게 오리니!

1월 9일

Так, в жизни есть мгновения –
Их трудно передать,
Они самозабвения
Земного благодать.
Шумят верхи древесные
Высоко надо мной,
И птицы лишь небесные
Беседуют со мной.
Все пошлое и ложное
Ушло так далеко,
Все мило-невозможное
Так близко и легко.
И любо мне, и сладко мне,

И мир в моей груди,
Дремотою обвеян я –
О время, погоди!

그래, 삶에는 그런 순간들이 있지 —
형용하기 힘든 순간들.
그것은 겨울날 몰아지경의
지극한 행복.
저 높이 내 위에서
나무 꼭대기들 웅성거리고
하늘의 새들만이
나와 얘기한다.
속되고 거짓된 모든 것들
저 멀리 사라졌고,
너무나 어여쁜 모든 것들
이토록 내게 가깝고 가뿐하다.
이윽고 내 가슴에 잠긴 세계
내게 사랑스럽고도 달콤하다.
나 졸음에 겨우니 —
오 시간이여, 잠시 멈춰다오!

2) Fydor Ivanovich Tyutchev.
3) 19세기 말에서 20세기 초에 활약했던 시인, 소설가, 수필가, 문학비평가로서 러시아 상징주의 지도자였다.

39. 적막[1)]

말하지 말라! 숨기고 감추라!
그대의 감각과 환상을
그 심령의 깊은 곳에서
그가 자유자재로 기복하게 하라.
밝은 별이 깊은 밤 서로가 서로에게 전하듯 그러하라.
그러나 기쁘더라도, 말하지 말라!

그대는 어떻게 그대의 마음을 보여줄 수 있는가?
타인은 어떻게 그대의 인생을 이해할 수 있는가?
추상적 사상은
모두 허위와 기만이다.
열쇠를 손에 쥔다면, 문은 경각에 활짝 열리리니.
숨기라, 숨기라, 말하지 말라!

그러나 자신 안에 살기를 배워야 하나니! 자중한다면,
전 우주가 그대의 마음에 있을 것이니

그 성스럽고 신비한 뜻은
가련하게도, 외래의 소리에 어지럽고
대낮의 빛에 눈을 잃나니
그대, 가슴 깊이 그의 노랫소리를 알 것이나, 말하지 말라!

1월 12일

---

1) 취추바이가 중국어로 번역한 것을 번역했다. 이 시는 이수연의 『튜체프 시선집』(지만지, 2008)에 수록되어 있다. 이수연의 번역을 보면 역시 취추바이의 번역이 원문과 조금 다르다는 것을 알 수 있다. 러시아어 원문은 아래와 같다.

Молчи, скрывайся и таи
И чувства и мечты свои –
Пускай в душевной глубине
И всходят и зайдут оне
Как звезды ясные в ночи-
Любуйся ими – и молчи.
Как сердцу высказать себя?
Другому как понять тебя?
Поймёт ли он, чем ты живёшь?
Мысль изречённая есть ложь.
Взрывая, возмутишь ключи,-
Питайся ими – и молчи.
Лишь жить в себе самом умей –
Есть целый мир в душе твоей
Таинственно-волшебных дум;
Их заглушит наружный шум,
Дневные ослепят лучи,-
Внимай их пенью – и молчи!

40. 새벽놀

‘군국주의’[1]하에서 벌써 한 달이 흘렀다. 고산 요양원의 생활은 고요한데, 제약이 있었다. 때로는 정신적 피로도 있었다. 게다가 외부와 완전히 단절되어 거의 봉쇄되어 있다시피 한 상황에서 매일 잿빛 하늘과 망망히 펼쳐진 눈만 보고 있으니, 오로지 청량하게 갠 날만 바랄 뿐이었다. 답답한 흉금을 확 풀 수만 있다면 더 바랄 것이 없었다. 그런데 모스크바 당정은 갑자기 동아시아로 옮겨가 극동에서 대회를 소집했고, 그 통에 이 ‘동방의 어린아이’는 고산을 나올 수 있었다. 숨을 깊게 들이쉬니 한 여름 아침 공기를 마시는 것 같았다. 고산에 올라 새벽놀을 바라보았다.

잿빛 백야, 느릿느릿 흐르는 은하수에, ‘답답함’은 떠가는 구름처럼 차차 흩어져 사라진다. 이른 아침 찬 기운에 촘촘히 서리가 내리면서, 희뿌연 새벽의 얼굴이 그려진다. 길게 뻗은 숲과 그 아래 무성한 수풀 사이에서 때때로 선선한 바람이 불어온다. ‘밤’의 권세는 서서히 사라져 겨우 그 흔적만 남아 있을 뿐이다. 작은 새들은 즐겁게 지저귀고, 귀뚜라미는

1) 앞에서 말한 의사독재를 말한다. 즉, 요양원 생활을 비유한 것이다.

아련히 울어댄다. 멀리 동녘을 보니 자줏빛 광염이 점차 제 몸을 밝히며 구름을 태우고, 아련한 하늘가에서 사방으로 빛을 뿜어낸다. 이글거리는 빛의 바퀴가 우르릉 우르릉 돌며 하늘을 오른다. 아! 새벽놀이여! 새벽놀이여!

이때, 이곳에서 아직 작열하는 태양은 보이지 않는다. 아마도 먹구름이 모여드니, 빛이 경황없이 쓸쓸한 어둠으로 변한 것이리라. 그것이 아니라면, 그저 전조만일 뿐이고 광채는 아직 멀리 있는 것이리라. 그러나 확신할 수 있다. 신비로운 태양은 붉은 새벽놀을 앞세워 오래지 않아 우주에 자신을 드러낼 것이며, 온 세계를 가득 채울 것이라는 것을. 즐거운 마음과 뜨거운 열정에, 기약 없이 새벽놀을 자축한다.

차디찬 북국에서, 죽음과도 같은 엄동에, 뜬금없이 타는 듯한 여름을 상상한다. 얼마나 통쾌한 일인가! 이것은 추억이면서, 또한 예상이다. 해마다 여름 아침나절을 떠도는 구름을 회상하는 것이면서, 내년, 내후년 여름 아침나절의 극동을 미리 살펴보는 것이다. 그에 '새벽놀'이 없을라고!

정말 잘 된 일이 아니던가. 1917년 2월과 10월 사이 북해의 남쪽, 핀란드만의 동쪽, 알타이산의 북쪽, 우랄산맥의 서쪽은[2] 일찍부터 농염한 붉은 빛의 새벽놀에 젖어들었다. 그리고 이제는 붉은 해가 모습을 드러낸 지도 한참이 지났다.

극동 대회의 식당에서 우연히 혁명 운동의 베테랑을 만날 수 있었다. 그가 우리에게 다음과 같은 말을 해주었다.

"혁명은 노도와 같았습니다. 들불 같았지요. 이제 저는 이곳에서 편안

2) 시베리아와 극동을 제외한 (소비에트)러시아 지역을 말한다.

히 살아갈 수 있기에, 극동 여러 나라의 동지들을 미력이나마 전심으로 도와드리고 싶습니다. 통역의 재능만으로는 조금 부족한 듯하지만, 내내 조금이라도 힘을 드릴 수 있으니, 그 덕에 마음은 편합니다. 당시, 2월혁명 후 케렌스키는 여전히 협약국의 '조약'을 고수하여 러시아를 '승전국으로서 제국주의민주공화국'으로 만들려고 했습니다. 하! 얼마나 고통스러운 나날이었는지 모르실 겁니다. 저는 적 앞에서 말단 장교로서 일 년여를 러·독 전선의 참호에서 지옥 같은 생활을 보냈습니다. 일반 병사는 말할 나위도 없었죠. 그러다 볼셰비키의 전단이 비처럼 쏟아졌지요. '전쟁은 필요 없다!', '평화와 빵을 날라!', '우리와 마찬가지로 신성한 독일과 오스트리아의 노동자들을 죽이지 말고, 우리의 고혈을 짜는 나으리—자산계급을 죽이자'…… 군심은 동요했고, 고위 장교들은 하나같이 위기감을 느꼈습니다. '고급 장교 견장을 단 이들을 죽이자…… 죽이자…… 죽이자!' 전쟁이 계속되면서 상황은 더욱 악화되었습니다. 부대는 완전히 혼란에 휩싸였고, 이로 인해 유사이래 최초의 '대규모 체포'가 일어났습니다. 리투아니아 전선에서 사령관은 기병포대에 명령해 하룻밤에 전체 보병 80만을 잡아버렸습니다. 부대 하나가 가면 또 하나가 밀려왔습니다. 머리를 산발한 채 정신을 놓은 이들도 있었고, 하늘에다 대고 욕을 퍼붓는 이들도 있었습니다." 그는 여기까지 이야기하고 손으로 이마를 문지르면서 탄식을 했다.

"전 정말 괴로웠습니다. 뭐 하러 '남 좋은 일만 시키고 있는가?' 볼셰비키의 구호는 맘에 들었습니다. '싸울 필요 없다, 집으로, 고향으로!' 저도 '고향으로'라는 말은 옳다고 생각했습니다. 하지만 그때 우리 부대는 갑자기 혼란에 빠졌더란 말입니다. 견장을 단 장교란 장교들은 모두 자기 부대를 탈영해 뒤도 안 돌아보고 도망갔습니다. 병사들은 결심했습니다. 병사들은 과거 농부였고, 제국주의에 반대하고 평화를 사랑하는 이들이었습니다. 그들은 분연히 일어나 혁명 구호를 실현하기로 했지요. 병사들은 자신들의 장교를 죽이지 않고 서로 다른 부대의 장교들을 죽여서 난감한 상황을 피하려고 했지요. 저는 그때 도망가려고 했지만 도망가지 못했어요. 간이 콩알만 해서, 너무 두려웠습니다. 다행히 제 병사 하나가 저를 잘 봐줘서 해산할 때까지 목숨을 보전할 수 있었습니다. …… 볼셰비키는 저를 군역으로부터 벗어나게 해주었습니다. 지금까지, 완전히 떠나 있었죠. …… 질서라곤 없었어요. 얼마나 겁이 나던지. 지금 이렇게 편안히 차를 마시고 있다니!"

혁명의 노도가 처음 일던 때는, 이렇게 '하늘이 아직 어둡던' 때였다. 혁명의 붉은 태양이 멀리서 모습을 보이던 때는 '새벽놀'이 퍼져나는 때였다. 대중의 위대한 힘은 누를수록 더 격렬해질 것이니, 차라리 기꺼이 이를 받아들여야 한다. 과거를 곱씹고, 또 곱씹어야 할 것이고,…… 미래를 내다보고, 또 내다봐야 할 것이다.

1월 29일 추바이의 생일, 내 생의 새벽놀은 어디에 있을까?

41. 표트르Pyotr의 성[1)]

수년 전, 동아시아 만저우滿洲 약탈을 배후 조종하는 참모부였던 표트르의 성은 생뚱맞게도 오늘날에는 극동에 혁명을 전파하는 유성기가 되었다. 극동노동자대회[2)]의 개회식은 상트페테르부르크로 옮겨서 개최되었다. 땅속에는 넘쳐서 솟아나려는 미래의 소리가 있다. 그 미래의 소리는 비록 모호하여 분명하지는 않지만—'어떤 소리'인지 알 수는 없지만—, 그러나…… 엎드려 귀를 대고 들으면 멀리서…… 들리는가?

이백여 년 동안 물고기나 잡고 그물을 말리던 농가의 오두막이 다였던 시골마을은 지금은 하늘을 찌를 듯이 솟아오른 건물과 거리를 종횡으로 누비는 사람들로 가득하다. 인류 건축 문화는 바야흐로 10월혁명 후에 반신불수의 불균형한 모습을 하게 되었다. 물적 관계는 촌락을 도

1) 상트페테르부르크를 가리킨다. 표트르의 Pyotr와 상트페테르부르크의 Peter는 모두 중국어로는 彼得로 표기되고, 표트르 대제를 가리킨다. 한국에서 통용되는 표기에 따라 표트르 대제를 가리킬 때는 표트르로 표기하고 도시 페테르부르크를 뜻할 때는 '페테르'로 번역한다.

2) 극동인민대표회의, 극동민족대회, 극동피압박민족대회 등으로도 불린다. 1921년 1월 21일부터 2월 2일까지 모스크바에서 개최되었고, 최종회의는 상트페테르부르크에서 열렸다.

시로 바꾸었고, 인적 관계는 통상항을 고적古蹟으로 바꿔놓았다. 그러나 역사적 관점에서 본다면 마르크스가 말한 것에서 벗어나지 않는다. 거미줄과 벌집은 비록 질서정연한 모습을 하고 있지만 본능이 드러난다…… 허나 인간이 지어낸 건축물은 마음속에 진작부터 속셈이 있으니, 이 때문에 곤충과는 확연히 구분된다.[5] 표트르 대제는 결국 이 '표트르의 성'을 만들어냈다. 현대적 관점에서 본다면, 또 사회 문제의 근저에서 본다면, 10월혁명은 노예의 강철 그물을 찢어버렸고, 그에 까닭 없이 억울한 피해를 입는 이들도 나왔지만, 또한 자본주의의 속박에 봉쇄되어 도시는 빛깔을 잃었지만, 군중의 위대한 힘은 여전히 단결된 힘으로 이곳에 '인간의 기계'를 정리해냈으니, 그것이 곧 소비에트다.

제국 의회에 자리한, 웅장하고 화려한 건축물, 백 년 전 귀족원의 유물이었던 위대한 의사당은 오늘날 페테르부르크 소비에트로 바뀌었다. 그 안에 이제는 고난 속에서 의지할 데 없는 '노예'—한국인[3)], 우매한 유목인 '야만 민족'—몽골인, 도적떼의 통치에 '불안에 떠는 청년'—중국인, 제국주의 공장과 기계 아래서 마모되어가는 '비애국자'—일본인들이 모두 지난날 둥칭철도東清鐵路의 이권을 논하던 단상에 서 있다. 표트르의 성의 남녀 노동자들이 내는 환호와 박수 소리는 세상 사람들을 놀라게 하고, 만 리 밖 사천 년의 '만리장성'을 흔들어 은은한 메아리로 돌아오는 듯하다

의사당을 가득 채운 어두운 등불은 붉은 빛을 사방으로 내비치고 있었고, 동방인들의 말소리, 환호 소리, 만세 소리, 박수 소리, 〈인터내셔널가〉 소리는……

---

3) 2020년 10월 23일 KBS 뉴스에서 이 대회에 참가한 홍범도 장군, 여운형, 김원경, 권애라 등 조선 독립영웅들의 모습을 담긴 영상이 공개되어 화제가 되었다. 여기서 말한 한국인은 이들일 것으로 추측된다.

표트르의 성은 모스크바에서 서북쪽으로 육백여 리(러시아 리) 떨어진 곳에 위치해 있는데, 한대기후라, 소위 '백야'가 나타나, 여름에도 하루 종일 어두워지지 않으며, 겨울에는 극한까지 기온이 떨어진다. 내가 이곳에 왔을 때는 사실 요양원에서 나온 지 얼마 되지 않은 상태였지만, 어쩔 수 없이 2리를 걸어가야 했다. 하! 기압은 높고, 한기가 뼛속까지 파고 들었기 때문에, 표트르의 성의 거리는 내게는 수정궁과도 같았다. 다행히 여성 동무 하나가 나를 부축해주었다. 너무 추워서 거리에는 사람의 그림자라고는 보이지 않았다. 신경제정책이 시행되는 중이라 간혹 한두 군데 카페가 보였지만, 정치의 중심이 남쪽으로 옮겨 가고, 통상通商 사업이 막 시작된 터라, 이곳은 일시적으로 조용한 편이었다…… 드문드문 동상과 우뚝 솟아 있는 교회가 보였다.

가까스로 국제호텔에 갔더니, 혈담이 또 나왔다. 그렇게 그곳에서 4, 5일을 혼절해 있느라 표트르의 성을 자세히 살펴볼 기회를 더는 가질 수 없었다.

2월 7일 비몽사몽간에 모스크바로 실려 갔다.

이후에는 다시 고산에 들어가 적막하고 제한된 생활을 해야 했다.

2월 9일

42. 러시아의 눈

감쌀 것 없는 기내畿內는
　되려 천의무봉의 소복을 걸쳤고,
세상을 품은 우주는
　가없이 허연 기몽奇夢으로 남았다.

　　아국俄國의 눈, 눈, 눈,
　나폴레옹도 그 혹한을 이기지 못했다.
　　적막, 적막, 적막은,
　몰락한 대륙마냥, 세상을 덮고 있다.

　　새소리는 땅 속에 숨었고,
　　풀빛은 응결해 꿈쩍도 않는다.
　보라! 보아라, 오직 사위를 채운 어둔 구름, 칼로 솟는 추위만이
　인간과 자연 사이를 막아섰도다.

남국에서 급하게 온 손님에게 러시아의 추위, 이 냉담한 주인공은 늘

기이하고 낯설다. '추위의 주인'은 너무도 친절하고 대접에도 소홀함이 없지만, 그가 뿜어내는 냉기에 사람들은 절망할 때도 있다. 설경은 냉혹하고 암담하며, 어둡고, 희뿌옇고, 혼탁하다. 이곳에서는 1년 150여 일을 해를 볼 수 없다. 꽃과 버들의 강남에서 온 내게, '러시아의 눈', 그는 '나'와 자연을 가르는 방벽이다. 내 어찌 그걸 모를 수 있겠는가.

2월 23일

43. 미인의 소리

혁명의 미인, 세계적 여우女優, 미국인 던컨Isadora Duncan[1]은 새로운 무도舞蹈의 창시자로서 러시아로 건너와 혁명의 무대에 헌신하기를 바랐다. 작년 신문에 「신예술과 군중」이라는 글을 실어 소비에트 정부에 호소했다.—정부의 공보公報가 이를 발표했다.[6]

"우리가 살고 있는 현재는 예술의 시대로서, '생활'과 융합해야 합니다. 생활에 뒤처져서도 안 되며, 인류를 위해 '미래'의 이상을 그려낼 수 있어야 합니다. 지금 우리에게는 『예브게니 오네긴Evgenii Onegin』(푸시킨의 명저로, 러시아에서 계속해서 유행하고 있는 가무극이다)은 쓸모가 없습니다. 어쩌면 미래에는 여전히 쓸모가 있을지도 모릅니다. 그러나 오늘날 이러한 미약한 예술, 오락의 예술, 구경꾼의 예술은 시대에도 맞지 않고, 장소에도 맞지 않습니다."

"만약 내전과 봉쇄, 기아를 겪은 후, 노동자의 생활을 충분히 개선할

1) 1877-1927. 미국의 무용수로 '현대 무용의 어머니'라 불린다. 형식에 구애받지 않는 자유무용을 주창했다.

수 없다면, 그들에게 마음의 휴식을 주어야 하고, 그들의 사상에 '미'와 '광명'을 가져다주어야 합니다. 아! 자산계급은 낮에는 노동자들을 더러운 공장에서 노동으로 지치게 만들고, 저녁에는 세속적인 영화나 술로 시간을 보내게 만듭니다. 수많은 역경을 거쳐온 저는 오늘 고상하고, 진실하며, 위대한 예술로 그들을 즐겁게 해주어야 합니다. …… 빵이 아니라 돌을 주고 있습니다. 오늘날 우리는 이러한 불량한 현상을 적지 않게 봅니다. 그 차르주의를 숭상하는 낡은 '무극(발레)'이 아직도 모스크바에서 유행하고 있는 것 아니겠습니까? '무극'의 제목은 오늘날 우리의 생활과 맞지 않습니다. 아첨하는 듯하고 영웅적 기개도 부족합니다. 이는 무극에서 남자의 역할만 봐도 알 수 있습니다. 남자는 여기에서 부자연스럽고 여성적이기 때문에, '무녀'의 조수로서 극중의 보조에 지나지 않습니다. 실제로 남자에게는 춤 속에 당연히 드러내야 하는 '남성성'이 있습니다.

"저는 무용 예술에 20여 년간 영향력을 발휘해왔고, 이미 모든 무용 기술에도 영향을 주었습니다. 감히 말하건대 춤꾼들이 의식적으로 저의 이상을 받아들이고 있습니다. 그런데도, 러시아의 무극은 근래 대대적인 개량을 진행하면서도 저의 이상의 결과물을 받아들이지 않는다는 말입니까? 제가 새로운 무용 사조의 지도자로 서는 것이 부당하다는 말입니까?

"모스크바에는 반드시 공산주의와 혁명의 이상을 보여주는 예술적 표현—음악, 언어, 몸짓—을 실연할 수 있는 공간을 만들어야 합니다."

"매주 한 번은 대극장을 인민에게 무료로 개방해야 합니다. 정치, 예술, '미의 신종교'가 늘 그곳에서 울려 퍼져야 합니다. 매번 먼저 정치를 연설하고, 예술을 논단하고, 이어서 연극과 음악을 공연해야 합니다. 혁명의 의의를 담은 '하모니'가 울려 퍼져야 하는 것입니다. 바로 영웅적 기개와 위대한 힘, 광명 같은 것 말입니다."

"구경꾼은 이 모임에서 자신을 '구경꾼'으로만 생각해서도 안 되고 무대와 자신을 아무런 관련이 없다고 생각해서도 안 됩니다. 관객은 자신의 목소리를 악단에 담을 수 있으며, 무대의 배우들과 함께 혁명의 느낌을 '군중의 모습'에 함께 담아낼 수 있습니다."

"플라톤은 알았습니다. 음악이 군중 속에서 엄청난 권위를 갖고 있으며 군중을 관리하고 이끌 수 있는 힘을 갖고 있다는 것을 말입니다. 그러나 정부만이 아직 음악을 통해 그의 견해와 이상 및 능력을 인민군중 속에서 흥하게 할 수 있다는 것을 이해하지 못하고 있습니다."

"극장 말고도 큰 홀을 만들어야 합니다. 그러면, 남녀 노동자들은 매주 대극장에서 신극을 볼 수 있고, 그들의 아이들은 매일 이 홀에 와서 예술교육을 받을 수 있습니다. 저는 이 아이들을 가르칠 수 있습니다. 저의 새로운 춤을 가지고 아이들의 교육에 활용할 수 있습니다. 그렇게 한다면, 금년 5월 1일 저는 이 진정한 '명절'을 경축할 수 있을 것입니다."

"부모는 늘 아이들이 무엇을 필요로 하는지를 모릅니다. 그들은 아이들을 새로운 이상과 새로운 생활에 맞게 교육하지 않습니다. 공산주의자의 아이들이 어영부영하다가 낡은 자산계급의 교육을 받고 있습니다. 물론 이것은 부모의 실제 생활과 관계가 있습니다. 그러나 어린이들은 오늘날과 같은 시대에 태어났기에 평등의 관념을 배우기가 쉽습니다. 제가 세운 학교에서 아이들은 모든 것은 평등하다는 것을 배울 수 있습니다."

"낡은 것을 파괴하고 어린이들에게 새로운 것을 전해줍시다! 어린이들이 무엇이 공산주의고 무엇이 인터내셔널International인지 이해하게 만들고자 한다면, 이제 어린이들을 자산계급의 교육과 세속적이고 잘못된 생각에서 벗어나게 해야 합니다."

"…… 저는 유럽의 무대를 버렸습니다. 거기서는 본래 예술과 브로커의 비즈니스가 밀접하게 연결되어 있습니다. 이곳에까지 와서 여전히 자산계급 관객에게 연극표를 팔아야 한다면, 그것은 제 마음을 저버리는 일이 될 것입니다……"

2월 17일

44. 아미타불[1]

논단할 필요 없소,
근심할 필요 없소.
무지한 탐색,
우매한 평론.
대낮의 상처는
꿈으로 치유하길, 그리한다면,
내일의 태양은
자연히 이르리니.

수천수만이 겪어온
삶과 삶들은
슬픔이기도, 기쁨이기도,
사랑이기도, 모욕이기도.

1) 인민문학출판사본 『적도심사赤都心史』 제44절 주1에 따르면 이 시는 고리키Maxim Gorky의 「브로커송」을 번역한 것이라고 한다.

무엇을 바라는가?
어찌 근심하는가?
"날은 벌써 저물었는데,"[2)]
아미타불!

2월 26일

---

2) 日既夕矣. 왕양명王陽明의 옥중시 14수 중 유실칠장有室七章의 구절이다. 원문은 아래와 같다.

有室如虞，周之崇墉。窒如穴處，無秋无冬！
耿彼屋漏，天光入之。瞻彼日月，何嗟及之！
倏晦倏明，凄其以風。倏雨倏雪，當晝而蒙。
夜何其矣，靡星靡粲。豈無白日？寤寐永歎！
心之憂矣，匪家匪室。或其啟矣，殞予匪恤。
氤氳其埃，日之光矣，淵淵其鼓，明既昌矣。
朝既式矣，日既夕矣。悠悠我思，曷其極矣！

45. 신촌新村

러시아 혁명 후 농민 문제 해결의 방향은 이전과는 판이하게 달라졌다. 무산계급혁명은 농민의 도움 없이는 조금도 효과를 볼 수 없다. 반면에 농민은 소자산계급이다. 마르크스주의자라면 누구나 다 이 사실을 알고 있다. 사회혁명당 당 강령의 '토지 국유화'가 시행되면서 러시아 볼셰비키는 혁명의 제1기를 지나 제2기로 들어설 수 있게 되었다. 즉 무산계급 노동자와 소자산계급 농민이 협력하여 신경제정책으로 나아가게 된 것이다.

농업 회의는 최근 수차례 토지 국유화의 원칙을 선포하면서도, 토지 사용자의 사적 생산물에 대한 권리를 계속해서 존속시키고 있다. 농민의 소자산계급적인 심리를 보았을 때 현실 세계에서는 부득이하게 이러한 정책을 취할 수밖에 없다. 자본주의에서 '원시적 축적'은 필연적으로 농민을 계급으로 분화시킨다. 국가 공업이 발달하면서 필연적으로, 무산계급화된 농민을 흡수하게 되고, 한편으로 재정을 확충시키고 기술적으로 농촌에도 영향을 미치게 된다. 두 방면에서 상대적 발전이 이루어지게 되는 것이다. 일정 기간이 경과한 후 경제적 계급투쟁은 매우 격렬하게 전개될 것이다. 그런 후 통치자로서 무산계급이 승리하고 구미에서도 혁명이 일어나면서 점차 사회주의의 현실적 토대가 마련될 것이다. 러시아 혁명의 의의를 이 몇 마디로 다할 수 없으나 다음의 사실은 분명하다고 말할 수 있다. 러시아는 고립된 신촌제가 될 수 없으며, 현실 경제는 세계의 일부분을 개조한다.

비록 자산계급의 심리를 가지고 있는 수백만 농민 대중으로 인해 노농정부가 신경제정책을 추진하고 그들에 양보할 수밖에 없지만, 러시아에는 또 다른 군중의 힘, 즉 종교적 신촌파가 있다. 미국과 캐나다로 이주한 '성령부정파Duhoborstvo'[1]는 톨스토이주의를 받아들여 세계적 명성을 얻었다. 1880~90년대 사회사상의 반동이 종교에까지 영향을 미쳐 비국교 기독교중 톨스토이파, 보보프파, 성경파 등 셀 수 없이 많은 종파가 차르 정부의 지명수배를 받아 국외나 벽지로 도망가야 했다. 이러한 운동에 근 백만 명이 참여했었다. 10월혁명 후 소비에트 정부는 농업 부문에도 신촌법을 시범 운용하여 소위 '소비에트경제', 즉 생산협작사, 노동협작사 등을 설치하고, 각 종파의 신촌 또한 자유롭게 개방했다. 현재 신경제정책이 시행되면서 소자산계급의 심리적 이해利害가 더욱 분명히 드러나고 있다. 그래서 최근 농업 회의가 개최되자 어떤 파벌은 신촌이 갖는 대의를 다음과 같이 설파했다.

"공산당은 지금 향촌에서 종종 극단적인 냉담과 증오를 마주하고 있습니다. 농촌경제의 건설은 '비공산당 공산주의자', 즉 종교적 신촌파에 많이 의지할 수밖에 없습니다. 그들은 마르크스주의자는 아니지만 깊은 신심에 따라 사유제를 부인하기 때문에 이미 심리적으로는 자산계급이라고 볼 수 없는 이들입니다. 공산당에 대한 증오 때문에 공산당이 영

1) 한국에서는 두호보르파라고 부른다. 러시아 정교회의 일파로 제정러시아 시기 양심적 병역거부로 인해 탄압받았다. 이 때문에 이들 교파는 캐나다와 키프로스 등으로 이주했다.

향을 미칠 수 없는 곳에도 종교적 신촌파는 영향을 줄 수 있습니다. 작년 농업인민위원회에서는 이미 전 세계의 러시아 종교 신촌파에게 귀국하여 노동협작사, 생산협작사를 건설할 것을 요청하는 서신을 보냈으니…… 다시 한 번 이를 장려하는 바입니다."

"이들 또한 군중으로서, 마침 그들은 향촌에서 소자산계급의 심리와 싸울 수 있게 되었습니다. 자산계급의 심리를 버리지 않은 이들은 신경제정책을 통해 그들의 길, 생산력의 발전을 이룰 수 있었습니다. 자산계급의 심리를 이미 제거한 이들은 공산의 원칙에 따라 조직되어 공산주의적 인생관을 길러낼 수 있었습니다……"

이것은 또한 바닷속 물 한 방울이지만…….

3월 1일

46. 바다

인생은 큰 꿈을 담고, —
대양은 세상을 채운다.
밤이 오면, 파도 소리 거칠게 일렁이고,
거대한 파도는 미친 듯 해안을 때린다.

멀리서 울리는 천둥소리에 우리는 경계하고,
모래 해안에서는, 마귀의 배가 소생한다.
거센 파도는 사방에서 밀려오고, 갑작스러운 소용돌이는 생기를,
가없이 밀려가는 검은 파도 속으로 휩쓸어 가버린다.

하늘 가 밝은 별은 제몸 밝혀,
몰래 그 깊은 곳을 살피지만,
파도는 사방으로 높이 일었다가,
보이지 않는 바닥으로 가라앉는다.

3월 10일

47. 야우자Yauza강[1)]

푸르스름한 서리와 희뿌연 햇빛, 러시아의 '이른 봄' 새벽에, 아침 햇살을 받은 눈이 반짝이고 있다.

성긴 숲에 머물던 아침 기운이 폐부로 스며들었다. 산보를 하는 사람들이 삼삼오오 오솔길을 따라 고산 요양원의 뒤편 울타리로 다가갔다. 울타리에 구멍이 나 있었다. 산보를 하던 사람 중 하나가 주변을 둘러보더니 말했다.

"우리 오늘은 '의사醫師 독재'를 엎어버리고 울타리 밖으로 나가 야우자강을 돌아봅시다!"

그리하여 모두는 일탈을 좋아하는지라 울타리를 뚫고 '고산 소비에트 공화국'의 변경을 넘어가(당연히 여권은 없었다), 웃음을 터뜨렸던 것이다.[2)]

눈은 쌓여 둑이 되었고 숲에는 서리가 내려앉아 있었다. 그 가운데 부

1) 모스크바강의 지류이다.

2) 상무인서관본에는 '…的邊境, (自然沒有護照。) 一笑'로 되어 있고, 인민문학출판사본에는 '…的邊境。(自然沒有護照, 一笑。)'로 되어 있다. 여기서는 상무인서관본을 따랐다.

락이 삼삼오오 모여 있었다. 이곳은 원래 반농반도半農半都 지역이었다. 새벽 연기가 하늘하늘 피어오르며 우리를 자작나무 숲 깊은 곳으로 이끌고 있었다. 못을 지나며 보니, 초봄임에도 얼음이 두껍게 얼어 있었다. 얼음을 밟고 건너 맞은편 언덕으로 올라가자 작은 도랑이 나타났다. 폭은 두 장이 되지 않았지만, 가운데는 수면이 보이는 게, 살얼음이어서, 도랑가에 쌓인 눈을 밟으며 힘겹게 앞으로 나아갔다. 도랑을 따라 동쪽으로 가면 짧은 다리 하나가 나온다. 그 위에서 굽어보니 도랑에 파문이 여기저기 일고 있었다. 그게 또 가없는 봄의 활기다.

"알아요? 이게 야우자강이에요. 표트르 대제의 첫 번째 군함이 바로 이 도랑에서 첫선을 보였지요. 이 도랑을 따라 모스크바강으로 갔다가 발트해로 나갔고, 이어서 페테르부르크로 갔지요."

"하하, 작다고 우습게 보지 말아요. 이 조그만 도랑이 러시아 함대의 발원지라니까요."

"뭐라고요? 이렇게 작은 강에서 무슨 군함이 움직여요? 아이들이 만든 종이배라면 어쩌면 함대가 될 수 있을지 모르겠네요.……"

"한 세기도 전인 걸 생각해보세요. 여기가 이전과는 달랐답니다. 모두 다 표트르 대제의 이런 노력 덕이지요."

어떤 이가 말을 이어 받았다.

"어쨌든 모스크바는 역사적인 도시예요. 5, 6백년 정도의 역사를 가지고 있죠. 그래서 도처에서 고적을 볼 수가 있는 것이고요. 구세주 그리스도 성당, 성 바실리 대성당, 크렘린궁, 차이나타운 같은 게 많아요. 이 고산 요양원도 유명한 이태리 건축가가 지은 거로, 카리Kari촌 왕작의 저택이었답니다. 지난번 강연 듣지 않았나요? 대충 2주 전에 모스크바 예술가가 와서 이 저택의 역사에 대해 강연을 했었는데."

말이 이어지는데 다른 사람이 갑자기 끼어들었다.

"예술 이야기는 그만하고 돌아갑시다. 좀 있으면, 우리 '의학 경찰'이 올 거라고요……"

3월 18일

48. 새로운 현실

중국은 1911년 이래 만리장성이 거센 파도에 무너지면서 아련한 미몽에서 '처음으로' 깨어났다. 그 하늘에는 '新', '主義', '哲學', '論' 따위의 말들이 춤을 추고 있다…… 한없이 그렇게 춤을 추고 있다.

그러나 중국의 1920년대 청년들은 사회사상사적으로 '병목기'를 지나고 있었다. 청조清朝 송학宋學[1]에 대한 반동[2]으로, 한학에 속하는 금문경

---

1) 송대宋代에 발달한 유학 경향으로 흔히 성리학性理學, 주자학朱子學, 정주학程朱學, 도학道學으로 불린다. 유학에 불학적 요소를 도입하여 형이상학적인 특징을 갖는다.

2) 건가학파乾嘉學派라고 지칭되는 이들로 청 건륭乾隆과 가경嘉慶 연간에 형이상학적인 송학宋學에 반대하여 훈고와 고증을 학문의 방법으로 삼았다.

3) 서한西漢 초에 성행하던 예서隷書로 쓰인 『서書』, 『예禮』, 『춘추공양전春秋公羊傳』 등을 연구대상으로 삼은 학파이다. 그들은 경전의 미언대의微言大義를 이해하고 이를 통해 대일통大一統을 확고히 하고자 했다. 여기의 금문경학파는 청대 상주학파(공양학파)常州學派(公羊學派)를 말하며, 이는 청말 공자진龔自珍, 캉여우웨이康有為, 량치차오로 계승된다. 특히 캉여우웨이와 량치차오는 유신파維新派로서 탁고개제託古改制(옛것에 의지해 제도를 바꾸다)를 바탕으로 무술변법戊戌變法를 일으켰고, 배만민족혁명排滿民族革命(만주족 등 비한족을 제외한 한족만의 혁명)을 주장한 혁명파와 달리 만한무분滿漢無分(만주족과 한족을 구분하지 않는다)의 대통일을 지향했다.

파[3]와 고문경파[4], 불학파 등이 일어났으나, 광서光緖 말년, 즉 20세기 초에 이르러 량치차오梁启超, 류스페이劉師培[5], 장빙린章炳麟[6]이 나타난 후에는 갑자기 그 명맥이 끊어지고 말았다. 그때부터 서구와 일본의 신학설이 '어지럽게' 밀려들어 왔다. 동서 문화의 차이는 너무나 명백해서 갑자기 서로를 받아들이기는 어려웠고 피상적인 이야기들만이 대부분을 차지했다. 중국에서 이 세대의 청년들이 사회 사상적으로 어떤 훈련을 받았는지는 가히 짐작할 수 있다. '한학고증법'이나 '인도논리학印度因明學'[7]을 알지 못할뿐더러, 새로운 서구의 과학적 방법에 대한 이해도 깊지 않다. 이와 동시에 경제가 발전함에 따라 신자산계급이 나타나면서 자연히 자유주의적 인민 자치의 사상 역시 등장했다가 실속 없이 지나가 버렸다. 그들은 분명 '해야 한다'는 것을 알았지만, 그러나 '해야 한다'고 알기만 할 뿐이었다…… 자유를 이루려면, 평등을 이루려면…… '어떻게 해

4) 한漢 무제武帝 말에 공자 고택의 벽에서 발견된 『예기禮記』, 『고문상서古文尚書』, 『논어論語』, 『춘추곡량전春秋穀梁傳』 등 한 이전의 문자로 쓰인 고문古文을 연구 대상으로 하는 이들로 『주례周禮』의 가치를 높이 평가했다. 여기의 고문경학파는 건가학파(한학파)乾嘉學派(漢學派)를 말한다. 류스페이劉師培, 장빙린章炳麟 등으로 이어진다.

5) 청말 학자이자 혁명가이다. 고문경古文經을 강조하고 국수國粹를 제기하여 고문경의 대사大師로 일컬어지기도 하였으며, 무정부주의 이론가이자 실천가로도 명성을 얻었다. 제제운동帝制運動을 전개하기도 했고, 황제기년론黃帝紀年論(전설 속의 황제黃帝가 즉위한 해를 기년으로 삼아야 한다는 주장)을 주장했다.

6) 청말민초清末民初의 학자, 혁명가이다. 캉여우웨이, 량치차오와 같이 개혁운동을 전개하였으나, 그들의 금문경학今文經學 경향에 반대하여 결별하고 배만민족혁명을 도모했다. 『민보民報』의 주필로 활동하였고, 쑨원孫文을 지지하였다. 루쉰魯迅의 스승으로 알려져 있기도 하다.

7) 고대 인도의 논리학으로 중국에는 당대唐代에 유입되었다. 니야야학파와 불교논리학의 대결을 통해 정립되었고, 서양의 형식논리학에 비해 실질적인 내용을 가지고 실생활에 적용할 수 있는 것을 특징으로 한다.

야 하는가?', '그것은 무엇인가?' 장멍린蔣夢麟[8]은 "의문 부호가 온 세상을 떠다니고 있다"라고 했는데, 사실 의문 부호가 떠다니기만 하기 때문에 어떻게 질문을 던지고, 어떻게 그 부호를 써야 하는지를 모르는 것이다. 이런데 어찌 답안을 찾을 수 있겠는가!

다시 그 원인을 정리해보자. 중국은 역사적으로 사회라는 것이 없었기 때문에, 근대적인 사회과학이 발달할 수 없었다. 중국은 사회 현상에 대해 줄곧 무관심했다. 지금 갑자기 중국에 '사회문제'를 해결하라 한다면, 중국은 경험도 없고 습관도 되어 있지 않기에, 단박에 혼란에 빠지고 말 것이다. 사람들은 과학적 방법을 알지도 못하고 그저 열정적인 주관직 원망만을 갖고 있어, 질문을 만들어 사회문제를 언급하지 못한다. 그런 사람은 사회현상의 앞에서 그저 눈이 어지럽다 느낄 뿐이다. 그래서 대다수 소위 '군중적'인 청년의 사상은 갑자기 '공자가 소정묘少正卯를 주살하다'[9]의 소용돌이에 갇혀 빠져나오지 못하거나, 아니면 '서양의' 아리스토텔레스의 논리의 감옥에서 빠져나오지 못하고 있는 것이다.

'종합적 해결과 파편적 해결', '개량과 혁명' '독재주의와 자유주의', '방임주의와 간섭주의', '유정부주의와 무정부주의'…… '전체주의와 분권주의', '집단주의와 개성주의'…… 철저와 타협…… 이와 같은 대립물들이 끊임없이 쏟아져 나왔다. "너희는 분권주의를 반대하니 분명 중앙집권—전제—을 주장하는 것이구나", 이것이 아니면 저것이다 식의 분위기가

8) 교육자로서 캘리포니아대학, 컬럼비아대학에서 유학하고 귀국 후 베이징대학北京大學의 교수와 총장을 역임했다.

9) 노魯의 대부이다. 공자와 같은 시기 강학講學을 하여 공자의 제자가 그 자리에 세 번 차고 세 번 비었다는 '삼영삼허三盈三虛'의 고사가 전해진다. 공자가 섭정할 때, 5대악(마음이 일에 통달하나 음험하고, 행실이 기벽하고 고집불통이며, 언사가 거짓되고 교묘하며, 괴이한 일을 기록하고 널리 퍼뜨리며, 틀린 것을 따르면서 변명한다)을 빌미로 소정묘少正卯를 주살하였다고 한다.

펴져 있다. 머리는 이처럼 단순해도 무방하지만, 사회현상은 이처럼 간단치가 않다.

우리가 '해야 한다' 이외에 '해야 하는 것'의 눈에 정밀한 크로커 안경[10)]을 쓰고 분명하게 본다면, 우리는 상술한 수많은 '외국 문자'—서구 문자는 중국인에게는 너무나 배우기 어렵다—가 모두 인간이 만들어낸 추상적인 문자이며, 사회생활에서 '추출해낸 상象'이라는 것을 알 수 있다. 集權主義라는 '중국 글자'가 있기에 비로소 중앙집권제가 생겨난 것이 아니라는 말이다. '추상명사를 사랑하는' 청년들은 다시 한 걸음 나아가 현실을 보아야 한다. 그렇게 해야 실제 생활을 알 수 있고, 사회생활에서 모든 것들은 '중앙집권도 아니고 분권도 아니며', '철저도 아니고 타협도 아니며', '총제적인 해결이면서, 또 파편적인 해결'인 것이라는 사실을 알 수 있다…… 현실은 살아 있는 것으로 모든 주의는 생활 속에서 흘러나온 것이지 이상적 '주의'를 먼저 만든 후에, 중국이 한자를 쓰듯이 한 획 한 획 백지에 그려낸 것이 아니다. …… '저것이 아니면, 이것'이라는 '서양'의 어리석은 논리는 동방인들이 비웃던 것인데, 이제는 동방인 자신들이 이를 배우고 만 것이다.

세계적으로 자산계급은 수없이 많고, 볼셰비키의 적들도 수없이 많다. 진정으로 적색 러시아에 젖어들어야, 현실적인 세계의 발현을 볼 수 있다. 서양 '평론가'들이 공산당의 주의를 비웃는 말들[7]을 다시 한 번 들어보자. 공산주의는 "마하주의[8]다, 신군국주의다, 바쿠닌주의다, 나폴레옹주의다". 틀린 말은 아니다. 그러나 볼셰비키가 이런 특징이 있기는 하지만, 그것은 일정한 시기에만 국한된 것이었다. 그것은 '주의', 죽음의 추상명사에 구속되지 않는다. 추상명사를 사랑하는 '사상가'와 '학자'들

10) '克羅克眼鏡'으로 표기되어 있다. 특수기능성안경인지 안경 상표인지 알 수 없다.

은 추상 명사를 가지고 이것들을 재본다. 무슨 도리가 있겠는가. "아마 '……주의'를 닮았던 거지! 지금은 또 '자유주의'가 됐겠지?" …… 이것에 구속되지 않아야 한다! 대신 현실 사회의 문제에 집중해야 한다.

현실 중시적인 역사적 유물론에는 현실 세계가 있다. 무산계급은 자신의 이익을 위해, 또한 인류 문화를 위해 역사적 사명을 짊어진다. 무릇 현실 세계에 거하며 현실로부터 이 '새로운新' 사명을 이루도록 요구받는 이들, 즉 사회의식의 대표자는 다음과 같은 요구를 거부해서는 안 된다. "이 계급의 이익을 대표하고 인류 문화를 유지하고 발전시켜라." 자산계급 문화는 이미 파산했다. …… 분발하여 따라붙어야 한다! 현실 세계에서 '분투하는 즐거움'은 그가 얻을 보상이다. 현실 생활, 사회의 움직임 속에서 실제적인 논증 방법을 얻어야 한다. 그렇게 해야 인류 문화사의 한 걸음을 내딛을 수 있다. 중국의 당대當代 청년들이여, 이를 주의할지어다. …… 먼저 중국이 '무엇인지' 알고 나서, 그런 후에 '어떤가?'를 말하고…… '우리'는 '무엇이 필요한가?'를 제일 마지막에 물어야 한다.

3월 24일

49. 생활

세계는 현실적이며, 인간은 살아 있다.

생활은 '움직임動'이고, 그 움직임은 안정靜을 구하지만, 영원히 안정에는 이를 수 없다. 양과 음은 대수代數에서 서로 상쇄되며, 생활에서 서로 수렴한다. 노동에 뛰어들어 두뇌의 혈액이 고동치고 근력이 팽창 발전해야 인간은 적극적인 즐거움을 느낄 수 있으니, 이것이 곧 생활이다. 피곤하고 나태해지며 느슨해질 때 인간은 소극적인 휴식을 느끼게 되니, 이것이 곧 사멸이다. 이 제1식에서는 상대적이지만, 무릇 '일체가 움직일 때, 일체가 생겨나는 법이다.' 움직여 향상하고, 움직여 퇴락하며, 양극단이 상호 호응하니 적극적인 것에나 소극적인 것에나 모두 움직임이 있다. 그래서 즐겁게 일하는 자든, 편안하게 휴식을 취하는 자든, 분노 속에서 스스로를 죽이는 자든 모두 생활 속에 있다. 영원히 안정에 이르지 못하기에, 이로써 영원히 살아가는 것이다.

움직이지도 않으며 살려고도 하지 않는 것, 또 사멸하지도 않으려 하면서, 일하지도, 스스로 죽지도 않는 것, 즉 생과 사 그 사이에 있는 것은 불가능하다.

이와 같다면 '움직이기에' '사는 것이고', 살기에 '현실'이 되는 것이다.

현실 세계에서 죽은 듯 침묵하지 않고, 즉 스스로 죽지 않고, 일어나 조화롭게 휴식과 일을 함께한다면, 그것이 곧 진정한 생활이다.

'노동을 위해 노동을 하는 것'은 무의미하지만, 반드시 얻는 것이 있다. 사실 '노동을 위해 노동을 하는 것'은 지고의 가치가 있으니, 그로부터 얻는 것이 없다고는 말할 수 없다. '움직임의 즐거움'이 곧 소득이다. 움직임의, 일의 '소득'은 쌓이고 합쳐져 문화가 된다. 문화는 '움직임', 즉 생활의 산아이다. 문화는 움직임, 즉 생활의 현실이다.

그래서—문화를 위해 일하고, 움직이고, 안정을 찾는 것이다—어떤 때는 누적하고, 어떤 때는 사멸하며 인생의 '꿈' 가운데 현실이 세계를 구현하도록 힘쓰는 것이다. 무릇 현실적인 것은 모두 살아 있는 것이며 무릇 살아 있는 것은 모두 현실적인 것이다. 신문화의 움직임動의 일은 순수하게 현실 세계에 있는 것인 만큼, 현실 세계에서 일하는 이들은 모두 생활 속에 있는 이이며, 모두 살아 있는 이이다.

3월 20일 모스크바 고산 요양원

미주

1 각각은 코롤린 슬로노비치Korolin Slonovitch파, 보편파(Universalism, 수장은 고르딘Gordin), 기술파(Pan-technicalism, 수장은 고르딘의 형)이다.

2 혁명 후 소비에트 기관에서 근무하는 여성을 낮춰서 부르는 말이다.

3 톨스토이의 오랜 친구로서 현재 톨스토이파의 수령이다

4 혁명 전 러시아인들은 서로 Gospodin(господин, 나리)이라고 불렀고, 혁명 후에는 tovarichtch(tovarich, товарищ, 동무)라고 불렀는데, 이제 신경제정책이 실행되면서 나타난 신자산계급 상인들은 서로를 grajdanin(grazhdanin, гражданин, 시민)이라고 부른다.

5 『자본』 1권.

6 던컨은 작년 모스크바로 와 약 한 달을 머물렀다.

7 이것은 이미 '유럽'의 주의主義 두 글자이다. 그것은 비록 반대파이지만 낭만파일 뿐이고 중국의 간단함과는 다르다

8 마하Ernst Mach는 러시아 노동운동사의 한 파로서 지식계급을 절대적으로 부정한다.

해제

1. 취추바이의 생애

취추바이는 1899년 1월 29일 장쑤江蘇 창저우常州에 있는, 작은할아버지 취경푸瞿賡甫의 저택 바쿠이탕八桂堂에서 태어났다. 본명은 취마오먀오瞿懋淼였고, 이후 瞿雙, 瞿霜, 瞿爽(발음은 모두 '취솽'으로 동일하다) 개명했다. 추바이秋白는 자字이다.

그의 집안은 대대로 서생과 관리를 배출했던 신사집안이었다. 세기 전환기 왕조는 붕괴하고 있었고, 왕조체제의 통치 근간이라고 할 수 있는 신사는 왕조의 붕괴에 수반되던 정치 · 경제 · 사회 변화 속에 자연히 몰락하지 않을 수 없었다. 객관적 조건뿐 아니라 옛 체제에 기댄, 신사 개인의 무능력도 문제였다. 그의 아버지 취스웨이瞿世瑋는 전통 지식과 예능에 재주가 있었지만, 생활을 꾸려나가는 재주는 없었다. 옛 지식과 기술로는 변화된 사회에서 생계를 유지할 수 없었던 것이다. 본문에서 살펴볼 수 있듯이, 이는 그의 아버지 취스웨이뿐 아니라 모든 신사가 마주하고 있던 상황이었다. 1904년 취경푸의 사망 이후 가세는 더욱 기운다. 신해혁명 이후 취추바이의 큰아버지 취스후瞿世琥가 취스웨이에 대한 지원을 끊으면서 취추바이 일가는 취 가의 사당에 거처를 마련하게 되고, 1915년에는 학비를 못내 학업을 중도에 포기하게 된다. 이듬해에는 심지어 가난을 견디지 못한 취추바이의 어머니 진쉬안金璇이 자결하고 만다. 어머니의 죽음 후, 가족은 뿔뿔이 흩어지고, 그는 어린 나이에 우시無錫에서 소학교 교사로 가족의 생계를 도모한다. 1916년 징한철로국京漢鐵路局에서 통역 일을 하던 사촌형 취춘바이瞿純白의 집에 기숙하면서 우창외국어학교武昌外國語學校에서 영어를 배우게 된다. 취춘바이가 외교부로 전근하게 되면서 그를 따라 베이징으로 이주하게 되고, 학비를 내지 않아도 되었던 러시아어전수관俄文專修館에 들어가 러시아어를 배운다.

1919년 제1차 세계대전 전후 협상 과정에서 돤치루이段祺瑞 정권은 굴욕적으로 일본의 요구를 들어주게 되고 이에 반발한 청년학생과 지식인, 노동자, 농민 등 민중들은 5·4운동을 일으킨다. 이때 취추바이는 러시아어전수관의 학생대표로 학생연합회에 참여함으로써 학생운동의 지도자로 활약한다. 이후 리다자오李大釗가 발기한 마르크스연구회에 참여해 마르크스주의와 사회주의를 공부하게 된다.

5·4운동은 정치적인 이유로 촉발되었지만, 명확한 목표와 조직을 갖춘 운동이 아니었다. 운동의 주체였던 학생과 지식인들 또한 다양한 성향과 성격을 가지고 있었고, 운동 이후 나아갈 진로 또한 서로 달랐다. 5·4운동이 퇴조기에 접어들면서 전망의 불확실로 인해 참여 주체들은 방황하지 않을 수 없었다. 취추바이 역시 객관적 상황에 영향을 받지 않을 수 없었다. 한편으로는 몰락하는 계급이었던 그 개인의 삶도 막막한 상황이었다. 이때 그의 시선을 끈 것이 1917년 혁명으로 탄생한 신생 소비에트러시아였다. 이것은 취추바이를 포함한 급진적 지식인들에게는 현실성 있는 출로로 다가왔다. 아이러니하게도 정치적으로 보수성이 강했던 『신보晨報』의 특파원으로 소비에트러시아를 경험할 기회를 잡은 그

는 기아의 땅餓鄉, 소비에트러시아로 향한다. 이곳에서 그는 1920년부터 1923년까지 햇수로 4년을 머물면서 이론을 공부하고, 현실을 관찰하여, 실천에 참여할 기회를 갖는다.

소비에트러시아에 있는 기간 동안 1921년 문을 연 동방대학東方大學에서 마르크스주의를 공부했고, 1922년 장타이레이張太雷의 권유로 1921년 창당한 중국공산당에 입당한다. 1923년 소비에트러시아를 방문한 천두슈陳獨秀를 따라 귀국하여 공산당의 선전업무를 담당하면서 『신청년新青年』, 『선봉前鋒』, 『향도嚮導』 등의 간행물 발행에 참여한다. 1923년에는 동지들과 함께 상하이대학上海大學을 설립하고 사회학과에서 교편을 잡기도 했다. 1924년 국민당개조에 참여하여 국민당중앙후보위원, 국민당중앙정치위원회위원 등에 선임되어 제1차 국공합작에 역할을 하게 되고, 공산당 내에서도 중앙위원, 중앙정치국위원 등에 선임된다.

1927년 4·12정변 후 그는 천두슈를 '우경기회주의'로 비판하였고, 그해 개최된 8·7회의에서 천두슈가 해임되자 임시중앙정치국상무위원에 임명되고, 다시 중앙위 총서기가 되면서 중국공산당 최고 지도자가 된다. 그가 임명된 1927년 8·7회의에서 토지혁명과 반국민당총방침이 확정되고, 공산당은 우한봉기武漢起義(1927년 11월 11일), 창사봉기長沙起義(12월 10일), 광저우봉기廣州起義(12월 11일)를 연이어 일으키지만 모두 실패하고 만다. 당의 최고지도자로 이러한 봉기를 이끌던 취추바이는 1928년 3~4월 개최된 공산당임시상임회의에서 '좌경모험주의'로 비판받고 모스크바로 불려간다. 이후 2년간 중국공산당 주 코민테른 대표단단장으로 활약하다, 1930년 상하이로 돌아온다. 그러나 그가 모스크바에 머문 사이 당권을 이어받은 신진세력 리리싼李立三과 함께 다시 '좌경모험주의'로 비판받으며 1931년 공산당중앙최고위에서 물러나게 된다.

한편 그는 1931년 결성된 중국좌익작가연맹中國左翼作家聯盟에 참여하면서, 마르크스주의문예이론의 보급과 문예활동에 참여한다. 1934년에는 장시江西로 들어가 중화소비에트공화국中華蘇維埃共和國의 중앙위원, 교육부장을 역임한다. 장정大長征이 시작되면서 본대를 따라가고자 했으나, 후방전선 지원을 명받아 선전활동을 전개하다, 신병 치료차 상하이로 이동하던 중 체포된다. 전향 작업의 대상이 되었으나 끝내 거부하고 신념을 지켰다. 1935년 6월 18일 푸젠福建 창딩長汀에서 장제스蔣介石의 명에 따라 총살당한다.

2. 취추바이의 고민과 실천, 그리고 그 의의-『아향기정餓鄉紀程』, 『적도심사赤都心史』

가정의 몰락과 5·4 퇴조기가 겹치며 개인적으로나 사회적으로나 전망을 찾지 못하던 취추바이는 자신과 중국(민족)의 새로운 출로가 될 것으로 보이던 신생 소비에트러시아에 주목하게 된다. 마침 『신보』의 특파원으로 소비에트러시아를 방문할 수 있는 기회를 잡은 취추바이는 위쑹화兪頌華, 리쭝우李宗武 두 동지와 함께 러시아로 떠난다.

그는 우선 『아향기정餓鄉紀程』(『신아국유기新俄國遊記』)에서, 출국을 결정하고 신변을 정리하면서 갖게 된 회한과 미래의 전망에 대한 불안감 등 자신의 심리적 변화와 더불어 중국 국내에서부터 극동공화국을 거쳐 모스크바로 진입하기 직전까지, 이동하는 도중에 보게 된 중국과 러시아 양국의 사회상과 인간의 심리를 기록했다. 이어 모스크바에서의 생활을 담은 것이 『적도심사赤都心史』이다. 백군의 반란을 빌미로 볼셰비키와 소비에트러시아는 전시공산주의戰時共産主義라는 급진적 사회주의경제정책을 시행했다. 취추바이가 소비에트러시아로 들어갔을 때는 이러한 전시

공산주의에서 벗어나 막 신경제정책(NEP)을 시작하던 단계였다. 혁명과 내전을 겪은 소비에트러시아는 이론의 실험장이었다. 당과 국가 차원에서 다양한 국가적·사회적 실험이 전개되고 있었고, 소비에트러시아 사회의 다양한 계급과 계층의 인간들은 이에 반응하여 실천하고 생각하며 삶을 만들어가고 있었다. 개혁과 변화의 현장, 그리고 그곳을 살아가던 사람들을 접하고 관찰한 취추바이는 이를 기록하고 그에 대한 자신의 심리를 기록했다.

『아향기정』의 서두에서 밝혔듯이 그는 저 멀리서 가냘픈 한 줄기로 빛나던 붉은 빛의 세계로 들어가 깨닫고, 그렇게 해서 얻어낸 빛을 다시 중국으로 가지고 와 단잠에 빠져 있던 중국의 인민들을 돕고자 했다. 그의 여정은 계몽적 입장에서 시작한 것은 분명하다. 이것은 그가 5·4운동에 참여했던 계몽적 지식인이자 개혁가에서 벗어나지 않았음을 보여주는 것이기도 했다. 그러나 그는 몰락하여 사라지고 말 자신의 계급을 인지하고 있었다. 사회구조의 변화 속에서 신사 계급의 몰락은 필연적이었고 이에 따라 취추바이 자신 또한 존재를 상실하고 세계에서 부재하게 될 운명이었던 것이다. 그러나 왕조가 붕괴되고 새로이 나타난 '사회'에서 그 자신이 변화한다면, 자신은 옛 체제와 더불어 소멸할 존재였을지언정 새로운 사회에서는 존재를 유지할 수 있고, 더 나아가 주체로서 설 수 있다고 생각했다. 그리고 이는 자신의 동포에게도 해당하는 것이었다. 오랜 시간 달콤한 잠에 빠져 있는 동포들은 계속 잠에 빠져 있다면, 그들을 둘러싸고 있는 어둠이 걷힘과 동시에 사라지고 말 것이지만, 그 빛의 실체를 알고, 그 빛을 따라 변화한다면, 취추바이 자신과 그의 동포 역시 살아날 수 있을 거라 생각했던 것이다. 그런데 그 빛은 붉은 신생 '국가'로서 소비에트러시아를 의미하기도 하지만, 한편으로는 전제專制에서 해방된 개체들이 만들어가는 새로운 '사회'이기도 했다. 그것은 이제껏 중국에 존재하지 않던 것이었다.

그는 자신이 경험했던 가정사로 인해 옛 가족공동체가 어떠한 모습인지 그 실상을 깨달았다. 작은할아버지의 죽음 이후 재산을 두고 혈족 간에 벌어진 질투와 갈등은 그의 가족들에게까지도 영향을 미친다. 친척들로부터 아무런 도움을 받지 못한 그들은 집도 아닌 사당에 기숙하게 되고, 어머니는 자살하기까지 한다. 더 이상 옛 왕조를 떠받치는 토대였던 종법 가정은 경제적으로도 도덕적으로도 성원들의 삶을 보장하지 못하며, 공동체로서의 기능을 상실했다. 왕조의 몰락과 더불어 이러한 종법 가정은 몰락할 것이고, 그가 속한 신사계급 역시 사라지고 말 것이었다.

당시의 개혁가들은 이러한 왕조를 대신해 근대 국가를 건설하려고 했다. 그러나 취추바이를 포함한 많은 이들이 보았던 근대 국가의 모습은 신해혁명과 그 이후의 중국이었다. 그곳에서는 옛 체제의 그늘에서 벗어나지 못한 군벌들과 소수의 명망가들만이 권력을 향해 각축을 벌이고 있었다. 왕조 체제에서 벗어난 다수의 민중은 변화된 세계에서도 여전히 주체가 되지 못한 채 누군가의 피지배자로 살아가야 했다.

그러나 한편에서는 중국에 '사회'가 출현했다. 전통적인 가족공동체를 대신하는 새로운 공동체의 가능성이 나타난 것이다. '사회'는 자유롭고 독립적인 성원이 결합하고 그들 간의 합의에 의해 작동한다. 이것은 이제까지 중국에는 존재하지 않던 것이었다. 취추바이는 '이십여 년의 유신을 거친 중국은 이제 막 '무사회無社會' 상태에서 빠져나왔다'는 말로 당시 중국에 '사회'가 탄생했다는 사실을 전한다.

마침 소비에트러시아는 중국과 같은 농업국가 상태에서 소비에트러시아를 건설하여 새로운 사회로 나아가고 있었다. 취추바이는 소비에트러시아에서 새로이 탄생한 소비에트사회주의 국가의 정치와 경제를 관찰하고 연구하려고 했지만 완성된 형태의 연구결과를 남기지는 못했다.

혁명이라는 정치적 실천을 통해 구축될 미래의 상으로서 사회주의국가의 탐색 역시 의미 있는 작업이었다. 그러나 그는 소비에트의 '사회'를 보려했다. 전통 공동체(사회)가 붕괴하고 이제껏 존재하지 않던 사회를 통해 중국의 출로가 어떠한 모습이 될 것인지, 어떠한 모습이어야 하는지를 보고 싶었기 때문이다. 그가 행했던 사회의 관찰은 곧 사회 성원들의 다양한 삶과 그들의 심리를 보는 것이었다. 그가 사회심리에 주목하려고 한다는 까닭이 바로 이것이었다. 실제 그는 사회 속 다양한 사람들의 심리를 기록하는 것에 자기 글의 가치가 있다고 말했다. 그는 자신의 글이 단순한 여행기가 아닌, 사회 심리의 기록이 되기를 바랐다. 소비에트 사회를 형성하고 있던 사람들—노동자, 농민을 포함한 피지배층—의 심리 기록을 통해 어떻게 사회적 주체가 형성되는지를 '개성'을 통해서 살폈던 것이다. 취추바이가 즐겨 쓰는 '개성'이라는 용어는 지배체제에 굴종하는 피지배자가 아닌, 능동적인 사회적 주체를 의미했다.

취추바이는 이론에만 머물지 않고, 이를 소비에트러시아에서의 경험과 융합하여 초기 중국공산당의 실천을 조직하고 중국 사회주의 혁명운동의 기초를 다진 인물이었다. 그러나 중국 혁명의 진행 과정에서 '좌익모험주의'로 비판받고 실권을 빼앗겼으며, 정치적으로 실의하기도 했다. 이에 따라 그에 대한 평가는 중국사회주의운동의 기초를 다졌다는 점에만 한정될 수밖에 없었다. 그러나 그의 현실 정치의 참여와 실패는 복잡다단한 상황과 요건에 의한 것이었다. 직접적인 경험과 사고에 바탕을 둔 그의 고민을 다시 검토함으로써 오늘날 중국의 사회주의가 가지고 있는 문제점을 재고하고 출로를 모색할 수 있지 않을까 생각한다. 그의 글을 통해 소비에트러시아가 막 건설되고 나서의 사회상과 이념적으로 교조화되기 전 중국 사회주의 운동의 실상과 그에 대한 대응을 알아보고, 그 가운데 간과되고 있는 지점, 놓치고 있는 지점이 무엇인지를 살펴볼 수 있을 것이다.

마지막으로 본서를 번역하는 데 있어 염치없는 질문에도 마다않고 성실히 답해주신 고려대학교 노어노문학과 이명현 선생님께 감사의 말씀을 전한다. 아울러 어려운 출판계 상황에서도 본서의 출간을 결정해주신 산지니 강수걸 대표님과 편집을 맡아주신 산지니 김해림 선생님, 최예빈 선생님, 윤은미 선생님 등 산지니 식구 모든 분께 감사드린다.